Peter Cocks
Long Reach

Foto © Walker Books

Peter Cocks ist unter dem Pseudonym Will Peterson Co-Autor einer in England erfolgreichen Fantasy-Trilogie. Neben seinen Büchern schreibt er auch Drehbücher und arbeitet als Schauspieler. ›Long Reach‹ ist das erste Buch um den jungen Undercover-Agenten Eddie Savage.

Nina Frey, geboren in Heidelberg, studierte Anglistik und Germanistik in Hamburg. Sie arbeitete lange im Kunsthandel in Hamburg, London und Berlin. Heute lebt sie als freie Übersetzerin in Wien.

PETER COCKS

LONG REACH

Ein Eddie Savage Thriller

Roman

Aus dem Englischen
von Nina Frey

dtv

Ausführliche Informationen über
unsere Autoren und Bücher
www.dtv.de

MIX
Papier aus verantwortungsvollen Quellen
FSC® C019821

Ungekürzte Ausgabe
2017 dtv Verlagsgesellschaft mbH & Co. KG, München

Titel der englischen Originalausgabe: ›Long Reach‹,
2011 erschienen bei Walker Books, London
Published by arrangement with Walker Books Limited, London SE11 5HJ.

Umschlaggestaltung: buxdesign, München, und Carla Nagel
unter Verwendung von Fotos von Plainpicture, Shutterstock, Carla Nagel
Gesetzt aus der Rotis Serif
Satz: Fotosatz Amann, Memmingen
Druck und Bindung: Druckerei C.H.Beck, Nördlingen
Gedruckt auf säurefreiem, chlorfrei gebleichtem Papier
Printed in Germany · ISBN 978-3-423-71752-6

Das hier ist für meine Vaterfiguren:

meinen Dad, **William Daniel Cocks***, 1932–98, Künstler*

den Mann, den er seinen Dad nannte, **Henry Bernard**
»Jock« Bush*, alias* **The Major***, um 1915–79,*
Handelsschiffer und Held,
der viele Jahre am Long Reach die Themse befuhr

Wilfrid Charles Sunnucks*, um 1910–80,*
Buchhändler (A&C Black) und englischer Gentleman

und für meinen Sohn, **George Henry Cosmo Cocks***,*
der viele hervorragende
Eigenschaften der Obigen geerbt hat.

Prolog

Donnie peitschte den Mercedes heimwärts über die Medway-Brücke. Die Nacht war ganz schön heftig gewesen und er genehmigte sich einen Schluck aus seinem Flachmann, um das frühmorgendliche Sodbrennen zu löschen. Aus der Anlage gurgelte Radio Energy, warme Worte und Ohrwürmer für verlorene Seelen und Streuner, die zu dieser Stunde unterwegs zu ihren Scheißjobs waren oder von ihnen zurückkehrten.

Lohnsklaven. Erbsenzähler. Latrinenputzer.

Loser.

Keiner von denen, das wusste Donnie, würde jemals so eine Befriedigung aus seinem Job ziehen wie er heute Nacht. Wenn er jetzt Gas gab, kam er sogar noch rechtzeitig zum Frühstück.

Erst hatte er Dave in Plumstead abgesetzt und war dann den ganzen Weg runter nach Thanet, um das Werkzeug in einem Mündungsabschnitt zu versenken, aus dem es nie wieder auftauchen würde. Dann hatte er das Blut und die ganze Sauerei im Kofferraum beseitigt und den Opel in Chatham abgestellt, in einer der Autowerkstätten der Fami-

lie. Und ihn durch den Benz ersetzt, den er am Morgen zuvor dagelassen hatte.

Saubere Arbeit, alles fix und fertig in knapp vierundzwanzig Stunden.

Donnie wusste, dass die Stimmung in der Firma heute gut sein würde, dass sie endlich alle wieder lockerlassen und sich selbst auf die Schulter klopfen würden. Froh, dass sie die Bullen noch mal abgeschüttelt, erleichtert, dass sie die undichte Stelle gefunden hatten. Und abgedichtet noch dazu.

Vielleicht hatte der Boss sogar etwas für sie auf die Beine gestellt. Einen Tag auf der Rennbahn zum Beispiel. Oder eine Abfütterung in irgendeinem Nobelschuppen.

Der Gedanke an ein blutiges Steak und die weiteren vier oder fünf Gänge ließ Donnie endgültig das Wasser im Mund zusammenlaufen. Zwanzig Minuten später tauchte er aus dem Blackwell-Tunnel auf und bog links nach Greenwich ab, wo er in einer ranzigen Spelunke das Spezialfrühstück bestellte: zwei Eier, Speck, Würstchen, Tomaten, Bohnen und in Fett geröstetes Brot. Als kleines Extra noch Blutwurst, und dann ließ er sich mit seinem Henkelbecher Tee und einer Sun *in dem dunstgeschwängerten Café nieder.*

Er blätterte auf Seite drei, um sich etwas Appetit zu machen. Das Mädchen sah gut aus, dachte er, wenn man auf künstliche Titten stand, aber er hatte schon nettere gesehen. Bei allem Respekt, aber bei dem Mädchen, auf das er stand, war alles echt, hübscher – kurviger. Aber die würde man niemals dabei erwischen, wie sie ihre Dinger für die Zeitung auspackte. Bei dem Gedanken musste sich Donnie richtig schütteln. Keine Chance. Gerade als sein riesiges Frühstück serviert wurde, guckte er durch die beschlagenen Fenster und sah, wie sich ein Schattenriss gespenstergleich über den Benz beugte, den er draußen im absoluten Halteverbot abgestellt hatte. Donnie schoss hoch und riss die Tür auf. Ein Parksheriff war gerade dabei, ihm einen Strafzettel zu verpassen.

»He!«, grölte Donnie.

Der Sheriff wollte schon etwas sagen, aber als er sah, wer da rumbrüllte, hielt er brav den Mund.

»Jetzt verpiss dich«, schrie Donnie. Der Typ tat wie geheißen und Donovan Mulvaney kehrte zu seinem Frühstück zurück.

I

Eddie

Eins

»Wir haben ihn am Ufer bei Long Reach gefunden, mit dem Gesicht nach unten im Schlamm.«

Es war erst sieben Uhr morgens. So früh am Tag kriegte man höchst selten einen in Tränen aufgelösten Bullen zu sehen.

Meine Mum starrte Tony Morris aus aufgerissenen Augen an, als er mit den Worten rang, aber sein Gesicht schrumpelte zusammen wie ein undichter Luftballon, und der Satz verwandelte sich in ein schluchzendes, verrotztes Kauderwelsch. Meine Mum zog ihn am Arm ins Haus. Schwerfällig rieb er sich mit dem Ärmel über die Augen, um die Tränen und seine Stimme unter Kontrolle zu bekommen.

»Er ist tot. Steve ist tot.«

Meine Mum hatte es in dem Augenblick gewusst, als sie die Tür geöffnet hatte, und ich auch. Das Gefühl war zwischen uns gewachsen, unausgesprochen, schon seit Tagen. Es hatte nur die Worte gebraucht und schon begann sie zu weinen, warf sich gegen die Wand im Flur und hämmerte rhythmisch mit dem Hinterkopf gegen die Tapete.

»Er lag flussabwärts. Flussabschnitt namens Long Reach. Neben der Brücke bei Dartford. Sieht so aus, als könnte er gesprungen sein.« Tony sah mich aus nassen, roten Augen an. »Es tut mir so leid«, sagte er. »Beileid, Kumpel. Dein Bruder war ein Held.« Wieder löste sich seine Stimme in Geschluchze auf.

Das Gefühl landete in meinem Magen wie ein Faustschlag, aber es kamen einfach keine Tränen. Mum und Tony klammerten sich im Flur aneinander und ich drängte mich an ihnen vorbei, durch die Haustür und raus auf die nasse Straße.

Ich rannte rüber auf die andere Seite, über die Eisenbahnbrücke und zum Park, vorbei an ein paar Hardcorejoggern und Pendlern auf dem Weg zum Bahnhof. Vom verwaisten Park aus blickte ich auf die nebligen Londoner Vororte, während sich mein Atem in ein Würgen verwandelte. Aus dem Würgen wurde rasch ein Schluchzen und ein tierischer Klagelaut zwängte sich aus meiner Kehle.

Jetzt erst traf mich die Erkenntnis wie ein Keulenschlag. Niemals würde ich ihn wiedersehen, nie wieder den Geruch seiner Lederjacke in der Nase haben, wenn er mich umarmte; nie mehr das Bier in seinem Atem riechen und seine Bartstoppeln an meiner Wange spüren.

Nie wieder.

Ich schaute rüber zur Canary Wharf, wo die ersten morgendlichen Lichter blinkten, und weiter zum Millennium Dome und zur trägen grauen Eintönigkeit des Flusses, der auf dem Weg runter nach Kent immer breiter wurde. Schaute auf die weiten Schlammflächen, wo sie meinen Helden gefunden hatten, meinen Bruder.

Steves Beerdigung fand einen Monat später statt. Kein großes Trara, nur eine schlichte Trauerfeier im Krematorium mit wenigen Worten von einem Pfarrer, der noch nie was von Steve gehört hatte.

Unser alter Herr schaute nicht mal vorbei. Obwohl, vielleicht wusste er noch nicht mal, dass Steve tot war. Mum hatte unseren Dad schon vor Jahren rausgeschmissen, als ich noch ein Kleinkind gewesen war. Anscheinend war er ständig besoffen gewesen, hatte sich von Job zu Job gehangelt, bis er eines Tages durchdrehte und gewalttätig wurde. Steve hatte einen Mordskampf mit ihm gehabt, praktisch Kleinholz aus ihm gemacht, und dann war er verschwunden. Seitdem hatte ich ihn nur ein paarmal zu Gesicht bekommen, verwahrlost und unrasiert. Einmal war er auf einer Verwandtenhochzeit aufgetaucht, ein andermal hatte ich ihn schlafend auf einer Parkbank in Lewisham gesehen. Ich kannte ihn kaum. Steve hatte sich um mich gekümmert, seit er weg war.

Den ganzen Monat hatten sie gebraucht, um die Obduktion und den Papierkram zu erledigen. Ein Albtraum war das, nicht nur wegen der Art, wie Steve umgekommen war, sondern weil die Behörden nur schwer davon zu überzeugen waren, dass er überhaupt existiert hatte. Denn Steve Palmers Arbeit war anscheinend so eine Art Top-Secret-Ding gewesen, mit zahlreichen falschen Identitäten, und so konnte man nur schwer nachweisen, dass er tatsächlich der echte Steve Palmer war. Das Ganze bereitete mir Kopfweh. Er war Steve. Ich wusste, dass er in allerhand Sachen verstrickt gewesen war, aber diese Decknamen waren mir neu. Ein Geheimnis, das er mit niemandem geteilt hatte.

Und dann gab es da noch das Urteil des Gerichtsmediziners zu schlucken.

Selbstmord.

Bei der Beerdigung fiel mir auf, dass ich nicht wesentlich mehr Ahnung von meinem Bruder hatte als der Pfarrer. Zunächst einmal war Steve zwölf Jahre älter als ich; ich hatte zwar meine ganze Kindheit mit ihm verbracht, aber war doch immer nur »der Kleine« geblieben. Man wurde nicht recht schlau aus ihm, aber ich wusste, dass er etwas auf dem Kasten hatte. Er war der Erste in unserer Familie, der studierte. Vor ungefähr zehn Jahren hatte er einen Abschluss in Technischer Chemie gemacht, in Essex oder sonst wo. Ich wusste auch, dass er um diese Zeit ein paar Probleme mit Drogen hatte, Raves und Housepartys organisierte und dabei erwischt worden war, wie er an andere Studenten Piece vertickte.

Nach Mums Version war Steve straffrei davongekommen, weil er sich auf eine Absprache mit der Polizei eingelassen und für sie als Informant gearbeitet hatte, ihnen hier und da Hinweise auf Drogengeschäfte, illegale Raves und so Zeug gesteckt hatte.

Tony Morris hatte das für ihn geregelt.

Soweit meine Erinnerungen reichten, war Tony immer für uns da gewesen, der treue Freund der Familie. Er war Zivilfahnder oder bei der Kripo – soviel ich wusste – und schaute immer mal vorbei, nur um sicherzugehen, dass mit mir und Mum alles in Ordnung war, so ohne den Alten. Er war auch immer da gewesen, um Mum zu beruhigen, wenn Steve wieder mal ein paar Wochen lang verschwunden war.

Ich wusste, dass Steve kein Unschuldslamm gewesen war

und dass er schwierig sein konnte. Aber ich begriff nicht, wie er sich in eine Lage hatte manövrieren können, aus der Harakiri noch der beste Ausweg schien.

Ich begriff es nicht und wütend war ich auch. Wie hatte er mir das antun können ... und Mum?

Im Leichenwagen fuhren wir zurück zur Wohnung. Dichter Regen trommelte auf das Autodach, unser Atem beschlug die Scheiben und schützte uns vor dem Gestarre aus den vorbeifahrenden Wagen. Auf dem Rücksitz hielt ich Mum eng an mich gedrückt. Auf einmal fühlte sie sich sehr klein an, als ob die Trauer und die Vorbereitung auf die Beerdigung sie hätte schrumpfen lassen. Mum hatte Sandwiches und Knabberzeug von Marks & Spencer besorgt. Sie sahen kein bisschen aus wie die aus der Werbung: *Mehr als nur ein Sandwich – das M&S-Beerdigungs-Sandwich, komplett vertrocknet und von der Heizungsluft am Rand hübsch aufgerollt.*

Das schien jedoch niemanden abzuschrecken. Tony Morris und ein paar von Steves Kumpeln schlugen sich die Bäuche voll, öffneten ihre Bierdosen mit einem Zischen und lachten und redeten mit lauter Stimme, die ihre Trauer gut verbarg.

Ich fühlte mich sehr allein.

Außer mir gab es hier niemanden in meinem Alter. Eine Menge Leute hatten sich um Mum geschart und brachten die üblichen Sprüche, doch was man mit mir anfangen sollte, schien niemand zu wissen. Tony musste aufgefallen sein, wie ich so verloren rumstand und genervt vor mich hinstierte, und kam zu mir rüber.

»Bierchen?«, fragte er und reichte mir eine Dose.

Ich prostete ihm zu und nahm einen lauwarmen, metallischen Schluck. Tony trat nervös von einem Bein aufs andere.

»Schon wieder in der Schule gewesen?«, fragte er.

Ich schüttelte den Kopf. Ein großer Fan unseres Erziehungssystems war ich nie gewesen und hatte schon mehr als genug Ärger mit der Schule gehabt. Ich ging nicht davon aus, dass mittelmäßige Leistungen an einer riesigen Südlondoner Gesamtschule mir das sechsstellige Gehalt eines Investmentfuzzis oder einen Abschluss in Raumfahrttechnik verschaffen würden. Ich wollte dort raus, so schnell es ging.

»Tja, du hast eine ziemlich gute Entschuldigung, dich da erst mal etwas rar zu machen, würde ich meinen.«

»Ich geh da nicht wieder hin«, erklärte ich.

Letztes Jahr hatte ich endlich aufgehört mit der Rumhängerei, mich dahintergeklemmt und die Mittlere Reife gemacht. Um bei der Wahrheit zu bleiben: Rekorde hatte ich keine gebrochen, aber die Grundlagen hatte ich drauf. In Mathe und Englisch war ich nicht schlecht gewesen und in Literatur und Französisch hatte ich anständige Noten bekommen. Aber mein eigentliches Ding war Informations- und Kommunikationstechnologie. Alles Technische lief bei mir wie von selbst. Ich war an die Schule zurückgegangen, um darin mein Fachabi zu machen, aber jetzt nervte es mich nur noch an.

Tony starrte auf seine Schuhe. »Sicher? So ein kluger Kerl wie du …«

»Ich hab's satt, Tony«, sagte ich. »Das war kein gutes Jahr. Ich hab gedacht, ich such mir vielleicht einen Job.«

Ich konnte fast zusehen, wie sich in Tonys Hirn die Zahnrädchen drehten.

»Was denn für einen?«

»Keine Ahnung. Irgendwas mit Computern vielleicht.«

»Ich hab in den letzten Wochen über dich nachgedacht«, sagte Tony. »Wie alt bist du jetzt?«

»Siebzehn«, gab ich zurück. Ich fühlte mich in die Ecke gedrängt. Worauf wollte er hinaus?

Tony überlegte einen Moment. »Weißt du, ich hab da was von Steve, das ich dir zeigen wollte.« Er ging rüber zu einem Stuhl, auf dem seine Aktentasche lag, und zog einen wattierten Umschlag heraus. »Bitte sehr, Sohnemann. Zeig's aber bitte keinem, ist immer noch etwas heikel. Schau es dir einfach an und sag mir dann, was du davon hältst.«

Er nahm eine Visitenkarte aus seiner Tasche und reichte sie mir. »Wenn du fertig bist, ruf mich an.« Dann schloss er mich fest in die Arme, und als er mich wieder freigab, sah ich Tränen in seinen Augen.

»Ich hätte da eventuell einen Job für dich«, sagte er.

Zwei

Ich leerte den Umschlag auf dem Bett aus.

Da gab es eine Urkunde und eine kleine Schachtel. Ich öffnete die Schachtel und darin lag eine Medaille, die so strahlte, als wäre sie erst gestern hergestellt worden. Sie war aus Silber, mit dem Kopf der Queen auf der einen Seite und einer Krone auf der anderen. Darunter standen die Worte *The Queen's Gallantry Medal.* Eine Tapferkeitsmedaille? Ich faltete die Urkunde auseinander. Oben trug sie das königliche Siegel und darunter hieß es, dass die Medaille an Stephen Palmer verliehen worden sei »für außergewöhnlich tapfere Taten«.

Mir stiegen die Tränen in die Augen.

Tony hatte recht. Steve war ein Held gewesen.

Ich wog die Medaille in der Hand, als ob sie mich irgendwie mit meinem Bruder verbinden könnte, aber ich fühlte nichts. Vorsichtig faltete ich die Urkunde wieder zusammen und legte die Medaille, noch ganz warm von meiner Hand, zurück in ihre Schachtel.

Ich warf mich aufs Bett zurück und schloss die Augen. Ein langer Tag war das gewesen und mein Kopf hatte Mühe, diese neuesten Informationen zu verarbeiten. Ich versuchte zu schlafen, aber mein Hirn lief auf Hochtouren. Immer wieder drückte ich auf die Rückspultaste und ließ den letzten Monat noch mal vor mir ablaufen – wie mein Leben sich verändert hatte, wie Schwermut in die Wohnung gekrochen war und sich wie eine feuchte, graue Decke über Mum und mich gelegt hatte. Tagelang hatte sie kaum gesprochen und nur dagehockt, sich bei zugezogenen Vorhängen das Nachmittagsprogramm angeschaut, wo sich Leute von peinlichen Promis das Haus oder gleich ihr ganzes Leben auf den Kopf stellen ließen.

Ich zog mir die dünne Decke bis zum Hals und mein eigener Körpergeruch stieg mir in die Nase. Die Bettwäsche war schon einen Monat lang nicht mehr gewechselt worden. Dazu der Saustall in meinem Zimmer – das war ein Weckruf. Wenn ich jetzt nicht bald den Hintern hochbekam und die Initiative ergriff, steuerten wir hier auf eine Art Super-GAU zu. Es war kaum zu erwarten, dass das alte Mädchen aufwachen und wie durch ein Wunder das Ruder herumreißen würde. Ich will nicht behaupten, dass unser Leben mit Steve ein reiner Ponyhof war, aber er war doch unser Anker gewesen, und den hatten wir verloren.

Endlich dämmerte ich weg, aber genau die Erinnerungen, die ich eigentlich aus meinem Hirn verbannen wollte, meldeten sich beharrlich zurück: Steve, wie er mit mir Fußball spielte ... wir zu dritt im Urlaub auf der Isle of Wight ... Steve und ich im Garten beim Boxen, wie er mir grinsend sagte, ich würde zuschlagen wie ein Mädchen, und dann seine Deckung so weit offen ließ, dass sogar ich ihn voll erwischen konnte.

Jedes dieser Bilder schien in Sonnenlicht gebadet. All die Episoden, als Steve völlig ausgehungert und abgekämpft nach Hause gekommen war und tagelang nur gepennt hatte, waren wie ausgeblendet. Die Tage, an denen er nur in der Wohnung rumgelungert, geraucht und vorsichtig durch die Häkelgardinen gespäht hatte. Oder wie er, das war nicht so lang her, unangekündigt aufgetaucht war, besoffen und herumlabernd, mit zittrigen Händen.

Ich erinnerte mich an diesen Urlaub. Vor ungefähr sechs Jahren hatte Mum uns eine Unterkunft in Ventnor aufgetrieben. Eine Wohnung in einem großen viktorianischen Haus, das nach alten Büchern roch und durch die Meeresnähe ganz feucht war. Steve hatte uns jeden Morgen Eier mit Speck gebraten und wir hatten den ganzen Tag am Strand verbracht, mit Schwimmen und Steinewerfen auf Coladosen, die Steve in der Brandung aufbaute. Ob es jemals geregnet hat, weiß ich nicht mehr - wahrscheinlich schon.

Als die Hälfte der Ferien rum gewesen war, war Tony Morris für eine Nacht runtergekommen. Er hatte irgendwas in Portsmouth zu tun gehabt und wollte einfach mal vorbeischauen. Er führte uns zum Dinner in ein Lokal mit Meerblick aus, wir futterten Garnelen und Krebse und ich durfte Cider trinken. Ich erinnere mich, dass Mum glücklich ausgesehen hat und Steve ein bisschen angesoffen Witze riss. Für jeden Außenstehenden mussten wir gewirkt haben wie eine glückliche vierköpfige Familie.

Steve und Tony waren noch eine Weile im Pub geblieben, als Mum mich zur Wohnung zurückbrachte. Ich erinnere mich, wie die beiden näher zusammenrückten und ihre Unterhaltung auf einmal ganz finster und ernst geworden war.

Am nächsten Tag reiste Tony wieder ab, aber von da an aßen wir jeden Abend auswärts. Steve bezahlte. Er sagte, er hätte genug von Dosensuppe und Toast in der Ferienwohnung. Er nahm mich zum Angeln mit und in ein Wachsfigurenkabinett, wo es eine Schreckenskammer gab, in der Wachsleute mit glühenden Eisen gefoltert wurden und ein bewegliches Skelett Kirchenorgel spielte. Das hat mich wirklich fertiggemacht.

Zurück in London tat ich natürlich vor meinen Freunden so, als wäre das Cidertrinken und Folterbesichtigen mit Steve an der Tagesordnung. Ich blähte ihn auf, bis er mindestens drei Meter groß war und eine Rechte hatte, die sogar Mike Tyson umlegen würde.

Glückliche Tage.

Gegen vier wachte ich auf. Es war immer noch dunkel und die Decke hatte sich um mich verknotet. Einen Moment lang dachte ich an etwas Schönes, verheddert in den glücklichen Erinnerungen. Und dann kehrte die Realität zurück – ein tiefer Schlag in die Eingeweide. Ich versuchte, wieder einzuschlafen, lag aber mit offenen Augen da, bis es hell wurde. Ich stand auf und verzog mich aufs Klo, um den Knoten im Bauch loszuwerden. Dann stand ich vor der Tür zu dem kleinen Schlafzimmer, im dem Steve gewohnt hatte, wenn er zu Hause gewesen war.

Weder meine Mutter noch ich hatten irgendwas in dem Zimmer auch nur angerührt, seit er weg war, geschweige denn etwas weggeschmissen. Leise schob ich die Tür über den Teppich und trat in das frühmorgendliche Licht, das in Streifen durch sein Fenster einfiel. Noch ein Sonnenaufgang, den Steve nicht sehen würde. Nie wieder.

Es gab keine Überraschungen. Es war, was es war: Steves Zimmer. Das Schlafsofa war zusammengeklappt, der Boden übersät mit kistenweise Kram. Es roch nach Steve. Ich schloss die Augen, holte tief Luft, und fast war es, als wäre er mit mir im Zimmer. Ich ging seinen CD-Stapel durch: fast nur die üblichen Rockdinosaurier aus den Siebzigern und Bands aus den Achtzigern, von denen ich noch nie gehört hatte.

Ich durchsuchte die Kisten: Hanteln, ein paar Männermagazine, eine Glasbong. Nichts Persönliches, Kram eben. Nichts, das dem Wenigen, was ich über meinen Bruder wusste, irgendetwas hinzufügte.

Ich öffnete den Schrank, steckte meinen Kopf in die Klamotten und inhalierte den Geruch nach Lederjacke und Aftershave und schon sah ich ihn vor mir. Ich wühlte in seinen Taschen herum und fand nichts außer leeren Kippenschachteln und Fahrscheinen ab oder nach New Cross.

Und dann entdeckte ich die Plastikbörse, die in einer seiner Taschen steckte. Geld war keines drin, nur ein weiterer Zugfahrschein und eine Karte. Es war eine Mitgliedskarte für einen Club in New Cross, The Harp Club. Darauf waren eine Harfe und ein Kleeblatt, grün auf weiß. Und ein Foto von Steve, vor ein paar Jahren, noch mit Bart. Ich weiß noch, wie er sich den Bart wachsen ließ. Meine Mutter hatte ihn gehasst. Steve hatte gelacht und gesagt, der würde sein Doppelkinn kaschieren.

Neben dem Foto stand ein Name. Nicht Steve Palmer, sondern ein anderer. James Boyle. Eine andere Identität. Jimmy.

Ich schloss die Zimmertür und ging in die Küche, um mir Tee und Toast zu machen. Wieder starrte ich auf die Karte und versuchte, aus dem leeren Ausdruck auf Steves Gesicht irgendetwas herauszulesen. Er verriet nichts. Ich schaute auf die Uhr – fast neun. Ein neuer Tag, der wieder einfach so verstrich. Also traf ich meine Entscheidung und schnappte mir das Telefon.

»Tony Morris«, kam die Stimme am anderen Ende.

»Ich bin's«, sagte ich. »Du hast da was gesagt von einem Job.«

Drei

Keine Ahnung, was ich dachte, als ich Tony Morris' Büro betrat. Eine klare Vorstellung davon, was das für ein Job sein sollte, hatte ich sicher nicht. Wahrscheinlich wollte ich einfach nur herausfinden, was genau mein Bruder getrieben hatte.

Allein schon das Hinfinden war der Wahnsinn. Er hatte mir eine Adresse in der Innenstadt genannt, nahe Leicester Square, und als ich sie endlich entdeckt hatte, entpuppte sie sich als Musikgeschäft. Eigentlich bestand die ganze Straße nur aus Musikläden, mit Instrumenten in der Auslage und Heavy-Metal-Riffs, die aus den Ladentüren drangen. Ich überprüfte noch einmal die Hausnummer. Definitiv richtig, aber das Geschäft war gerammelt voll mit elektrischen Gitarren.

Ich trat ein. Ein Typ mit Jack-Daniel's-T-Shirt und struppigem Bart schraddelte auf einer Gitarre herum. Er blickte auf und nickte. Ich nickte auch und er hörte auf zu spielen.

»Hey«, sagte er.

»Ich weiß nicht, ob ich hier richtig bin«, antwortete ich. »Ich will zu Tony Morris.«

Jack Daniel grinste und legte seine Gitarre beiseite. Dann ging er zu einer Wand, an der Unmengen von Gitarrensaiten in kleinen Briefchen hingen, fand einen Griff und zog eine Tür auf.

»Bis zum Ende durch und dann die Treppe hoch«, sagte er und wies durch den Eingang.

Ich stieg die Treppe hoch und gelangte zu einer Tür, auf der *Sugacubes Modelagentur* stand. Eine andere Tür gab es nicht, also drückte ich auf den Summer und wurde eingelassen. Ein hübsches, dunkelhaariges Mädchen hob den Kopf, als ich eintrat. Sie lächelte. Sie war wohl Mitte zwanzig und ziemlich stark geschminkt. An den Wänden hinter ihr hingen gerahmte Fotos von anderen scharfen Mädchen.

»Hi«, grüßte sie.

»Ich glaub, ich bin hier irgendwie falsch«, meinte ich peinlich berührt. »Ich suche Tony Morris.«

»Erwartet er dich?«

»Glaub schon, ja.«

Das Mädchen erhob sich vom Schreibtisch. »Ich bin Anna. Anna Moore.« Sie nahm meine Hand und ich schüttelte sie. Ihr Händedruck war überraschend fest. »Komm, hier lang.«

Sie schritt zu einer weiteren Tür und tippte einen Code ein. Die Tür ging auf und sie führte mich hindurch, bevor sie wieder zu ihrem Tisch zurückkehrte und die Tür hinter mir schloss.

Tony Morris' Büro war klein und kaum bemerkenswert, bis auf die CDs, die aus den Regalen quollen und sich überall stapelten. An den Wänden hingen Poster von Bands, die es nie wirklich geschafft hatten, und auf einem Schild über Tonys Schreibtisch stand: *Tin Pan Alley Musikverlag.*

»Setz dich, Kumpel«, sagte Tony. »Kaffee?« Er füllte zwei schmuddelige Becher mit Wasser und Pulverkaffee und reichte mir einen davon, zusammen mit einem Zuckerpäckchen. »Milch ist leider sauer.«

»Schon okay«, sagte ich. Ich ließ meinen Blick über die zugepflasterten Wände gleiten. »Was soll der Quatsch mit der Plattenfirma, Tony?«

»Reine Fassade. Wie du dir sicher schon gedacht hast.«

Hatte ich nicht, aber ich nickte trotzdem.

»Fassade für was?«, fragte ich. »Ich dachte, du arbeitest auf einer Polizeiwache.«

Tony lachte. »Was? ›Im Namen des Gesetzes, Sie sind verhaftet?‹«, fragte er mit übertriebener Fernsehbullenstimme. »›Zeigen Sie mal Ihren Ausweis‹, Gummiknüppel, die Schiene?«

Ich zuckte die Achseln.

»Okay«, sagte Tony, »eigentlich arbeite ich nicht direkt für die Polizei. Und Steve hat es auch nicht getan. Wir operieren irgendwo im Graubereich zwischen der Polizei und den etwas verdeckter arbeitenden Nachrichtendiensten der Regierung. Wir sind eine selbstständige Abteilung, die Informationen zusammenträgt.«

»Was ist mit der Modellagentur nebenan? Dem Musikladen?«

Tony legte einen Finger auf die Lippen. »Zu viele Fragen, Sohnemann. Alles zu seiner Zeit. Also, was hältst du von dem Zeug, das ich dir gegeben habe?«

»Ich hatte keine Ahnung. Von der Medaille. Hat Mum ...?«

Tony schüttelte den Kopf.

»Was hat Steve gemacht?«, fragte ich. »Ich meine, um sie zu verdienen?«

»Er hat eine Terrorzelle bei Willesden ausgehoben«, sagte Tony. »Die wollten die halbe Oxford Street in die Luft jagen. Hätte Tausende erwischt. Steve hat das quasi im Alleingang erledigt. Wir hatten in ihrem Häuserblock Gasalarm ausgelöst und er ist rein, als Angestellter der Gasfirma, und hat den Laden praktisch vor ihrer Nase verkabelt. Hat sich sogar in ihren Computer gehackt und den Sprengstoff unter der Spüle gefunden. Das braucht Nerven, wenn man direkt vor den Augen von drei Al-Qaida-Verdächtigen arbeiten muss. Steve war gut. Dann ist er wieder rein und hat sie ganz allein hochgenommen, bevor das bewaffnete Kommando hinterher ist und zwei von ihnen erschossen hat. Hochrisikostrategie. Hat wirklich seinen Arsch riskiert dafür.«

Ich spürte, wie meine Brust vor Stolz anschwoll.

»Hat die Queen ihm die Medaille überreicht?«, fragte ich lahm.

»Steve konnte nicht zur offiziellen Verleihung durch Ihre Hoheit. Zu öffentlich. Das ist das Schwierige an dem Job. Den Ruhm kann man nicht einfahren. Man muss sich einfach damit zufriedengeben, dass man was Gutes gemacht hat. Noch nicht mal der eigenen Familie kann man es erzählen, weil jede Information sie in Gefahr bringen würde. Steve hat euch gegenüber nie viel rausgelassen, oder?«

Hatte er nicht. Jetzt wünschte ich, ich hätte mehr nachgefragt.

»Das ist ein Beruf für einen ungebundenen Mann, wie Steve ... oder einen Mann wie dich. Von dem niemand groß abhängig ist, kaum Verwandte und so.«

Dass er mich als Mann bezeichnete, machte mich stolz. In der Schule hatten sie mich immer noch wie ein Kind behandelt.

»Dann war James Boyle also sein Deckname für die Arbeit?«, fragte ich. Tony wirkte verblüfft.

Ich zog die Mitgliedskarte des Harp Club heraus und legte sie vor ihn auf seinen Schreibtisch.

»Wo hast du die her?«, fragte er fassungslos.

»Aus einer von Steves Jacken.«

»Bisschen unvorsichtig.« Tony seufzte. »Das war Teil des Problems. Steve wurde langsam etwas schlampig. Ich glaube, der Stress hat ihm zugesetzt.«

Mir fiel ein, wie Steve erst vor ein paar Wochen in unserem Wohnzimmer gesessen hatte, gequalmt hatte wie ein Schlot, seine Nägel bis aufs Fleisch runtergekaut und Bierdosen geleert hatte. Zum Frühstück.

»Dieser Dauerstress ist gefährlich«, erklärte Tony. »Deshalb hab ich mir auch Sorgen gemacht, als er diesmal verschwunden ist.«

»Und zum Verschwinden gehört dann gewöhnlich auch dazu, sich abzumurksen?«

Tony kratzte sich an der Nase. »Er stand ganz schön unter Druck«, sagte er schließlich. »Ihm saßen einige Leute im Nacken.«

»Und was passiert jetzt, wo er für immer ›verschwunden‹ ist?«

»Tja, da kommst du ins Spiel, Sohnemann. Wenn du dich

dem gewachsen fühlst, könntest du uns vielleicht im Hintergrund ein bisschen zur Hand gehen.«

Ich spürte, wie tief in meinem Bauch die Furcht zu brodeln begann. Wo wollte er mich da hineinziehen? Die Übelkeit stand mir wohl ins Gesicht geschrieben, denn Tony erhob sich und legte mir seine schwere Hand auf die Schulter.

»Schau her, Kumpel. Wenn du irgendwelche Bedenken hast wegen dieser Sache, können wir vergessen, dass diese Unterhaltung jemals stattgefunden hat, und so weitermachen wie bisher. Kein Problem.«

»Ich will helfen.« Die Angst nagte immer noch an mir, aber die Schande, meines großen Bruders nicht würdig zu sein, wäre noch viel schlimmer, das wusste ich.

»Guter Junge.« Tony drückte meine Schulter. »Einer wie du kommt an Orten rein, wo Typen wie ich auffallen würden wie Scheiße im Schwimmbecken. Freut mich, dich an Bord zu haben. Und jetzt gibt's da ein paar Leute, die ich dir gerne vorstellen möchte.«

Vier

Wir gingen die Charing Cross Road runter, über den Trafalgar Square. Auf tausend kleinen Umwegen. Tony wechselte von einer Straßenseite auf die andere, schaute kurz in Buchläden hinein und verließ sie durch eine andere Tür, folgte Nebenstraßen und Hintergassen und nahm die Abkürzung durch Soho über Chinatown, um dann hinter der National Gallery am Rand des Platzes aufzutauchen. Es war, als versuchte er mit jeder Bewegung, jemanden abzuschütteln. Ich konnte kaum mit ihm Schritt halten.

»Gewöhn dich dran, Kumpel«, sagte er augenzwinkernd. »Gute Übung. Damit du, wenn nötig, ›verschwinden‹ kannst.«

Wir betraten einen Pub südlich von Trafalgar Square. Tony schien den Mann hinter dem Tresen zu kennen, denn der servierte ihm unaufgefordert einen großen Scotch. Ich nahm eine Flasche kühles Bier. Tony sah sich prüfend in der halb leeren Bar um und stürzte seinen Whisky hinunter.

»Komm, los«, sagte er. Keine fünf Minuten waren wir hier drin gewesen. Ich ließ den Großteil meines Biers zurück und folgte Tony durch die Hinterräume des Pubs in einen Hof hinaus, der von hohen, grauen Gebäuden umgeben war, alle voller Taubendreck. Aus einem der Häuser quoll Dampf und das halbe Dutzend Männer in Küchenuniform, das qualmend davor herumstand, würdigte uns kaum eines Blicks. Tony erklomm die metallene Feuerleiter, die die Rückseite des nächsten Gebäudes emporführte, und ich folgte ihm. Schließlich erreichten wir eine Stahltür und Tony zog eine Karte durchs Schloss.

Wir traten in einen weiß gestrichenen Korridor mit Neonbeleuchtung. Es roch nach Schulkantine. Uns gegenüber war eine schwere braune Holztür. Tony klopfte an.

»Herein ...«

Der Raum war groß und spartanisch möbliert: ein abgewetzter Teppich, ein paar klobige Stühle und ein riesiger, ramponierter Schreibtisch. Nicht gerade zum Wohlfühlen. Das einsame, schmutzstarrende Fenster bot einen Blick auf den Triumphbogen Admiralty Arch, hinter dem es zum Buckingham Palace ging.

Der Mann hinter dem Schreibtisch las gerade irgendwas im Schein einer grünen Glaslampe. Ich folgte Tony und der Mann sah auf. Er musste um die fünfzig sein. Sein Gesicht war gebräunt und voller Falten, und sein kurzes Haar hatte die Farbe von Kupfer. Hart sah er aus.

»Hallo, Tony.« Er hatte einen vornehmen Tonfall.

»Sandy«, gab Tony zurück. Er bedeutete mir vorzutreten. »Das ist Sandy Napier.«

Sandy stand auf und reichte mir die Hand. Ich sah einen goldenen Siegelring und Manschettenknöpfe auf einem gestreiften Ärmel, der aus einem gut geschnittenen Anzug hervorschoss. An seinem linken Handgelenk eine Taucheruhr, die Rolex Submariner. Ich achte auf so was.

»Wie geht es dir?« Seine Stimme war militärisch, der Händedruck mörderisch. Seine Augen waren kalt und blau und auf mich gerichtet.

»Gut, danke. Erfreut, Sie kennenzulernen.«

Ich war mir sicher, dass er ein Lächeln unterdrückte, als er Tony einen Blick zuwarf. »Setzt euch«, sagte er und deutete in Richtung der Stühle vor seinem Schreibtisch. Tony und ich ließen uns nieder. Napiers forschender Blick ruhte einen Moment lang auf mir. »Du bist sehr jung.«

»Das sollte sich mit dem Alter geben«, witzelte ich.

Wieder schaute Napier zu Tony. Hatte der ihm einen Klugscheißer angeschleppt? Ich beschloss, seine nächste Frage ernsthaft zu beantworten.

»Um ehrlich zu sein«, sagte er, »ich denke, du bist zu jung. Rein rechtlich gesehen bist du zu jung, um für uns zu arbeiten, aber ich verlasse mich hier auf Tonys Intuition. Natürlich habe ich deinen Bruder gekannt. Mein Beileid.« Napier hielt inne und drehte den Siegelring an seinem kleinen Finger. »Tony glaubt, du hast was von dem, was Stephen hatte.«

Meine Gefühle waren immer noch gemischt. Aber dass Tony mit Napier über mich gesprochen und mich mit Steve in einen Topf geworfen hatte, schmeichelte mir extrem.

Napier blickte in seine Unterlagen und dachte einen Augenblick nach. »Auf dem Papier kommst du gut rüber«, sagte er und schob sie über den Tisch, damit ich draufschauen konnte. Auf drei A4-Blättern lag mein ganzes Leben ausgebreitet: mein Geburtsdatum, meine Blinddarmoperation mit fünf, meine Schulen, meine Noten und sportlichen Leistungen. Dann der persönlichere Kram: eine Liste mit zwei, drei

Mädchen und der Name einer festeren Freundin, mit der es letztes Jahr auseinandergegangen war. Schließlich Fotos: ich als Kind auf dem Fahrrad; wie ich in der Boxhose verschwitzt einen Pokal hochhalte, wie ich im Judoanzug meinen braunen Gürtel in Empfang nehme.

»Wo habt ihr das alles her?«, fragte ich und sah Tony ins Gesicht.

»Kinderspiel«, lächelte er.

»Und was, meinst du, sagt das über dich aus?«, fragte Napier.

»Wirkt ziemlich überschaubar«, sagte ich. »Ich hab nie groß Ärger gehabt.«

»Auf all diesen Fotos bist du alleine«, erklärte Napier. »Alle Sportarten, die du betrieben hast, sind Mann gegen Mann.«

Darüber hatte ich noch nie nachgedacht. Kumpel hatte ich schon, aber im Grunde reichte mir meine eigene Gesellschaft völlig aus.

»Mannschaftssport ist wohl nicht so mein Ding«, sagte ich nach einer Weile.

»Aus unserer Sicht vielleicht nicht das Schlechteste.« Napier griff zum Telefon und tippte eine Nummer ein. Obwohl er nichts mehr zu mir sagte, spürte ich, dass ich eine Art Test bestanden hatte.

»Kannst du reinkommen, Ian?«, bellte Napier in den Hörer.

Wenige Sekunden darauf betrat ein langer, sehniger Mann das Zimmer, der mir auf Anhieb unsympathisch war. Er mochte wohl Anfang dreißig sein, sah aber so aus, als bräuchte er noch keinen Rasierer. Seine glatte, fahle Haut spannte um das schmale Gesicht. Er hatte eine kurze Kräuselfrisur und zusammengekniffene Lippen. Ohne eine Miene zu verziehen, stellte er sich hinter Napier an den Schreibtisch und sah auf mich herab.

»Ian«, sagte Napier, »Tony Morris kennst du ja, und dies ist …«

Er blickte auf die Notizen vor ihm. Verwendete den Namen, den ich bald verlieren sollte.

Der dünne Mann nickte in Tonys Richtung und nahm dann wieder mich ins Visier.

»Das ist Ian Baylis«, sagte Napier. »Er wird dein Führungsoffizier sein.«

Ich hatte keine Ahnung, was ein Führungsoffizier so machte, aber es schien mir, als fände Ian Baylis es nicht besonders reizvoll, ihn für mich zu spielen.

»Jetzt schleppst du uns schon Kinder an, Tony?«, sagte Baylis. Er gestattete sich eine minimale Mundbewegung, die schon fast als Lächeln durchging.

Napier reckte einen Finger, um ihn zum Schweigen zu bringen. Offensichtlich hatten sie die Diskussion schon durch.

»Er hat das Zeug dazu«, sprang Tony mir zur Seite. »Er kann auf sich selbst aufpassen. Außerdem schicken wir ihn ja nicht raus in die Wildnis, oder?«

Ich fand, dass es an der Zeit war, auch mal etwas zum Gespräch beizutragen.

»Wohin *wollt* ihr mich denn genau schicken?«, fragte ich.

»Jetzt mal nichts überstürzen«, sagte Napier. »Bevor du überhaupt irgendetwas tust, musst du dir erst mal das hier anschauen.« Er schob mir ein Formular über den Tisch zu. Ein Blick auf den Briefkopf verriet mir, dass es etwas mit

Staatsgeheimnissen zu tun hatte. »Hier brauche ich deine Unterschrift. Und dann musst du dich mit dem hier vertraut machen.«

Er reichte mir einen braunen Umschlag, den ich auf dem Tisch ausleerte. Da gab es einen Pass und noch ein paar Ausweise: eine Kreditkarte, einen Führerschein, eine Mitgliedskarte für einen Fitnessclub.

Alle trugen mein Foto und einen fremden Namen. Eddie Savage.

»So hieß mein Opa«, sagte ich. »Der Vater meiner Mutter. Er ist tot.«

»Dann vergisst du ihn auch im Außendienst nicht«, sagte Baylis scharf. »Oder?«

»Warum? Wo soll ich denn hin?«, bohrte ich nach.

»Wir möchten, dass du dich mit einem Mädchen anfreundest«, sagte Napier. Er lächelte. »Sollte nicht allzu schwer sein, oder? Sie heißt Sophie Kelly.«

Ich war erleichtert, dass sie mich nicht in eine Terroristenhochburg schickten wie meinen Bruder.

»Und wo finde ich diese Sophie Kelly?«, erkundigte ich mich.

Napier schob mir ein Foto über den Tisch. Es war das Bild eines sehr hübschen blonden Mädchens. Ich konnte nicht anders, als mitzulächeln.

»Das ist eine nette, leichte Sache für dich, Eddie«, sagte Napier und verwendete zum ersten Mal meinen neuen Namen. »Wir möchten, dass du wieder zur Schule gehst.«

Fünf

In dieser Welt ging es rasch zur Sache.

Sobald ich zugestimmt und an der angekreuzten Stelle unterschrieben hatte, schüttelte Sandy Napier mir die Hand und schon steckte ich drinnen.

Bis zum Hals.

Aber mal ehrlich, was blieb mir anderes übrig? Mich zu weigern und den Rest meines Lebens herumzukrebsen, mich ständig zu fragen, ob ich nicht etwas Sinnvolles hätte tun können, und zu schämen, dass ich das Andenken meines Bruders mit Füßen trat? Auch keine echte Alternative.

Als wir auf den Trafalgar Square ins helle Tageslicht hinaustraten, schien mir London wie ausgewechselt. Alles sah hyperrealistisch aus, jedes einzelne Detail im Rampenlicht der Sonne. Mir kam es so vor, als würden mich alle beobachten: Leute in den Bussen, Männer mit Hüten, Straßenkehrer. Überall sah ich verräterische Hinweise. Ich streckte meine Hand aus. Sie zitterte, als ob meine Nerven ein Stück stärker gespannt wären. Ich spürte Tonys festen Griff um meine Schulter.

»Seltsames Gefühl, oder?«

Ich nickte.

»Das ist ein großer Schritt«, sagte er. »Ich erinnere mich noch genau, wie es war. Der Verfolgungswahn. Du gewöhnst dich dran, aber glaub mir, an sich ist er nützlich. Hält dich wachsam. Du traust keinem und hältst an jeder Straßenecke die Augen offen. Und in neun von zehn Fällen zahlt sich das Misstrauen aus. So läuft das Spiel.«

Tony winkte ein schwarzes Taxi heran, das reifenquietschend neben uns zum Stehen kam. Ich stieg ein, während Tony dem Fahrer meine Adresse gab und sich neben mich setzte. Wir holperten die Mall entlang, vorbei an New Scotland Yard und all den Ministeriumsgebäuden. Das Taxi bog links ab, über die Westminster Bridge, und als ich auf Big Ben und das ganze Parlament blickte, fühlte ich mich plötzlich wie ein Teil davon. Ich hatte Angst und ich war stolz. Nie zuvor hatte ich mich wie ein Teil von irgendwas gefühlt.

Meine Augen schossen hin und her, als wir die Themse überquerten. Ich beäugte jeden Wagen, der uns überholte, und prägte mir das Kennzeichen eines Motorradkuriers ein, der plötzlich neben uns fuhr.

»Mensch, bist du nervös«, grinste Tony. »Hol mal tief Luft und lass locker.«

»Wird das wirklich besser, Tony?«, fragte ich und versuchte, es mir auf der Taxirückbank bequem zu machen. »Mir ist ein bisschen schlecht.«

Hinter uns schlug Big Ben zwei Uhr und mir wurde bewusst, wie viel an diesem Tag schon passiert war.

»Wird es«, versicherte mir Tony. »Das versprech ich dir. Das geht dir in Fleisch und Blut über, wie ein Teil von dir.«

Wie zur Antwort fing mein Magen an zu gurgeln. Waren wohl die Nerven.

»Du bist sicher am Verhungern«, sagte Tony. »Los, gehen wir Mittagessen.«

Er ließ den Taxifahrer bei einem Drive-in auf der Old Kent Road anhalten. Ein Hamburger Royal TS, große Pommes und ein halber Liter Cola. Das Essen schien meinen Magen zu beruhigen und der Zuckerschock von der Cola half auch. Bald schaufelten wir uns heimwärts durch die dunklen, von totem Laub übersäten Kleinstraßen von Südlondon und ich fühlte mich sicherer. Vor Mums Haus blieben wir stehen.

Wieder zu Hause.

Mum machte uns eine Tasse Tee und dann redete Tony in der Küche mit ihr. Sie sprachen leise, aber hin und wieder hörte ich, wie Mum die Stimme zum Protest erhob und wie Tony sie wieder beruhigte. Ich pflanzte mich im Wohnzimmer vor den Fernseher und schaute eine Wiederholung von *Friends*. Die vertrauten, attraktiven Gesichter, die Farben und das Studiogelächter gaben mir ein Gefühl der Sicherheit. Welche Steine man den Charakteren auch in den Weg legte, am Ende der Folge waren ihre Probleme stets gelöst. Was immer der Autor sich für sie zusammenfantasiert hatte, letztlich hatten sie doch einander. Ich wünschte, ich hätte so ein Sicherheitsnetz wie aus ihrem Drehbuch. Und Rachel als Freundin.

Nach einer Weile kam Mum herein und setzte sich neben mich aufs Sofa. Ihre Augen waren rot gerändert, sie sah mich mit hängenden Mundwinkeln an und ihre Lippen begannen schon wieder zu beben. Sie umarmte mich fest und ich spürte, wie ihr ganzer Körper von Schluchzern geschüttelt wurde.

Sie hatte gewusst, dass es so kommen würde, und sie wollte nicht noch einen Sohn verlieren. Tony hatte ihr gesagt, es sei hier nicht mehr sicher für sie, jetzt, wo auch ich drinhing. Es war schon riskant genug gewesen, wenn Steve hier war, und sein Tod würde zwangsläufig einige Aufmerksamkeit auf sich ziehen. Mein Hintergrund musste verschleiert, alle Spuren meines bisherigen Lebens mussten übertüncht werden.

Mum würde zu ihrer Schwester nach Stoke-on-Trent ziehen und ich konnte rauffahren und sie besuchen, wann immer ich wollte. Tony hatte eine Wohnung für mich gefunden. Morgen würde er mich hinbringen.

Tony bestellte Indisch beim Bringdienst und wir aßen zu dritt am Küchentisch. Im Hintergrund lief immer noch der Fernseher und füllte die Sprechpausen, aber ein paar Lacher brachten wir doch zustande. Ich gab Mum einen Gutenachtkuss und sie presste mich an sich, als ob sie mich nie wieder loslassen wollte. Dann ging ich hoch auf mein Zimmer, vollgestopft mit Hühnchen Tikka Masala und Linsenfladen.

Einschlafen war unmöglich. Mein Hirn raste und mein Bauch war bis zum Bersten gefüllt. Ich suchte auf meinem iPod nach etwas Entspannendem und fand »Steves Playlist«, die genau das Gegenteil davon war: Clapton, Bowie, Led Zeppelin, Queen, Sex Pistols, Iggy Pop, Primal Scream, Public Enemy, Gorillaz. Songs, die um die zwanzig Jahre zurückreichten und von denen jeder eine andere Erinnerung an Steve heraufbeschwor – ein bestimmtes Wochenende oder ein längst vergangenes Weihnachtsfest. Vertraute Klänge, die in meiner Kindheit im Hintergrund gelaufen oder aus seiner verschlossenen Zimmertür gedrungen waren. Ich trug einen von Steves Pullis, und als ich ihn mir über den Kopf zog, stieg mir wieder ein Hauch seines Geruchs in die Nase.

Ich glaubte nicht an Geister, aber als die Songs mich so überspülten, wusste ich: Wenn man nur genug von jemandem festhielt, seinen Geruch, sein Lieblingsessen, seine Lieblingsmusik, dann konnte man beinahe nachstellen, wie er sich anfühlte. Man konnte seine Anwesenheit spüren. Ich fühlte Steve bei mir im Zimmer, seine Augen auf mir.

Ich blickte an die Decke, meine Zuflucht seit Kindheitstagen, solange ich denken konnte. Jeder Riss in der Decke, jedes Spinnennetz wirkte vertraut und beruhigend. Und mir wurde klar, dass es nach dieser Nacht mit meiner Kindheit ein für alle Mal vorbei sein würde.

Sechs

Um zehn holte Tony mich ab. Ich war früh aufgestanden und hatte meine Taschen gepackt. Mir war immer noch ziemlich schlecht, aber das lag wohl eher an meinen Nerven als am Curry. Im Laufe der Nacht war ich immer wieder aus dem Schlaf hochgeschreckt, hatte die Decke angestarrt und Sorgen gewälzt.

Mum hatte mir Eier mit Speck gebraten, aber ich hatte keinen großen Appetit. Ihr zu Gefallen zwang ich sie mir rein und spülte sie mit einem Becher starkem Tee runter.

Als Tony aufkreuzte, gab sie sich alle Mühe, keine Szene zu machen, und ich genauso. Sie sagte ihm, er solle auf mich aufpassen, sonst bekäme er es mit ihr zu tun. Tony gelobte es, dann küssten wir sie beide und waren fort.

Der Berufsverkehr war schon fast vorbei, doch als wir nach Deptford kamen, war New Cross noch immer mit Autos verstopft. Überwiegend gammelige Kleintransporter von Geschäftsleuten aus der Gegend oder glänzende BMWs mit Schwarzen, die ihre Muskeln und Musikanlagen spielen ließen. Ich betrachtete ihre Gesichter und überlegte, was für Jobs sie wohl hatten, und sie starrten eiskalt zurück.

Das muss unauffälliger werden, dachte ich.

Tony fuhr runter Richtung Fluss und summte einen grauenhaften Song aus dem Radio mit, der mir langsam schwer auf die Nerven ging. Vor einem großen Apartmenthaus am Ufer hielt er an, einem Neubau aus Stahl, Glas und Holz. Auf einer Seite war ein Schrottplatz, auf dem sich rostige Autowracks türmten. Auf der anderen Seite stand ein weiterer Wohnblock, der glänzend und metallisch in den Himmel ragte, davor eine Phalanx polierter Angeberschlitten. Es war wie ein Frontalcrash der alten und der neuen Welt, mit ungewissem Ausgang: Würde das Glänzende, Neue den Schrottplatz schlucken oder würde die Müllhalde das Neue mit Rost und Verfall überziehen und zu sich in den Abgrund reißen?

»Willkommen in deinem neuen Zuhause«, präsentierte mir Tony den Wohnblock mit einer einladenden Handbewegung.

»Meinem was?«, fragte ich.

»Deiner Wohnung.« Er lachte. »Viel Gesellschaft wirst du allerdings nicht haben, fürchte ich. Das Gebäude steht halb leer. Gebaut für die Yuppies und Börsenheinis, die in der Gegend angeblich Schlange stehen sollten.«

»Wo sind die denn hin?«, erkundigte ich mich.

»Entweder gab es die von vornherein nicht oder sie sind inzwischen pleite ...« Er grinste. »Investmentbanker«, sagte er mit einer Geste aus dem Handgelenk.

Tony tippte einen Code in die Tür ein, ein schweres Ding aus Glas und Stahl. Auf den Tasten standen keine Ziffern, aber sie machten unterschiedliche Töne.

»Keine Ziffern?«, fragte ich.

»Nein. Ist sicherer ohne. Du musst dir die Tonfolge merken, aber das ist jetzt kein Thema. Geht ja grad erst los.« Die Tür schnappte auf und wir spazierten durch einen kühlen Marmorflur zu einer Lifttür aus Stahl. Sie öffnete sich mit einem Zischen.

»Das ist dein sicheres Haus«, erklärte Tony und drückte den Knopf für den fünften Stock. »Die Leute, die sich diese Art von Bude kaufen, haben es gern gut geschützt, deshalb bist du hier bombensicher, um's mal so zu sagen. Hier ist nicht viel los. Sei einfach diskret und nicht zu dicke mit den Nachbarn. Von denen wirst du wahrscheinlich eh nicht viel mitkriegen. Die neigen dazu, früh zur Arbeit zu gehen und spät nach Hause zu kommen, und Familien sind keine dabei.«

Er reichte mir einen Zettel mit der PIN-Tonabfolge für die Haustür unten und eine andere Kombination für die Wohnung. Der Aufzug kam im obersten Stockwerk zum Stehen.

»Merk dir die Zahlen und dann schluck's runter«, sagte Tony.

Mein Gesichtsausdruck ließ ihn in Gelächter ausbrechen.

»Nur ein Witz, Kumpel.« Er klopfte mir auf die Schulter. »Lass ihn nur nicht blöd rumliegen.«

Ich gab den Code zur Wohnung 501 ein und trat durch die Tür. Die abgestandene Luft schlug mir ins Gesicht; alles roch neu. Tony machte das Licht an und mich durchfuhr ein aufgeregtes Prickeln, als ich den großen, offenen Raum in mich aufnahm.

Da standen ein gemütlich aussehendes Sofa und ein paar Ledersessel. Auf dem Boden dazwischen lag ein dicker, moderner Teppich und es gab einen gläsernen Couchtisch mit einer Obstschale und einem Stoß Bücher darauf. An der Wand hing ein großes gerahmtes Original-Filmposter von James Bond – *Dr. No.* Tony bemerkte meine Reaktion und zwinkerte mir zu.

»Mein Geschenk zum Einzug«, sagte er. »Kleiner Scherz.«

Unter dem Poster stand ein Schreibtisch mit einem silbernen Apple-Notebook darauf. Tony klappte den Computer auf und fuhr ihn hoch. In der Menüleiste oben war schon mein neuer Name eingegeben: Eddie Savage. Das Hintergrundbild zeigte den Blick aus dem Fenster, das die ganze Breitseite der Wohnung einnahm: die Skyline der Docklands, mit Canary Wharf als größter Erhebung in der Mitte. Tony klickte meinen Namen an, dann *Gast anmelden*, und schon wirbelte der ganze Bildschirm durcheinander und legte eine zweite Benutzeroberfläche frei. Tony tippte ein weiteres Passwort ein: 3dd13.

Ich furchte die Stirn. Wie sollte ich mir diese ganzen Codes und Ziffern merken?

»3dd13, Eddie – kapiert?«, fragte Tony. »Hab ich mir selber ausgedacht.«

»Sehr einprägsam«, sagte ich.

»Das ist jetzt dein Passwort für alles, was du für uns machst, okay?«

Ich nickte.

»Diese Oberfläche ist für den vertraulichen Kram. Hat eigene E-Mail, eigenen Webbrowser, alles.« Er klickte wieder auf meinen Namen, und die Skyline meldete sich zurück. »Mit dieser Oberfläche kannst du anstellen, was du willst. Sorg halt dafür, dass sie aussieht wie der Desktop eines durchschnittlichen siebzehnjährigen Kerls.«

»Klar, Tony.« Ich freute mich halb tot wegen des Computers. Zu Hause hatte ich mir den uralten Riesenknochen von einem Dell mit allen teilen müssen, und das hier war die Technik von übermorgen, hauchdünn wie eine Waffel und schnittig wie ein Ferrari.

»Knall ihn voll mit Rapmusik und Pornos, wenn dir danach ist, aber denk dran, dass E-Mails und Browserverlauf von beiden Konten überwacht werden, leider.«

Ich muss wohl ein bisschen rot angelaufen sein, denn Tony blickte hüstelnd aus dem Fenster, betreten, weil er mich in Verlegenheit gebracht hatte.

»Wie auch immer, mach's dir jetzt noch nicht allzu gemütlich. Wirf dein Zeug ab und pack deine Reisetasche.«

Er half mir, mein Gepäck ins Schlafzimmer zu tragen, gleich neben dem Wohnzimmer. Das Bett war riesig und weiß, mehr als doppelt so groß wie meine Koje zu Hause. Es sah aus wie ein cooles Hotelzimmer, mit in die Wand geschraubten Leselämpchen an beiden Seiten des Betts und einem Bild in der Mitte darüber. Es war was Abstraktes, das Plakat zu einer Ausstellung der Tate Gallery vor ein paar Jahren. Durch eine Schiebetür gelangte man auf einen Balkon, von dem man direkt auf den Fluss blickte. Ich zog sie auf und trat nach draußen. Die Mittagssonne spiegelte sich in der futuristischen Landschaft gegenüber und flussaufwärts konnte ich den gurkenförmigen Wolkenkratzer in der City und die Kuppel von St. Paul's ausmachen. Unter mir zog der Fluss vorbei, langsam und undurchsichtig, und strudelte und wirbelte sich um die glitschigen, grün bewachsenen Anlegestellen. Obwohl mir die Wohnung noch so fremd war, machte sich in mir ein wohliges Gefühl breit, und ich hätte nichts lieber getan, als mich rücklings auf die große weiße Matratze fallen zu lassen, den Breitbildfernseher am Fuß des Betts einzuschalten und den Rest des Tages einfach nur abzuhängen.

Tony hatte andere Pläne. Er sah auf die Uhr und machte Geräusche, die auf Aufbruch hindeuteten, und so stopfte ich ein paar Sachen in meine Reisetasche, während er das Notebook verstaute. Fünf Minuten später fiel die Tür zu meiner neuen Wohnung hinter uns ins Schloss.

Sieben

Wir nahmen den kürzesten Weg durch Greenwich, vorbei an Park und Marinemuseum, und dann durch den Blackwall-Tunnel. Die Industrielandschaft nördlich des Flusses war mir reichlich fremd. Ich hatte noch nie einen Grund gehabt, dort hinzufahren. Schließlich bog Tony nach links ab und wir fanden uns in einer runtergekommenen Wohngegend wieder. Die Straßen waren gesäumt von indischen Lebensmittelläden, Kebabbuden und Imbissen mit Mittelmeerspezialitäten.

»Wo sind wir hier, Tony?«, fragte ich. Ich musterte die bunte Mischung von Leuten, die sich auf den Straßen herumtrieben.

»Dalston«, antwortete er.

Obwohl ich kaum mehr als ein paar Meilen von hier aufgewachsen war, hörte ich zum ersten Mal von Dalston. Es fühlte sich ganz anders an als südlich des Flusses. Keine Ahnung, warum. Vielleicht einfach nicht meine Gegend.

»Saufiese Gegend hier«, sagte Tony. »Ganz anders als die grünen Alleen und Prachtstraßen von New Cross und Peckham«, fügte er grinsend hinzu.

Weiter ging es durch Hackney und Islington und dann die Holloway Road hoch, bis die Nordumfahrung angezeigt wurde.

»Also, wo ist das, wo wir jetzt hinfahren?«

»Draußen, Richtung Beaconsfield«, gab Tony zurück. »Aber je weniger du weißt, desto besser. Hätte dir die Augen verbinden sollen.«

Tony schien heute richtig zu schwelgen in seinen lahmen Witzen. Vermutlich wollte er nur meine Nervosität etwas herunterspielen. Den Rest der Fahrt verbrachten wir schweigend.

Das Gebäude sah aus wie eine Schule. Es stand am Ende einer langen Auffahrt, moderne Häuserblocks lagen darum verstreut. Wir wurden vom Sicherheitsdienst überprüft und dann zum Hauptgebäude durchgewinkt, wo Tony auf einem Mitarbeiterparkplatz hielt. An einem Empfangsschalter mussten wir uns eintragen und eine uniformierte Mitarbeiterin übergab mir einen in Plastik eingeschweißten Besucherausweis.

Es fühlte sich kein bisschen aufregend oder glamourös an, sondern eher, als würde man sich arbeitslos melden oder für eine Tetanusimpfung anstehen. Die Wände waren zugepflastert mit Postern von irgendwelchen Behörden oder Warnhinweisen zu Gesundheitsrisiken. Meine Schuhe quietschten auf dem blanken Linoleum des Korridors. Niemand schien uns wahrzunehmen oder Tony zu erkennen, als wir das Haupthaus verließen, einen Hof überquerten und eines der modernen Gebäude betraten. Hinter einem Schreibtisch, umgeben von Computern, Aktenstapeln und Papieren, saß Ian Baylis. Er wirkte nicht sonderlich erfreut, mich zu sehen.

»Alles klar, Ian?«, fragte Tony heiter. Baylis verzog die Lippen zu seinem schmalen Lächeln und schaute mich an.

»Sollten schnell loslegen«, sagte er. »Wir haben nicht allzu viel Zeit.«

»Dann übergebe ich dich mal Ians fähigen Händen«, erklärte Tony, und auf einmal überkam mich der Drang, mich an ihm festzukrallen, wie ein Kind am ersten Schultag. Tony tätschelte mir den Rücken.

»Ich schau dann in ein paar Tagen nach dir.«

»In ein paar *Tagen*?«, fragte ich. »Wie lange bleibe ich denn hier?« Mich traf der Schlag. Ich hatte geglaubt, es wäre nur für eine Nacht.

»Eine Woche«, sagte Baylis. »Gerade mal lang genug, um dich auf Vordermann zu bringen.«

Den restlichen Tag setzte mich Baylis vor einen Computer und testete meinen IQ und meine Geistesgegenwart. Er überprüfte die Ergebnisse und stoppte, wie lange ich für die Antworten brauchte, aber es war schwer zu beurteilen, wie ich abgeschnitten hatte.

Eine der Aufgaben bestand darin, sich eine Legende einzuprägen, eine Deckgeschichte mit Einzelheiten einer neuen Identität. Ian gab mir genau zwei Minuten, um die Legende zu lesen, und dann zehn Sekunden für die Beantwortung jeder Frage. Mit einem Mausklick blätterte ich die Seite auf dem Monitor um.

Ihre Legende:

Sie sind in Transeuratanien stationiert. Sie sind Vegetarier und das Essen in Metropoligrad ist nicht besonders – abgesehen vom Kaffee, von dem ein Kännchen im besten Hotel nicht einmal einen Schilling kostet. Ihr Name ist Stephen Johnson. Sie sind am 14. Dezember 1974 in Skegness geboren. In Ihrem Abschlusszeugnis erzielten Sie in Erdkunde (Erstfach) die Note A, in Französisch (Zweitfach) die Note A und in Wirtschaftskunde (Drittfach) die Note B. Sie haben zwei Schwestern und einen Bruder. Sie haben an der Universität Geologie studiert und arbeiten nun als Unternehmensberater für eine Firma namens British Coal Associates.

Ich las mir die Legende immer wieder durch und versuchte, sie mit Bildern in Verbindung zu bringen – etwa, mir eine Karotte für den Vegetarier vorzustellen. Skegness kannte ich, weil wir dort einmal im Ferienpark Urlaub gemacht hatten, und so beschwor ich Bilder der Ferienanlage herauf. Mein Bruder hieß Stephen, das war also einfach ... Ich versuchte, mir die Abschlussnoten zu merken ... A in Erdkunde, A in Französisch ... Zeit um.

Die Seite verschwand und an ihrer Stelle erschien eine Landkarte des fiktiven Staats Transeuratanien mit Ziffern darauf. Man konnte die Fragen in beliebiger Reihenfolge beantworten ... Ich klickte auf die Nummer eins.

1. Wie heißen Sie?
A: John Stephenson
B: Stephan Johnston
C: Stephen Johnson

Die war leicht. Ich wählte C, während die Uhr langsam von zehn rückwärts tickte. Drei Sekunden. Zweite Frage ...

2. Wie heißt die Währung von Transeuratanien?
A: Transeuratanischer Rubel
B: Transeuratanischer Zloty
C: Transeuratanischer Schilling

Ich erinnerte mich an den Kaffee. Wieder C. Nächste Frage ...

3. Was ist Ihr Lieblingsessen?
A: Pilzrisotto
B: Ente à l'Orange
C: Röstgemüse mit Lamm

Musste das Risotto sein – mir fiel das Bild von der Karotte ein und ich klickte auf A. Nächste Frage ...

4. Wie waren Ihre Abschlussnoten?

Wieder begann die Uhr am Fensterrand von zehn rückwärts zu zählen. Vor meinen Augen verschwammen die Buchstaben.

A: A, B, B
B: C, A, B
C: A, A, B

Fast hätte ich auf A geklickt. Nein, C war's. Oder? Noch mal hinschauen. Noch vier Sekunden. Ich hackte auf C ein, nur eine Sekunde übrig. Fing an, etwas zu schwitzen ...

5. Für welche Firma arbeiten Sie?

O nein. Eine Abkürzung. Noch mehr Buchstaben. Ich wusste, dass es irgendwas mit British und Coal war, aber was …?

A: CBA
B: ABC
C: BCA

C war's, da war ich mir sicher. Oder B? Mir lief die Zeit davon. Drei Sekunden. Ich zögerte zu lange und klickte auf B. Sicher falsch … und weiter.

6. Was haben Sie studiert?
A: Geologie
B: Geografie
C: Management

Das wusste ich. A war richtig. Weiter …

7. Wie heißt Ihr Bruder?

Leicht.

A: John Stephenson
B: John Johnson
C: Stephen Johnston

Ich klickte auf C und bereute es sofort. C sollte *mein* Name sein ... und der Nachname hatte kein t. Ich war in eine billige Falle getappt.

8. Wann haben Sie Geburtstag?
A: 17. Dezember 1974
B: 14. Dezember 1974
C: 19. Dezember 1974

Ich war völlig durch. Konnte Buchstaben und Zahlen kaum mehr auseinanderhalten und die Uhr war schon runter auf drei Sekunden ... zwei ... eine. Ich klickte auf A.

»Erbärmlich«, tönte Ian Baylis' Stimme von der anderen Seite des Raumes, wo er meine Antworten und Stoppzeiten von seinem Computer abgelesen hatte. Ich blickte gerade noch rechtzeitig auf, um zu sehen, wie er aus Zeigefinger und Daumen eine imaginäre Pistole formte und sie auf meinen Kopf abfeuerte. »Du bist tot«, sagte er. »Du hast fünf von acht. Bei so was Billigem wie dem hier hätte alles sitzen müssen. Schon ein einziger Patzer hätte deine Tarnung auffliegen lassen.«

»Tut mir leid«, murmelte ich. »Ich bin nur ein bisschen nervös. Das war ganz schön verwirrend.«

»Bei mir brauchst du dich nicht entschuldigen, Arschgesicht«, gab Baylis zurück. »Ich bin's nicht, der die Kugel ins Hirn geblasen kriegt. An dir müssen wir härter arbeiten, als ich gedacht habe.«

Acht

Ian Baylis hielt Wort. Ich konnte ihn jetzt keinen Deut besser ausstehen als am Anfang, aber wie er mich einarbeitete, musste ich doch bewundern. Die Gedächtnisspiele, Tests, willkürlichen Fragen, und wie er immer wieder meine Legende durchging:

»Wie heißt du?«

»Eddie Savage.«

»Geboren?«

»23. Mai.«

»Wo?«

»Lewisham-Klinikum, London.«

»Eltern?«

»Beide tot. Dad Krebs, Mum auch.«

»Was für eine Art von Krebs hatte sie?«

»Brust.«

»Geschwister?«

»Keine.«

»Schule?«

»St. George's, New Cross.«

»Dein zweiter Vorname?«

»Arthur, nach meinem Opa.«

»Name deines Bruders?«

»Ich ...«

»Du hast gezögert. Noch mal von vorn.«

Und weiter machte er, fragte mich aus über meine Kindheit, über Haustiere, die ich nie gehabt, und Urlaube, die ich nie gemacht hatte. Das ging so lange, bis ich schließlich begann, die Geschichten selbst zu glauben. Ich hatte meine imaginäre Kindheit richtig vor Augen, sogar das Haus, in dem ich niemals gelebt hatte.

Sie hatten mir ein neues Ich verpasst.

Es gab noch andere Tests, Belastungskontrollen auf dem Laufband und im Fitnessraum. Puls, Blutdruck, Dauer der Erholungsphase. Oft war noch ein anderer Mann dabei – Ian Baylis nannte ihn nur Oliver. Sagte, wir würden uns noch öfter sehen. Er hielt sich im Hintergrund und beobachtete nur.

Am Abend des vierten Tages ging Ian mit mir in den Pub, irgendwo im Umland von wo immer wir auch waren. Er holte mir ein Bier und wir saßen herum, nippten an unserem Guinness und knackten Erdnüsse. Zunächst blieb er wortkarg, aber dann schien er sich etwas zu entspannen. Nach einer Weile schaute er mich an und sagte, ich sei keine »komplette Vollkatastrophe«, was ich aus seinem Mund als Kompliment auffasste. Dann fragte er, ob ich Pool spiele. Ich sagte Ja, also spielten wir eine Partie und er zog mich ab.

»Du musst deine Taktik verbessern«, sagte er. »Denk über das Spiel nach, statt bloß Kugeln über den Tisch zu schubsen. Stell ein paar Fallen auf. Mach's deinem Gegner nicht ganz so gemütlich.«

Am nächsten Morgen stellte mich Baylis dem Kampfsporttrainer vor, der so ziemlich dasselbe sagte. Ich hatte als Kind etwas Judo gemacht und geboxt, aber dieser Typ erklärte mir, ich könnte mich noch nicht mal aus einer durchgeweichten Papiertüte freikämpfen. Davon abgesehen lautete sein Rat, nie einen Kampf zu provozieren. Wenn irgend möglich, sollte ich verschwinden. Wenn aber Angriff unvermeidlich war, sollte ich, so schnell es ging, die Oberhand gewinnen – und das mit jedem Mittel. Er zeigte mir Sachen, die beim Judo oder im Boxring nie durchgegangen wären. Straßenkampftechniken. Wie man zuschlug und dem anderen dabei seinen Daumen ins Auge rammte. Wie man die Nase des Gegners mit dem Handballen von unten erwischte. Wie man den anderen k. o. schlug, indem man ihm den Ellbogen in den Solarplexus oder die Schläfe rammte oder das Knie gegen das Herz. Jemanden mit einem Kugelschreiber in die Luftröhre stach oder ihn mit einem Stift und einem Schnürsenkel erdrosselte.

Zum Überleben, sagte er, brauche er an schmutzigen Tricks nicht mehr als einen Kugelschreiber. Detailliert malte er aus, was für Schmerzen das spitze Ende eines Kulis verursachen konnte, wenn man es jemandem ins Ohr rammte; wie tödlich es sei, wenn man es mit einem Schuhabsatz ganz reinhämmerte. Ähnlich effektiv: Wenn man den Kuli oder einen gespitzten Bleistift hart genug ins Auge drückte, durchschlug er die Augenhöhle und drang ins Hirn ein.

Hübsch. Gefährliche Dinger, diese Kulis.

Der Trainer war untersetzt und hatte die platte Nase eines Bullterriers. Mit seiner kratzigen walisischen Stimme bellte er mich an, während ich auf den schweren Sack eindrosch und Haken auf seine Pratzen semmelte. Er brüllte mich an, während ich den Speedball bearbeitete, und warf mir Beleidigungen an den Kopf, während er auf meinen angespannten Bauch Medizinbälle fallen ließ.

Seinen Namen verriet er mir nicht. Zu persönlich, sagte er. Er wollte keine Kumpelhaftigkeit und gab – und bekam – keine. Der einzige Name, bei dem er mich rief, war ein Schimpfwort, das ich vor meiner Mutter nie in den Mund genommen hätte.

Ich hielt meine Wut im Zaum, als er mich unter Beschimpfungen durch den Schlamm jagte, mich anschrie, als ich mir beim Kriechen über Wellblechplatten die Knie und Ellbogen aufschürfte. Ich zuckte nicht mit der Wimper, als ich mir die Beine auf Brombeergestrüpp und Glasscherben zerschnitt und mir den Rücken zerfetzte, als ich unter Stacheldrahtzäunen durchkroch. Und ich klagte nicht, als er mir einen mit Steinen gefüllten Rucksack aufsetzte und befahl, noch ein zweites Mal ums Gelände zu laufen, diesmal doppelt so schnell.

Wieder rannte ich los, seine Stimme wie ein ständiges Tosen in den Ohren. Tatsächlich fühlte ich mich umso stärker, je mehr er schrie und herumbrüllte. Der Schmerz löste sich in dem Maße auf, in dem sich mein Wille verfestigte, ja nicht vor ihm einzuknicken. Ich warf mich über Gräben und auf Seilwände, die Steine gruben sich in meinen Rücken und ließen mich aufschreien vor wütender Entschlossenheit. Meine Hände brannten bis aufs rohe Fleisch, als ich mich an einem Tau über einen Graben schwang, der mit Einkaufswagen, Scheiße und Altöl zugemüllt war. Am anderen Ende knallte ich mit dem Gesicht in eine Wand und holte mir Nasenbluten und eine dicke Augenbraue.

Als ich es wieder an den Start geschafft hatte – in doppelter Geschwindigkeit –, kratzte mir der Atem heiß in der ausgedörrten Kehle, und an meinem Gesicht rannen Blut, Schweiß und Sabber herab. Er nannte mich eine Pfeife, die es nicht wert sei, ihm die Stiefel zu lecken, geschweige denn sein Arschloch, und da tickte ich aus.

Ich ließ den Rucksack fallen und warf mich auf ihn. Ich schickte einen Faustschlag los, der ihm hoffentlich den Rest der Nase übers Gesicht verteilen würde. Doch er fing meine Faust mit seiner Riesenpranke ab und wich tänzelnd meinem Schlag aus, drehte mich ein, brachte mich aus dem Gleichgewicht und schmiss mich rücklings in den Matsch. Ich sprang sofort wieder hoch und ging erneut auf ihn los, sah aber diesmal seine Reaktion voraus, landete meine Rechte voll auf seinem Mund und spaltete ihm die Lippe. Das schien ihn etwas zu wurmen und auf einmal war ich es, der eine rechte Rückhand abbekam; eine, die mich voll am Hals erwischte. Es war, als hätte er mir mit einem Baumstamm eins übergezogen, und wieder ging ich zu Boden. Doch gleich war ich wieder auf den Beinen und griff ihn mit beiden Fäusten an, als ich sein Gesicht sah. Durch das Blut, das aus seiner gesprungenen Lippe sickerte, grinste er über das ganze Gesicht.

Nicht höhnisch, sondern warm und freundlich.

»Gut gemacht, mein Sohn«, sagte er. »Du hast Eier aus Stahl.« Er hob abwehrend die Hände, um meine nächsten Schläge abzufangen, aber das Feuer in mir war erloschen. Ich ließ die Fäuste auf die Knie sinken, keuchte schwer und musste halb lachen, halb weinen vor Schmerz, Erschöpfung und Erleichterung, dass es endlich vorbei war. Er klopfte mir auf die Schultern und ich spuckte aus trockenem Mund in den Schlamm. In der Spucke schwamm Blut. Aus dem Augenwinkel sah ich, wie Ian Baylis auf uns zukam. Sein Kumpel Oliver war auch dabei.

»Wie macht er sich, Jim?«, fragte Baylis.

»So langsam hat er den Dreh raus!«, sagte Jim mit einem Grinsen. Und dann, ganz ernst: »Der ist hart wie Granit. Ich glaube, der hätte mich umgebracht, wenn ich ihm nur den Hauch einer Chance gelassen hätte.«

Oliver sah auf seine Stoppuhr und zeigte sie Baylis mit erhobenen Augenbrauen.

»Ein solches Tempo bei der zweiten Runde hab ich überhaupt noch nie erlebt«, sagte Baylis und gestattete sich den Anflug eines Lächelns. »Gut gemacht, Eddie. Jetzt erst mal eine heiße Dusche und Abendessen. Wir machen schon noch einen Mann aus dir.«

Neun

Als ich am nächsten Morgen aufwachte, waren meine Gelenke steif vor Schmerz. Jeder Muskel, jede Sehne meines Körpers schien um Hilfe zu schreien. Ich versuchte, mich umzudrehen und es mir auf der klumpigen Matratze bequem zu machen, aber egal wie ich mich legte, irgendetwas tat immer weh. Die Sonne drang durch die fadenscheinigen Vorhänge und ich wusste, dass an Schlaf nicht mehr zu denken war. Ich schwang meine Beine aus dem Bett und setzte die Füße auf den kalten Fußboden. Wo ich gelegen hatte, war das Laken mit Blut befleckt. Ich blickte runter auf meine gesplitterten Zehennägel und die Blasen an den Füßen, auf das Muster aus Kratzwunden an meinen Beinen, und auf einmal war ich stolz, bis jetzt überlebt zu haben. Irgendeine innere Kraft war mein Reservekanister gewesen. Ich kam auf die Beine und wankte rüber zum Waschbecken, fand ein paar Ibuprofen im Kulturbeutel und spülte sie mit kaltem Wasser runter. Ich spritzte mir Wasser ins Gesicht und schaute in den Spiegel. Nach den paar Tagen kam ich mir schon schlanker und fitter vor. Zwar war mein Gesicht zerkratzt und voller Schnittwunden, und ein blaues Auge hatte ich auch, aber – oder war das nur Wunschdenken? – da lag unzweifelhaft ein Ausdruck der Entschlossenheit in meinem Blick, der vorher nicht da gewesen war.

Hart wie Granit, hatte er gesagt. Eier aus Stahl. Was auch immer sie mir zumuteten, ich würde es packen.

Der fünfte Tag verlief anders als die übrigen. Ian Baylis ließ ein bisschen locker, warf nur hin und wieder vereinzelte Fragen ein, um sicherzugehen, dass ich noch rasch reagierte. Wenn er mich Eddie nannte, sprang ich darauf an. Meinen richtigen Namen hatte ich schon fast vergessen. Beinahe träumte ich schon als Eddie, wie wenn man eine Fremdsprache im fremden Land lernt. Andere Orte, andere Träume.

Ich bekam einen Crashkurs im Autofahren. Die Grundlagen beherrschte ich schon, weil ich ein paar Fahrstunden genommen hatte, aber die Prüfung musste ich trotzdem machen. Und war ziemlich stolz, als ich sie bestand.

Tags darauf brachte mich Baylis in einen anderen Teil des Gebäudes. Mit nasaler Stimme erläuterte mir ein hagerer Mann namens Hamish Campbell einiges an Technik, die ich brauchen würde. Das meiste davon war ziemlich elementar: zwei Handys, ein iPhone für den persönlichen Gebrauch und ein kleines Nokia als Hotline zu Baylis und seinen Agenten. Das iPhone hatte die üblichen Apps, aber auch haufenweise Extras wie Navigationsprogramme und eine codierte Tastatur, mit der ich verschlüsselte Nachrichten senden konnte. Das war wirklich vom Feinsten, Lichtjahre entfernt von meinem Prepaid-Handy.

Ich wurde ganz panisch, weil mir schleierhaft war, wie man das alles bediente, aber Campbell versicherte mir, ich würde da im Laufe der Zeit schon durchsteigen. Er schärfte mir auch ein, jeden Abend die SIM-Karten herauszunehmen, um meine Ortung zu erschweren. Dann überreichte er mir ein Paar Schuhe, das für mich präpariert worden war. Wenn man die Einlegesohle herausnahm, sah man im Absatz eine kleine Ausbuchtung mit eigens zugeschnittenen Fächern für SIM-Karten und Speicherchips. Es gab sogar einen USB-Stick, der laut Campbell die Speicherkapazität von einem halben Dutzend Notebooks hatte – falls ich mal den kompletten Inhalt einer fremden Festplatte kopieren musste. Er passte genau in den anderen Schuhabsatz und konnte leicht herausgezogen werden, ohne dass es irgendjemand merkte. Und noch einmal betonte er, wie wichtig es war, jeden Abend die SIM-Karten zu entfernen.

Den verbleibenden Nachmittag verbrachte Campbell damit, zu erklären, wie man jemandem Spionageprogramme auf den PC installiert. Er gab mir eine Webadresse, von der ich eine Software herunterladen konnte, die alle eingehenden und ausgehenden E-Mails eines fremden Kontos überwachte. Er zeigte mir, wie ich das Programm installieren und aktivieren konnte, ohne dass der Nutzer des Rechners jemals etwas bemerken würde. Er lud mir die Spyware auf den USB-Stick, damit ich sie auch ohne Internetzugang greifbar hatte.

Da gab es noch eine Menge anderes Zeug, das ich im Laufe der Zeit noch würde lernen müssen, erklärte er mir: Codes und Schlösser knacken, Beschattungstechniken und so weiter.

Nachdem wir endlich mit der IT-Geschichte durch waren, hievte Campbell eine Aktentasche auf den Schreibtisch.

»Zeit für ein bisschen was Lustiges«, sagte er. »Ich gebe zu, dass es ein wenig nach Secret Squirrel riecht, aber ein Teil davon könnte ganz nützlich sein.«

»Secret was?«, fragte ich lachend.

»Secret Squirrel, der geheime Eichkater?« Er lächelte. »Ich nehme an, das war vor deiner Zeit. In den Sechzigern gab es so ein Trickfilm-Eichhörnchen, das war ein Geheimagent. *Ein Ärmel mit Assen, dass die Bösen erblassen …*« Mit seiner näselnden Stimme stimmte Campbell die Titelmelodie an. »*Kanone im Hut, kugelsich'rer Frack, ein MG im Spazierstock, das macht tack-tack-tack-tack …*« Er stellte das Gewehr pantomimisch dar und stampfte für das Tack-tack-tack mit dem Fuß auf. So beschwingt hatte ich ihn den ganzen Nachmittag nicht erlebt.

Hinter uns hüstelte es.

»Freut mich, dass ihr es so lustig habt, Leute«, sagte Sandy Napier.

Hamish wirbelte herum.

»Commander Napier«, schluckte er und sein Mund klappte auf und zu wie bei einem Fisch auf dem Trockenen. »Ja, äh, ich zeige Eddie nur gerade etwas von unserer Überwachungstechnik.«

Napier grinste und klopfte auf das Glas seiner Taucheruhr.

»Nun, dann kommen Sie zum Ende, Mann, uns läuft die Zeit davon. Wir müssen Eddie noch fertig ausstaffieren und ich brauche unbedingt einen Drink. Du bist später natürlich dabei, oder, Eddie?«

»Klar, ich meine, ja, Sir.« Ich hatte keine Ahnung, wie ich ihn anreden sollte. Von allen, die ich bisher kennengelernt hatte, jagte mir Napier die größte Angst ein.

»Danke«, fügte ich hinzu und Napier verschwand.

»Sag im Zweifelsfall immer Sir zu ihm«, riet mir Campbell hilfsbereit. Er legte den Aktenkoffer auf die Bank und öffnete ihn. Der Zauberkasten enthielt eine gewöhnlich aussehende Digital-Armbanduhr, die bis zu acht Stunden lang Gespräche aufzeichnen konnte, die in einem Radius von fünf Metern stattfanden. Sie hatte einen Knopf, mit dem die Stoppuhr bedient wurde und der auch das Aufnahmegerät steuerte. Dann gab es noch einige Magnetanhänger, die in den Tankdeckel oder unter den Auspuff eines Autos passten, damit man es auf dem Handy oder dem Notebook peilen konnte. Er zeigte mir ein paar kleine magnetische Mikrofone, mit denen ich Räume verwanzen konnte. Er meinte, die würde ich so ziemlich von Anfang an brauchen.

Ich nickte beeindruckt.

Campbell ließ den Koffer zuschnappen. »Jungsspielzeug«, sagte er und tippte sich mit dem Zeigefinger an die Nase. »Aber ich glaube, du bist jetzt mit einer Dame verabredet.«

Zehn

»Bin zu spät, Eddie, tut mir leid.« Ihr schwarzes, glänzendes Haar war zu einem Pferdeschwanz zurückgebunden und sie war weniger stark geschminkt als bei unserem letzten Treffen. Sie trug Jeans und eine strahlend weiße, taillierte Bluse über einem Top.

Sie sah unglaublich aus.

»Anna«, sagte sie und streckte mir ihre Hand entgegen. An ihren festen Händedruck erinnerte ich mich noch gut und auch daran, wie sie einem dabei direkt in die Augen sah. An ihr Grübchen beim Lächeln.

»Ich weiß noch«, sagte ich. »Von der Modellagentur.«

Sie lächelte und hob eine Augenbraue, als sei sie nicht sicher, ob das ein Witz sein sollte.

»Dich haben sie ja ganz schön in die Mangel genommen.« Mit der größten Selbstverständlichkeit berührte sie meine Wange. Ich zuckte instinktiv zurück und sie zog die Hand weg. Innerlich verfluchte ich mich. Ich wünschte, sie würde ihre Hand wieder hinlegen und mein Gesicht noch einmal anfassen. Anfassen, was immer sie wollte.

»An meine Woche Basisausbildung erinnere ich mich

noch genau«, sagte sie. »Ich glaube, dieser verdammte Sadist Jim Owen hat's bei mir noch mehr genossen als ohnehin, der perverse Sack.«

»Du meinst ...« Langsam begann der Groschen zu fallen. »Du arbeitest als ...«

»Ja, ich auch. Du hast nicht im Ernst geglaubt, dass ich bei dieser armseligen Agenturgeschichte arbeite, oder?«

»Na ja, ich ...«, suchte ich nach Verteidigungsstrategien.

»Sugacubes Modellagentur«, trällerte Anna im Empfangsdamen-Singsang, wie Barbie am Telefon. »Wie kann ich Ihnen behilflich sein?« Sie sah mich fragend an.

»Nein, natürlich nicht«, log ich. »War mir klar, dass das eine Fassade ist.«

Anna beließ es dabei, zum Glück. »Kannst du mir mal die Sachen mit reinbringen?«

Ich ging zur Bürotür und half ihr, ein halbes Dutzend Einkaufstüten und eine Kleiderstange voller Hosen, Hemden und Anzüge zu schleppen.

»Das hat mich einen ganzen Tag, zwei Strafzettel und eine Beinahe-Verhaftung gekostet.«

»Wie bist du der Verhaftung entgangen?«

Anna stemmte eine Hand in die Hüfte und sah mich an. »Was glaubst du?«

»Weiblicher Charme?«, versuchte ich.

»Ja, klar.« Sie grinste. »In Wirklichkeit habe ich dem Polizisten den Hals gebrochen, einhändig.« Sie lachte und versetzte mir einen spielerischen Karateschlag auf den Hals, bevor sie anfing, die Taschen auszuräumen. Sie zog T-Shirts, Socken, Hosen und Pullis hervor und stapelte sie auf dem Tisch.

»Sollen die alle für mich sein?«, fragte ich ungläubig, als der Turm in die Höhe wuchs.

»Wir schauen, was an dir richtig aussieht, und sortieren den Rest aus.«

Sie warf mir einen prüfenden Blick zu. »Hm, Gap ist okay«, sagte sie und befühlte den Saum des grauen Kapuzenpullis, den ich anhatte. »Nett und unpersönlich. Aber ich glaube, wir vergessen mal die Skatermarken und orientieren uns ein bisschen nach oben.«

»Den Vans-Pulli mag ich aber«, wehrte ich ab. »Den hab ich schon seit Jahren.«

»Sieht aus, als hättest du ihn schon seit Jahren nicht mehr abgelegt«, grinste Anna. »Los, probier mal die an.«

Sie reichte mir ein blaues Lacoste-Polohemd und eine Jeans. Ich hielt nach irgendeinem Schlupfwinkel zum Umziehen Ausschau, aber es gab nichts zum Verstecken. Anna zuckte nicht mit der Wimper, als ich mich bis auf die Unterhosen auszog und in die Klamotten schlüpfte.

»Besser«, sagte sie und musterte mich von oben bis unten. »Ziemlich gut.«

Sie warf mir noch andere Hemden zu: Paul Smith, Ralph Lauren, ein paar Pullis aus weicher Wolle, dann Bootsschuhe, Nikes und Schnürschuhe aus Wildleder. Ich versuchte mich an anderen Kombinationen und langsam war es mir nicht mehr ganz so peinlich, halb nackt vor dieser heißen Frau rumzustehen.

»Ich glaube, das geht alles, Eddie«, sagte sie. »Du kannst das wirklich tragen. Aber das Calvin-Klein-Zeug bring ich zurück, das wirkt ein bisschen schwul an dir.«

»Besten Dank auch«, sagte ich.

»Nein, schwul im positiven Sinn.« Sie lachte. »Ich will nur, dass du für diese Sache hier etwas härter rüberkommst, bisschen legerer. Rosa ist da eher kontraproduktiv.«

»Also, wie seh ich jetzt aus?«, fragte ich. Ich trug eine ausgewaschene alte Levi's, Bootsschuhe, ein kurzärmeliges kariertes Ralph-Lauren-Hemd und einen marineblauen Anorak von Aquascutum.

»Cool«, sagte sie und reichte mir eine Aviator-Sonnenbrille. »Ja, cool und ein bisschen schnöselig. Vielleicht mit einem Schuss Indieband. Genau, wie man aussehen soll als Südlondoner Bubi, der sein ganzes Taschengeld für Klamotten rausschmeißt. Du siehst aus wie Eddie Savage.«

»Das nehm ich mal als Kompliment.«

»Jetzt nicht frech werden, die hab ich rausgesucht«, sagte sie. Sie hielt einen Moment inne. »Aber deine Frisur ist noch ein bisschen zweifelhaft.«

»Zweifelhaft?« Ich griff schützend nach meiner Mähne.

»Hab ich zweifelhaft gesagt? Entschuldigung, ich meinte komplett daneben. Das regeln wir gleich.«

Eine Minute später drückte sie mich in einen Bürosessel, band mir ein Tuch um den Hals und fing an, mit einer kleinen Schere an meinen Haaren herumzuschnipseln. Nach zehn Minuten rollte sie den Sessel vor einen Spiegel und zerzauste mein Haar mit den Fingern.

»Gibt Halt und Volumen.« Sie legte ihre Hände auf meine Schultern, drückte sie und bewunderte ihr Werk.

»Gefällt's dir?«, fragte sie.

Ich blickte in den Spiegel, in mein zerschundenes Gesicht und die neue, kürzere Frisur. Es sah gut aus, das musste ich zugeben.

Härter.

»Ja, gefällt mir.«

»Okay. Gut, dann lass uns das Zeug wieder zusammenpacken.« Erneut zwirbelte Anna an meinen Haaren. »Der Boss möchte uns auf einen Drink treffen.«

Sandy Napier hatte alle in der Bibliothek um sich geschart: Ian Baylis, Oliver, Jim, Hamish, Anna und noch ein, zwei weitere Gesichter, die mir im Laufe der letzten Tage über den Weg gelaufen waren. Alle tranken Rot- oder Weißwein, bis auf Napier und Jim, den Pitbull, die Whisky soffen.

Ich wählte weiß und bereute es schnell. Der Wein war nicht gekühlt und schmeckte nach altem Holz. Nach dem ersten Glas schwenkte ich auf den roten um, der kaum besser war, aber ich trank ihn trotzdem. Ich hielt mich an Anna und wir quatschten ein bisschen. Nicht nur, weil sie toll aussah und Humor hatte. Idiotischerweise fühlte ich mich in ihrer Gegenwart auch sicherer. Keine Ahnung, wieso, denn der mütterliche Typ war sie ja nicht gerade. Vielleicht war es nur die weibliche Ausstrahlung, auf die ich reagierte, nachdem ich eine ganze Woche in der brutalen, schwitzigen Männerwelt zugebracht hatte.

Vielleicht aber auch, weil sie mich so unglaublich anmachte, dass ich über Glassplitter gekrochen wäre, nur um ihr Badewasser zu schlürfen.

Natürlich versuchten es all die anderen Typen auch bei ihr. Ian Baylis klinkte sich ein und redete einen Stuss zusammen, den er wohl für intelligente Konversation hielt. Stattdessen kam er als genau der sexistische Wichser rüber, der er war. Sein Kopf wackelte ein bisschen, während er auf sie einlaberte. Pitbull Jim plusterte sich auf und schwelgte in Erinnerungen, wie biegsam sie doch gewesen sei, damals bei ihrem Selbstverteidigungskurs. Gleich würde er sich noch hinlegen und ein paar Liegestütze machen, um sie zu beeindrucken. Campbell, der Techniktroll, wählte einen anderen Zugang und machte blöde Witze auf dem Niveau seines Secret-Squirrel-Songs. Wahrscheinlich dachte er, die Schlacht sei schon so gut wie gewonnen, wenn er dem Mädchen ein Lachen entlockt hatte. Doch meistens lachte nur er und grunzte auch noch dabei.

An Coolness kaum zu überbieten.

Nur Sandy Napier hielt sich zurück. Er tat, als sei ein Gespräch mit Mädchen unter seiner Würde. Vielleicht waren sie auch einfach nicht sein Ding. Wenn man sich Annas Alternativen so ansah, war ich vielleicht gar nicht die schlechteste Wahl. Ich glaube, der Wein stieg mir zu Kopf. Gerade als ich mir meine Chancen ausrechnen wollte, schlug Sandy Napier mit seinem Stift an sein Glas und bat um Ruhe.

»Danke, dass alle kommen konnten«, verkündete er. »Ich werde keine großen Worte machen. Nicht meine Art, wie ihr alle wisst. Ich möchte nur unseren Neuzugang begrüßen, Eddie Savage. Eddie ist der jüngste Agent, den wir jemals aufgenommen haben. Tatsächlich musste ich das Regelbuch auf den Kopf stellen, um es möglich zu machen. Durchaus ein Wagnis und deshalb freue ich mich über die kleinen Anzeichen, dass sich das Risiko womöglich ausgezahlt hat.«

Aus den Augenwinkeln sah ich zu Ian Baylis, der stur geradeaus blickte. Anna lächelte mir zu und zwinkerte. Napier fuhr fort.

»Im Hinblick auf die Vorschriften unserer Organisation möchte ich euch alle daran erinnern, dass Eddie noch eine ganze Weile lang nicht volljährig sein wird und deshalb in vielerlei Hinsicht nicht wirklich existiert. In diesem Sinne hoffe ich, dass ihr Eddie in puncto Unterstützung und Schutz gebt, was ihr könnt. Das wäre alles. Sicher werdet ihr alle einstimmen, wenn ich Eddie jetzt alles Gute wünsche.«

Er erhob sein Glas.

»Auf Eddie Savage.«

Ganz schön heftig, dachte ich. Ich darf den Kopf hinhalten und dabei gibt es mich noch nicht mal, genauso wenig wie Steve.

»Auf Eddie Savage«, riefen sie im Chor.

Elf

Nachdem sich Sandy Napier zurück nach London aufgemacht hatte, trommelte Ian Baylis die Truppe zusammen, um in den Pub zu gehen. Wir stapelten uns in zwei der Dienstjaguars und legten die Landstraßenmeile bis zum nächsten Dorf in einem Affenzahn zurück. Baylis und Jim saßen am Steuer und keiner wirkte allzu besorgt über die Menge, die sie schon getankt hatten. Wahrscheinlich hatten sie eine »Sie kommen aus dem Gefängnis frei«-Karte.

Ich saß hinten und hatte es so gedeichselt, dass ich neben Anna saß. Mir war schon vom Wein heiß genug, und wie sich hier auf dem Rücksitz ihr Körper gegen meinen drückte, raubte mir den Atem. Ich musste das Fenster einen Spalt öffnen.

Im Pub holten sie eine Runde nach der anderen, und obwohl ich tempomäßig nicht mithalten konnte, hatte ich schließlich vier große Bier getrunken. In Kombination mit dem Wein machte mich das ziemlich besoffen. Es wurde viel gelacht und gestichelt, aber ich hielt mich zurück. Ich wollte mich nicht zum Deppen machen, vor allem nicht vor Anna.

»Du bist so still«, sagte sie und nahm einen Schluck von ihrem Bier. Sie trank wie ein Kerl und man merkte es ihr kein bisschen an.

»War eine anstrengende Woche«, antwortete ich.

Sie lächelte und tätschelte mir das Bein. Mir fiel auf, dass ihre weißen Zähne ein bisschen ungleichmäßig waren, was ihren Lippen beim Lächeln eine erotische Kurve verlieh.

Dann hieß es: auf zum Curryessen, in einem dieser windigen India-Imbisse, von denen es in jedem englischen Kaff einen gibt. Noch mehr Bier und Chicken Jalfrezi. Viel weiß ich nicht mehr davon, nur dass es wahrscheinlich das mieseste Curry meines Lebens war.

Auf der Rückfahrt saß ich wieder neben Anna. Sie war zwischen mich und Baylis gequetscht, und als das Auto in Schlangenlinien über die Landstraßen eierte, wurde sie von der Schwerkraft gegen mich gepresst, so nah, dass ihr Haar über mein Gesicht fegte und ich einen Hauch ihres Parfums riechen konnte, trotz des Gestanks nach Bier und Kippen im Auto. Als der Wagen fast aus der Kurve flog, klammerte sie sich fest und ihre Hand rutschte versehentlich in meinen Schritt.

»Entschuldigung, Eddie«, sagte sie und zog rasch die Hand zurück.

»Keine Ursache.« Ich musste schwer schlucken.

Sie beugte sich vor und brüllte den Pitbull hinterm Lenkrad zusammen. »Jim, kannst du mal aufhören, zu fahren wie ein Hirnamputierter? Einige von uns haben noch ein paar schöne Jahre vor sich.«

»Verzeihung, Schätzchen«, sagte er. »Bisschen flott für die Mädels von der Rückbank, was?«

»Halt die Fresse, Jim, alter Ziegenficker«, sagte ich, halb im Scherz und mutig vom Saufen, »sonst muss ich dir noch eine reinhauen.«

Jim lachte, ohne es krumm zu nehmen. Anna lachte auch, zu meiner Freude, und Jim ging tatsächlich etwas vom Gas.

Ich weiß kaum noch, wie ich ins Bett kam. Am Stützpunkt war es stockdunkel und es gab einiges Schultergeklopfe und gelallte Verabschiedungen und von Anna einen Kuss auf die Wange. Ich erinnere mich, wie ich über den Kies knirschte, auf mein Bett fiel und die Augen schloss. Das Zimmer kreiselte ein wenig, aber ich schaffte es, meinen Mageninhalt unten zu behalten – vielleicht eher eine schlechte Idee, denn sobald ich weggenickt war, kamen die Träume.

Ich war in irgendeinem Park. Greenwich? Heiß war es, und sonnig. Meine Mum war da und Steve, der haufenweise Dosenbier in sich reinschüttete. Wir picknickten und Anna war auch dabei, sonnte sich im Bikini und sah dabei ziemlich gut aus. Ich war total verlegen, weil ich in dieser beknackten Badehose steckte, die aussah wie der Mankini von Borat, und Mühe hatte, meinen Außenminister drinnen zu behalten.

Der Himmel schien sich zu verdüstern, als wäre ein Gewitter im Anzug, und aus dem ganzen Park kamen Hunde, die begannen, im Kreis um uns herumzuschleichen. Steve war besoffen und machte sich an Anna ran, und sie gab sich alle Mühe, ihn wegzuschubsen, aber je energischer sie wurde, desto aufdringlicher wurde er. Er zerrte an ihrem Bikinioberteil, bis es aufging, und sie brüllte ihn an. Er ließ sie einfach nicht in Ruhe, also stürzte ich mich auf ihn, drehte ihn auf den Rücken und begann, mit der Faust auf sein Gesicht einzudreschen, immer wieder, dass das Blut nur so spritzte.

Dann fiel mir auf, dass er sich gar nicht wehrte und dass meine Faust in seinen Kopf einzusinken schien. Wie wenn man auf eine überreife Melone einschlug. Ich zog meine Faust zurück und sah, dass sein Gesicht völlig eingedrückt war, tot und grau, voller Maden, und sein Körper war ganz geschwollen und aufgedunsen, als ob er wochenlang im Wasser gelegen hätte. Ich hörte, wie meine Mum aufschrie, und als ich mich nach ihr umblickte, sah ich meine Mutter von Hunden eingekesselt: Schäferhunde und Doggen, die böse knurrten und alles verschlangen, was sie finden konnten. Dann schrie meine Mum lauter, denn ein Riesenhund hatte sich in ihren Jackenärmel verbissen und riss daran. Ich sprang auf und versuchte, die Hunde wegzuziehen, aber sie schnappten nach mir, knurrten und knirschten mit gebleckten Zähnen, bissen Mum ins Gesicht und mich in die Hände.

Zwei Hunde waren ausgebrochen und veranstalteten irgendetwas mit Steves Leiche. Als ich näher kam, sah ich, dass sie seinen aufgeblähten Bauch aufgerissen hatten und sich über seine Innereien hermachten, seine Gedärme in voller Länge auf das Gras schleiften, Zahnfleisch und Zähne blutverschmiert.

Und dann sah ich, wie Anna ihren Kopf von Steves Leiche hob. Sie war auf allen vieren und auch ihr Mund war mit Blut bedeckt; es troff ihr vom Kinn und über ihren nackten …

Einen Sekundenbruchteil lang wusste ich nicht, ob ich noch träumte. Krachend schlug die Tür auf und ich wurde in der Finsternis aus dem Bett gezerrt. Eine Hand klatschte mir Klebeband über den Mund. Jemand verband mir die Augen. Ich wurde den Korridor entlanggeschleift. Unter meinen Füßen spürte ich den blanken Linoleumboden, und dann den Kies, als sie mich aus dem Gebäude schafften. Keine Stimmen. Nur angestrengtes Grunzen, als mich verschiedene Hände hochrissen und mich beim Fesseln in alle Richtungen zerrten. Die Nachtluft war feucht und ich hörte einen Motor laufen. Ich spürte kühles Metall. Sie packten mich in den Kofferraum eines Autos. Der Geruch von Benzin. Es wurde dunkler, die Geräusche gedämpfter, als der Kofferraumdeckel zugeschlagen wurde und der Wagen davonbrauste.

Was zum ...

Wie konnten sie das zulassen? Mein Herz hämmerte und das Adrenalin schien meinen Kopf wieder etwas klarer zu machen. Ich versuchte, logisch zu denken. Das hier sollte eine hochgesicherte Anlage sein und trotzdem hatte mich jemand – sogar mehrere Leute – gerade aus dem Bett gezerrt. Oder war es jemand von drinnen? Was sollte das hier werden? Eine Geiselnahme? Folter?

Eine Warnung, sich da rauszuhalten?

Ich wurde im Kofferraum hin- und hergeschleudert und kämpfte mit den Stricken um meine Handgelenke, während das Auto die Straßen entlang und um einige Kurven sauste. Schließlich hielt es an und die Wucht der Bremsung schleuderte mich gegen die Rückseite des Kofferraums. Ich schlug mir den Kopf an etwas Spitzem an. Spätestens jetzt war ich hellwach.

Ich hörte gedämpfte Stimmen und der Kofferraum ging auf. Ich wurde wieder herausgezerrt. Meine Füße waren nackt, ich trug nur ein T-Shirt und Boxershorts. Die Nachtluft war frostig und ich konnte Wald riechen. Ich hörte, wie eine Holztür sich knarrend öffnete, und wurde in irgendein Gebäude geführt.

Es roch nach Hütte: feuchtes Segeltuch, Sägespäne, Holzlasur.

Ich wurde auf einen Stuhl gedrückt, wobei man mit einem leichten Schlag in die Eingeweide nachhalf. Ich dachte, ich würde gleich loskotzen. Das Klebeband wurde abgerissen und die Übelkeit ließ nach.

»Wie heißt du?«, kam eine Stimme aus der Dunkelheit. Eine Stimme, die ich nicht kannte.

»Eddie Savage.«

»Wie heißt dein Bruder, Eddie?«

»Ich ... ich habe keinen Bruder.«

»Ganz sicher?«, fragte die Stimme. »Scheinst dir nicht so sicher zu sein.«

»Ich bin mir sicher.«

»Erzähl mir noch was von deinem Bruder.«

»Ich habe keinen Bruder«, insistierte ich.

»Und was ist mit Steve?«, sagte die Stimme hämisch.

»Ich kenn keinen Steve«, sagte ich.

»Wie ist dein zweiter Vorname?« Die Stimme kam näher, klang heiserer, und ich konnte den Alkohol riechen.

»Arthur.«

»Nach deinem Bruder?«

»Nein, nach meinem Opa.« Verzweifelt versuchte ich, mich an die Einzelheiten meiner Legende zu erinnern.

»Wie heißt also der Opa deines Bruders?«

»Arthur.« Scheiße. Nein. »Ich hab keinen Bruder.«

Die Stimme johlte und eine andere fiel ein. Auf einmal wurde mir der Stuhl unter dem Hintern weggetreten und ich spürte kaltes Metall an meinem Hals.

Das war's, dachte ich. Ich hab's versaut und jetzt bin ich Hackfleisch.

Schreckensstarr registrierte ich, wie am Gummiband meiner Shorts gezupft wurde. Mein Hirn setzte aus, als ich mir alle möglichen Foltermethoden vorstellte. Dann fühlte ich, wie Flüssigkeit in mein Gesicht platschte, das Gurgeln einer Spraydose, und dann kroch etwas Parfümiertes, Seifiges, Unverwechselbares in meine Nase.

Sie überschütteten mich mit Bier und seiften mich mit Rasierschaum ein.

Unter fiesen Sprüchen und biergetränktem Gelächter wurde ich ein paar Augenblicke später wieder ins Auto gestopft und eine kurze Strecke gefahren. Dann schleiften sie mich wieder aus dem Kofferraum, schmissen mich auf den Grünstreifen und verpissten sich mit quietschenden Reifen.

»Ihr Arschlöcher!«, brüllte ich dem Auto hinterher.

Wenige Sekunden später hatte ich meine Hände befreit und mir die Augenbinde weggerissen. Ich band meine dreckigen Füße los. Ich war halb nackt, meine Unterwäsche in Fetzen. Gebadet in Bier, Ketchup, Aftershave und Rasierschaum. Allein auf einer Landstraße, mitten in der Nacht. Das Opfer irgendeines dämlichen Initiationsrituals.

»Perverse Säue!«, brüllte ich noch mal, damit es sich lohnte, obwohl sie längst fort waren.

Ich machte mich auf den Weg. Zwanzig Minuten später

tauchten zwischen den Bäumen die Lichter des Gebäudes auf. Die Wache an der Pforte ließ mich mit einem Kopfnicken ein. Er hatte mich eindeutig erwartet. Die Wanduhr in seinem Häuschen stand beinahe auf halb vier.

Ich fand mein Zimmer und steuerte direkt das Bad an. Als Zugabe zu meinem ohnehin ramponierten Gesicht hatte ich jetzt eine frische Schnittwunde an der Stirn. Außerdem stank ich nicht nur wie ein Iltis, sondern hatte auch noch einen völlig schwarzen Kopf. Schuhcreme. Ich sah aus, als hätte ich mich für irgendeine irre Nachtmission am Amazonas getarnt und mit Aftershave, Rasierschaum, Ketchup und Bier zugekleistert, um die Eingeborenen und die Fliegen anzulocken.

Ich stieg unter die Dusche und drehte sie auf, so heiß wie möglich. Als das siedend heiße Wasser wie Nadelstiche auf meine Schultern prasselte, schrubbte ich mir Gesicht und Körper. Versuchte, die Schuhcreme und die hartnäckigen Gerüche loszuwerden. Versuchte, die Spuren meiner Schande fortzuwaschen.

Das würde ewig an mir haften, dass ich mich so völlig hatte unterkriegen lassen. Entsetzlich. Meine Tarnung hatte dem Druck nicht standgehalten. Ich trat ins Schlafzimmer. Erschüttert, aber immerhin sauber.

»Was brauchst du denn so lange?« Die Stimme kam aus dem Halbdunkel.

Aus meinem Bett.

»Anna?«

Sie setzte sich auf und zog die Decken zurück. »Rein mit dir«, sagte sie.

Zwölf

Ich wachte früh auf. Die Sonne schien schon durchs Fenster. Ich war alleine: Sie war fort. Nur der Abdruck im Kissen und ein Hauch ihres Parfums bestätigten mir, dass sie jemals hier gewesen war.

Tony Morris kam gegen halb elf, um mich abzuholen. Sonst war niemand da, um sich von mir zu verabschieden. Anscheinend waren sie schon alle nach London zurückgefahren. Mir wurde langsam klar, dass Gefühle in diesem Spiel außen vor blieben. Anna hatte sich noch nicht mal verabschiedet oder einen Zettel hinterlassen. Tonys Warnung, niemandem zu nahe zu kommen, besonders nicht anderen Agenten, war offensichtlich berechtigt. Ein Zettel wäre ein handfestes Zeichen von Nähe gewesen.

Da blieb nur, sich innerlich anzupassen.

Als ich meine Tasche in den Kofferraum warf, kamen einen Moment lang wieder die Erinnerungen an die frühen Morgenstunden in mir hoch.

Ich stieg ins Auto. Tony sah ehrlich froh aus, mich zu sehen.

»Wie geht's dir, Kleiner?«, fragte er, schlang mir einen

Arm um den Hals und zog mich an sich. »Der Boss sagt, du hast dich grandios geschlagen.« Er drückte mich fester. »Ich bin wirklich stolz, Eddie.«

»Ja, war nicht schlecht.« Inzwischen hörte sich mein neuer Name schon ganz natürlich an. »Ich hätte mich noch damit abfinden können, von Baylis einen Hirnschaden verpasst zu kriegen und mich von diesem walisischen Sadisten beinah zum Krüppel kloppen zu lassen. Aber entführt, gequält und wie ein Stück Müll im Wald abgelegt zu werden, mit nacktem Arsch und mitten in der Nacht, das war dann doch ein bisschen arg. Ich hab mich echt vergewaltigt gefühlt.«

Tony sah bestürzt aus. »Oh, das haben sie aber nicht getan, oder?« Er wirkte, als hätte er Schmerzen.

»Na ja, vergewaltigt nicht wirklich«, gab ich zu.

»Ich hab geglaubt, dieser Initiationsmist wär schon seit Jahren vorbei. Schuhcreme und Rasierschaum überall?«

Ich nickte. »Und Ketchup, Bier, Rasierwasser, Soße und wahrscheinlich Pisse.«

Tony schüttelte den Kopf. Er ließ mich los und fuhr die Zufahrt herunter. »Wer war es?«

»Konnte ich nicht richtig sehen«, antwortete ich. »Aber ich vermute mal, dass Ian Baylis dahintersteckt. Der kann mich immer noch nicht leiden. Und da war noch eine andere Stimme, die ich nicht erkannt hab – vielleicht dieser Oliver?«

»Hm. Möglich. Der Mann der tausend Stimmen, ein unfassbarer Imitator. Obwohl es jeder von denen hätte sein können. Vielleicht sogar Leute, die du nie zu Gesicht bekommen hast.«

»Meinetwegen«, sagte ich. »Wenn das also nur so ein Initiationsstreich sein sollte, warum haben die mir eine derartige Scheißangst eingejagt? Ich dachte, die schlagen mir den Kopf ab oder so was.«

Tony bog auf die Hauptstraße ab. »Bei wohlwollender Auslegung wollten sie nur testen, wie gut deine Tarnung unter Stress funktioniert. Besonders, wenn du einen in der Krone hast.«

»Nett, dass sie sich solche Sorgen machen«, murmelte ich.

»Na ja, du kannst dir nicht immer aussuchen, wann deine Geschichte auf den Prüfstand kommt«, sagte Tony. »Eher naheliegend, dass das überraschend passiert.«

»Und warum sind sie andauernd auf meinem Bruder rumgeritten?«

»Sind sie das?«

»Ja, mit jeder zweiten Frage. Haben versucht, mich zu überrumpeln.«

Tony seufzte. »Also, die weniger wohlwollende Auslegung ...«

»Ja?«

»Die lautet, dass Steve sich nicht gerade allgemeiner Beliebtheit erfreute. Kann sein, dass du das jetzt ausbaden darfst.«

»Na großartig.« Instinktiv wollte ich Steve in Schutz nehmen. »Das erzählst du mir jetzt. Wieso?«

»Alles, was ich dir bisher erzählt habe, stimmt«, versicherte mir Tony. »Er war ein Held. Aber darum geht es gerade ... Die Medaille und das alles, das macht die Leute neidisch. Besonders, wenn sie finden, dass sie genauso geschuftet haben oder unter ebenso gefährlichen Bedingungen. Und Steve hat alles nur nach seinen eigenen Regeln gemacht. Allein. Da glaubt leicht mal einer, dass man ihm nicht genug zutraut oder er nicht richtig eingeweiht wird, und das gibt dann böses Blut.«

»Aber er hat's doch gebracht, oder?«

»Klar«, sagte Tony ausweichend. »Zu seinen Bedingungen.«

»Verstehe.«

»Dachte nur, das solltest du besser wissen.« Tony sah mich von der Seite an.

»Danke«, sagte ich. »Besser spät als nie.«

»Und du bist also danach wieder gut heimgekommen?«, fragte Tony, um das Gespräch wieder auf mich zu lenken.

»Ja, halb nackt und von Kopf bis Fuß zugeschissen, aber lebendig.«

»Gut, und dann hast du dich wieder sauber gekriegt und ein bisschen ausgeruht?« Aus den Augenwinkeln warf er mir einen Blick zu.

»Klar, nachdem ich geduscht hatte und ins Bett bin, ging's mir besser«, sagte ich und spürte, wie ich rot wurde.

»Fein.« Tony setzte den Blinker, um eine ältere Frau zu überholen.

Ich lehnte meinen Kopf gegen die Kopfstütze, schloss die Augen und lächelte bei der Erinnerung an eine schnellere, jüngere Frau.

Um die Mittagszeit waren wir zurück in Deptford. Tony wollte noch ein bisschen weiter bis nach Greenwich und so fuhren wir den Hügel hinauf und parkten vor einem netten alten Pub inmitten einer Reihe klassizistischer Häuser. Zumindest sagte Tony mir, dass sie klassizistisch seien. Auf solche Details sollte ich achten, meinte er. Könne mal nützlich werden.

Ich war immer noch etwas wackelig auf den Beinen von der letzten Nacht, aber ich hatte im Auto ein Schläfchen gehalten, und als Tony mir schließlich ein Bier und ein Salamibaguette reingezwungen hatte, war ich wieder voll auf dem Damm.

»Also, fühlst du dich noch wohl mit deiner Entscheidung, den Job zu übernehmen?« Tony wischte sich Ketchup und Senf aus dem Mundwinkel. Ich schirmte meine Augen vor der Sonne ab, die auf den Biergarten runterknallte. Wegen seiner verspiegelten Sonnenbrille war Tonys Miene schwer zu deuten.

»Ja, denk schon.«

»Klingt nicht allzu begeistert.«

Ich hielt einen Moment inne und wählte meine Worte sorgfältig. »Die Woche war ziemlich heftig«, sagte ich. »Bei ein, zwei Sachen musste ich erst mal völlig umdenken.«

Tony nickte.

»Ich hab gelernt, niemandem zu trauen«, sagte ich und hielt wieder inne. »Und nichts und niemanden für den zu halten, der er zu sein scheint ... noch nicht mal meinen eigenen Bruder«, fügte ich hinzu.

»Stimmt«, sagte Tony. »So läuft das hier. Also?«

»Also, die Welt ist für mich gerade irgendwie ziemlich finster geworden.«

Einen Moment lang starrte Tony in sein Bier, als wäre es eine Kristallkugel. »So viel finsterer als zuvor?«, fragte er. »Vater ein obdachloser Alkoholiker, keine Kohle, Bruder tot?«

Ich blickte in den blauen Himmel hinauf. Irgendwas in mir hatte schon immer selbst am strahlendsten Himmel etwas Dunkles gefunden. »Nein, so viel finsterer wahrscheinlich auch nicht.«

»Also, hast du ernste Bedenken?« Über seinen Brillenrand blickte Tony mich an.

»Ist ein bisschen spät, jetzt noch auszusteigen«, bemerkte ich. »Jetzt, wo ich weiß, worum es geht.«

»Aber noch nicht *zu* spät«, sagte Tony. »Trotzdem gebe ich dir recht, dass es keinen von uns besonders gut dastehen ließe, wenn wir dich da noch rausholen wollten.«

»Also, dann bin ich dabei.«

»Guter Mann.« Tony lächelte. »Dann kann ich dir wohl das hier geben.« Er streckte eine Hand über den Tisch und reichte mir einen USB-Stick.

»Was ist das?«, fragte ich.

»Etwas von Steve«, sagte er. »Musst du nicht verwenden, aber es könnte dir ein wenig Einblick geben, na ja, was ›James Boyle‹ so getrieben hat.« Er drückte mir die Schulter, bevor er den Rest seines Guinness leerte. »Eins noch, Kumpel«, sagte er. »Mir kannst du trauen.«

»Kann ich das?«

»Ja«, sagte er. Und ich glaubte ihm.

Nach dem Essen ließ mich Tony bei meiner Wohnung raus. Er sagte, ich solle mich das Wochenende über entspannen, das Apartment und die Gegend kennenlernen. Mich mit meinem Computer und dem Telefon vertraut machen, bevor am Montag der Job losging.

Das neue Schuljahr.

Ich rief mir die Tür-Codes in Erinnerung und trat ein. Die Wohnung roch immer noch funkelnagelneu. Mein ganzes Zeug war schon da und jemand hatte den Kühlschrank gefüllt. Es warteten eine Glückwunschkarte von Tony und eine Flasche Champagner. Er kümmerte sich wirklich um mich. Auch einige schwarze Notizbücher hatte er mir auf den Tisch gelegt. *Moleskine* stand auf der Bauchbinde; wie es schon Ernest Hemingway, Picasso und Bruce Chatwin verwendeten, wer immer das auch sein sollte. Auf Tonys Zettel stand: »Benutzen und dann an mich zurückgeben. An einem sicheren Ort aufbewahren.« Ich nahm an, dass ich mir diesen sicheren Ort selbst ausdenken sollte – nicht mal Tony wollte wissen, wo er war.

Ein paar Minuten lang streifte ich ziellos durch die Wohnung, starrte aus dem riesigen Fenster rüber nach Canary Wharf und pisste dann in die brandneue Toilette, wie ein Hund, der sein Revier markiert.

Ich holte mir ein Bier aus dem Kühlschrank und genoss die Tatsache, dass ich es konnte. Dann ging ich rüber ins Schlafzimmer und ließ mich auf das große, weiße Bett fallen, das frisch und sauber roch. Ich hielt die Fernbedienung Richtung Breitbildfernseher und ein Schwarz-Weiß-Film flackerte auf. Kurz sah man Piccadilly Circus und ein Schild, auf dem *New Scotland Yard* stand. Ein Polizist sprach mit einer Frau, die eine überdimensionale Schleife am Kragen trug und einen dieser lächerlichen Hüte von damals.

»Sie haben recht, Madame«, sagte er mit der schnarrenden hohen Stimme, die sie in so alten Filmen immer hatten. *»Im Luftfahrtministerium arbeitet man an einer Sache, die für manche Leute interessant wäre. Aber sie sind absolut*

sicher, dass keine Papiere fehlen, die für einen Spion von irgendwelchem Nutzen wären.«

Ich lachte.

Die nächste Szene spielte im Londoner Palladium, wo ein schmierig aussehender Typ mit Bleistiftschnurrbart zum Gedächtniskünstler auf der Bühne sagte: *»Los, antworten Sie! Was sind die Neununddreißig Stufen?«* Und das Superhirn verfiel in eine Art Trance und sagte: *»Die Neununddreißig Stufen? So nennt sich eine Spionageorganisation, die für eine gewisse ausländische Macht Informationen sammelt …«* Dann erschoss ihn irgendein Bösewicht vom Balkon aus mit einer Spielzeugpistole.

Ich trank mein Bier in kleinen Schlucken und amüsierte mich darüber, wie einfach es da doch ablief. Wie es ausging, bekam ich nicht mehr mit, denn als die altmodische Jazzmusik einsetzte, war ich schon unterwegs in einen tiefen, traumlosen Schlaf.

II

Sophie

Dreizehn

Sophie Kelly zu finden war keine große Sache.

Sie war von einer Gruppe Mädchen umringt. Gut aussehende Mädchen wie sie hängen normalerweise mit Schreckschrauben herum, die ihnen nicht die Schau stehlen. Aber die Mädchen um Sophie waren allesamt selbst nicht zu verachten: durch die Bank gut angezogen, mit teuren Haarschnitten und einem edlen Schimmer, den man in meiner Ecke von London selten zu sehen kriegte. Einzeln betrachtet wäre wohl jede von ihnen ein Treffer gewesen, aber im Rudel wirkten sie ein bisschen gewöhnlich im Vergleich zu Sophie. Sie war eine echte Blondine, während die anderen aufwendige Strähnchen oder glänzende braune Locken hatten. Sie war nicht klein – mindestens eins fünfundsiebzig – und auch nicht dünn. Ihre Figur war ziemlich altmodisch. Kurvig. Die anderen kamen in allen möglichen Formen und Größen daher. Es gab eine pampig aussehende indische Schönheit und ein sehr großes, ernst dreinblickendes schwarzes Mädchen, das ein Tennisprofi oder ein Model hätte sein können.

Sophie strahlte einfach ein wenig heller als die anderen.

Ihre Art zu reden war lebendig und alle lachten, wenn sie wieder einen Spruch brachte. Als hätte sie eine angeborene Star-Aura.

Natürlich gaffte ich sie nicht an. Ich setzte etwas von meinem frisch erlernten Handwerkszeug ein, um sie unauffällig aus dem Hintergrund zu beobachten und dabei auf Abstand zu bleiben.

Ich hatte ab Deptford Bridge die Docklands-Hochbahn genommen und dann bei Lewisham Station einen Bus erwischt, der mich Richtung Bromley in die Nobelvororte brachte. Obwohl der Bus direkt vor dem Marlowe College hielt, stieg ich ein paar Haltestellen früher aus. Ich wollte vermeiden, dass irgendjemand auf meine Ankunft beim Schultor aufmerksam wurde. Ich ging sogar einmal um den Block und näherte mich dem College aus der Gegenrichtung. Eine Menge Schüler kamen mit dem Auto und ich war überrascht von der großen Zahl von Minis, Golfs und Käfer-Cabrios auf dem kleinen Parkplatz. Niemand beachtete mich: Mit meiner Jeans, dem dunkelgrauen Sweatshirt und den schwarzen Skaterschuhen aus Wildleder war ich völlig underdressed, und mein Telefon, Notebook und meine Bücher steckten im Rucksack. Ich wollte einfach nur nicht auffallen.

Alles hatte sich auf dem großen Hof vor dem Schulgebäude versammelt. Es war der erste Tag des Schuljahrs und die Schüler standen in Paaren und Grüppchen herum. Das Summen ihrer Gespräche hing in der Luft, schwirrend von der Aufregung, sich nach den großen Ferien auf den neuesten Stand zu bringen. Ich drehte eine Runde um den Hof, sah mich um, als ob ich jemanden suchte, und beobachtete dabei die verschiedenen Gruppen. Gleichzeitig behielt ich die ganze Zeit Sophie Kelly und ihre Gang – ganz Haare, Leggings und Ugg-Boots – fest im Auge.

Noch etwas war ungewöhnlich an ihnen: Sie schienen keine Typen anzuziehen. Die Jungs strichen um sie herum und glotzten, aber sie stellten sich nicht dazu. Es war, als wäre ich in einer Art Tierdoku gelandet. Die Mädchen um Sophie Kelly wussten genau, dass die Jungs um sie kreisten, und vollführten die entsprechenden Bewegungen: machten an ihren Haaren herum, prüften ihren Lipgloss, legten lässig die Hände hinter den Kopf, als sei der Tag für sie eigentlich schon gelaufen. Die Blicke, die sie den Männchen in ihrer Nähe zuwarfen, wirkten nicht im Mindesten einladend. Alles diente nur dem Schutz ihrer Bienenkönigin.

Sophie Kelly kennenzulernen schien schon jetzt eine schwierigere Angelegenheit, als ich angenommen hatte.

»'tschuldigung …« Als ich einen Schritt rückwärts gesetzt hatte, war ich jemandem direkt auf den Fuß gestiegen. Meine Entschuldigung kam automatisch, aber wer immer da hinter mir stand, musste mir praktisch in den Kragen geschaut haben. Ich drehte mich um und sah einen vertrottelt wirkenden Typen mit riesiger Lockenfrisur, die fast schon als Afro durchging.

»Kein Problem«, sagte er grinsend. »Die Kelly-Gang.« Er nickte in Richtung der Mädchen und in mir stieg Wut auf mich selbst hoch. So viel zu meinen unauffälligen Beschattungskünsten – schon jetzt hatte mich jemand dabei beobachtet, wie ich jemanden beobachtete.

»Gucken erlaubt, anfassen verboten«, erläuterte der Afro.

»Ah, okay.«

»Neu an der *Ch*ule?«, fragte er. »Benjy French.« Offensichtlich hatte er ein Problem mit dem *Sch*. Er streckte seine Hand aus und ich schüttelte sie. Sie fühlte sich lasch an und etwas feucht, wie ein Fi*ch*.

»Eddie Savage«, antwortete ich. »Ja, ich bin neu.«

»Dann brauchst du einen Freund, der dich rumführt«, lispelte Benjy French weiter, als bliebe mir da gar keine Wahl. »Was hast du denn für Fächer?«

»IT, Kunstgeschichte und Französisch.« Ich widerstand der Versuchung, »Ge*ch*ichte« und »Französi*ch*« zu sagen.

»Interessante Auswahl«, sagte er. »Dann hast du IT mit mir.«

»Komm ich da noch drumrum?«

Benjy grinste, unsicher, ob das Sarkasmus sein sollte oder nicht.

»Dann mal reinge*ch*lendert«, sagte er schließlich. »Erste Stunde geht los.«

Benjy French setzte alles daran, in IT neben mir zu sitzen. Die anderen Jungs schubsten und knufften ihn auf dem Weg ins Klassenzimmer, zogen ihn auf und wuschelten in seinem Lockenschopf herum. Er war eindeutig der Klassenarsch, schien aber seine Stellung im Leben mit Würde zu tragen, indem er die anderen nur freundlich bat, sich zu verziehen.

Wohin man auch ging, es waren immer die bedürftigen Freaks, die als Erste ankamen und Freundschaft schließen wollten. Entweder waren es diejenigen, die sonst keiner leiden konnte, oder sie hatten all ihre anderen Freunde durch ihre extreme Seltsamkeit und Gier nach Aufmerksamkeit in die Flucht geschlagen. Mit allen anderen waren sie schon durch und jetzt warst du an der Reihe. Frischfleisch.

Leute, die einem auf Teufel komm raus die Freundschaft aufdrängten, hatte ich schon immer gemieden. Und so versuchte ich, ihn in der ersten Pause abzuschütteln, auch wenn ich mir dabei etwas arschig vorkam. Aber Benjy ließ nicht locker, heftete sich an mich wie eine Klette und folgte mir in die Schulmensa. Ich befürchtete schwer, dass seine Gesellschaft mich schon im Vorfeld unmöglich machte. Da mich aber sonst keiner angesprochen oder überhaupt nur eines Blickes gewürdigt hatte, beschloss ich, dass ich meine Nachforschungen ebenso gut bei Benjy French beginnen konnte. Ich schnappte mir einen Kaffee und er ließ sich neben mich fallen. Wie ein durstiges Baby nuckelte er an seiner Wasserflasche.

»Erste Eindrücke?«, fragte er und sah sich in der Kantine um. Ich konnte keine Besonderheiten entdecken: ein paar Automaten, ein paar Tische, eine Sandwichtheke. Sophie Kelly und einige ihrer Freundinnen saßen auf der anderen Seite des Raums.

»Ja, nicht schlecht«, sagte ich, um ihm nicht auf den Schlips zu treten.

»Also, wie kommt's, dass du dieses Jahr anfängst?«, fragte Benjy.

»Ich hab zwischendurch mit der Schule aufgehört«, sagte ich wahrheitsgemäß. »Ein Todesfall in der Familie. Ich hab eine Zeit lang pausiert und dann hier einen Platz gekriegt.«

»Tut mir leid«, sagte Benjy und sah mich aus den Augenwinkeln an. Einen Moment lang hielt er die Klappe, als befürchtete er, mir zu nahe getreten zu sein. Ich nutzte sein Schweigen, um das Gespräch selbst in die Hand zu nehmen.

»Also, was soll das Getue um Sophie Kelly?«, erkundigte ich mich und nickte in ihre grobe Richtung.

»Weißt du das nicht?« Benjy quietschte beinahe und senkte dann die Stimme zu einem verschwörerischen Flüstern. »Ihr Alter soll so eine Art Gangsterboss sein. Chwerer Raub, Rauchgift, Fälchung ... das volle Programm.«

Wie Benjy sich mit seinen *Schs* herumplagte, gab der ganzen Liste etwas Komisches, und ich musste mir ein Lächeln verkneifen. Seine Stimme wurde noch leiser. »Wenn einer Ärger macht, kümmert er sich um ihn ... du weißt chon, legt ihn um.«

Ich zuckte mit den Achseln, wie um zu sagen, nein, wusste ich nicht. Natürlich hatte ich mir einiges zu Sophie Kellys Familie angelesen, aber hier war Ahnungslosigkeit das Beste.

»Reizend«, sagte ich. »Und, hat sie einen Freund?«

Benjy schnaubte. »Ancheinend gab es da mal einen, so vor ein paar Jahren. Dem Gerücht zufolge hat man ihn vom Parkhausdach gechmissen, weil er ihr unters T-chirt wollte.«

T-chirt ... ich musste mir auf die Zunge beißen.

»Also, selbst wenn sie sich für irgendeinen Typen interessieren würde«, fuhr Benjy fort, »keiner würde sich an sie rantrauen, aus Angst vor ihrem Alten.«

Ich blickte auf und bemerkte, dass Sophie Kelly mich von der anderen Seite des Raumes aus direkt ansah. Es war, als hätten mich mitten auf der Straße auf einmal Scheinwerfer erfasst, und mein Magen rebellierte ein bisschen. Ich wagte ein kleines Lächeln und sie drehte sich wieder weg. Einen Moment lang lag mein Blick noch auf ihr.

Sie hatte wirklich eine tolle Figur. Kurvig, wie gesagt. Ich fragte mich, ob sie das Parkhausrisiko wert war …

Vierzehn

Gegen fünf war ich zurück in Deptford. Der erste Tag in meinem neuen Job lag hinter mir und vielleicht war es keine schlechte Idee, mir Notizen zu machen. Ich schlug eine leere Seite in einem der neuen Notizbücher auf und starrte eine Weile darauf. Dann fummelte ich an meinem Kuli herum und starrte weiter vor mich hin. Ich hatte keinen Schimmer, wo ich anfangen sollte.

Ein kleines Geheimversteck hatte ich mir schon ausgeguckt. Am Boden des Einbauschranks im Schlafzimmer hatte ich eine Diele angehoben, unter der ein Kabelschacht verlief. Da unten war es ganz geräumig, und wenn ich das Teppichstück wieder drüberlegte, war es praktisch unsichtbar.

Ich lüpfte den Teppich und hob die Diele an. Darunter lagen zusätzliche SIM-Karten und Speicherkarten, mein falscher Pass, weitere Papiere und der USB-Stick, den Tony Morris mir gegeben hatte. Ich steckte ihn in den Laptop und klickte auf das Symbol. Es waren einige MP3-Dateien drauf, die als *Verschlusssache* bezeichnet und zwei oder drei Jahre alt waren. Ich klickte die erste an.

Die Stimme meines Bruders.

Es war ein mündlicher Bericht, etwas monoton, aber eindeutig Steve. Ich versuchte, mich auf den Inhalt zu konzentrieren, aber alles, was bei mir ankam, war der Klang seiner Stimme. Ich klickte zurück an den Anfang und begann von Neuem.

»Bin wieder zurück in Belfast, eine Woche vor Semesterbeginn. Nur, um ein bisschen reinzukommen, paar Grundlagen zu schaffen, bevor die Meute wieder an die Uni zurückkehrt. Die Technische Chemie scheint so eine Art Auffangbecken für Bekloppte und Außenseiter zu sein ... Die Chemiker verbringen mehr Zeit im Pub als Studenten aus jedem anderen Fach, und diejenigen, die keine Bomben basteln, basteln hauptsächlich Stoff, um sich selbst die Birne wegzuknallen ...«

Ich sprang ein bisschen vor.

»Den spätberufenen Studenten vom Royal Holloway auf Forschungsjahr in Belfast haben sie mir auf jeden Fall abgekauft. Deckt sich mit dem, was sie über London wissen: meine Wohnung in Kilburn, meine Sympathie für die Sache. Mein Akzent klingt stark nach London, aber meine ›Eltern‹ sind Iren. Für sie heiße ich James Boyle. Jimmy. Passt alles, und keiner von ihnen scheint besonders misstrauisch zu sein ... hoff ich mal.«

Er beschrieb weiter, wie er einen Abend mit den Iren aus seinem Wohnheimflur weggegangen war, mit Dessie und

Paul. Wie sie ihn in einen Pub in der Gegend von Falls Road mitgenommen hatten:

»Paul bestellt Guinness für alle und wir sitzen an einem Resopaltisch im hinteren Eck, beim Billardtisch. Dessie füllt das Dreieck und macht den Anstoß. Die ganze Zeit über lässt mich Paul nicht aus den Augen. Mir wird langsam ziemlich unwohl. Mein Mund ist ganz trocken und ich nippe an meinem Guinness, obwohl mir gar nicht danach ist. Irgendwie geht mir alles zu schnell. Endlich macht Paul den Mund auf und sagt, Dessie hätte gesehen, wie ich in den Ferien im College rumgehangen wär.

›Und rumgeschnüffelt hast‹, sagt er.

Ich wiederhole meine Geschichte: dass ich früher zurückgekommen wäre, um für die Prüfungen zu lernen. Paul nickt und sagt dann nichts mehr, und das macht mich noch nervöser. Ich muss dringend pissen und geh raus zu den Toiletten.

Ich höre, wie hinter mir die Toilettentür aufschwingt. Dann spüre ich einen heftigen Faustschlag am Hinterkopf.

Ich kippe vornüber und schlage mir die Nase an dem niedrigen Fenstersims auf. Ein bisschen was aus meiner Ausbildung meldet sich zurück und ich strecke noch im Fallen ein Bein aus. Das erwischt Paul am Schienbein und bringt ihn auch zu Fall. Wir kämpfen auf dem glatten Fliesenboden, aber er ist stärker als ich. Ich liege auf dem Rücken und er hat mich am Kragen und rammt meinen Schädel gegen den Boden.

›Das glaubt dir keine Sau‹, spuckt er mir ins Gesicht und ich kann das Bier, die Kippen und die Aggression in seinem Atem riechen und schmecken.

Ich versuche, mein Hirn freizukriegen, mit all dem Alkohol und dem Hämmern in meinem Schädel. ›Ich mach dir nichts vor, verdammt noch mal. Ich mach dir nichts vor.‹

Paul boxt mich auf den Mund und wieder knallt mein Kopf gegen die Fliesen. Ich schmecke Blut. Nie hätte ich erwartet, dass es so schnell gehen würde. Ich hätte Monate brauchen sollen, um so weit in ihre Organisation vorzudringen. Jetzt heißt es schnell schalten. Ich will nicht allzu heftig zurückschlagen und ihm damit meine ganze Ausbildung verraten, aber ich habe auch keine Zeit zu verlieren. Ich muss meinen Joker ausspielen, und zwar jetzt, sonst …«

Die Sounddatei war zu Ende. Mit Herzklopfen klickte ich auf die nächste. Allein vom Anhören wurde mir schlecht. Ich saß am Bettrand und hörte zu, wie Steve es sich von der Seele redete. Wie er Paul seine Mitgliedskarte vom Londoner Harp Club gezeigt hatte und ihn endlich überzeugt hatte, dass er auf ihrer Seite war. Wieder sprang ich nach vorne.

»Am nächsten Morgen kommt Dessie an und entschuldigt sich: dass der Gang in den Pub die einzige Möglichkeit gewesen wäre, mich zu testen. Paul, das Tier, die Feuerprobe an mir machen zu lassen.

›Was ist mit dem Kerl?‹, frage ich. Dessie sagt, er

hätte IRA-Gene, die bis zu Michael Collins zurückreichen, dass er schon seit Jahren dabei ist und sich in Spanien versteckt hat. Er ist jetzt nur unter falschem Namen hier. Die Behörden wissen Bescheid, aber er kriegt Schutz von ganz oben. Ich muss seine wahre Identität rausbekommen. Das könnte entscheidend sein für den Erfolg hier.

Ich frage Dessie, wofür sie Paul drankriegen wollen – was er getan hat. Dessie sagt, es wäre eher die Frage, was er nicht getan hat. Das gäbe eine ziemlich kurze Liste. Ich frage, was passiert wäre, wenn ich nicht Mitglied im Harp Club gewesen wäre.

Dessie lacht fies. Er sagt, dann hätte er mir wohl erst mal spaßeshalber die Ohren abgeschnitten, mir dann mit der Bohrmaschine die Kniescheiben durchlöchert, mich kastriert und dann meine Kehle mit dem Brotmesser zersäbelt, bevor er die Einzelteile meiner Leiche übers ganze Land verstreut vergraben hätte. Mir wird ein bisschen schlecht davon, denn ich glaube, das war nicht wirklich scherzhaft gemeint – für den Fall, dass ich doch noch Zweifel haben sollte, auf welcher Seite ich stehe.

Und natürlich stehe ich auf der falschen Seite.«

Auf welcher Seite auch immer, Steve hatte Nerven wie Drahtseile.

Wieder blickte ich auf die leere Seite vor mir. Eine Träne rollte hinab und auf das Papier. Wohl, weil ich seine Stimme wieder gehört hatte. Was ich da vorhatte, war ein Kinderspiel im Vergleich zu dem, wovon Steve sprach, aber irgendwo musste man ja anfangen. Noch einmal ging ich die Ereignisse des Tages durch … meine Ankunft am Marlowe College, wie ich den Hof abgesucht hatte, Benjy French getroffen und Sophie Kelly geortet hatte.

Ich begann zu schreiben.

Fünfzehn

Um acht musste Donnie sie abholen.

Wenn er die Abkürzung über Sidcup und Chislehurst nahm und die Hauptschlagadern des Stadtverkehrs vermied, war die Strecke bis neun zu schaffen.

Um acht stand er da, aber Ihre Königliche Hoheit ließen ihn noch zehn Minuten warten, was es noch schwieriger machen würde, pünktlich anzukommen. Natürlich verzieh er ihr alles, sobald sie ins Auto stieg. Sie startete die volle Charmeoffensive, als sie in den Benz kletterte: strahlend weißes Lächeln, Kleinmädchengetue und einen kurzen Blick in den Ausschnitt. Sie roch auch immer so gut. Donny sog ihr Parfum ein und war hilflos wie ein kleines Kätzchen.

Sie entschuldigte sich fürs Zuspätkommen und dafür, dass ihr Auto nach ihrer letzten Delle wieder in der Werkstatt war. Donnie hatte keine Ahnung, wie der Boss das aushielt. Sie hatte erst ein paar Monate den Führerschein und schon einen neuen Mini zerlegt. Aber anscheinend war bei Sophie jeder bereit, ein Auge zuzudrücken. Schon immer.

Bei Donna, seiner eigenen Tochter, war Donnie nicht so nachgiebig gewesen. Er hatte sich tierisch aufgeregt, als sie mit sechzehn einen Braten in der Röhre hatte. Die Drogen und der schwarze Freund hatten in Donnies Augen die Lage um nichts gebessert. Sophie war da aus ganz anderem Holz geschnitzt. Für Donnie gehörte sie noch nicht mal der gleichen Tierart an wie seine eigene Tochter. Schon gar nicht hatte er Donnas Entwicklung mit seinen eigenen grobschlächtigen Erziehungsmethoden in Verbindung gebracht oder mit den Veilchen, die er seiner Ex verpasst hatte.

Donnie warf einen prüfenden Blick in den Rückspiegel. Sophie saß entspannt auf dem Rücksitz und blätterte in einer Vogue. *Ihr blondes Haar leuchtete in der Sonne, die durchs Fenster hereinfiel.*

Der Rest des Tages würde nicht ganz so hübsch werden, dachte er. Sobald er Sophie abgesetzt hatte, würde er nach Croydon weiterfahren. Er musste Ware aus einem ihrer Büros dort unten abholen. Dann kam die Tour durch South Norwood und Crystal Palace, um ein paar Beträge einzukassieren, die ihnen die kleineren Fische unter ihren Kunden schuldeten. Summen, die üblicherweise mit einem Schlag in die Fresse oder einem Tritt in die Eier rausgeleiert werden mussten.

Um Punkt 8.55 Uhr fuhr Donnie beim Marlowe College vor. Sophie bat ihn, noch ein Stückchen weiterzufahren, weil sie, wie sie sagte, nicht in einem Auto ihres Vaters gesehen werden wolle. Das versetzte Donnie einen Stich; vielleicht war er es, mit dem sie nicht gesehen werden wollte. Der Schmerz war jedoch rasch vergessen, als Sophie sich vorbeugte und sich mit einem Kuss auf die Wange bei ihm bedankte, ehe sie ausstieg.

Donnie spürte, wie er rot wurde, und entblößte mit einem

raren Lächeln einen Mund voll überkronter und abgebrochener Zähne. Das hatte wirklich Seltenheitswert. Was wahrscheinlich ganz gut so war.

Am Ende meiner ersten Woche am Marlowe stieg ich an der Bushaltestelle gleich nach der Schule aus, um nicht in Gewohnheiten zu verfallen. Die Haltestelle war blockiert von einem riesigen, dunkelblauen Mercedes, und der Bus musste sich danebenstellen, um die Fahrgäste aussteigen zu lassen, wodurch das Auto eingesperrt wurde.

Die Autohupe tönte. Der Busfahrer hupte zurück. Das elektrische Autofenster glitt hinunter und der Gorilla am Steuer sagte dem Busfahrer, er solle sich verpissen. Während sie einander anbrüllten, sprang ich aus dem Bus – und wäre beinahe in Sophie Kelly hineingerannt, die gerade dem Mercedes entstiegen war. Sie entdeckte mich und wurde ganz verlegen, drehte sich um und ging dann zurück Richtung Schule. Ich ließ sie ein paar Schritte vorangehen und folgte ihr. Von hinten sah sie genauso gut aus wie von vorne.

Mir blieben noch ein paar Hundert Meter, um mich zu entscheiden.

Wenn sie nur ein Taschentuch oder ein Buch fallen ließe oder sonst einen Quatsch machte, dann hätte ich einen Vorwand. Tat sie aber nicht, verdammte Kacke. Und aus einer verrückten Laune heraus sprang ich einfach ins kalte Wasser. Ich beschleunigte meinen Schritt und holte sie ein.

»Ganz schön krass, dein Taxifahrer«, sagte ich und zeigte mit dem Daumen in Richtung Haltestelle.

Sie sah mich kaum an, lächelte aber und wurde zu meiner Freude ganz rot.

»Ja«, sagte sie. »Total peinlich.«

Ich preschte vorwärts. »Ich bin neu hier dieses Jahr. Ich glaube, wir haben Kunstgeschichte zusammen.«

»Ja, glaub ich auch.« Das lief gut.

Hier wäre das Gespräch eigentlich zu Ende gewesen, aber die Schultore rückten näher und jeden Moment konnte Sophie Kelly in ihrem Rudel übereifriger Wachhündinnen verschwinden. Das hier war eine der seltenen Verteidigungslücken.

Also stieß ich hinein.

»Ich hab mich gefragt, ob du vielleicht mal mit mir ausgehen würdest?« Ich konnte es selbst nicht glauben, als mir diese Worte aus dem Mund purzelten. Vielleicht gingen sie mir leichter von den Lippen, weil ich mich hinter einer Maske versteckte. Es fühlte sich nicht so an, als kämen sie von mir. Noch wenige Monate zuvor hätte ich mich das nie getraut. Meine Frage traf ins Schwarze. Sophie gefror in der Bewegung und schaute mich an.

»Du willst dich mit mir verabreden?«

»Na ja, ich kenn hier niemanden«, fing ich an zu erklären. »Und du siehst wirklich nett aus.«

Sie lächelte. Ich witterte Morgenluft.

»Sogar mehr als nett«, sagte ich.

Sophie brach in Gelächter aus und hielt sich eine Hand vor den Mund. »Das meinst du ernst«, sagte sie. »Du bittest mich echt um ein Date.«

»Ist das so schlimm?« Ich streckte meine Arme aus, damit sie mich anschauen konnte.

Wieder lachte sie und ging dann aufs Tor zu. »Ich weiß noch nicht mal, wie du heißt«, sagte sie.

»Eddie.« Ich holte sie ein und streckte ihr meine Hand entgegen. Sie ergriff sie nicht, sondern sah sie nur an, als wäre sie etwas komplett Fremdes, Neuartiges. Sie lächelte wieder und ging durchs Tor.

»Ich bin Sophie«, antwortete sie. »Und ich denk mal über dein freundliches Angebot nach … Eddie.«

Benjy French fiel gleich über mich her.

»Oh. Mein. Gott!«, sagte er. »Du hast dich mit Sophie Kelly unterhalten.« Er hielt seinen Schädel mit beiden Händen, als könne sein riesiges Hirn diese Information gar nicht verarbeiten.

»Unterhalten ist etwas übertrieben«, sagte ich. »Ich hab nur den Mund aufgemacht und dann ist Text rausgekommen.«

»Du bist alleine neben ihr hergegangen und hast geredet«, fuhr er fort. »Du bist ein tapferer, tapferer Mann.«

»Ich hab sie gefragt, ob sie mal mit mir weggeht.«

Benjy ging rüber zur Wand und tat, als rammte er seinen Kopf dagegen. »Pardon«, sagte er. »Nicht tapfer, sondern einfach nur komplett und vollständig geistesgestört.«

»Sie hat noch nicht Ja gesagt«, erklärte ich ihm.

»Na, dann hoffen wir mal, dass sie's nie tut. Sonst kriegt ihre Mum zu Weihnachten Ohrringe aus Eddie-Eiern. Bleib bloß weg.«

»Danke für den Rat«, sagte ich.

Sechzehn

Sophie musste ihrer Bande irgendwas erzählt haben.

Beim Mittagessen in der Kantine warf mir ihr ganzer Mädchentisch immer wieder tuschelnd Blicke zu. Wenn ich zurückschaute, versuchten sie, gelangweilt und desinteressiert zu wirken. Sophie war nirgendwo zu sehen. Benjy klebte an mir wie eine Napfschnecke. Auf gewisse Art fühlte ich mich durch seine Anwesenheit sicherer. Dass ich mit dem Erznerd des Jahrgangs abhing, machte mich für alle anderen uninteressant. Das kam mir entgegen, obwohl ich mit ein paar anderen Typen, die mittags an unserem Tisch saßen, immerhin Kopfnicken austauschte. Schließlich löste sich eines von Sophies Mädchen aus der Gruppe und näherte sich unserer. Die anderen Typen machten große Augen ob dieses ungewöhnlichen Verhaltens. Benjy French schiffte sich beinahe in die Hose und trat die Flucht an. Es war das schwarze Mädchen, Anita, das herübergeschwebt kam, sich mir gegenüber hinsetzte und ihre langen Beine um den Stuhl wickelte.

»Hi«, sagte sie, ohne eine Miene zu verziehen. »Du Eddie?«

»Ja«, sagte ich. »Ich Eddie. Du Anita?«

Sie nickte. Immer noch kein Lächeln.

»Du traust dich echt was.«

»Tu ich das?«

»Musst du wohl. Weißt du, worauf du dich einlässt?«

»Keine Ahnung, was du meinst.« Hatte ich tatsächlich nicht.

»Sophie will wissen, was du über sie weißt«, sagte Anita.

Es war, als ob die Kelly-Gang einen Vermittler entsandt hätte, um mit mir über Friedensbedingungen zu verhandeln.

»Äh, sie ist ein Mädchen«, legte ich los. »Sieht nicht ganz schlecht aus …« Hier gelang es sogar Anita, ein Grinsen zu bewerkstelligen. »Das wär's so weit«, gab ich zu. »Ich bin neu hier. Ich weiß nichts.« Ich hielt meine Hände empor, als streckte ich die Waffen. Sie schaute mir ins Gesicht, wieder völlig ernst.

»Ich werde mit Sophie sprechen«, sagte sie. »Und meld mich dann bei dir.«

»Danke auch«, sagte ich. Aus dem Augenwinkel konnte ich sehen, wie Benjy French den Kopf schüttelte und mit den Lippen ein *Nein!* formte.

Donnies Tag entwickelte sich gerade nicht so gut.

Seit er sie abgesetzt hatte, schien alles in die Hose zu gehen. Zuerst die Streiterei mit dem Busfahrer: nicht wirklich schlimm, aber doch ein Hinweis darauf, in welche Richtung die Dinge liefen. Den ganzen Weg nach Croydon hatte er im Stau gestanden, und gerade als er von der Hauptstraße abbog und sich eine Fluppe ansteckte, war so ein Hampel-

mann auf dem Fahrrad vor ihm ausgeschert und ihm über die Kühlerhaube gesegelt.

Donnie war aus dem Auto ausgestiegen und hatte den Typen unter Schnaufen und Keuchen von der Straße geschleppt. Wirklich verletzt war er nicht gewesen; nur die Knie und Ellbogen bluteten. Dann hatte Donnie das Fahrrad aufgehoben und auf den Gehsteig geschleudert. Das Vorderrad hatte einen Achter.

Der Radfahrer hatte ihn einen Idioten genannt. Gesagt, er habe nicht hingeguckt. Nannte ihn bescheuert. Donnie versuchte, die Sache mit einem Tausender in Ordnung zu bringen, aber der Radheini wollte nicht sein Geld, sondern seine Versicherungsdaten.

Mit Versicherungen hatte Donnie nichts am Hut. Langsam kam er auf hundertachtzig, besonders, als er das zerschmetterte Glas an seinem Scheinwerfer und den Kratzer auf der Motorhaube entdeckte. Er sagte dem Radler, es würde einen Arsch voll Geld kosten, das zu richten.

Der Radfahrer machte einfach weiter – kannte seine Rechte und so. Wahrscheinlich Sozialarbeiter oder so was, dachte Donnie. Er ging ihm auf die Nerven, also semmelte er ihm eine rein. Dann stieg Donnie wieder in den Wagen und fuhr weiter, während sich der Radfahrer auf dem Boden wand und jetzt neben seinen blutigen Ellbogen und Knien auch noch eine blutige Nase hatte.

Es war schon spät, als Donnie in Croydon ankam. Das Büro der Kelly'schen Vermögensverwaltung, Goldaward Holdings, lag im siebten Stock eines Bürogebäudes. Als Donnie aus dem Aufzug trat, stieß er mit Saul Wynter, dem Buchhalter, zusammen. Wynter grüßte ihn kurz, sagte aber sonst nicht viel. Es war offensichtlich, dass Donnie nicht in Plauderlaune war. Donnie ging zum Bürosafe, holte sich das Gewünschte und verzog sich wieder.

Er machte einige Abholungen und Lieferungen in Thornton Heath, South Norwood und Crystal Palace. Zwei Lieferungen waren für Clubs, wo es zur Schließzeit dunkel war und nach schalem Bier roch, und eine ging an eine private Adresse gleich außerhalb von East Dulwich. Ein schickes Haus, wo er viel Zeug abwarf. Hatten ein Restaurant und eine Weinbar. Die Geschäfte liefen eindeutig gut – sie zahlten bar. Noch zwei Eintreibungen fälliger Zahlungen gingen relativ schmerzlos über die Bühne und dann war die Arbeit für den Vormittag erledigt.

Bei Peckham Rye ging Donnie auf ein schnelles Bier gegen den Vormittagsstress. Und dann noch eins auf den Weg. Und einen Scotch. Das krönte er mit einem Mittagessen in einer Arbeiterkneipe in Nunhead, um für den Nachmittag Energie zu tanken.

Das Auto hatte in der Sonne gestanden, und als Donnie wieder drinnen saß, wurde ihm ganz warm und schläfrig zumute. Etwas zum Wachwerden, das brauchte er jetzt. Er griff ins Handschuhfach und zog ein Döschen hervor. Eigentlich zweigte er normalerweise kaum was für sich selbst ab, aber von ein paar großen Lieferungen hier und da hatte er sich für Gelegenheiten wie diese genug aufgespart. Die Mengen waren zu klein, um aufzufallen, aber groß genug, um Donnie nie auf dem Trockenen sitzen zu lassen.

Er nahm den kleinen Löffel, der am Deckel befestigt war, hob ein Häufchen Pulver heraus und sog es direkt mit dem Nasenloch ein. Die Bewegung war so gekonnt und unauffäl-

lig, dass jeder zufällige Zeuge geschworen hätte, der Hüne im Mercedes habe nur in der Nase gebohrt.

Donnie schnüffelte und zündete sich eine Zigarette an, drehte den Zündschlüssel um und fuhr Richtung Catford. Jetzt konnte es losgehen.

Hyrone Browns Club, das Chilli Peppa, lag auf halber Strecke zwischen Catford und Lewisham, etwas versteckt in einer Seitenstraße. Früher war es mal ein Varietétheater gewesen, dann ein Kino und zuletzt ein Bingoclub.

Hyrones Klientel war genauso bunt gemischt wie seine eigenen Vorfahren. Unter seiner Kundschaft waren nicht ausschließlich Schwarze, sondern auch ein paar Weiße von den Colleges und Mittelschichtspießer vom Stadtrand, die sich unters gemeine Volk mischen wollten. Hyrones Club lag beinahe schon im Einzugsgebiet der jamaikanischen Mafia, aber seine Kunden und deren liebstes Aufputschmittel brachten es mit sich, dass das Chilli Peppa den Schutz des langen Kelly-Arms in Anspruch nehmen durfte.

Solange Hyrone seine Rechnungen pünktlich zahlte.

Donnie stellte den Wagen auf dem engen Parkplatz an der Rückseite des Clubs ab. Am Maschendrahtzaun türmten sich Bierkästen und Fässer und daneben stand ein nagelneu aussehender schwarz glänzender Mazda CX-7 mit Allradantrieb. Getönte Scheiben. Kennzeichen HYRON3.

So eine Arschfresse. Dafür ist also Geld da, dachte Donnie.

Er stieß den Notausgang an der Seite des Gebäudes auf und trat ein in die Dunkelheit. Der Geruch war wie Muttermilch für Donnie: schales Bier, Schmuggelzigaretten, dreck-

starrender Teppich, die Hormonschübe von gestern Abend. Seine Augen gewöhnten sich an das Halbdunkel und er ging hinüber zum Büro hinter der DJ-Kabine. Ein schwarzes Mädchen mit geglätteten Haaren und extrem langen, lackierten Fingernägeln hörte einen R&B-Sender und surfte auf ihrem Bildschirm halbherzig auf Facebook herum. Donnie hatte sie noch nie gesehen. Sie blickte auf, als er eintrat. Falls sie Angst vor ihm hatte, ließ sie sich das nicht anmerken.

»Mr Brown da?«, fragte Donnie so gewinnend wie möglich.

Sie sah ihn aus großen braunen Augen an. »Wann soll ich melden?«

»Ron Bussibär«, nuschelte Donnie einen seiner zahlreichen selbst erdachten Fantasienamen. Das Mädchen stand auf und öffnete die Tür hinter sich.

»Ron irgnwas«, verkündete sie. Aus dem Büro kam ein Grummeln. »Ist nicht da«, erklärte sie Donnie.

»Sag ihm, es ist der Partner von Mr Kelly«, sagte Donnie, schon halb auf dem Weg ins Büro. Er stieß das Mädchen beiseite und hebelte ihre Hand von der Tür.

Innerhalb eines Sekundenbruchteils hatte Hyrone begriffen, dass es sich um einen unwillkommenen Gast handeln musste. Er war ein riesiger Kerl und hatte keinerlei Probleme, jemanden einzuschüchtern oder mal die eine oder andere Stichwunde auszuteilen. Er hatte wegen einer Schießerei gesessen und wusste, wie die Dinge liefen. Aber er wusste auch, dass er gegen Donovan Mulvaney keine Chance hatte.

Donnie war eine Legende.

Hyrone Brown sprang hinter seinem Tisch hervor und versuchte gerade, durch das offene Fenster ganz hinten im Büro zu flüchten, als Donnie hereinkam. Donnie schnappte ihn am Bund seiner glänzenden Hose, riss Hyrone wieder herein und schmiss ihn in den Schreibtischsessel. Der Clubbesitzer tat alles, um nicht verängstigt zu wirken.

»Ganz wild auf eine Spritztour mit der schönen neuen Karre?« Hyrone wand sich im Sessel.

»Den hab ich von 'nem Kumpel«, brabbelte er mit trockenem Mund. »War mir was schuldig.«

»In dem Fall wirst du wohl was flüssig haben, oder?«, fragte Donnie. »Denn du bist mir was schuldig.«

»Das Geschäft war mies«, bluffte Hyrone. Die brandneue 3000-Pfund-Breitling, die er unter seinem Ärmel verschwinden lassen wollte, schien er jetzt schwer zu bereuen.

Donnie packte sein Handgelenk. »Nette Uhr.« Hyrone wand den Arm, doch Donnies Griff war wie ein Schraubstock. »Dann schlage ich doch vor, du machst den Safe auf und holst die fünf Riesen raus, die mein Boss von dir kriegt.«

»Ich hab sie nicht.«

»Herzeigen.« Donnie griff fester zu und zerrte Hyrone hinüber zum Schrank, der, wie er wusste, den Safe enthielt. Einen Moment lang ließ er los, damit Hyrone ihn öffnen konnte. Die schwere Stahltür schwang auf. Drinnen lagen eine große Tüte mit weißen Pillen, ein paar Stapel Papiere und mehrere Pässe, aber kein Geld.

»Siehst du?«

»Ach herrje.« Theatralisch kratzte sich Donnie am Kopf. »Pillen kann ich ja nicht gebrauchen, oder? Pillen haben wir ja selber. Ach ja, frisch mal mein Gedächtnis auf, wem gehört der Club noch gleich?«

»Ich hab einen Pachtvertrag auf zwanzig Jahre, das weißt du.« Beim Sprechen klackte Hyrones Zunge hörbar gegen seinen Gaumen, so trocken war sein Mund.

»Wem gehört er also?«

»Mir«, sagte Hyrone.

»Nun, ich denke, ab heute gehört er Mr Kelly«, sagte Donnie. »Und du arbeitest für uns, klar?«

»Du sp...«, wollte Hyrone gerade protestieren, aber da schob ihm Donnie vier fette Finger in den Mund und drückte ihm die Zunge runter. Er schob seinen Mittelfinger tief in den Rachen des Mannes und presste den weichen Unterkiefer so fest mit dem Daumen, dass Sprechen unmöglich war.

Hyrone würgte und versuchte, sich gegen Donnies Griff zu wehren.

»Wie gesagt...« Donnie erhöhte den Druck auf Hyrones Schädel. »Das hier ist nichts als ein Laden. Du kriegst von uns Ware, verkaufst sie und dann bezahlst du uns. Wenn du nicht zahlst, heißt das bei uns pflichtwidriges Verhalten. Dann übernehmen wir deinen Laden und schauen, dass er ordentlich läuft, und du darfst deinen Job behalten. So einfach. Ach, und dann müssen wir natürlich noch für die Ware bezahlt werden, die du bisher schon verkauft hast...«

Donnie holte seine Finger aus Hyrones Hals und griff nach dessen linkem Handgelenk. Hyrone röchelte und machte Würgegeräusche, kurz vorm Erbrechen. Donnie führte ihn zurück zum Safe, als wollte er etwas herausholen.

Stattdessen legte er Hyrones Finger in die Tür und knallte sie zu.

Der markerschütternde Schrei, den Hyrone Brown ausstieß, lockte das Mädchen rein. Sie kreischte auf. Donnie öffnete den Safe und hob Hyrones blutige Hand und die matschigen, halb abgeschlagenen Finger aus der Öffnung. Sanft klipste er die Breitling auf, nahm sie ab und ließ sie in die eigene Tasche rutschen.

»Betrachte das als Anzahlung«, sagte er. »Zinsen, wenn du so willst.«

Winselnd fiel Hyrone zu Boden.

»Also, halt mir die fünftausend nächste Woche bereit oder ich komm wieder und erledige die andere Hand ... deine Wichshand.«

Er schaute das Mädchen an, das zitternd und mit offenem Mund im Türrahmen stand.

»Wo kann ich mir die Hände waschen, Süße?«, fragte Donnie höflich.

Punkt vier parkte Donnie den Benz an der Bushaltestelle, genau wo er am Morgen gehalten hatte. Drei Minuten später öffnete Sophie Kelly die Tür und hüpfte auf den Rücksitz. Wunderschön sah sie aus.

Strahlend, das war das richtige Wort.

»Schönen Tag gehabt, Prinzessin?«, knurrte Donnie in seiner Festtagsstimme.

»Ja, ziemlich gut«, antwortete Sophie. Donnie blickte über seine Schulter. Sie lächelte, als ob sie irgendwas für sich behielte. Dann besann sie sich wieder auf ihre Manieren.

»Oh, und wie war's bei dir?«, fragte sie. »Guter Tag?« Donnie ließ den Motor aufheulen und verließ unter Gedröhne die Bushaltestelle.

»Ja, nicht übel. Gar nicht mal so übel.«

Siebzehn

»Sophie sagt okay.«

»Sophie sagt okay was?«, fragte ich. Anita sah mich an, als hätte ich sie nicht mehr alle. Als stellte ich ihre Autorität infrage.

»Sie sagt, okay, sie verabredet sich mit dir«, sagte Anita.

»Kommst du auch mit?«, fragte ich sie. Anita legte den Kopf schief und warf mir ihren »Laber du nur«-Blick zu. »Ich dachte ja nur, Sophie hätt's mir auch selbst sagen können …« Anita reichte mir einen Zettel mit einer Nummer drauf.

»Schick ihr deine Nummer als SMS und sie meldet sich«, sagte sie.

»Danke, Anita, du bist der Hit.« Ich zwinkerte ihr zu und sie tat etwas, das wie Schulterzucken aussah, mit verkrampftem Gesicht. Humor stand offenbar nicht auf ihrer Qualifikationsliste. Diplomatie und Ausräumen hoher Regalfächer waren wohl mehr ihr Ding.

Ich verschanzte mich in einem verwaisten Klassenzimmer und rief Ian Baylis an. »Ian, ich bin's. Eddie.«

»Weiß ich.«

»Ich hab mit ihr gesprochen. Ich hab ihre Nummer.«

»Was hast du so lang gebraucht?«

»Ich bin erst eine Woche hier«, protestierte ich. »Und es ziemlich schwer, an sie ranzukommen.«

»Okay. Schick sie mir als SMS. Und dann halt mich über deine Fortschritte auf dem Laufenden. Ende.«

»Okay«, sagte ich, aber er hatte schon aufgelegt. Ich tippte die Nummer in mein Nokia und schickte sie ihm. Dann tippte ich dieselbe Nummer ins iPhone und schrieb eine SMS:

Hi Sophie. Eddie Savage ... rufst du mich an?

Ich beobachtete das Display, während die Mitteilung übertragen wurde, steckte das Telefon dann wieder in die Hosentasche und spürte fast gleichzeitig, wie es vibrierte. Eine SMS. Sophie.

Nein. Ruf m a WE an. S☺

Ich lächelte. Wirklich ermutigend war das nicht, aber immerhin ein Kontakt. Kein »Kuss«-x am Ende, aber wir waren ja wohl noch ganz am Anfang.

Samstagvormittag: Ich saß gerade auf meinem Bett und sah fern. Eine Boyband von vorgestern versuchte, beim Moderator durch Witz und Cleverness zu punkten, was schwer in die Hose ging. Ich stand auf und machte mir Toast und eine Tasse Tee, aber ich konnte mich einfach nicht entspannen.

Der Gedanke an den Anruf bei Sophie machte mich völlig rappelig.

Von allem anderen abgesehen war ich verwirrt. Sie kennenzulernen war Teil meines Auftrags. Mein Interesse an ihr sollte rein professionell sein. Aber jetzt, wo ich den Kontakt hergestellt hatte, ging mein kühler Kopf den Bach runter, weil ich sie richtig, richtig gut fand. Sie war heiß, ich hatte ihre Telefonnummer und der Gedanke an sie verursachte mir Bauchflattern. Halb elf war es, zu früh zum Anrufen. Ich drehte Däumchen und wartete bis zwölf. Um halb eins konnte ich mich nicht mehr bremsen. Ich jagte eine SMS raus:

Hi. Guter Moment?

Die Antwort kam prompt:

Nein. Ruf um 5 an. S x

Das war eine Zurückweisung, aber wenigstens versüßt mit der Aufforderung, mich später zu melden. Und mit einem »x«, was immerhin ein Fortschritt war. Oder vielleicht las ich auch einfach zu viel rein. Der Nachmittag schleppte sich dahin. Ich saß draußen auf dem Balkon und sah zu, wie die Frachtkähne schwerfällig den Fluss rauf und runter tuckerten. Die Wolkenkratzer von Canary Wharf glitzerten in der Sonne und ich muss den Landeanflug von mindestens zwanzig Flugzeugen auf den City Airport gesehen haben. Jedes Mal wirkte es, als würden sie in den Canary Wharf Tower krachen. Ein Blick auf die Uhr. Halb fünf.

Beim letzten Nachschauen war es vier Uhr neunundzwanzig gewesen.

Schließlich wurde es doch fünf, aber ich wollte nicht zu zwanghaft rüberkommen und auf den Punkt genau anrufen, also wartete ich drei Minuten ab. Sofort hörte ich die Mailbox:

Hi, hier ist Sophie. Ich kann den Anruf leider nicht entgegennehmen. Bitte hinterlass mir eine Nachricht.

Das tat ich nicht. Stattdessen legte ich auf und verfluchte mich, dass ich nicht Punkt fünf angerufen hatte.

Dann klingelte mein Telefon.

»Eddie? Hier ist Tony. Kannst du reden?«

»Tony«, sagte ich enttäuscht. »Gerade ist es nicht so gut, ich erwarte einen Anruf von Sophie Kelly.«

»Klaro.« Tony schaltete schnell. »Gute Arbeit. Ruf mich zurück.« Er legte auf.

Ich wartete weitere zehn Minuten und versuchte es erneut. Mailbox. Diesmal hinterließ ich eine Nachricht; angepisst, aber bemüht locker und fröhlich. »Hi Sophie, hier ist Eddie. Ruf mich zurück, wenn du Zeit hast. Oder ich versuch's später noch mal. Tschüssi.«

Tschüssi? Ich schlug mir an die Stirn. Wieso hatte ich das nur gesagt?

Dann klingelte mein Telefon wieder.

»Eddie?« Sie war es.

»Hi, wie geht's?«

»Danke, gut.« Keine Entschuldigung also.

Peinliche Stille. Das Reden blieb an mir hängen.

»Hör mal, ich hab mich gefragt, ob du nachher noch was machen willst? Kino oder so?«

»Heut geht nicht. Ich bin weg, tut mir leid.«

Ich fluchte innerlich.

»Dann morgen?«

»Da hab ich dieses riesige Familiendings, gemeinsames Mittagessen am Sonntag …«

»Ach«, sagte ich ausdruckslos. »Okay, vielleicht nächstes Wochenende?«

»Ich könnte dich im Greenwich Park treffen, morgen Nachmittag, wenn das geht?«

Das klang, als suche sie einen Kompromiss. Ein gutes Zeichen.

»Das wäre super. Wo sollen wir uns treffen?«

»Da gibt's doch diese Statue beim Observatorium. Da komm ich um vier hin.«

»Vier. Hervorragend«, sagte ich, als wäre es ein echter Geniestreich von ihr, überhaupt eine Uhrzeit zu nennen. Ich kam mir vor wie ein Volldepp. »Dann sehen wir uns morgen.«

»Okay«, sagte sie. »Bis dann.«

»Tschüss.« *Tschüss?* Der sagenumwobene, lang erwartete Anruf war aus und vorbei, nach kaum sechzig Sekunden voller Pausen und einsilbiger Worte.

Aber ich hatte ein Date.

Ich rief Tony zurück. »Du sprichst mit dem Mann, der eine Verabredung mit Sophie Kelly hat«, sagte ich und platzte fast vor Stolz.

»Feine Sache«, sagte er. »Bestens. Hast du's Ian schon gesagt?«

Meine Stimmung rutschte in den Keller. »Muss das sein,

Tony?«, stöhnte ich. »Ich will nicht, dass er überall seinen Rüssel reinhängt.«

»Er ist dein Führungsoffizier, Kumpel, da bleibt dir keine Wahl. Er wird dich wahrscheinlich eh einfach weiterwurschteln lassen, aber melden musst du's ihm.«

Ich seufzte. »Okay, ich sag ihm Bescheid.«

»Schau Montagmorgen mal rein und besuch mich. Erzähl mir, wie's mit euch gelaufen ist.« Tony war wieder ganz der liebe Onkel. »Wäre gut, wenn wir uns mal wieder auf den neuesten Stand bringen würden.«

»Da hab ich eigentlich Schule.«

»Arzttermin.«

»Und was soll ich denen sagen, was mit mir los ist?«

»Denk dir was aus«, sagte Tony. »Wie wär's mit Tripper? Genitalwarzen?« Er lachte schäbig. Mir war das peinlich und das spürte er sogar durchs Telefon.

»Tut mir leid, Eddie.« Er hustete. »Asthma vielleicht?«

»Okay, Tony«, sagte ich mit pfeifenden Bronchien. »Bis Montag.«

Achtzehn

Der Sonntag drohte allmählich genauso zäh zu geraten wie der Samstag. Ich war um zehn aufgestanden und hatte mir ein Schinkensandwich gemacht, bevor ich wieder Ameisen im Hintern bekam. Ich hörte mir noch ein paar von Steves Aufnahmen an, aber die machten mir Angst, also schaute ich ein bisschen Comedy auf YouTube und machte dann einen Spaziergang am Flussufer.

Ich nahm eine Abkürzung Richtung Creek Road, vorbei an einer alten Kirche. Sie hieß St. Nicholas und hatte ein uraltes, zerfallenes Tor zum Kirchhof, auf dessen Pfosten zwei mitgenommen aussehende Totenschädel mit gekreuzten Knochen thronten. Vielleicht war es ein Piratenfriedhof oder einfach nur eine schaurige Mahnung an das, was uns allen bevorstand.

Ich fühlte mich zappelig und paranoid, als ob mir jemand auf den Fersen wäre, obwohl das nicht sein konnte, da war ich mir sicher. Ich atmete tief durch. Ein Parkspaziergang mit einem hübschen Mädchen, mehr war das hier nicht. Komm runter, Eddie, ermahnte ich mich.

Ich spazierte stadteinwärts, am Markt vorbei. Ein paar

Geschäfte hatten geöffnet. Deptford High Street war eine wilde Mischung: Afrikanische Läden, die von Kokosmilch bis zum getrockneten Lungenfisch alles verkauften, lagen direkt neben weiß gestrichenen Galerien, die Bilder von Künstlern aus der Gegend ausstellten. Ich kaufte mir eine Zeitung und setzte mich vor einen kleinen portugiesischen Laden, wo es guten Kaffee gab, und nahm dazu ein kleines Cremetörtchen. Ich versuchte, die Schlagzeilen zu überfliegen, las aber immer wieder den gleichen Satz. Das Koffein machte mich nur noch fahriger, also ließ ich den halben Kaffee stehen und zog weiter Richtung Greenwich.

Um zehn vor vier stand ich am Fuß des Hügels. Ich keuchte hinauf zum höchsten Punkt des Parks, der Statue von General Wolfe entgegen, der von da oben auf das Marinemuseum und über den Fluss auf die Docklands blickte. Fünf Minuten später mischte ich mich unter die Schar von Touristen und Sonntagsspaziergängern, die sich an den Stufen der Statue drängten und den Ausblick bewunderten. Zehn Minuten später drehte ich immer noch meine Runden um den Sockel und fragte mich langsam, ob ich hier richtig war.

Ein Blick auf die Uhr: vier Uhr fünfundzwanzig. Sie würde nicht mehr auftauchen, das war klar. Ich zückte mein Telefon. Keine Nachrichten. Nun, von mir würde es auch keine geben, viel zu armselig und bedürftig.

Und dann sah ich sie. Ein grün-beiger Mini stieß mit quietschenden Reifen in eine Parklücke und Sophie stieg aus. Wie ein Model sah sie aus, groß und blond. Als sie über den Parkplatz rannte, in engen Jeans und Lederjacke, mit hüpfendem Pferdeschwanz, drehten sich die Köpfe nach ihr um. Sie *rannte*. Um mich zu sehen.

Ich holte tief Luft. Sei selbstsicher, dachte ich. Sei Eddie. Entspann dich.

»Tut mir echt leid«, sagte sie. »Erst kam ich nicht weg und dann gab's haufenweise Verkehr und Baustellen auf der A20.«

»Kein Problem«, log ich. »Ich bin auch noch nicht so lang hier. Gehen wir ein bisschen spazieren?«

Wir schlenderten in Richtung der Blumengärten. Die Sonne schien und alles sah schon herbstlich golden aus.

»Wohnst du hier in der Nähe?«, fragte ich.

»Nicht wirklich – wir wohnen draußen, gerade noch innerhalb der M25. Auf dem Land. Und selbst?«

»Ich hab eine Wohnung in Deptford«, erzählte ich ihr.

»Bei deinen Eltern?«

»Beide gestorben«, sagte ich, erfreut darüber, wie natürlich mir meine Geschichte jetzt vorkam. Bei Sophie zeigte sie jedenfalls Wirkung. Ihre Gesichtszüge wurden deutlich sanfter.

»Das tut mir wirklich leid. Das muss hart sein.«

Ich nickte. Meine zusammengepressten Lippen schienen meine Gefühle in Schach zu halten.

»Sind sie schon lange … schon lange tot?« Sie sah wirklich mitleidig aus. Das dürfte meine Eintrittskarte gewesen sein, dachte ich zynisch.

»Ein paar Jahre«, sagte ich. »Krebs. Zuerst Dad, kurz darauf Mum. Pech, was?«

»Mein Vater sagt immer, dass man erst völlig erwachsen wird, wenn man seine Eltern verliert. Er hat seine auch früh verloren.«

Unser erstes Treffen und schon redete sie von ihrem Alten. Ein echter Fortschritt. Ich riskierte eine Nachfrage.

»Wie ist er damit fertiggeworden? Hat sich in die Arbeit gestürzt?«

»Irgendwie schon«, sagte sie. »Gearbeitet hat er immer viel.«

Lief super. Ich ging noch einen Schritt weiter. »Was arbeitet er denn?«

Sofort verspannte sie sich. Von der Seite warf sie mir einen ganz seltsamen Blick zu. »Soll das heißen, das weißt du nicht?«

Ich schüttelte den Kopf. Versuchte, so unschuldig dreinzublicken wie möglich.

»Er ist Geschäftsmann«, sagte sie. »Selbstständig. Aber die Leute erzählen allen möglichen Quatsch über ihn. Sie sind eifersüchtig auf seinen Erfolg.«

»Das ist oft so«, brachte ich heraus, unsicher, wie ich reagieren sollte.

»Glaub nicht alles, was du hörst«, sagte sie.

Ich spürte, dass das Thema damit erledigt war, und bohrte nicht noch mal nach. Wir kamen an einen Kiosk. »Lust auf ein Eis?«, fragte ich lächelnd.

Sie grinste zurück. Perfekte weiße Zähne. Mein Herz machte einen Satz.

»Ich hab erst vor ein paar Stunden ein riesiges Mittagessen gehabt«, sagte sie und rieb sich den Bauch. Sie dachte kurz nach. »Aber, klar, warum nicht?«

»Ich mag Mädchen mit gesundem Appetit«, sagte ich.

»Gibt's Pistazie?«

»Schokowaffel dazu?«

Sie nickte und wir lachten beide.

»Mit Sahnehäubchen und Kirsche?«, lehnte ich mich aus dem Fenster.

»Das überleg ich mir noch«, sagte sie und brach in schallendes, warmes Gelächter aus.

Neunzehn

Ich ging durch den Gitarrenladen und dann die Hintertreppe hoch zu Tonys Büro.

Am Sugacubes-Empfang saß Anna. »Hallo, Hübscher«, sagte sie.

Ich spürte, wie ich rot anlief. Seit meiner Grundausbildung hatte ich sie nicht mehr gesehen und seitdem war so viel passiert. »Hi«, antwortete ich. »Wie geht's?«

Sie stand auf und beugte sich über den Tisch, um mich auf die Wange zu küssen und mir den Arm zu drücken. »Viel zu tun. Wie läuft's bei dir?«

Ich dachte an mein Date mit Sophie. Es war ziemlich gut gelaufen, dachte ich. Das Eis war definitiv gebrochen, und nachdem sie etwas warm geworden war, hatten wir viel gelacht. Sie hatte einen unkomplizierten Humor, was bei einem so schönen Mädchen wirklich toll war.

»Ganz okay.« Ich kratzte mich am Kopf. »Ist alles noch ein bisschen neu.« Mir war etwas unwohl zumute; schließlich hatte Anna bei unserem letzten Treffen keine Kleider angehabt. »Hör mal, wegen neulich Nacht …«, fing ich an. Aber Anna lächelte nur und legte den Finger auf die Lippen.

Im selben Moment öffnete sich die Tür und Tony Morris trat aus seinem Büro. »Ah, Herr Eddie Savage«, sagte er. »Anna kennst du?«

Ich nickte. »Wir haben uns getroffen, als ich das erste Mal hier war. Und dann noch mal bei meiner Ausbildungswoche.«

Anna zwinkerte mir zu, setzte sich und wandte sich wieder ihrem Bildschirm zu.

Tony führte mich in sein Büro. »Tee?«, fragte er. Ich schaute auf das Chaos aus schmutzigen Bechern und ausgetrockneten Teebeuteln und lehnte höflich ab. »Läuft da draußen irgendwas?«, fragte er und deutete hinter sich zum Empfangstisch.

»Nein«, log ich.

»Na, wenn du meinst.« Tony kratzte seinen Dreitagebart. »Ich meinte nur, irgendwelche ... Schwingungen zu spüren.«

Ich zuckte die Schultern. »Sie sieht gut aus«, gab ich zu.

»Hm. Ist mir aufgefallen. Aber lass dich auf nichts ein, Eddie.« Tony bohrte sich mit dem kleinen Finger im Ohr herum und studierte ihn dann prüfend. »Jedenfalls nicht mit ihr. Die geht über Leichen.«

Ich sagte es ihm zu, kreuzte dabei aber die Finger hinter meinem Rücken.

»Und auch mit sonst niemandem, wo wir schon dabei sind. Alles ganz professionell.«

Ich nickte und bekannte mich innerlich in allen Punkten schuldig.

»Also. Sophie Kelly?«

Ich holte tief Luft. »Also, ich hab sie gestern im Greenwich Park getroffen.«

»Ihr habt euch ganz gut verstanden, scheint's.« Tony schob mir ein Schwarz-Weiß-Foto im Standardformat über den Tisch. Es war unscharf, mit einem Teleobjektiv aufgenommen, aber es zeigte fraglos mich und Sophie. Wie wir durch den Park gingen, uns unterhielten und lächelten. Die Körpersprache war eindeutig. Gestern hatte ich den Eindruck gehabt, dass wir beim Laufen um Abstand bemüht gewesen waren, aber auf dem Foto wirkten wir ganz eng, wie Freund und Freundin.

»Hast du nicht gesagt, dass Ian mir niemanden auf den Hals jagt?«

»Weiß schon, hab ihm auch gesagt, er soll's lassen, aber er hat drauf bestanden. Er sagt, es ist noch zu früh, dich aus den Augen zu lassen.«

Also hatte man mich doch beobachtet. Mein Instinkt hatte mich nicht getrogen.

»Hör mal, Tony«, sagte ich. »Es fällt mir schon schwer genug, mich bei dem Ganzen hier nicht zu verkrampfen. Aber wenn ich auch noch bei jedem Schritt ins Freie glauben muss, dass ich dabei eine Kamera im Arsch hab, dann werde ich noch völlig kirre.«

»Das ist ein Sicherheitsnetz«, sagte Tony. »Du wirst dich dran gewöhnen. Also, was hast du rausgefunden?«

»Nicht viel. Sie wohnen knapp innerhalb des Autobahnrings, in der Nähe der A20, also schätzungsweise Richtung Brands Hatch oder sonst irgendwo in dieser Ecke. Sie sagt, ihr Vater ist Geschäftsmann und dass die Leute viel Zeugs über ihn erzählen, aber das wär alles Quatsch.«

Tony lächelte in sich hinein. Wie viel davon wusste er bereits?

»Ihre Zeitplanung ist beschissen.«

»Beschissen, oder macht sie einfach einen auf schwer zu kriegen?«, fragte er.

»Beides vielleicht. Sie hat auch eine ganz warme, mitfühlende Seite. Sie macht sich keine Gedanken darüber, was sie isst, was ziemlich gesund ist, finde ich. Ich finde es schrecklich, wenn Mädchen dauernd mit ihren Diäten rumjammern.«

»Vielleicht hat sie einen schnellen Stoffwechsel«, sagte Tony. »Sie ist gut in Form.«

Ich nickte. »Und sie ist eigentlich ziemlich witzig, wenn man sie mal aus diesem Hexenzirkel rausbekommen hat, der dauernd um sie herum Spalier steht.«

»Hervorragend«, sagte Tony. »Ich würde sagen, du hast ziemlich viel über unsere Miss Kelly herausgekriegt. Du hast sie beobachtet und ihr zugehört und ein paar vernünftige Schlüsse daraus gezogen. Sie hat mit dir sogar über ihren alten Herrn gesprochen. Gutes Zeichen. Zeigt, dass sie dir vertraut.«

»Meinst du?«

»Mein ich«, sagte er. »Mach in dem Tempo weiter. Lass ein paar Tage vergehen und frag sie dann, ob sie wieder was mit dir machen will. Sieht so aus, als hättest du euer erstes Treffen nicht komplett an die Wand gefahren, also sollte das laufen.«

»Besten Dank.« Ich grinste.

»Noch was?« Tony legte seinen Kopf zurück. Sah mich unter gesenkten Lidern an. »Verschweigst du mir was?«

Tony musste eine Art Gedankenleser sein. Konnte er spüren, dass mein Interesse an Sophie schon jetzt über das rein Professionelle hinausging? Aber das war es nicht. In meinem Kopf kreiste das, was ich auf Steves Einsatzbesprechung gehört hatte. Die Angst fraß mich innerlich auf. Immer noch ruhte Tonys Blick auf mir.

»Dieser USB-Stick«, bekannte ich endlich. »Steves Stimme. Das hat mich ziemlich fertiggemacht.«

»Hm.« Tony dachte einen Moment nach. »Ich hab mich schon gefragt, ob das passieren könnte. Ich wollte, dass du's dir anhörst, damit du weißt, worum es bei der Arbeit geht. Vielleicht solltest du damit aufhören.«

»Das ist es ja, Tony«, sagte ich. »Kann ich nicht.«

Tony hatte den Nagel auf den Kopf getroffen. Seit meiner ersten Nacht in der Wohnung hatte ich die Audioclips wieder und wieder abgespielt, jeden Abend. Zunächst nur, um die Stimme meines Bruders zu hören, aber nach und nach war ich ganz besessen geworden von seinem Bericht, wie er immer tiefer eingedrungen und die Gefahr immer größer geworden war. Wie er aus Irland nach London zurückgekommen war, einige von Pauls Verbindungsmännern kontaktiert und sie in Südlondoner Spelunken und Clubs getroffen hatte. Und sie dann verwanzt hatte. War es das, worauf ich mich einließ?

»Sie machen mir Angst, Tony«, sagte ich. »Aber ich muss sie einfach immer wieder abspielen.«

»Willst du, dass ich sie dir wegnehme?«

»Nein, ich wollte wissen, was Steve getrieben hat. Aber jetzt werde ich sie mir nicht mehr anhören.«

»Natürlich sind sie ein zweischneidiges Schwert, aber ich

wollte, dass du über die Risiken Bescheid weißt«, sagte Tony. »Aber du hast recht, dass du dir nicht in die Hose machen solltest. Das führt zu nichts. Räum sie beiseite an irgendeinen sicheren Ort.«

»Warum war Steve überhaupt in Irland?«, fragte ich. Ganz konnte ich das Thema noch nicht loslassen. »Habt ihr nicht für so was die Armee dort?«

»Schon«, bestätigte Tony. »Aber die militärischen Geheimdienste sind aufgefallen wie ein bunter Hund. Die IRA kannte alles und jeden. Wir brauchten jemanden von draußen, einen Einzelkämpfer mit besserer Tarnung. Aus einer ganz anderen Richtung.«

»Wie einen älteren Studenten?«

»Genau«, sagte Tony. »Die Chemiefakultäten sind immer gut, um potenzielle Terroristen kennenzulernen und ausländische Studenten zu treffen. Toller Ort, um was über Bombenbau zu lernen. Und Steve hatte Ahnung von Sprengstoffen.«

»Stimmt«, sagte ich. »Ging's bei dem ganzen Ärger nicht um was Religiöses ... Katholiken und Protestanten?«

»Ursprünglich schon, aber in letzter Zeit haben sie sich dort weniger für Religion interessiert, sondern sind eher Handlanger des organisierten Verbrechens geworden: Drogen, Waffenschmuggel, Schutzgeld. Das volle Programm. Und Steve mittendrin.«

»Und da kommt ihr ins Spiel.«

»Genau«, sagte Tony. »Nicht so sehr, weil wir uns für die politischen Fragen interessieren – auch wenn das mit ein Grund ist –, sondern weil Kriminalität, wenn sie mal dieses Niveau erreicht hat, in der Regel in sich vernetzt ist. Steve war genial darin, solche Verbindungen aufzudecken.«

»Verbindungen womit?«, fragte ich. Ich kapierte es immer noch nicht ganz.

»Mit anderen kriminellen Organisationen; mit jedem, der sich sonst für Drogen, Waffen, Bomben interessiert.«

»Terroristen?«

»Ja, Terroristen.« Tony nahm einen Schluck Tee. »Aber auch die Mafia: Russen, Italiener ... unsere eigenen einheimischen Gangster und ihre Ganovenkollegen an der Costa del Sol. Das ist ja der springende Punkt an der Kriminalität: Alles hängt zusammen. Der Junkie, der seine Sucht mit Ladendiebstählen finanziert, ist Teil desselben Spiels wie der Betrüger aus der Vorstandsetage und der bolivianische Drogenbaron. Und alles, was wir an Daten bekommen können, hilft uns, egal auf welcher Ebene.«

»Und dazu mach ich mich an Sophie Kelly ran?«

»Richtig«, sagte Tony. »Aus einem kleinen Samen ...«

»Aber mit so ganz üblen Sachen wie Steve, damit hab ich nichts zu tun?«

Auf einmal war Tony fasziniert von den Styroporplatten an der Decke. »Nein, nein«, sagte er. »Einfache Aufgaben. Anderes Gebiet.«

»Irgendwo muss man wohl anfangen.«

»Genau.« Tony erhob sich aus seinem Sessel und drückte mir die Schulter. »Du machst das gut. Weiter so und versuch dich nicht zu sehr mit dem zu belasten, was Steve getan hat. Wir sind dein Sicherheitsnetz, du hast Verstärkung im Rücken. Steve ist lieber ohne Netz auf seinem Hochseil balanciert. Und da geht's tief runter.«

»Danke, Tony«, sagte ich.

Aber Mut hatte er mir nicht gemacht. Ich konnte das Bild einfach nicht abschütteln: Steve, wie er sich um die eigene Achse drehte, sich in der Luft überschlug und dem Tod entgegenstürzte.

Zwanzig

Die anderen Mädchen konnten mich nicht ausstehen. Die Neuigkeit von Sophies »Date«, so harmlos es auch gewesen sein mochte, ging ihnen einfach nicht runter. Anita und ihre Freundin Nazeem schafften es am Morgen danach kaum, mich anzusehen, als hätte ich mir etwas geschnappt, das rechtmäßig ihnen gehörte.

Und dabei hatte ich ihr nur ein Eis gekauft, sonst nichts.

Als Sophie schließlich auftauchte, rief sie mir auf dem Weg über den Hof ein fröhliches »Hi« zu, bevor sie sich zu ihren Freundinnen gesellte. Hin und wieder warf sie einen Blick in meine Richtung, aber nur ganz diskret.

Benjy French war außer sich. Anscheinend hatte eine von Sophies Freundinnen einem seiner Kumpel gesteckt, dass wir uns getroffen hatten. Natürlich war die Geschichte wahnsinnig aufgeblasen worden, von den Cocktails in der Met-Bar über das Essen im Ritz, und danach noch eine Stripshow im Stringfellows mit Party bis zum Morgengrauen. Oder ähnlicher Schwachsinn.

»Wir sind einfach nur im Park spazieren gegangen«, berichtete ich. »Schluss, aus.«

»Das war's chon?«, fragte Benjy. »Du hast nicht mal mit ihr geknutcht? Ihr unters Oberteil gefasst?«

Ich boxte ihn schmerzhaft in den Arm. »Was, um dann vom Parkhausdach gekickt zu werden, du perverser Wichser?«

Er krümmte sich und rieb sich den Oberarm. »Gib's mir nur. Da steh ich doch drüber.« Er sah mich von der Seite an – der Witz war zu verlockend. »Wetten, bei dir stand auch was?«

Ich boxte ihn gleich noch mal.

Mein nächstes Treffen mit Sophie verabredeten wir per SMS. Wir direkt, ohne Vermittler. Ich hatte das Gefühl, einen großen Schritt weitergekommen zu sein.

Wir wollten ins Kino. Welcher Film es sein sollte, war uns beiden relativ egal. Zur Wahl standen ein Actionkracher, ein Weiberfilm und eine Hollywoodkomödie mit Steve Carell. Also wurde es die Komödie.

Sophie holte mich an der Deptford Bridge ab, diesmal annähernd pünktlich, und wir fuhren runter nach Greenwich. Ich hatte ein schlechtes Gewissen, als ich den magnetischen Peilsender an der Unterseite des Beifahrersitzes befestigte, direkt neben der ahnungslosen Sophie, aber es musste sein. Standardprozedere, das war mir eingetrichtert worden.

Wir hatten uns eine Stunde früher verabredet, um noch etwas essen zu gehen, und einigten uns auf Pizza. Erst suchten wir uns beide die Fiorentina aus, Spinat mit einem Ei darüber, also entschied ich mich um und bestellte eine Diavolo mit Peperoni, damit wir halbe-halbe machen konnten. Und ein Glas roten Hauswein. Der Kellner war Italiener und wanzte sich schwer an Sophie ran. Sie fand es lustig, wie er mit seinem riesigen Pfefferstreuer herumscharwenzelte, bis ich ein bisschen ungemütlich wurde und er endlich schaltete und Leine zog.

»Ruhig, Brauner.« Sophie lächelte.

»'tschuldigung. Der ist mir ziemlich auf den Sack gegangen, wie er da mit dem Ding rumgewedelt hat.«

»Ich glaub, der wollte nicht dir auf den Sack, sondern mir an die Titten gehen«, witzelte Sophie und wir kicherten beide.

Ich wollte sie einladen – mein Spesenkonto konnte sich sehen lassen –, aber Sophie bestand darauf, dass wir uns die Rechnung teilten.

Ich versuchte, mich auf den Film zu konzentrieren, aber Sophies Nähe machte das schwierig. Ich konnte fast spüren, was für eine Energie von ihr ausging, und bei jeder Bewegung sog ich einen Hauch ihres leichten, sauber riechenden Parfums ein. Irgendwas an ihr war ganz schön körperlich, fast animalisch. Hin und wieder streifte mich ihr Arm oder ihr Bein und dann war es vorbei mit meiner Konzentration: Ich bekam lauter Schmetterlinge im Bauch und mein Atem ging stoßweise. Ich musste mich schwer anstrengen, die Hände von ihr zu lassen.

Sophie schien nicht ganz so große Schwierigkeiten zu haben, dem Film zu folgen, und lachte lauthals über einige Gags. Irgendwann drehte sie sich zu mir, griff nach meinem Arm und fragte mich, ob ich es genauso lustig fand wie sie.

»Ja«, sagte ich. »Zum Brüllen.« Sie ließ ihren Arm auf meinem liegen und von da war es nur ein kleiner Schritt zum Händchenhalten, was wir dann auch den Rest des

Films taten. Ans Ende erinnere ich mich kaum noch, nur an Sophies warme, trockene Hand. Wie ich versuchte, irgendwelche Veränderungen im Druck auszumachen, irgendein kleines Signal, das ich als Ermunterung auffassen konnte. Ich drängte sie nicht weiter.

Nichts überstürzen, dachte ich.

Hinterher bot sie mir an, mich nach Hause zu fahren. Die Wohnung war natürlich absolut tabu und so lehnte ich ab. Sagte, ich würde gern am Fluss entlang zurückspazieren. Sophie schien etwas enttäuscht und fragte mich, ob ich sie trotzdem zurück zum Auto begleiten würde. Wir gingen durch kleinere Gassen zum Park, bis wir den Mini gefunden hatten, der im Schatten zwischen zwei Straßenlaternen geparkt war.

»Ich setz dich am Ende der Straße ab«, schlug sie vor. Also stieg ich ein.

Inzwischen war es ziemlich dunkel und ich sah nur noch Sophies Haare, die im Laternenlicht schimmerten, und das Profil ihrer Nase und ihres Mundes. Die Kurven ihrer Lippen in der Silhouette.

»Das gefällt mir«, sagte sie. »Mit dir Zeit zu verbringen. Ich fühl mich wohl. Das ist mir vorher noch nie wirklich passiert.«

»Versteh ich gar nicht«, antwortete ich, obwohl ich natürlich wusste, dass sich jeder in die Hose machte beim Gedanken daran, ihr zu nahe zu kommen. »Aber ich fühl mich auch wohl mit dir.«

Der Moment kam, wo ein Kuss geradezu unausweichlich war. Mein Herz schlug schneller, Sophie lehnte sich mir entgegen, und ich spürte, wie sich ihre Lippen teilten, als ihr

Gesicht meines berührte. Ich spürte ihre Zähne und ihre feuchte Zunge. Wir küssten uns bestimmt eine halbe Minute, bevor wir voneinander abließen. Dann küssten wir uns wieder, diesmal länger. Ich lehnte mich im Autositz zurück und hatte ein ganz schwindeliges, unwirkliches Gefühl.

Am Ende der Church Street setzte sie mich ab und legte einen U-Turn hin, bevor sie mit quietschenden Reifen unter Hupen und Winken zurück zur A2 fuhr.

Ich machte mich am Flussufer entlang auf den Rückweg. Ich ging wie auf Wolken. Ich sang sogar vor mich hin. Meine Gedanken waren alles andere als professionell: Ich hatte sogar meinen Auftrag fast vergessen. Der Abend hatte sich zum reinen Vergnügen entwickelt.

Dann stand ich wieder vor der Wohnung. Die PINs hatte ich inzwischen völlig verinnerlicht.

Selbst jetzt, wo ich praktisch schwebte.

Ich knipste das Licht an und fuhr den Mac hoch. Ein paar Nachrichten im Posteingang – codiertes Zeug von Ian und Tony, die wegen des Abends nachfragten. Ich antwortete, dass alles gut gelaufen sei und dass ich morgen einen ausführlichen Bericht schreiben würde. Dann meldete mein vibrierendes Handy eine eingegangene SMS. Sophie:

War ein schöner Abend, Eddie. Ich bin gern mit dir zusammen. Bald wieder. S xxxx

Vier Küsse.

Ich erinnerte mich an die echten. So schnell, wie sie sich vermehrten, würden sie mich in ein paar Wochen von Kopf bis Fuß bedecken. Mit diesem Gedanken ging ich zu Bett.

Einundzwanzig

Mehrere Wochen, mehrere Verabredungen.

Sophie und ich wurden immer entspannter im Umgang miteinander. Sie fühlte sich offensichtlich wohl in meiner Nähe und ich konnte es jedes Mal kaum fassen, wenn sie sich bei mir meldete. Sogar an der Schule war der Einschnitt spürbar. Mit ihrer Mädchengang unterhielt sie sich zwar schon noch, aber ihr Vertrauen hatte ich, nicht eine von ihnen. Sie kehrte ihnen den Rücken zu, um sich zu mir zu setzen. Gleichzeitig begannen Benjy French und die anderen, auf Abstand zu gehen. Sie fingen an, mit den Mädchen zu sprechen.

Hinter unserem Rücken.

Ich war immer noch wachsam, weil ich mir Sophies Nähe durch Vorspiegelung falscher Tatsachen erschlichen hatte. Jeden Moment rechnete ich damit, von ihr als Betrüger enttarnt zu werden. Aber je länger es lief, desto weniger fühlte ich mich als Betrüger. Ich verhielt mich wie mein neues Ich – und es war mein neues Ich, das sie mochte.

Mir war mein neues Ich ebenfalls erheblich lieber. War ich jetzt nicht einfach eine verbesserte, selbstbewusstere

Version meiner selbst? Besser gekleidet, mit etwas Geld und einer tollen Wohnung. Ich begann es weniger als neue Identität zu betrachten, sondern eher als eine Art Generalüberholung, und als unsere Treffen regelmäßiger wurden, war ich jedes Mal ein bisschen weniger überrascht, dass ich es geschafft hatte, mir dieses unglaubliche Mädchen zu angeln.

Praktischerweise war mir ihr Hintergrund völlig entfallen.

Ich hatte auch vergessen, mir Notizen zu machen. Anfangs hatte ich mir schon welche gemacht, aber meine Eintragungen waren ziemlich öde: *Ausgegangen, Sophie am Steuer, beim Chinesen in Greenwich, rumgemacht, nach Hause*. Nach den ersten Eintragungen schämte ich mich, dass mein Einsatz im Vergleich zu Steves Aufgaben so sicher und ungefährlich war, also hörte ich mit dem Aufschreiben auf, bis, so stellte ich mir das vor, sich etwas Interessantes ergab.

Einige Wochen nach unserem ersten Date kamen wir gerade aus der Schule, als Sophie sagte: »Diesen Samstag kann ich nicht. Dad nimmt uns mit zum Segeln nach Frankreich.«

»Ah.« Die Enttäuschung in meiner Stimme kam ziemlich deutlich raus. »Ich wusste gar nicht, dass du segeln kannst.«

»Kann ich auch nicht«, gab sie zu. »Mit Segeln meine ich, dass wir auf die Jacht gehen. Ein Riesending mit Motor. Da wird man nicht wirklich nass.«

»Cool«, sagte ich. »Wie groß?«

»Keine Ahnung. Zwanzig Meter vielleicht?« Sie sah verlegen aus. »So groß wie ein Bus.«

»Das ist groß. Wo fahrt ihr hin?«

»Der Ort heißt Honfleur«, erklärte sie. »Ist wirklich schön dort. Wir gehen dort Abendessen.«

Ich nickte beeindruckt.

»Vielleicht kannst du ja nächstes Mal mitkommen.« Sie sah ein wenig schuldbewusst drein. »Bei dem Ausflug sind ein Haufen Geschäftsfreunde von Dad dabei. Meine Mutter und ich müssen hübsch lächeln und ihnen Drinks einschenken und uns ihre stinklangweiligen Golfplatzgeschichten anhören.«

Sie versuchte, es als lästige Pflicht zu verpacken, aber zum Abendessen nach Frankreich zu segeln kam mir ziemlich schick vor.

»Mein Bruder kommt auch mit«, sagte sie. »Ich weiß nicht, ob du ihn mögen würdest, er ist eher ein Angeber.«

»Wusste gar nicht, dass du einen Bruder hast«, sagte ich. Obwohl ich es natürlich wusste. Jason Kelly war in den Dossiers zum Familienhintergrund aufgeführt.

»Da gibt's Einiges, was du nicht weißt über mich«, lächelte Sophie. Sie küsste mich auf die Wange und tippte mir mit dem Finger auf die Nase.

»Von wo segelt ihr los?«, fragte ich. »Dover?«

»Portsmouth – na ja, Gosport heißt der Hafen, wo das Schiff liegt. Wir fahren Freitag runter und segeln dann Samstag früh los.«

»Wie heißt das Boot denn?«

»Rat mal.«

»Sophie?«, riet ich.

»Fast. *Lady Sofia.* Vorher hieß es *Seewolf.* Mein Vater hat es einfach unbenannt.«

»Bringt es nicht Unglück, ein Boot umzubenennen?«

»Hoffentlich nicht.« Sie lachte. »Sonst ertrinke ich noch.«

»Zieh eine Schwimmweste an«, riet ich. »Und dann sehen wir uns, wenn du wiederkommst?«

»Ich könnte vielleicht zu dir in die Wohnung kommen?«, fragte sie. »Ich bring dir auch ein Geschenk mit.« Sie schlang ihren Arm um meine Hüfte und sah mich unter gesenkten Wimpern erwartungsvoll an.

»Ich freu mich schon darauf«, sagte ich.

»Sie will mich in der Wohnung besuchen.« Ich telefonierte mit Ian Baylis und informierte ihn über meine Fortschritte.

»Kann sie nicht. Das ist ein sicheres Haus«, schnauzte er mich an.

»Das weiß ich. Aber es ist nicht ganz abwegig, dass sie's gern möchte, oder?«

»Ich denk drüber nach. Sonst noch was?«

Im Geist ging ich noch mal alles durch, schaute die Notizen an, die ich mir gemacht hatte. Ich hatte ihm erzählt, dass das Kelly-Boot umbenannt worden war, und auch den Ablegeort und die ungefähre Zeit nennen können. Ihm gesagt, wer mitsegelte und wohin. Das Warum herauszufinden, war sein Job. Wenn ihm irgendwas davon schon bekannt gewesen war, ließ er sich das nicht anmerken. Ich hatte das Gefühl, Ian Baylis eine Menge Informationen serviert zu haben. Er konnte heute Abend jemanden zum Hafen von Gosport schicken, um am Boot einen Peilsender anzubringen. Konnte jemanden bereitstellen, um in Honfleur nach ihnen Ausschau zu halten. Mit dem, was ich ihm geliefert hatte, konnte er die ganze Reise überwachen und trotzdem fragte er, ob ich nicht noch mehr hatte.

»Das war's«, sagte ich, ein wenig angefressen, dass er meine Bemühungen so wenig zu schätzen wusste. Endlich hatte ich etwas zu vermelden, und wenn ich ehrlich war, fühlte ich mich bei der Teilnahmslosigkeit, mit der Baylis auf meinen Bericht reagierte, ziemlich unter Wert verkauft. Ich fand, er könnte mich ruhig ein bisschen mehr unterstützen. Außerdem konnte ich ihn nicht leiden, Sophie aber schon, und es war kein gutes Gefühl, jemanden, den ich mochte, an jemanden zu verraten, den ich nicht mochte. Gegen jeden Instinkt.

Für diese Woche hatte er genug bekommen, wo er seine Zähne reinschlagen konnte, und ich hatte eine kleine Auszeit dringend nötig. Ich legte auf.

Eine Stunde später kam ein Anruf von Tony. »Gutes Material«, sagte er. »Ian hat mich informiert. Du kommst prima voran.«

»Danke, Tony. Freut mich, dass du das denkst. Wär ich nie draufgekommen, nach dem Gespräch mit Baylis.«

»Du weißt doch, wie er ist«, beschwichtigte Tony. »Ein ziemlich ernster Bursche. Keiner, der in Begeisterungsstürme ausbricht. Aber er findet auch, dass du deine Sache gut machst.«

»Hat er was von der Wohnung gesagt?«, fragte ich.

»Ja, er hat was erwähnt. Um ehrlich zu sein, ich hatte nicht damit gerechnet, dass du ihr so schnell so nahe kommst.«

Ich spürte, wie ich ganz rot wurde. »Ist doch ziemlich normal, dass man Leute zu sich einlädt, oder?«

»Klar ist es das«, sagte Tony. »Aber wir können nicht riskieren, dass jemand die Wohnung sieht. Besonders jemand, der ... drinhängt.«

»Also, was soll ich machen? Ihr sagen, dass sie nicht in meine Wohnung kann? Ich glaube, das führt uns in eine ziemliche Sackgasse, oder etwa nicht?«

»Du hast recht«, sagte er. »Ich kümmere mich drum. Ich sprech mal mit Anna darüber. Sie ruft dich dann an.«

Zweiundzwanzig

»Eddie?«

»Ja?«

»Hier ist Anna. Hi. Kannst du mich an der Bahn in Deptford treffen, um zwölf?«

Ich sah auf die Uhr. Es war halb elf und ich war immer noch in Boxershorts. Es war Samstag und den größten Teil des Morgens hatte ich damit zugebracht, Tee zu trinken, mich am Sack zu kratzen und herumzuzappen. »Klar.«

»Keine großen Begrüßungsarien«, fuhr sie fort. »Einfach das übliche Protokoll, und wenn du mich siehst, folge mir Richtung Hauptstraße. Wir verschwinden dann über den Markt.«

Irgendwas in ihrem Ton machte mich etwas unruhig. Ich wusste nicht, ob es die Spannung war, die ich aus ihrer Stimme herauszuhören meinte, oder weil Sophie weg war und ich Anna allein sehen würde. Ich duschte und zog mich an, und eine Stunde später war ich unterwegs. Wie üblich warf ich einen prüfenden Blick auf die geparkten Autos. Nichts Auffälliges. Ich machte mich auf den Weg, den Fluss entlang.

Nach ein paar Minuten wurde mir bewusst, dass mir jemand folgte. Ich ging schneller und bog dann in einen kleinen Weg neben der Kirche ein. Ich duckte mich hinter den Torpfosten und wartete, bis die Gestalt vorbeilief. Umsonst. Der Mann bog direkt nach mir ein und wäre beinahe mit mir zusammengerempelt.

»Sonny?«, fragte er. Das war ein Spitzname aus meiner Kindheit, den ich schon Jahre nicht mehr gehört hatte.

Ich konnte mich nicht erinnern, wann ich meinen Alten zuletzt gesehen hatte. Vielleicht, als Steve ihn damals hinausschmiss, nachdem er Mum geschlagen hatte. Instinktiv schaute ich mich sofort um, ob uns auch niemand gesehen hatte. Der Kirchhof war verwaist, bis auf einen Alki, der auf einer fernen Bank schlief, und ein paar Krähen.

»Wie hast du mich gefunden?«, fragte ich leise.

»Zufall«, sagte er. »Nach dir gesucht hab ich nicht. Hab dich neulich gesehen. Auf dem Weg nach Greenwich.«

»Ich dachte, du wärst nach Hastings gezogen oder sonst wohin.«

»Bin ich auch. Und jetzt bin ich wieder da. Diese Badeorte sind nichts für mich, nur alte Leute. Und Junkies und Schwuchteln. Im Herzen bin ich doch ein Großstadtjunge. Bei den Säufern und Negern weiß ich wenigstens, woran ich bin.«

Ich krümmte mich innerlich bei der Wortwahl. Seine Stimme und seine Ausdrücke kannte ich noch aus frühester Kindheit.

Sein Haar war fettig und ziemlich lang. Er war unrasiert und sonnenverbrannt – nicht gebräunt, sondern kackbraun. Als ob er den ganzen Tag draußen vor dem Pub herumhockte. Was er wahrscheinlich auch tat, in Anbetracht des Bierbauchs, der sich aus seinem ansonsten so abgemagerten Körper herauswölbte. Ich hatte regelrecht Schuldgefühle, dass ich nicht mal ansatzweise etwas für ihn empfand. Aber vermutlich war seine lange Abwesenheit auch ein Zeichen dafür, dass von seiner Seite her ebenso wenig da war.

»Du weißt, dass Steve tot ist?«, fragte ich.

Er rieb sich mit seiner schmierigen Hand die Augen, als müsste er sich ein paar Emotionen rausquetschen oder zumindest seine blutunterlaufenen Augen zum Tränen bringen.

»Hab ich gehört«, sagte er. »Üble Nachricht.« Er nahm einen Beutel raus und drehte sich eine Kippe. Ich sah auf die Uhr: elf Uhr fünfzig.

»Ich muss jetzt los«, erklärte ich.

»Sieht so aus, als kämst du gut zurecht, Sonny«, sagte er und steckte sich seine Zigarette an.

»Man beißt sich so durch«, antwortete ich unbestimmt. »Hör mal, nenn mich nicht so. Das war einmal. Jetzt bin ich für alle Eddie.«

»Für mich bist du immer noch mein Sonny«, sagte er und machte einen auf sentimental, indem er sich eine nicht vorhandene Träne aus dem Auge tupfte.

Ich kaufte ihm das keine Sekunde lang ab. »Dann denk um«, sagte ich. »Wär besser, wenn du überhaupt aufhörst, an mich zu denken – oder mich zu sehen.«

»Ist wohl meine eigene Schuld, was?« Er zuckte die Achseln. »Könntest du deinem alten Herrn vielleicht trotzdem etwas unter die Arme greifen, nur bis nächste Woche?«

Ich angelte in meiner hinteren Hosentasche nach dem

Geldbeutel und gab ihm einen Zwanziger. »Hier«, sagte ich. »Es gehört dir. Brauchst es mir nicht zurückzugeben, dann muss ich dich auch nie wieder sehen.«

Er wog seine Möglichkeiten ab. Sah auf den Schein. »Mach einen Fünfziger draus und du bist mich los«, sagte er.

Ich kramte noch zwei Zwanziger hervor und reichte sie ihm.

»Guter Junge«, sagte er. »Wusste immer, aus dir wird mal was ... Eddie.« Er klopfte mir auf die Schulter, drehte auf dem Absatz um und machte sich vom Gottesacker.

Zu meiner Verabredung mit Anna kam ich ein paar Minuten zu spät. Sie saß auf dem gegenüberliegenden Bahnsteig Richtung Osten und trug einen weißen Regenmantel mit Gürtel.

Ich schlenderte den Bahnsteig nach Westen entlang, als ob ich auf den Zug wartete. Sobald sie mich entdeckt hatte, ging ich die Stufen hinunter zum Fahrscheinverkauf. Anna nahm die andere Treppe. Nachdem sie den Bahnhof verlassen hatte, folgte ich ihr über die belebte Hauptstraße runter zum Markt. Dort drängten sich Besucher aller Art zu den Reggaeklängen von einem CD-Stand. Annas Aufmachung war nicht übermäßig sexy, aber trotzdem riefen ihr die Standler nach, wie immer darauf aus, gut aussehende Mädchen ins Gespräch zu verwickeln.

»Hallo, Schätzchen, schau dir doch mal meine Riesenpflaumen an ...«

»Lach doch mal, Honigbienchen, so schlimm kann's doch nicht sein ...«

Die hemmungslosen Marktschreier von Südlondon.

Besonders unauffällig war sie nicht gerade, fand ich. Sie musste das Gleiche gedacht haben, denn sie duckte sich zwischen den Ständen hindurch und ging eine Weile hinter ihnen weiter, immer die Straße runter, bis die Stände spärlicher wurden. Dann betrat sie ein graues Haus, eine Galerie für zeitgenössische Kunst. Ich folgte ihr und machte einen Rundgang durch die Ausstellung, immer in die Gegenrichtung, bis ich endlich neben Anna stand und mir dasselbe Bild ansah wie sie.

»Das hier gefällt mir ziemlich gut«, sagte sie. Es war die große, bunte Darstellung eines Comic-Cowboys, der vor einer Graffitiwand stand. Aus der Leinwand ragten große Spritzer Acrylfarbe.

»Ja, nicht schlecht.« Ich mochte es wirklich. »Tut mir leid wegen der Verspätung. Bin in jemand reingerannt, den ich nicht sehen wollte.«

»Wen?« Anna klang besorgt. Ihr Blick hing immer noch am Bild, als ob sie noch darüber redete.

»Meinen Dad«, sagte ich.

»Scheiße.« Sie sah sich um. »Hat dich jemand beobachtet?«

»Glaub ich nicht. Nein, bin ich mir ziemlich sicher.«

»Ich wusste nicht, dass du einen hast.«

»Hatte ich selbst fast vergessen.«

Anna reichte mir ein Blatt Papier. Den Makler-Datenbogen zu einer Wohnung.

»Triff mich dort in zwanzig Minuten«, wies sie mich an. »Hol dir einen Kaffee, geh noch mal um den Block. Die Maklerin bin übrigens ich.«

Sie klang nervös.

Anna verließ die Galerie. Das Mädchen hinter dem Schreibtisch blickte nicht mal auf. Ich betrachtete noch ein paar Minuten lang die Bilder und ging dann auch. Anna war nach links gegangen, also schlenderte ich nach rechts bis ans Ende der Hauptstraße und machte dann kehrt, ging unter der Eisenbahnbrücke hindurch, dann über eine kleine Nebenstraße zurück und vorbei an einem Pub, bis ich bei der Adresse angekommen war, die sie mir gegeben hatte.

Die Wohnung befand sich über ein paar verstaubt aussehenden Geschäften und war über ein finsteres Seitengässchen zu erreichen. Über eine stählerne Feuertreppe gelangte ich zum Hintereingang im ersten Stock: 1a. Ich drückte auf den Summer, fand die Tür offen und trat einfach ein.

Schäbig war es hier – ganz anders als mein Apartment am Fluss, nur zehn Minuten entfernt. Welliger Teppich, blanker Laminatboden, weiße Raufasertapeten, ein paar Ikeastühle und ein durchgesessenes Sofa. Anna sah durch eine Gardine runter auf die Straße.

Ein Typ war gerade dabei, Kabel zu verlegen. Er blickte auf. »Erledigt«, sagte er. Er reichte Anna ein Schaltschema, sie unterschrieb die Arbeitsbestätigung und er verschwand, mir im Gehen zunickend.

»Telefon installiert?«, erkundigte ich mich.

»Unter anderem.«

»Wer wohnt hier?«

»Du«, sagte sie.

Mir wurde ganz anders. An meine schicke Junggesellenbude hatte ich mich ziemlich schnell gewöhnt. Sie sah mir die Enttäuschung an.

»Keine Sorge«, sagte sie. »Du kannst schon im sicheren Haus bleiben. Das hier ist für deine Rendezvous mit Sophie Kelly.«

»*Was*? Die lässt mich doch sofort sitzen, wenn sie diese Bruchbude hier zu Gesicht kriegt.«

»Nur keine Hemmungen«, lachte Anna. »Sag ehrlich, was du davon hältst. Ich glaube aber, du unterschätzt entweder deine eigene Attraktivität oder Sophies Charakter.«

»Glaubst du?«

»Ich weiß es sogar«, sagte sie. »Das Spiel wäre in dem Moment aus gewesen, wo sie die Wohnung am Fluss gesehen hätte. Das hier macht dich glaubwürdig. Junger Typ, wenig Geld, beißt sich durch. Glaub mir, das weckt ihren Beschützerinstinkt.«

Sie hob den Vorhang und sah wieder aus dem Fenster.

»Du wirkst ein bisschen…« Ich zögerte, bis ich das richtige Wort gefunden hatte. »Angespannt.« Ich wollte nicht großspurig rüberkommen. Schließlich war sie schon eine Weile dabei und ich war noch ein Neuling.

»Bin ich auch«, gab sie zu. »Dieses Wochenende läuft irgendwas.«

»Hat es was mit den Kellys zu tun?«

»Bin ich mir nicht sicher. Wahrscheinlich. Das hier ist immer noch ihr Territorium und ich rieche Ärger. Hängt alles zusammen.« Sie sah mich an. »Ich hab's einfach nicht gern, wenn was Unerwartetes geschieht. Wie das Treffen mit deinem Dad. Wir hätten Bescheid wissen sollen. Über ihn. Genau durch so was passieren immer die Pannen.«

Ich musste ihr zustimmen. Rund um meinen Vater war immer Pannengebiet gewesen.

»Weiß er irgendwas darüber? Wo du wohnst? Über deinen Bruder?«, fragte Anna.

»Er weiß, dass Steve tot ist«, erklärte ich ihr. »Sonst nichts.«

»Sicher?«

»Sicher. Und selbst wenn er's täte, könnte man sich sein ewiges Schweigen mit ein paar Drinks kaufen.«

»Du hältst nicht allzu viel von ihm, oder?« Annas weiche Seite blitzte auf.

»Noch nicht mal das«, sagte ich. »Er ist wie ein Fremder für mich.«

Sie nickte. »Ich hab versucht, es hier etwas wohnlich zu machen«, sagte sie. Sie wandte sich vom Fenster ab und sah mir ins Gesicht. »Mit ein paar Bieren im Kühlschrank. Mach uns zwei auf, okay?«

Ich ging zur kleinen Küchenzeile, direkt im Eingangsbereich der Wohnung, öffnete den Kühlschrank und griff mir zwei kalte Budweiser.

»Schau nach, ob die Tür zu ist«, rief Anna aus dem Wohnzimmer.

Ich prüfte die Türsperre. Neben der Kette und dem Bolzenriegel waren ein paar neue Banham-Sicherheitsschlösser angebracht worden. Fort Knox ließ grüßen. Alles war in Ordnung. Mit den Bieren bewaffnet kehrte ich zurück.

Anna hatte den Regenmantel ausgezogen und ihre förmliche Bürokleidung freigelegt. Na ja, förmlich schon, aber trotzdem war der Rock eher kurz. Er war dunkelblau und ziemlich eng, und dazu trug sie eine dünne, weiße Bluse. Als sie den Blazer auszog, konnte man die BH-Träger sehen – so einen Ausschnitt hätte sich eine echte Maklerin nie geleistet. Es sei denn, die Maklerin wollte sich an ihren Kunden ranmachen. Sie ging ins Schlafzimmer. Das war hübscher als das Wohnzimmer, mit einer Glastür, die sich auf einen kleinen Balkon öffnete. Ein bodenlanger Vorhang bauschte sich im Wind, und obwohl die Bettwäsche ein grauenhaftes Muster hatte, war das Bett immerhin frisch gemacht, samt fluffiger Daunendecke. Anna nahm mir ein Bier ab und trank einen Schluck. Sie griff in ihre abgelegte Jacke, zog eine Schachtel Marlboro Lights hervor und steckte sich eine in den Mund.

»Du nicht, oder?«, fragte sie. Ich schüttelte den Kopf. Sie setzte sich aufs Bett und zündete die Zigarette an, inhalierte tief und stieß den Rauch aus. Sofort schien sie sich zu entspannen.

»Besser?«, fragte ich.

»Ein kaltes Bier, eine Kippe, die Tür ist zu. Dahinter nur ich, ein gut aussehender Kerl und der sonnige Nachmittag. Was will man mehr?« Sie sah mich an und lächelte.

»Ich hab gemeint, ob's dir besser geht«, sagte ich. Ich spürte, wie mein Atem sich beschleunigte.

»Das wird's gleich«, sagte sie. Sie klopfte neben sich auf das Bett und zog den Reißverschluss ihres Rocks auf. »Komm her.«

»Ist das hier verwanzt?«, fragte ich nervös und suchte die Ecken und Lampenfassungen nach versteckten Kameras ab.

»Noch nicht«, sagte sie. »Setz dich.«

Ich nahm einen Schluck Bier und setzte mich neben sie. Wer wollte da noch widersprechen?

Dreiundzwanzig

»Wie war euer Ausflug?«

»Vollkatastrophe«, sagte Sophie kopfschüttelnd.

Es war Dienstag. Ich hatte ihr die Adresse genannt und sie war mich in der Wohnung besuchen gekommen. Hatte sich umgesehen. Und gesagt, es sei hübsch.

»Seid ihr gekentert?«, fragte ich, aber ihr schien nicht nach Witzen zumute.

»Die Fahrt war schon okay, aber wir hatten diesen riesigen, fetten Russen dabei, mit dem mein Dad Geschäfte macht. Der hat sich auf der ganzen Hinfahrt mit Wodka einen angesoffen und angefangen, meine Mum und mich zu begrapschen, obwohl er irgendeine zwanzigjährige Schnitte dabeihatte, die kein Wort Englisch sprach.«

»Klingt unterhaltsam.«

»Genau«, entgegnete sie. »Und das war noch nicht alles. Als wir in den Hafen eingelaufen sind, haben er und sein Kumpel angefangen rumzusingen – total peinlich. Und wenn mein Dad eins nicht haben kann, dann Aufmerksamkeit zu erregen. Er ist ziemlich ... diskret.«

»Wie hat dein Dad reagiert?«, fragte ich. Schüchternheit

und Zurückgezogenheit passten nicht wirklich zu dem Bild, das ich mir von Tommy Kelly gemacht hatte.

»Er wird dann immer total still. Aber Mum und ich wissen, dass er innerlich schäumt und dass man auf der Hut sein sollte. Und dann hat der Russe angefangen, sich mit dem feinen amerikanischen Kunden anzulegen ...«

»Ein Amerikaner war auch dabei? Das war ja eine richtige Party ...«

Sophie sah mich an und hielt kurz inne. »Ja. Dad hat seinen amerikanischen Kunden dem Russen vorgestellt ... so ging's jedenfalls los.«

»Was machen die denn für Geschäfte?«, fragte ich, obwohl ich wusste, dass das etwas zu weit ging. Sophie merkte offensichtlich, dass sie zu viel ausplauderte, und machte dicht.

»Keine Ahnung«, sagte sie. »Geschäfte halt. Du weißt schon, wie die Typen in der City. Irgendwelche Deals. Kunst und so.«

Wieder warf sie mir ihren misstrauischen Blick zu und ich wusste, dass ich es darauf beruhen lassen sollte. Aber dann erzählte sie weiter, als müsste sie mich irgendwie dafür entschädigen, meine Frage abgeblockt zu haben. »Und als ob das nicht schon genug wäre, hat uns auf dem Rückweg dann noch ein Boot vom Zoll rangeholt und nach Portsmouth geschleppt. Die haben die ganze Jacht auf den Kopf gestellt. Bis vier in der Früh waren wir da. Ein Alptraum.«

»Haben sie was gefunden?«

»Null. Ich glaube, wir hatten ein paar Flaschen Champagner mehr als erlaubt, also haben sie die mitgenommen. War ihnen ziemlich peinlich.«

»Was glaubst du haben die gesucht?«

Sophie fixierte mich mit ihren blauen Unschuldsaugen. »Was weiß ich.«

»Hey, und was ist mit dem Geschenk, das mir versprochen wurde?«

Sophie lächelte und legte mir die Hände auf die Schultern.

»Durchsuch mich doch ...«, sagte sie. Sie streckte die Arme aus, wie um gefilzt zu werden, und brach in Gelächter aus.

Für Boote hatte Donnie überhaupt nichts übrig. Ihm wurde schon im Tretboot auf dem Ententeich schlecht. Auf der Fähre nach Frankreich hatte er sein Frühstück über die Reling gekotzt und jetzt auf der Jacht den größten Teil der Nacht an Deck verbracht und in den Ärmelkanal gereihert, während Dave, Jason und der Skipper unten hockten, rauchten, lachten und Cola-Rum soffen.

Am frühen Sonntagabend waren sie still und leise aus Dieppe ausgelaufen, eben als die meisten anderen Jachten einliefen. Gerade, als die Lady Sofia *vor der englischen Küste an den Schlepper gehängt wurde – eine willkommene Ablenkung. Die Finanz- und Zollbehörde Ihrer Majestät würde den Kanal kaum nach zwei Kelly-Booten auf einmal absuchen.*

Donnie hatte mit der Fähre nach Dieppe übergesetzt und dort Dave Slaughter getroffen, den Chauffeur vom Boss. Dave war schon am Vortag gekommen, um den Kleinlaster anzumieten. Über die Umgehungsstraße waren sie zu einem englischen Zollfreilager gefahren, das in einem Industriege-

biet außerhalb der Stadt lag. Das Zolllager verkaufte Alkohol zu absoluten Tiefstpreisen und ein Besuch galt unter englischen Kneipiers und Clubbetreibern als Pflichttermin.

Donnie klopfte an die Rollladentür und ein unrasierter Mann von osteuropäischem Aussehen steckte den Kopf raus. »Wir wollen zum Bish.«

Der Mann reckte fragend das Kinn.

»Sag ihm, Johnnie Zahncreme und Duncan Donuts sind da«, sagte Donnie. Dave kicherte höhnisch.

Sekunden später schnellte die Stahljalousie empor und Kenny Bishop – genannt »der Bish« – kullerte hinaus. Er war sonnengebräunt und rundlich. Oberhalb der weißen Hose spannte sich sein Wanst gegen das rosafarbene, halb aufgeknöpfte Hemd, aus dem weißes Brusthaar und jede Menge Kettchen hervorblitzten. Weiße italienische Schuhe machten den Look perfekt.

»Donald ... David«, strahlte der Bish, hob die Hand über den Kopf und ließ sie mit ausladender Geste zum Händedruck herabsegeln. Er lachte auffällig und trippelte tänzelnd wie ein Schattenboxer um die beiden herum, als wären sie alte Sparringpartner.

»Donovan«, knurrte Donnie, »nicht Donald.« Donnie konnte Kenny Bishop nicht ausstehen. Natürlich konnte er niemanden wirklich leiden. Er wusste, ein einziger Furz aus seinem Arsch würde den Bish umhauen – und ihm die sorgfältig frisierte graue Tolle ruinieren.

»Mach schon, Bish, du vertrottelter Lude«, sagte Dave. »Mach die Scheißtüren auf, wir haben keine Zeit, über die alten Tage zu plaudern.«

Der Bish stellte sein Grinsen ein und setzte eine ernste

Miene auf. Er drückte auf einen Knopf und der stählerne Rollladen zur Lagerhalle fuhr hoch. Hinter ihm wurde der Motor des Mietlasters angelassen. Der Bish wurde blass. Sein Blick irrlichterte zwischen Dave und Donnie hin und her.

»Ich dachte, nur ihr zwei«, sagte er.

»Und der Fahrer«, gab Dave zurück. »Das ist teure Ware. Da können wir uns nicht beim Fahren ablenken lassen. Müssen die Augen offen halten.«

Der Transporter rollte rückwärts durchs Lagertor. Der Fahrer war durch die verdunkelten Scheiben nicht zu erkennen. Direkt neben der Tür stapelten sich die Kästen. Champagnerkisten, darauf das Etikett einer bekannten Champagnerkellerei. Der Bish ließ seinen Osteuropäer den Wagen beladen, während Donnie und Dave eine Kiste ins Büro trugen, um die Ware zu prüfen. Donnie hebelte sie mit einem Brecheisen aus dem Lkw auf. Die Flaschen steckten in Pappmachéformen, wie es sich gehörte. Dave entnahm eine Flasche und untersuchte sie.

»Sehr gut«, sagte er. »Erstklassige Arbeit. Schaut genau aus wie echt.« Er reichte Donnie die Flasche, der sie im Licht drehte und mit einem stumpfen Fingernagel dagegenklopfte.

»Erste Sahne«, sagte er. »Besser geht's nicht, was meinst du, Bish?«

Der Bish hob abwehrend die Hände, sein Gesichtsausdruck schon jetzt schuldbewusst. »Keine Ahnung, Donnie. Du kennst mich doch, ich rühr das Zeug nicht an. Nur zum Ein- und Verkauf bestimmt, was mich angeht. Könnten auch Sardinenbüchsen sein.«

Dave nickte begütigend.

»Der Typ aus Marseille hat's so abgeliefert, wie's jetzt dasteht, und da steht's jetzt.« Der Bish war ins Quasseln geraten und wedelte übertrieben bemüht mit den Händen herum.

»Was los, Bish?«, fragte Donnie. »Du schwitzt ja wie ein Kinderficker im Planschbecken.«

»Nichts, Don, ehrlich. Ich will nur das Geschäft ordentlich über die Bühne bringen. Glatt, weißt du?«

»Willst es uns einfach nur recht machen, was, Bish?«, sagte Dave.

»So isses, Dave«, sprudelte es aus Bish heraus. »Ich hab ganz schön Kapital in der Transaktion drinhängen, also ist's mir wichtig, dass ich den Stoff verkaufe und aus dem Laden rauskriege.« Hinter seinem Grinsen schien ihm leicht übel zu sein.

»Dann passt's ja«, sagte Donnie schließlich.

Sofort wirkte der Bish erleichtert. Seine Augen flatterten zwischen den beiden hin und her und er lachte wieder auf. Als wären sie alte Kumpel in einem Pub in Woolwich, dachte sich Donnie. Sein Instinkt sagte ihm, dass der Bish irgendwas im Schilde führte. Vielleicht hatte er sich wirklich keinen Extraanteil aus der Lieferung genehmigt – schließlich kriegte er ja noch was gezahlt, zusätzlich zu seiner Beteiligung an der Ware. Aber ein Schwätzer war er, das wusste Donnie. Drum mochte er ihn wahrscheinlich nicht.

Für Schwätzer war die Ware zu heiß.

»Na, wir packen's dann mal«, sagte Dave. »Wenn's von dir nichts mehr gibt, Don?«

Donnie nickte und stellte die geöffnete Kiste zu den sie-

benundvierzig anderen in den Lieferwagen. Vielfache von zwölf.

Der Bish blickte erwartungsvoll drein. »Wann seh ich die Kohle?«, wollte er wissen.

»Alles geregelt«, sagte Dave. »Der Scheck ist schon unterwegs. Deine Investition zurück plus Honorar.«

Der Bish sah enttäuscht aus, als wollte er etwas sagen, überlegte es sich dann aber anders.

Donnie knallte die Türen des Transporters zu und schloss sie ab. Der Osteuropäer stand noch rum, als erwartete er ein Trinkgeld. Also steckte Donnie die Hand in die Tasche, zog eine kleine Pistole hervor und schoss ihm ins Gesicht.

Dave sah angewidert zur Seite, als wäre er in Hundescheiße getreten. Der Bish wurde grün, als ihm die Blutfontäne aus dem Kopf des Mannes auf die weißen Schuhe spritzte und sich auf dem Betonboden eine Pfütze bildete.

»Wieder ein Arbeitsplatz geschaffen«, kommentierte Donnie trocken.

»Oh nein, Donnie ... nein ... nein«, stotterte der Bish. »Was soll ich jetzt machen?«

»Du willst mir doch nicht erzählen, dass der angemeldet war, oder?«, fragte Donnie. »Lass ihn irgendwo verschwinden. Und wenn du singst, bist du der Nächste. Klar?«

Dave und Donnie kletterten in den Laster und befahlen dem Fahrer, Gas zu geben.

Jason Kelly sah in den Außenspiegel, in dem er erkennen konnte, wie Kenny Bishop sich über die Leiche des Mannes beugte.

»Los, Jase«, brüllte Dave. »Drück endlich auf die Tube!«

»Und Kenny Bishop lasst ihr einfach hier?« Jason stieg in

die Bremse. »Wenn der erst mal sein Geld hat, hockt der doch sofort in irgendeiner Bar in Puerto Banús und tönt über den Deal, den er abgezogen hat, als ob er wer weiß was für Eier hätte. Wenn er's nicht eh schon irgendwem erzählt hat.«

»Der kriegt kein Geld«, sagte Donnie. »Das glaubt er nur.«

»Also, wenn er's nicht kriegt, dann sitzt er in einer Bar in Calais und erzählt jedem, der's hören will, wie wir ihn beschissen haben«, sagte Jason.

»Jason hat recht«, stimmte Donnie seufzend zu. »Der ist eine Zeitbombe. Eine Labertasche. Garantiertes Verlustgeschäft, so oder so.«

Kennie Bishop wirkte überrascht, als er sah, wie Donnie wieder aus dem Transporter stieg, diesmal mit dem dritten, jüngeren Mann im weißen Trainingsanzug und mit der fetten Rolex.

Er brauchte nicht lange, um zu kapieren, weshalb sie zurückgekehrt waren. Zehn Minuten später baumelte er von einem Stahlträger, um den Hals sein gestreifter Gucci-Gürtel, und mit jedem Zucken seiner blutbefleckten Mokassins war ein bisschen weniger Leben in ihm.

Um vier Uhr morgens lagen sie vor der Südküste der Isle of Wight. Donnie hatte mehr oder weniger aufgehört, sich zu übergeben, und nippte jetzt gesüßten Tee aus einer Blechtasse. Gleich hinter Ventnor sahen sie von der Küste her Lichtsignale und der Skipper blinkte zurück. Zehn Minuten später hielt neben ihnen ein Motorboot, gesteuert vom Bruder des Skippers, und sie verluden achtundvierzig Champagnerkisten. Während Jason, Dave und der Skipper die gecharterte

Jacht nach Portsmouth zurücksegelten, sprang Donnie auf das Motorboot und begleitete die Ware an Land. Dort wurde sie in einen Gütertransporter umgeladen, der mit der Sechs-Uhr-Fähre aufs Festland übersetzen sollte.

Donnie war heilfroh, als er um halb acht wieder festen Boden unter den Füßen hatte, und um zehn verstaute er die Champagnerkisten im Keller einer Weinbar in Orpington, deren Besitzer Saul Wynter war.

Sauber, dachte er. Sack zu und alles in trockenen Tüchern, während Tommy Kelly und seine Familie ihre hübschen Köpfchen nach einem gemütlichen Ausflug in die Kissen sinken ließen. Nach Frankreich und zurück, ohne sich die Hände schmutzig machen zu müssen. Aber er beschwerte sich nicht. Tommy, Cheryl und Sophie würde er bis zu seinem letzten Atemzug beschützen. Sie waren immer gut zu ihm gewesen.

Bei dem Junior war er sich nicht so sicher.

Als sich sein leerer Magen mit lautem Gurgeln meldete, richteten sich Donnies Gedanken auf ein Frühstück. Also verriegelte er den Laster und ging die Hauptstraße hinab, auf der Suche nach einer Schachtel Kippen, einer Tasse Tee und irgendetwas, um seinen Magen nach der anstrengenden Nacht zur Ruhe zu bringen.

III

Tommy

Vierundzwanzig

»Mum will dich treffen«, sagte Sophie. »Und Dad auch.«

Mir sackte das Herz mitten durch die Hose bis zum Erdboden. »Was?«, fragte ich. »Das geht nicht, ich meine, das kann ich nicht, ich ...« Ich wusste nicht, was ich sagen sollte. Eine weitere Panikwelle überrollte mich.

Sophie lachte bloß. »Klar kannst du«, sagte sie. »Die beißen nicht.« Das stellte ich mir aber anders vor. Klar bissen die, und zwar fest. »Ich hab ihnen alles über dich erzählt.«

Ein paar Monate ging es jetzt schon mit mir und Sophie. Wir sahen uns praktisch täglich in der Schule und dann am Wochenende – Freitagabend zum Beispiel und samstags. Sonntags war sie meistens zu Hause, wodurch mir wenigstens ein bisschen Zeit zur Aufarbeitung blieb. Wahrscheinlich wurden sie langsam neugierig. Dass ich mich irgendwann in die Höhle des Löwen wagen musste, war mir klar gewesen, aber alle Gedanken in die Richtung hatte ich erfolgreich verdrängt. Obwohl ich mehr als genug Nachforschungen zu den Aktivitäten der Familie Kelly angestellt hatte, hatte ich bisher hauptsächlich Nieten gezogen.

Jetzt führte kein Weg mehr daran vorbei.

Einige Informationsfetzen, die ich von Sophie aufgeschnappt hatte, hatte ich an Ian Baylis weitergeleitet. Ich hatte ihm berichtet, was ich über den Segeltörn wusste: über russische Geschäftsleute und schmollende Amerikaner. Über Kunst. Wie sie vom Zoll abgeschleppt worden waren. Aber davon abgesehen hatte sich sehr wenig ereignet, und als ich Baylis von der Wohnung aus anrief und ihm erzählte, dass Sophies Eltern mich kennenlernen wollten, klang er richtig aufgeregt.

»Yesss!«, fauchte er. »Gut gemacht!«

»Schön, dass du dich freuen kannst«, sagte ich. »Ich mach mir grad ziemlich in die Hose.«

»Hör zu, du bist einfach nur ein netter junger Mann, der die Eltern seiner Freundin kennenlernt. Stell dir vor, ihr Vater arbeitet in einer Bank, wenn's dir damit besser geht. Stell ihn dir auf dem Scheißhaus vor. Damit kann man sich die meisten Leute ganz gut auf Augenhöhe runterstutzen, find ich immer.«

»Danke für den Ratschlag. Er raubt sie wohl eher aus, oder?«

»Scheißhäuser?«, fragte Ian, humorlos wie immer.

»Banken«, sagte ich.

»Eigentlich nicht sein Stil.«

»Also, ich bin der Freund und treff die Eltern meiner Freundin und ihr alter Herr arbeitet in einer Bank. In Ordnung«, übte ich mich in Selbsttäuschung.

»Genau. Nur bist du auch der Freund, der in Küche, Wohnzimmer und im Arbeitszimmer des alten Herrn Wanzen legt, wenn möglich.«

»Mach mich nicht schwach.« Ich musste lachen. »Du

willst, dass ich denen beim ersten Besuch die Wohnung verwanze, während die mich beobachten wie die Schießhunde?«

»Wer weiß, ob du je wieder die Chance dazu kriegst«, sagte Ian. »Wir müssen die Gelegenheit nutzen.«

»Er will, dass ich die Wohnung verwanze. Bei meinem ersten Besuch.« Ich jammerte Tony Morris telefonisch die Ohren voll. Bei Ian gab's kein Verhandeln.

»Ian hat recht, Kumpel«, sagte Tony. »Schmiede das Eisen, solange es heiß ist. So nah haben wir noch nie jemanden an Tommy Kelly drangehabt. Benutz das Handwerkszeug, das du gelernt hast. Stell dir vor, was dein Bruder gemacht hätte.«

Seine Worte warfen mich einen Moment lang aus der Bahn. Es war das erste Mal, dass Tony anders als verständnisvoll geklungen hatte. Zwischen den Zeilen hörte ich heraus, was er mir sagen wollte: Ich solle den Mund halten und mich an die Arbeit machen. Ein Mann sein.

Steves Schuhe waren schwer zu füllen und mir wurde klar, dass ich jetzt zum ersten Mal in sie hineinschlüpfte.

Fünfundzwanzig

Mir schlotterten schon die Knie, als Sophie mich mit dem Mini auflas. Ich hatte zwanzig Minuten am oberen Ende von Greenwich Park gewartet, und obwohl die Sonne schien, war der Morgen doch kühl. Durch meine Schuhsohlen war die Feuchtigkeit gesickert und hatte mir die Zehen eingefroren. Schwer zu sagen, wo das Zittern vor Kälte aufhörte und das vor Furcht begann.

Egal, wie man es betrachtete: Ich hatte eine Scheißangst.

Sophie küsste mich auf die Lippen. Sie roch fantastisch. Ich schmeckte einen Hauch von Kirsch-Labello und fühlte mich prompt etwas besser.

»Du siehst blass aus«, sagte sie.

»Bisschen kalt«, sagte ich. »Bin nicht völlig auf dem Damm.«

Sie strich mir über den Hinterkopf, kämmte mit den Fingern durch mein Haar und auch das tat gut.

»Du bist aber nicht nervös, oder, Eddie?«, forschte Sophie lächelnd.

»Natürlich nicht«, sagte ich, als wäre das das Irrste, was ich jemals gehört hatte.

»Lügner! Sind doch nur meine Eltern.«

»Ich weiß, ich weiß. Aber dein Dad hat schon so seinen Ruf, oder?«

»Du sollst auch nicht alles glauben, was du hörst«, lächelte Sophie. »Im Herzen ist er ein richtiger Teddybär.«

Ich nickte. Aber sicher doch. Von allem, was ich über Tommy Kelly gehört hatte, stand »Teddybär« ziemlich weit unten auf der Liste. Nur knapp oberhalb von »Zuckertörtchen« und »Schnuffelhäschen«.

Und sehr weit entfernt von »skrupelloser Killer« und »psychopathischer Verbrecherkönig«.

Wir fuhren durch Blackheath und dann raus auf die Autobahn, durch den Gürtel der viktorianischen Doppelhäuser hinüber zu den Klinkerbauten, die langsam ins Grün übergingen. Vorbei an einem Golfclub und einem Kunstschnee-Skicenter. Nach ein paar Meilen bog Sophie ab und jagte den Mini mit etwas mehr Selbstvertrauen über die Landstraßen, als ich für angemessen hielt, wenn man bedachte, dass sie den Führerschein erst seit ein paar Monaten hatte. Ich legte meine Hand auf ihr Bein und spürte, wie die Muskeln ihrer Schenkel unter der engen Jeans hart wurden und sich wieder entspannten, wenn sie die Kupplung trat.

Das Haus war nicht das, was ich erwartet hatte. Doch, es gab eine Überwachungskamera. Doch, es gab die lange Kiesauffahrt. Aber das Haus am Ende der Auffahrt war erstaunlich schön. Alt. Mit Efeu überwachsen und sauberen weißen Fenstern, aus denen man auf einen gepflegten Rasen hinaussah, von hohen Hecken umgeben. Wahrscheinlich hatte ich den großen, angeberisch-geschmacklosen Bungalow eines Gangsters erwartet, von Stacheldraht umzäunt und bewacht von Rottweilern, mit Außenwhirlpool und einer Auffahrt voller SUVs.

Kelly Towers jedoch sah einfach nur schick aus. Die Art von Haus, in dem man sich Rockstars vorstellte. Mick Jagger oder so jemand von der alten Schule.

Das Herz schlug mir bis zum Hals, als wir die Auffahrt hinaufknirschten. Das einzige andere Auto, das zu sehen war, war ein altes silberblaues Ding, das aussah wie ein Düsenjäger. »Was ist das für einer, Soph?«, fragte ich, leicht verlegen wegen meiner Unbelecktheit.

»Das ist ein Bristol«, sagte sie. »Er ist ganz verrückt nach denen. Im Krieg haben die Flugzeuge hergestellt. Bomber. Kampfflieger. Frag ihn mal danach.«

»Sieht gut aus.«

Wir gingen hinters Haus, wo sich eine größere Rasenfläche zu einem See hin erstreckte, auf dem Schwäne schwammen. Ein paar Pfauen stolzierten übers Gras und wanden ihre Hälse.

Sophie öffnete den Hintereingang und kniff mich in den Hintern, als ich in eine Garderobe voll grüner Gummistiefel und Wachsjacken eintrat. Zwei träge rotbraune Jagdhunde hüpften aus ihrem Korb, als sie uns hörten, und bezeugten ihr Wohlgefallen, indem sie Sophie die Hände leckten und bellend an ihr hochsprangen.

»Hallo, ihr Süßen«, gurrte Sophie. »Eddie, das sind Starsky und Hutch.«

»Schöne Tiere«, sagte ich. Ich hatte nicht genug Ahnung von Hunden, um noch irgendwas über sie zu sagen. Ehrlich gesagt, machten sie mir Angst. »Was sind sie denn für eine Rasse?«

Ohne sonderliche Begeisterung streichelte ich ihr weiches Fell.

»Ungarische Viszlas«, sagte Sophie. »Mum züchtet sie.«

Die Hunde honorierten das, indem sie an meinen Eiern rumschnüffelten und dann wieder in den Korb kletterten, als hätten sie beschlossen, dass ich keine Bedrohung darstellte. Da lagen sie richtig. Meine Eier waren auf Haselnussgröße geschrumpelt. Nie im Leben hatte ich mich unbedrohlicher gefühlt.

Sophie führte mich in die Küche. Sie war riesig, fast so groß wie unsere alte Wohnung, mit richtigen Steinplatten auf dem Boden und einem von diesen Herden, die dem Aussehen nach eher in ein Restaurant gehören. Irgendetwas, das darauf vor sich hinköchelte, roch wirklich gut, und mir knurrte der Magen.

»Hungrig?«, fragte Sophie.

Bevor ich antworten konnte, trat eine Frau ein. Ich schätzte sie auf um die fünfzig, aber ihr Haar war glatt und blond und ließ sie zehn Jahre jünger wirken. Sie war gebräunt und wunderschön angezogen, in hellgrau und schwarz, was ziemlich edel aussah. Obwohl sie nichts Aufreizendes trug, konnte ich deutlich erkennen, dass sie ein eindrucksvolles Dekolleté hatte. Für ein altes Mädchen war sie durchaus begehrenswert.

Durchaus.

Sie stieß einen Quietschlaut aus und schlang einen Arm um Sophie.

»Mum«, verkündete Sophie, »das ist Eddie.«

Sophies Mum trat einen Schritt zurück und musterte mich. »Soph hat mir von dir erzählt.« Ihre Stimme war warm,

Südlondoner Dialekt. Wenn sie lächelte, sah sie Sophie sehr ähnlich. Schöne Zähne.

Ich schüttelte ihr die Hand. »Hoffentlich nur Gutes. Freut mich, Sie kennenzulernen, Mrs Kelly.«

»Cheryl«, sagte sie. »Natürlich nur Gutes. Schließlich wollen wir ja nicht, dass sich Sophie mit bösen Buben herumtreibt, oder? Kann ich dir was zu Trinken anbieten, Eddie? Sophie, hol Eddie ein Getränk.«

»Bier?«, fragte Sophie.

Ich nickte. Irgendwas, um die Nerven zu beruhigen. Sophie reichte mir ein San Miguel aus dem riesigen amerikanischen Kühlschrank und ich nahm einen Schluck.

»Wo bist du her, Eddie?«, erkundigte sich Cheryl.

»Ursprünglich aus New Cross. Jetzt wohne ich in Greenwich – na ja, eigentlich Deptford.«

»Tommy und ich haben nach unserer Hochzeit eine Weile in New Cross gewohnt«, sagte sie.

»Bisschen harte Gegend inzwischen«, sagte ich, da mir sonst nichts einfiel.

»Immer schon.« Sie lächelte. »Wohnst du bei deinen Eltern?«

»Nein, die sind beide schon gestorben«, erklärte ich ihr. »Ich hab eine eigene Wohnung.«

Cheryl Kellys Gesicht wurde sofort ganz weich. Sie trat auf mich zu. »Oh, das tut mir leid. Ich wollte dich nicht in Verlegenheit bringen, Schätzchen.« Sie umarmte mich und die Wolle ihres Kleids war ganz warm und kuschelig. »Wir werden uns um ihn kümmern, nicht wahr, Soph?«

Sophie sah mich über die Schulter ihrer Mutter an, verdrehte die Augen und zeigte mit dem Daumen nach oben –

als ob ich gezielt auf die Tränendrüse gedrückt und damit das gewünschte Ergebnis erzielt hätte. Sophies Mum zog mich noch einmal an sich und küsste mich auf die Wange und von diesem Moment an wusste ich, dass ich Cheryl Kelly fast genauso sehr mochte, wie ich auf ihre Tochter stand.

»Also, warum gehst du nicht rein und begrüßt deinen Vater, während ich das Essen auf den Tisch stelle?«, sagte Cheryl. »Der brennt schon den ganzen Morgen darauf, dich zu sehen, Sophie.«

All die warmen Gefühle, die die Begegnung mit Cheryl in mir geweckt hatte, lösten sich auf der Stelle in Luft auf.

Sechsundzwanzig

Der Boss war auch nicht gerade das, was ich erwartet hatte.

Sophie nahm mich bei der Hand und führte mich aus der Küche in einen großen Hausflur, der nach Zigarren und Möbelpolitur roch. Ein Mädchen räumte den offenen Kamin aus. Ihre Miene hellte sich bei Sophies Erscheinen sichtbar auf.

»Hey, Daska«, sagte Sophie.

»Hallo, Sophie, wie geht's?«, grinste Daska. Ihr Akzent war unüberhörbar, polnisch oder so was.

»Gut, danke. Das hier ist mein Freund Eddie. Ist Dad da drin?« Sophie wies auf eine Tür, die vom Flur abging. Daska nickte und lächelte mir dann zu, als wären wir alle Teil einer großen, glücklichen Familie.

Das Zimmer, in das Sophie mich zog, war lang, hell und luftig, mit Blick auf den Garten. Der Boden war bedeckt von Teppichen, die antik aussahen, und an den Wänden hingen Gemälde, überwiegend moderne, wie in einer Kunstgalerie. Es gab einen riesigen, massiven Holzschreibtisch, auf dem sich Kunstbildbände und Zigarrenkisten stapelten, und jenseits dieses Tisches, auf einem schwarzen Ledersofa, saß Tommy Kelly.

Er war nicht annähernd so groß, wie ich gedacht hatte. Ich hatte mir bisher einen Schrank von einem Mann ausgemalt, aber als Tommy Kelly aufstand, war er nicht größer als ich, vielleicht eins fünfundsiebzig. Als er Sophie sah, erschien ein breites Lächeln auf seinem sonnengebräunten Gesicht und teure weiße Zähne wurden sichtbar.

»Hallo, Schätzchen«, sagte er, schloss Sophie in die Arme und küsste sie. Ich konnte erkennen, wie kompakt und kräftig sein Körperbau war, was von seinem gelben Kaschmirpulli etwas verdeckt wurde. Sophie küsste ihn zurück und entwand sich dann seinem Griff, indem sie ihn mit ihren polierten Fingernägeln an den Rippen kitzelte. Er ließ sie los, Wachs in ihren Händen.

»Daddy, das ist Eddie.« Sophie sah in meine Richtung. Ich stand wie festgewurzelt.

Tommy wandte seine Aufmerksamkeit mir zu und sein Lächeln ließ etwas nach. »Eddie?«, fragte er.

»Eddie Savage«, sagte ich. »Freut mich, Sie kennenzulernen.«

Er betrachtete mich einen Moment lang. Das Blau seiner Augen war verwaschen. Sein Haar war von einem rötlichen Blond, ziemlich lang und aus der Stirn gekämmt. Ordentlich und über die Maßen gepflegt sah er aus mit seinem sauber gestutzten Kinnbart. Er roch teuer, nach Leder, Zigarren mit einem Schuss Zitrone. Als er mir endlich die Hand hinhielt, war sie warm und weich. Weit entfernt von dem männlichen, schmerzhaften Händedruck, den ich erwartet hatte.

Es war, als müsse er hier nichts beweisen.

»Irgendwie verwandt mit Billy Savage?«, fragte er. »Camberwell? Halbschwergewicht?« Seine Stimme klang auch nach Südlondon, aber nur schwach. Alle harten Ecken und Kanten waren abgeschliffen.

»Nicht dass ich wüsste«, antwortete ich und fühlte mich schon jetzt, als ob er mich völlig durchschaute. »Verwandtenmäßig sieht's bei mir ein bisschen mau aus.«

»Wirklich? Warum das?«

Ich blickte rüber zu Sophie, weil mir bewusst wurde, dass ich schon wieder auf derselben alten Geschichte herumritt. »Meine Mum und mein Dad sind gestorben«, sagte ich. »Sie waren beide Einzelkinder und deshalb hab ich keine Onkel oder Cousins oder sonst wen.«

Tommy nickte. »Meine waren auch schon unter der Erde, als ich vierzehn war. Kann ein bisschen einsam werden, was? Aber immerhin, weniger Stress zu Weihnachten.« Er machte eine Geste Richtung Sofa. »Komm, setz dich.«

Er stellte den Fernseher leiser, auf dem ein Geschichtskanal lief. Schwarz-Weiß-Bilder von Winston Churchill und Kampfflugzeugen flackerten über den Flachbildschirm. Er glättete die Falten seiner Hose, setzte sich hin und untersuchte die Spitzen seiner braunen Wildlederschuhe. Sie sahen aus, als hätte er sie noch nie im Freien angehabt.

»Also, wie kommst du zurecht, Ed?«, erkundigte er sich. »Du weißt schon, ohne Mum und Dad.«

»Dad…«, sagte Sophie, in diesem anklagenden Jammerton, den nur weibliche Teenager hinkriegen.

»Schon okay, Sophie«, sagte ich. »Ich hab nichts dagegen, Mr Kelly. Ich hab ein bisschen Geld geerbt und deshalb hab ich eine eigene Wohnung. Eine Weile bin ich noch an der Schule, aber in den Ferien und so jobbe ich schon ein bisschen rum. Ich helfe an einem Stand aus, auf dem Markt.«

»Guter Ort, um die Spielregeln zu lernen, der Markt«, sagte Tommy. »Hab ich auch gemacht. Kennst du dich mit Kunst aus, Eddie?«

Er deutete auf ein großes, abstraktes Gemälde, das den größten Teil der gegenüberliegenden Wand einnahm. Für mich sah es aus wie ein rotes Viereck, bei dem ein orangenes Rechteck in die Mitte gemalt war.

»Nein, eigentlich nicht«, sagte ich.

»Das ist ein Rothko«, sagte er. »Einer der großen amerikanischen Künstler des zwanzigsten Jahrhunderts. Was glaubst du, stellt es dar?«

Ich schüttelte den Kopf. Ich wollte mich nicht zum Deppen machen, indem ich blind drauflos rätselte. »Keine Ahnung.«

»Ich auch nicht. Ich weiß nur, dass ich umso mehr sehe, je länger ich draufschaue. Es schafft in mir ein Gefühl, als ob ich wüsste, was Rothko gefühlt hat, als er es gemalt hat. Erstaunlich, oder?«

Ich nickte, ohne ihm widersprechen zu wollen, doch ich spürte, wie mir zwischen den Schulterblättern der Schweiß hinunterrann. Er machte mich nervös ... noch nervöser, als ich ohnehin schon war.

»So bilde ich mir mein Urteil, Ed«, sagte er mir. »Ich hol mir keine Meinungen ein. Ich schaue genau hin und werde mir darüber klar, was ich dabei fühle. Hier drin.« Er klopfte sich auf den Bauch.

Ich bekam einfach nicht heraus, ob er mir etwas zu verstehen geben wollte – dass er *mich* durchschaute. Ich starrte weiter auf das Gemälde, wartete darauf, dass etwas passierte, und das tat es auf einmal auch. Die Ränder der inneren Figur begannen etwas zu schimmern, als ob sich eine Farbe gegen die andere stemmte, und vor meinen Augen wurde es auf einmal lebendig. »Ich glaube, ich weiß, was Sie meinen«, sagte ich endlich.

Tommy lächelte. »Aus dem, was sie an ihrer Wand hängen haben, kann man viel über Leute herauslesen«, sagte er. »Wenn man genau hinsieht und sich eine eigene Meinung bildet.« Er legte mir die Hand schwer auf die Schulter und drückte zu.

»Mum sagt, das Essen ist fertig«, rief Sophie durch die Tür. Sie hatte mich eine Minute allein in der Löwengrube gelassen. Mir war es wie eine Stunde vorgekommen. Sie zwinkerte mir zu. Ich schlug mich gut.

Tommy Kelly führte mich aus dem Zimmer, die Hand immer noch auf meiner Schulter. »Nach dem Essen mach ich mit dir eine Spritztour mit dem Bristol«, verkündete er. Wieder drückte er meine Schulter, bis es fast wehtat. »Dann lernst du mal ein richtiges Auto kennen.«

Siebenundzwanzig

Zu Mittag gab es Räucherlachs, gefolgt von einem schweren Rindfleischeintopf. Schien mir französisch. In Rotwein gekocht, mit einer dicken Sauce voll winziger Zwiebeln und Pilze. Darauf schwammen Kräuterklößchen. Mir wurde bewusst, dass ich noch nie bei irgendjemand zu Hause etwas so Köstliches gegessen hatte. Nicht dass ich bei so vielen Leuten zum Essen geblieben wäre, und diese paar Mahlzeiten waren auch meistens auf Fischstäbchen, Bohnen und Burger beschränkt gewesen.

Ja, das war bei Weitem das beste Essen, das man mir jemals außerhalb eines Restaurants vorgesetzt hatte, und das sagte ich Cheryl. Sie lächelte und erklärte, dass Tommy gekocht habe. Das warf mich etwas aus der Bahn, aber meine Bemerkung kam gut an beim Boss. Er grinste mich an und beschrieb, wie einfach es zuzubereiten sei: Rindfleischwürfel, Speck, Champignons, Schalotten und eine Flasche billiger Burgunder. Enthusiastisch spielte er die Bewegungen bei der Zubereitung durch: das Rindfleisch anbraten, die Schalotten und den Speck kurz dazugeben.

»Tommy ist ein Ass hinterm Herd«, sagte Cheryl.

Tommy zuckte die Achseln. »Nur Nachtische liegen mir nicht so.« Er sah mich an. »In der Nachtischabteilung regiert die Gattin.« Er rieb sich den kleinen Bauch, der unter dem Kaschmir schwoll. »Den hier hab ich Cheryl zu verdanken, nicht, Liebling?«

Sie machte ein paar abwehrende Geräusche und unter dem Tisch grabschte er nach ihrem Bein. Cheryl quietschte auf. Aus dem Blick, den sie ihm zuwarf, konnte ich ablesen, dass sie es immer noch bei jeder Gelegenheit miteinander trieben. Dieser intime Moment musste mir die Schamesröte ins Gesicht getrieben haben. Vielleicht schaute ich auch kurz weg, denn Sophie kam mir zu Hilfe.

»Dad«, kreischte sie. »Benehmt euch, Eddie ist da.«

»Pardon, Ed«, sagte Tommy.

»Nein, stört mich ehrlich nicht«, gab ich zurück. »Ist schön, mal ein bisschen Liebe mitzukriegen.«

Alle lachten und ich ergriff die Chance, den Tisch abzuräumen.

»Gut dressiert ist er ja, Soph.« Cheryl lächelte, während sie mich beobachtete. Sophie gab ihrer Mutter einen spielerischen Klaps auf den Arm.

Gut dressiert war ich allerdings. Gut genug, um eine magnetische Wanze unter dem Geschirrspüler zu platzieren, als ich mich während des Einräumens nach einer heruntergefallenen Gabel bückte. Ich kehrte zum Tisch zurück und bemühte mich um ein gefasstes Gesicht, obwohl mein Herz wie ein Vorschlaghammer wummerte. Tommy Kelly schenkte mir noch mehr Wein ein.

»Schmeckt dir das Gesöff, Eddie?«, erkundigte er sich. »Das ist ein Rioja. Spanisch.« Ich nahm noch einen Schluck.

»Ich würde ja liebend gerne sagen, dass er von meinen andalusischen Ländereien kommt, aber in Wirklichkeit hat ihn Cheryl bei Sainsbury's mitgenommen. Sollte um die zwölf Pfund die Flasche kosten, aber sie hauen ihn für sechs neunundneunzig raus. Kann man nicht Nein sagen.«

»Mit Wein kenn ich mich überhaupt nicht aus«, gab ich zu. »Aber ich finde ihn gut.«

»Nach was schmeckt er?«, fragte Tommy.

Seine blassblauen Augen nahmen mich ins Visier. Noch ein Test. Ich dachte tief nach und versuchte, die Sinneseindrücke in meinem Mund festzumachen.

»Holz?«, schlug ich vor.

»Sehr gut«, sagte Tommy. »In Eichenfässern gereift. Ist auch ein bisschen Vanille dabei?«

Ich nahm noch einen Schluck und da war es, wie der Nachgeschmack eines Biskuittörtchens. »Ich weiß, was Sie meinen.«

Tommy nickte und sein Blick ruhte noch auf mir, als Cheryl den Rhabarberauflauf auftischte. »Hast du gewusst, dass der erste Rhabarber als Obst ganz in deiner Nähe verkauft wurde, auf dem Markt in Deptford?«

»Wusste ich nicht«, gab ich zu.

»Achtzehnzwanzig. Typ namens Myatt. Hat mit sieben Bund angefangen. Zuerst hat man ihn ausgelacht, weil das Zeug bis dato nur als Medikament bekannt war. Achtzehnfünfzig hat er dann jährlich neunzigtausend Bund umgesetzt. Hat sich was getraut. Ist das Risiko eingegangen. Hatte eine Vision.«

Cheryl goss Vanillesauce über den Auflauf und stellte eine Schale vor mich auf den Tisch. »Hier ist dein Medikamenten-Nachtisch.« Sie zwinkerte. »Tommy quillt über vor solchem unnützen Wissen.«

»Also, euch bleiben ja nur noch ein paar Monate, bis ihr mit der Schule fertig seid, oder?«, fuhr Tommy fort.

Sophie nickte, als fände sie das Thema todlangweilig. Offensichtlich fragte er sich, genau wie Millionen anderer Eltern auf der Welt, was zum Teufel sein Kind außerhalb des Schulsystems eigentlich mit sich anfangen wollte.

»Was willst du danach machen, Eddie?«, fragte er.

»Ich hab noch nicht richtig darüber nachgedacht«, sagte ich.

»Solltest du aber. Du scheinst mir ein kluger Kerl zu sein.« Er blickte mir ins Gesicht, länger, als mir angenehm war. Nicht dass ich mich vorher wohlgefühlt hätte. Ich würde etwas ausholen müssen.

»Ich bin nicht so schlecht mit Computern«, erklärte ich ihm. »Und Sprachen. Ich hatte einfach nicht besonders viel Anleitung. So ohne meine Mum und meinen Dad.«

Ich spürte einen Schauer im Rücken, als ich die Lüge auftischte, denn es war nicht zu übersehen, dass Tommy Kelly darauf hereinfiel. Seine Augen glitzerten und er tätschelte mir die Hand. »Ich verstehe gar nichts von Computern oder Sprachen«, sagte er, »aber das hat mich bisher nicht schrecklich behindert. Der einzige Computer, mit dem ich umgehen kann, ist der hier.« Er tippte sich an die Stirn. »Aber wenn du dich damit auskennst, könntest du mir vielleicht zur Hand gehen.«

Er kratzte die Vanillesoße aus seiner Schale und stürzte eine Tasse schwarzen Kaffee hinunter. »Und jetzt führ ich dir den Bristol vor, bevor ich zu besoffen bin.«

Der Wagen roch nach Leder und einem Aroma von Teer, Öl und Benzin, das man aus alten Garagen kennt. Innen war er schlicht, nicht so vollgestopft wie ein modernes Auto. Das Armaturenbrett sah aus wie eine Flugzeugkonsole: schwarze Anzeigen mit leuchtenden Ziffern und Buchstaben. Durch die Ledersitze konnte ich die Sprungfedern spüren.

Tommy drehte den Zündschlüssel und der Motor heulte auf. Tommy schaute mich an und grinste, als freue er sich jedes Mal wie ein Schneekönig, wenn er den Motor anließ. Er hatte einen dicken roten Schal um seinen Hals geschlungen und ein Paar spezielle Autohandschuhe mit Löchern angezogen. Dazu noch die karierte Kappe und schon sah er aus wie einem alten Film über den Motorsport entstiegen. Der Gang rastete ein und dann ging es über den Kies, die Auffahrt hinunter und weg vom Sicherheitsgefühl, das Sophie und ihre Mutter spendeten. Wir dröhnten die Straße hinab. Innerhalb weniger Minuten waren wir schon auf einer Zufahrt zur Bundesstraße, wo Tommy dann richtig auf die Tube drückte.

»Geht ab wie eine Bombe, was?«, sagte er. »Hat noch ziemlich viel Wumms für ein altes Mädchen aus den Fünfzigern.«

»Fantastisch«, sagte ich, ohne ganz zu verstehen, was er meinte.

»Ich bin kein großer Fan dieser modernen Autos mit ihrem ganzen Gepiepse und Gedöns. Ist was für Friseure und Lackaffen. Ich steh mehr auf ältere Modelle mit anständiger Polsterung.« Er hielt inne und warf mir einen Blick zu. »Wie meine Alte«, fügte er hinzu und brach in brüllendes Gelächter aus.

Ich wusste nicht, wie ich reagieren sollte, und sah aus dem Fenster. Er schien darauf zu warten, dass ich irgendwas sagte.

»Verstehen Sie das nicht falsch, Mr Kelly«, sagte ich, »aber ich finde Ihre Frau wunderbar.«

Tommy lachte wieder und grinste dann erfreut vor sich hin. Innerhalb weniger Stunden war aus Tommy Kelly, dem gefürchteten Menschenfresser, jemand Warmes, Freundliches ... Kuscheliges geworden. Fast hätte ich vergessen, mit wem ich es zu tun hatte.

»Die Tochter ist auch nicht schlecht«, sagte er nach einem Moment, und da fiel es mir wieder ein. Die richtige Antwort wusste ich nicht, also versuchte ich mich an etwas Harmlosem.

»Versteht sich von selbst«, sagte ich.

»Sie ist ein wunderschönes Mädchen«, sagte Tommy. »Sie mag dich. Sei nett zu ihr.«

»Das bin ich.«

Schweigend fuhren wir weiter. Das Motorbrummen des Bristol war die einzige musikalische Untermalung, die Tommy brauchte. Mein Herz schlug wie ein Hammer, als ich in meiner Hosentasche nach der Wanze fischte und versuchte, sie unter dem Sitz anzubringen. Tommy schielte in meine Richtung, als ich mich herumwand, und ich zog die Hose gerade und hustete, als wäre es mir auf dem Sitz etwas unbequem.

»Okay, für längere Fahrten ist vielleicht ein Wagen mit besserer Federung vorzuziehen«, räumte er ein. Ich nickte und schaffte es, mit der linken Hand einen Platz für die Wanze zu finden. Ich war mir nicht ganz sicher, ob sie auch richtig saß, aber das hier war meine einzige Chance. Wir bogen von der Bundesstraße ab, dann zurück über ein paar Feldwege, vorbei an einem Trockenschuppen und über einen Fluss. Zehn Minuten später waren wir wieder auf dem Weg, der zum Haus der Kellys führte. Als sich das elektrische Tor langsam hinter uns schloss und der Bristol die Auffahrt hinaufschnurrte, ergriff Tommy wieder das Wort. Diesmal war seine Stimme ruhig, fast leise, und ich begriff, was der Anlass dieser Fahrt gewesen war.

»Wo wir gerade von Sophie reden«, sagte er, »sie ist mein Leben.«

Ich schluckte, wollte schon zustimmen, aber er fuhr fort.

»Und alles … *alles* … was du ihr antust, werde ich dir zehnfach heimzahlen. Verstanden?«

Ich nickte.

Kurz musste ich an Benjy Frenchs Legende vom T-Shirt und dem Parkhausdach denken. Ich fragte mich, wo Tommy Kellys Definition von »antun« begann. Wenn Küsse darunterfielen, saß ich längst in der Scheiße. Dann bekäme ich den Todeskuss.

Von ihm.

Wir stiegen aus dem Auto und der schwere Klang der zufallenden Türen setzte unserem Gespräch ein Ende.

Achtundzwanzig

»Wir holen dich da raus«, sagte Baylis. Ich war verwirrt. Dem Gefühl der Erleichterung, das mich bei seinen Worten durchströmte, folgte eine Art dumpfe Panik. Was? Wieso? Wie denn?

»Du meinst, ich bin raus aus der Sache?« Sophie war ein Teil meines Lebens geworden und die Initiationsprüfung, das Treffen mit ihrer Familie, hatte ich auch bestanden. Den Boss getroffen und überlebt.

»Nein, du Pfeife«, antwortete Baylis gewohnt charmant. »Du steckst bis zu den Eiern drin im Fall. Ich meine, wir holen dich raus aus der Schule.«

»Ach so. Warum?«

»Erstens, weil du den Kontakt mit Sophie Kelly hergestellt hast – was der Sinn der Übung war. Man könnte sogar sagen, du hast *zu viel* Kontakt mit ihr hergestellt.« Er grinste notgeil und ich musste mich schwer zurückhalten, ihm kein »Verpiss dich« an den Kopf zu knallen. »Du hast eh nur noch ein paar Monate, und ehrlich gesagt, draußen könntest du mehr mit dir anfangen. Alles, was du wissen musst, können wir dir beibringen.«

Als der Gedanke sich einmal gesetzt hatte, musste ich ihm recht geben. Der Stoff in der Schule ließ mich kalt, und deshalb lernte ich auch nichts. Freundschaften hatte ich praktisch keine geschlossen: Benjy French hatte sich mehr oder weniger verabschiedet, als meine Treffen mit Sophie losgingen, und keine ihrer Freundinnen konnte auch nur meinen Anblick ertragen. Ich malte mir aus, wie ich in der sicheren Wohnung im Bett herumlungerte und mich nur erhob, um in der Glotze Wiederholungen amerikanischer Sitcoms zu schauen, kurz zum Mittagessen rauszugehen und abends mal Sophie zu treffen. Könnte schlimmer sein.

»Natürlich finden wir eine andere Arbeit für dich«, fügte Ian hinzu und zerschlug damit meine Vision einer entspannten Existenz als Lebemann.

»Was denn?«

»Na ja, du hast Tommy Kelly erzählt, dass du schon ein bisschen auf dem Markt geholfen hast, also ist das wahrscheinlich die beste Art, deine Geschichte zu untermauern.«

»Das hast du gehört?«, fragte ich ungläubig.

»Ich höre alles«, sagte Ian. »Es sei denn, der Geschirrspüler läuft, dann hören wir einen Scheißdreck, du Toastbrot. Hat dir keiner gesagt, dass man die Geräte nicht an lauten Maschinen anbringt?«

»Ich hatte keine große Wahl«, protestierte ich.

»Verbuch das unter Erfahrungen«, sagte Ian. »Immerhin ist das Ding in der Küche und wir kriegen wenigstens ab und zu was mit.«

»Was ist jetzt mit diesem Marktstand?«, fragte ich trübsinnig, während vor meinem inneren Auge grässlich frühe

Aufstehzeiten, stapelweise billige Tennissocken, Batterien und Dreierpacks Feuerzeuge für ein Pfund erschienen.

»Tony regelt das für dich«, sagte Ian. »Er trifft dich morgen früh. Ein paar Tage Schuleschwänzen, dann sollten sie dich von alleine rauswerfen.«

Er nannte mir den Namen eines Cafés bei der Tower Bridge, wo ich am nächsten Mittag erscheinen sollte. Ich beschloss, heute auch schon blauzumachen, wenn ich sowieso rausgeschmissen werden sollte, stieg wieder ins Bett und schaltete den Fernseher ein. Aus meinem kurzen Privatierdasein wollte ich das Maximum herausholen.

Ich nahm den Bus, der die Lower Street von Deptford nach Bermondsey entlangfuhr, und fand das Café. Es war ein traditionelles Arbeiterlokal an der Straße Richtung Elephant and Castle.

Tony Morris beugte sich gerade über einen Suppenteller voll Kartoffelbrei und Aalpastete, die in einer dicken grünen Pampe schwammen.

»Was isst du denn da, Tony?«, fragte ich und setzte mich zu ihm. »Sieht aus wie eine Schüssel Rotz.«

»Danke vielmals, Kumpel«, sagte er ungerührt. »Pastete, Püree und grüne Soße. Eine sterbende Kunst. Die beste der ganzen Stadt.« Er kippte mehr Essig und Pfeffer in seinen Teller und deutete in Richtung des schmalen, bärtigen Mannes, der gerade ins Lokal gekommen und neben mich auf die Bank gerutscht war.

»Das ist Danny«, sagte Tony. Er wedelte mit der Gabel vor sich herum. »Danny Croucher, Eddie Savage.«

Der Mann streckte eine sehnige Hand aus. Auf seinem

Handgelenk, knapp unterhalb des Ärmels seiner Wachsjacke, hatte er einen Anker tätowiert. Er trug eine gute Uhr, eine alte TAG Heuer Carrera, und ein paar interessant aussehende Ringe.

»Danny arbeitet für uns. Er sorgt dafür, dass dein Stand auf die Beine kommt«, erklärte Tony. Er wischte sich einen Spritzer Soße vom Kinn. »Er rüstet dich mit etwas Ware aus und zeigt dir ein paar Quellen, wo du Zeugs einkaufen kannst.«

»Also, was verhökere ich?«, fragte ich. »Socken?«

»Antiquitäten«, sagte Danny Croucher. »Antiquitäten und Sammlerware. Bilder. Wird eine Mischung aus gutem Zeug und Schrott sein. Ich zeig dir, wie's läuft.«

Wir gingen zu einem Warenlager bei der Tower Bridge und Danny half mir, einige Gegenstände auszusuchen: ein paar Stühle, die für mich nach nichts aussahen, ein Lederkoffer, etwas altes Blechspielzeug. Tony ließ ein paar Zehner springen und bald hatte ich genug, um einen Stand zu füllen. Das Ganze fetteten wir noch mit ein paar Dingen auf, die Danny schon im Kofferraum seines Ford Transit hatte.

»Gut«, sagte Tony. »Jetzt müssen wir nur noch bei einem alten Freund von Danny vorbeischauen und dann dürftest du für Freitag ausgestattet sein.«

Neunundzwanzig

Unser nächstes Ziel war ein gewöhnlich aussehendes Haus hinter der Camberwell Road. Ein buckliger alter Mann im farbfleckigen Hemd begrüßte uns. Er war kahl, mit weißem Resthaar an den Schläfen und einem weißen Rauschebart. Sein Akzent klang fremd, deutsch vielleicht. Danny stellte ihn als Barney Lipman vor. Mit einer verkleckten Hand winkte er Tony und mich hinein und musterte uns einen Moment lang durch seine dicken Brillengläser. Dann führte er uns durch eine Küche, in der sich das schmutzige Geschirr und die Marmeladengläser nur so türmten, hinaus in einen überwucherten Garten.

Ganz hinten im Garten stand ein großer, schäbiger Schuppen, notdürftig mit Wellblech ausgebessert. Innen sorgte ein Heizlüfter für drückende Wärme und es roch nach Kitt, Chemikalien und Rauch. Überall stapelten sich Leinwände und Rahmen. Da waren Töpfe, aus denen schmutzige Pinsel quollen, und Aschenbecher, vollgestopft mit Kippen und Zigarrenstümpfen, deren Packungen den Boden zumüllten. Auf einer Staffelei, begraben unter farbscheckigen Lumpen und Zeitungspapier, stand ein großes Bild, das mir irgendwie bekannt vorkam. Irgendwas, das ich auf einem Ausstellungsposter gesehen hatte. Oder vielmehr eine halb fertige Kopie davon. Orangefarbener Hintergrund und eine graue, schlangenähnliche Figur, die ihren Kopf erhob und ein menschliches Gebiss entblößte.

»Francis Bacon?«, erkundigte sich Danny.

»Richtig. Studie zu einer Figur am Fuße der Kreuzigung«, sagte Barney. Er klang wie ein Museumskurator. »Die fehlende Vorstudie. Damien Hirst hat die andere für fünfundzwanzig Millionen gekauft. Die hier wurde auf Bestellung für einen Herrn aus Russland angefertigt.«

»Perfekt getroffen«, sagte Danny. »Was haben Sie für mich?«

»Kommt drauf an, was Sie brauchen.«

»Keine Ahnung, irgendwas Kleines, um's in Bermondsey drunterzumischen. Nichts zu Auffälliges.«

Barney drückte einen Moment lang nachdenklich einen Finger an die Lippen und ging dann einen kleinen Stapel Bilder durch, der auf dem Boden lag. Ein kleines davon zog er heraus, ungefähr dreißig mal dreißig Zentimeter groß, unter verdrecktem Glas gerahmt. Danny beäugte es eingehend und hielt es dann mir hin. Nach viel sah es nicht aus. Nur ein bisschen beigefarbenes Papier mit einem Busfahrschein und ein paar Ziffern, die aus einer Zeitung herausgeschnitten waren. In einer Ecke standen die Initialen *KS '47*. Ich drehte es um. Auf der Rückseite stand auf dem verblichenen braunen Klebeband, welches das Bild in seinem Rahmen hielt, etwas dünn mit Bleistift geschrieben. Was auch immer das sein sollte, es schien schon lange in diesem Rahmen zu stecken.

»Was meinst du?«, fragte mich Danny. Ich zuckte mit den Schultern. Mir sagte es gar nichts.

»Kurt Schwitters«, sagte Barney. Ich nahm an, er rede in einer Fremdsprache, und sah ihn ausdruckslos an. »Kurt Schwitters«, wiederholte er. »Der Dada-Künstler. Ist vor den Nazis hierher geflohen. Hat viele Jahre lang im Lake District gearbeitet, bis zu seinem Tod in den Fünfzigerjahren. Einige seiner Arbeiten hat er verschenkt.«

»Und das hier ist von ihm?«, fragte ich, noch immer um nichts schlauer über Mr Schwitzer und seinen Dad oder wen auch immer.

Barneys Lachen klang wie eine Art Gurgeln, das dann in Husten überging. »Nein, Junge, nicht von ihm. Hat dir Danny gar nichts erzählt? Von mir ist es.«

»Aber ist es nicht ziemlich alt?«, hakte ich nach.

»Erst letzte Woche fertig geworden«, schmunzelte Barney. »Das Papier stammt aus einem Stoß, den ich von einem alten Büroausstatter in der City gekauft habe. Dem Wasserzeichen nach ist's irgendwann aus den Vierzigerjahren. Die Busfahrkarte ist original 1947, die Zeitung ebenso. Passt alles zusammen, wenn's einer unter die Lupe nimmt – samt Rahmen, Glas und Klebeband. Wie in den 1940ern gemacht.«

»Genial«, sagte Tony. Er hatte bisher die Klappe gehalten, wahrscheinlich, um sich keine Blöße zu geben. Jetzt hielt er sich das Bild direkt vor die Augen. »Ich seh's noch immer nicht«, sagte er. »Für mich wirkt das wie ein paar alte Papierfetzen.«

»Das ist ja das Tolle an Schwitters' Arbeiten«, sagte Danny. »Man muss ein wenig Bescheid wissen, um sie zu erkennen. Das ist nichts für leichtgläubige Goldgräber.

Nicht wie irgendein nachgemachtes Staffordshire-Porzellanteil aus China oder eine falsche Picasso-Radierung. Bei so einem Stück wird jeder aufmerksam, der nur ein bisschen Ahnung hat – weil er weiß, dass so was tatsächlich noch auf dem Markt zu finden ist.«

»Was wäre so was denn wert?«, fragte ich.

»Na ja, auf der Auktion könnte der Schätzwert für so eine Collage zwischen fünfundzwanzig und fünfundsiebzig Riesen liegen«, erklärte mir Danny.

Scheiße, dachte ich. Richtig fett Kohle.

»Die frühen, die er noch in den Zwanzigern in Deutschland gemacht hat, bringen bis zu zweihundertfünfzigtausend«, betonte Barney. »Aber wir müssen uns auf die englische Periode konzentrieren, damit die Geschichte funktioniert.«

»Eins von Barneys Werken hat vor ein paar Jahren ein Echtheitszertifikat von Christie's bekommen«, erzählte Danny. »Fünfundsechzig Riesen hat's uns gebracht, war nicht übel.«

»Nicht für eine Woche Arbeit«, ergänzte Barney. Seine Eulenaugen zwinkerten hinter den dicken Brillengläsern und er zupfte sich einen Klumpen Ölfarbe aus dem Bart.

»Also, wie läuft es ab, wenn wir das hier nehmen?«, fragte Tony. Er wirkte merklich unsicher. Schließlich machte er hier Geschäfte mit einem Fälscher.

»Okay«, sagte Danny. »Folgendermaßen. Wir geben Barney ein paar Pfund als Anzahlung. Dann bietest du das Bild an deinem Stand an, so lange, bis es den Mindestpreis erzielt, auf den wir uns einigen. Sagen wir zweihundert, hoffentlich aber mehr. Und dann machen wir halbehalbe.«

»Warum wollt ihr nur zweihundert dafür?«, fragte ich. »Du hast gesagt, es könnte fünfundsechzig Riesen bringen.«

»Wir können nicht so bald schon wieder eins einliefern«, erklärte Danny. »Außerdem will Tony eine Art Köder für deinen Stand, also müssen wir's passend auspreisen. Ein Lockvogelangebot – wir hauen das hier billig raus und schauen, was dann passiert.«

»Ein Köder?«, fragte ich zweifelnd.

»Mit Speck fängt man Mäuse«, sagte Tony. »Von Kunst hab ich keinen blassen Schimmer, aber anscheinend fahren die Leute auf genau solches Zeug ab. Wir stellen's mal hin und sehen, wer anbeißt.«

Dreißig

Sophie war richtig sauer auf mich. Sie sagte, ich sei bescheuert, im letzten Jahr die Schule zu schmeißen.

Ich erzählte ihr, mir bliebe keine andere Wahl; dass ich grottenschlechte Noten gehabt hatte und dass die Schule mich »eingeladen« hatte, doch abzugehen. Sie sagte, mit einem Verlierer wolle sie sich nicht abgeben. Ich war aufrichtig beleidigt. Dass Sophie mich für einen Verlierer hielt, passte mir überhaupt nicht. Aber ich konnte ihr schlecht erzählen, dass ich schon einen richtigen Job hatte: sie auszuspionieren, und ihre Familie noch dazu.

Also erzählte ich ihr vom Stand, den ich ab nächsten Freitag am Markt in Bermondsey einrichten wollte. Sagte, ich würde ihr schon noch beweisen, dass ich nicht irgendeine Pfeife war und dass ich vom Verscheuern von Antiquitäten sehr wohl leben konnte.

»Ich bewundere deinen Unternehmergeist«, sagte sie kühl. »Viel Glück.«

Ich beschloss, sie ein paar Tage in Ruhe zu lassen, bis sie sich an den Gedanken gewöhnt hatte. Sie würde sich schon wieder einkriegen, da war ich mir sicher.

Am Freitag holte mich Danny um drei Uhr in der Früh mit seinem Laster ab und chauffierte uns nach Bermondsey. Wir fuhren die Lynton Road entlang, von der mir Danny erzählte, dass sie eine Seite des Bermondsey-Dreiecks bilde – angeblich die Gegend mit der höchsten Gaunerdichte von ganz London.

Um halb vier brodelte der Markt bereits. Es war noch finster und die Händler entluden ihre Transporter und Volvos im Schein der Handstrahler. Andere Händler drehten ihre Runden und wühlten mit ihren Taschenlampen auf Ladeflächen und in Bananenkisten herum, auf der Suche nach Schätzen, die andere vielleicht übersehen hatten. Wie Danny mir erklärte, hatte bis vor Kurzem auf dem Markt von Bermondsey noch die alte Handelsregel gegolten, dass bei Geschäften, die vor Sonnenaufgang über die Bühne gingen, die Herkunft der Ware nicht hinterfragt werden durfte. Das hieß, dass der Markt jahrhundertelang eine Anlaufstelle für Hehlerware gewesen war. Obwohl sich die Gesetzeslage vor ungefähr zehn Jahren geändert hatte, war die alte Gewohnheit, mitten in der Nacht Geschäfte zu machen, offensichtlich nicht totzukriegen. Ich persönlich hätte mich auch bis Sonnenaufgang gedulden können.

Wir zahlten die Standgebühr und luden unseren Transporter aus. Während ich auspackte, linsten die anderen Händler schon auf unser Angebot. Unser Stand sah aus, als hätte ich noch nie etwas anderes gemacht. Danny erklärte mir, was einige Gegenstände waren und was ich dafür verlangen sollte: ein türkischer Kelimteppich, ein klassizistischer Kerzenständer aus Silber, eine viktorianische Geldschatulle, ein Schiffskompass, ein Zylinderhut und eine afrikanische Maske. Ich platzierte Barneys Collage ganz vorne am Stand, in einem Stapel mit ein paar billigen Schiffsmotiven und einer verrosteten Blechwerbetafel für Woodbine-Zigaretten.

Danny kaufte mir Tee und ein Schinkenbrötchen und zog dann los auf Schnäppchenjagd, während er mir den Stand überließ. Gegen sieben ging die Sonne auf und der Markt füllte sich langsam. Einige der Besucher waren offensichtlich Amerikaner. Sie trugen Daunenjacken und Baseballkappen und unterhielten sich lautstark. Aber es waren auch Italiener und Japaner darunter. Sie strömten nur so aus den Taxis, die sie von ihren Hotels im West End hergebracht hatten.

Einer Japanerin verkaufte ich zwei Metallspielzeuge für fünfzig Pfund. Eigentlich hatten wir jedes mit dreißig Pfund ausgepreist, aber ich machte ihr einen Setpreis. Dann verkaufte ich einen Wanderstock mit geschnitztem Hundekopf an einen alten Amerikaner und bekam das Gefühl, als hätte ich langsam den Bogen raus. Bei Dannys Rückkehr hatte ich beinahe zweihundert eingenommen. Ich hatte sogar eine dubios aussehende Gold-Rolex abgelehnt, die mir ein zwielichtiger Typ im billigen Anzug hatte andrehen wollen.

»Guter Start«, sagte Danny. »Heute ist ein guter Tag fürs Geschäft. Sonnig und frisch. Hat sich schon wer für den Schwitters interessiert?«

Ich schüttelte den Kopf. Ein paar Leute hatten ihn sich verständnislos angeschaut und waren dann weitergezogen. Da, wie aufs Stichwort, kniete sich ein Mann in einem schicken Tweedsakko hin und musterte Barney Lipmans Werk. Er hob es hoch und inspizierte die Rückseite, die Bleistiftnotiz und das alte Klebeband, das alles zusammenhielt. Dann nahm er eine Lupe aus der Tasche und betrachtete die Vorderseite ganz genau, las die Zeitungsfetzen, aus denen die Collage gemacht war. Dann blickte er auf und wedelte fragend mit dem Bild vor uns herum.

»Ich will drei dafür«, erklärte ihm Danny. »Weiß nicht, was es ist, aber sieht echt aus.«

Wieder nahm der Mann das Bild unter die Lupe. »Wissen Sie zufällig, wo das herstammt?«, fragte er in hochgestochenem Tonfall. Ich verstand, worum es hier ging: Er und Danny spielten beide die Ahnungslosen, wollten den anderen nicht wissen lassen, was sie über das Bild wussten.

»Kommt aus einer Haushaltsauflösung oben am Lake District«, sagte Danny und lieferte dem Mann damit genau den Anhaltspunkt, den er gesucht hatte.

Der Mann leckte sich die Lippen und stellte dann das Bild wieder zurück. »Danke«, sagte er. »Ich denke darüber nach.« Und dann ging er weg.

»Nun pass mal auf«, sagte Danny. »Jetzt kreist er hier eine Weile rum und innerlich nagt das Bild an ihm. Eigentlich wollte er heute Morgen keine dreihundert Pfund ausgeben, aber er denkt, dass er da einen Fund gemacht hat. Völlig überzeugt ist er noch nicht, aber er wird's jetzt so lange hin- und herwälzen, bis er dran glaubt.«

Ich beobachtete, wie der Mann mit dem Tweedsakko durch die nächste Standreihe schlenderte und immer wieder kurz in unsere Richtung sah. Mittlerweile war ich ein ziemlich guter Beobachter geworden. Ich bemerkte, wie zögerlich seine Schritte, wie fahrig seine Blicke waren.

»Reine Psychologie, dieses Spiel«, sagte Danny. »Und hier kommt er schon ...«

Der Mann im Tweedsakko versuchte, ganz beiläufig zu wirken, als er wieder auf unseren Stand zukam. »Nehmen Sie auch zweihundert für das Bild?«, fragte er. Nervös sah er aus, kaute auf seiner Lippe.

Danny schüttelte den Kopf. »Nein, Kumpel. Tut mir leid.« Der Mann ging weg und Danny grinste. »Der kommt wieder.«

»Wolltest du nicht zweihundert dafür haben?«, erkundigte ich mich. Ich erinnerte mich, dass dies das vereinbarte Limit gewesen war.

»Nicht von dem«, sagte Danny. »Ich glaube, der bringt uns nichts. Der hat wahrscheinlich einen Antiquitätenladen in den Cotswolds oder er ist so ein Studiosus und glaubt, dass er was Besonderes ausgegraben hat. Zu viel *Kunst & Krempel* geglotzt.«

Ich verkaufte ein paar Küchenstühle aus den Fünfzigern für achtzig Pfund an ein junges Pärchen. Fünf Minuten später sah ich, wie der Mann mit dem Sakko wieder seine Kreise zog. Er sah prüfend in seinen Geldbeutel und zählte Scheine ab. Ich knuffte Danny in die Seite.

»Angebissen.« Danny lächelte. »Jetzt schau zu.« Er bückte sich, zog Barneys Bild heraus und versteckte es hinter dem Stand in einer Tasche. Zum dritten Mal näherte sich der Mann unserem Stand. Er sah hinunter zu der Stelle, wo das Bild gestanden hatte. Dann ging er die Rahmen durch und suchte nach dem, was seiner Meinung nach noch unbedingt dastehen musste. Dann blickte er auf, Panik in den Augen.

»Das Bild?«, fragte er. »Das ich mir vorhin angeschaut habe?«

»Der Kurt Schwitters? Schon verkauft, Kumpel«, sagte Danny.

Der Mann schien förmlich in sich zusammenzusacken. »Aber…« Er war sich sicher, dass es nicht verkauft sein konnte, schließlich war er ja den ganzen Morgen um unseren Stand herumgestrichen. Aber er wusste, wann er geschlagen war, und so wankte er von dannen.

»Bisschen fies«, meinte ich. Danny grinste.

»Aus dem Bild lässt sich noch mehr rausholen. Der Typ hätte uns nichts gebracht. Wir angeln weiter.«

Er warf einen Blick auf seine Uhr. Fast Mittag. Ich zählte, was wir eingenommen hatten. Dreihundertfünfzig Pfund.

»Guter Tag heute«, sagte er. »Lass uns einpacken und dann pfeifen wir uns was zum Mittagessen rein.«

Einunddreißig

Sophie zeigte mir immer noch die kalte Schulter.

Ich hatte ihr ein paarmal gesimst, aber sie habe keine Zeit, sich zu treffen, sagte sie. Ich nahm an, dass es das Beste wäre, gar nicht groß darauf einzugehen. Nicht klammerig und gefühlsduselig zu wirken. Wenn sie einen auf schwer zu kriegen machte – das konnte ich schon lange.

Außerdem bekam ich ein paar Tage später einen Anruf von Anna, die nachfragte, ob alles klar sei mit mir. Ich bejahte und sie schlug vor, sich zu treffen. Ich nahm die Bahn in die Innenstadt und traf sie in einer Bar in Soho, nicht weit von ihrem Büro. Wir tranken ein paar Bier. In ihrer Gegenwart fühlte ich mich unbefangen, wohl in meiner Haut. Kein Wunder. Die ungeteilte Aufmerksamkeit einer Frau, die so fantastisch aussah wie Anna, musste einem Typen ja Selbstvertrauen geben. Wir unterhielten uns über alles und nichts und rissen unsere Witze. Ich berichtete ihr von meinem Marktstand. Da änderte sie ihren Kurs.

»Wie läuft's denn mit Sophie?«, fragte sie. Ich war etwas vor den Kopf gestoßen.

»Äh, gut«, sagte ich. »Also, im Moment sehe ich sie gar

nicht so viel. Sie ist sauer, weil ich von der Schule geflogen bin.«

»Hast du sie schon gevögelt?«, fragte Anna mich unverblümt. Ich wurde knallrot. Anna starrte mich immer noch an. Ihr Mund verzog sich zu einem kleinen Lächeln. »Und? Hast du?«

»Nein«, sagte ich aufrichtig. Wir hatten rumgeknutscht und alles, aber richtig mit ihr geschlafen hatte ich nicht. Irgendwas hielt mich zurück. Wahrscheinlich die Sorge, mich zu tief zu verstricken.

Oder vielleicht schlicht Angst.

»Du musst sie wieder auf Linie bringen«, sagte Anna. »Lass sie nicht zu sehr vom Haken, okay?«

Plötzlich dämmerte es mir. »Du liest meine SMS mit, oder?«

Anna zuckte die Schultern und hob die Augenbrauen. Ich begriff, dass sie hergeschickt worden war, um bei mir nachzubohren und herauszufinden, weshalb ich in den letzten Wochen so wenig Kontakt zu Sophie Kelly gehabt hatte. Die überwachten jeden meiner Schritte, jeden Anruf, jede SMS.

»Nimm's nicht persönlich«, sagte Anna. »So läuft das Geschäft. Ist zu deiner eigenen Sicherheit.«

»Weißt du alles über mich?«

Anna lächelte. »Fast alles«, gab sie zu. »Aber ich will noch mehr rauskriegen, wenn möglich.« Sie griff über den Tisch und ihre scharfen Fingernägel gruben sich in die Rückseite meines Handgelenks. »Komm, lass uns was essen«, sagte sie. »Ich hab Hunger.«

Wir aßen in einem Running-Sushi-Laden in der Brewer

Street, tranken heißen Sake und kaltes Bier. Anna schlug vor, dass ich Sophie etwas milder stimmen sollte: ein paar schmalzige SMS, ein Blumenstrauß.

»Ich hab doch gar nichts verbrochen«, sagte ich.

»Ganz egal, schick einfach die Blumen. Bring sie wieder auf Sendung.«

»Und so läuft das?«

»Schaden kann's nicht«, sagte sie. »Frauen mögen Männer, die wissen, was sie tun. Zeig ihr, dass du so einer bist.«

Ich aß rohen rosafarbenen Lachs und rahmige Jakobsmuscheln. Anna verschlang Austern, Thunfisch und Tempura-Garnelen. Als wir aus dem Lokal traten, hatte ich ein warmes, zufriedenes Gefühl im Bauch vom Essen und vom Sake.

Anna winkte ein Taxi heran. »Wir fahren besser zurück.« Der schwarze Wagen kam quietschend neben uns zum Stehen und ich stieg ein. Anna folgte mir und setzte sich neben mich, ihr Bein gegen meines gedrückt.

»Deptford Green«, sagte sie zum Fahrer. Der hatte zunächst überhaupt keine Lust auf die Südseite des Flusses, aber dann fing er Annas Blick ein und verwandelte sich auf der Stelle in einen richtigen Charmebolzen.

»Kommst du mit zu mir?«, fragte ich. Ich spürte, wie ihr Körper meinen streifte.

»Ja«, sagte sie. Wieder spürte ich ihre Fingernägel, diesmal ganz oben an meinem Bein. »Auf einen Kaffee. Was dagegen?«

Ich hatte nichts dagegen. Das Taxi fuhr an und Anna lehnte sich herüber und küsste mich. Ich hatte überhaupt nichts dagegen.

Die Blumen wirkten Wunder. Ich schickte Sophie ein paar rührselige SMS und erzählte ihr, wie gut es für mich auf dem Markt lief. Bald darauf rief sie mich an und wirkte schon viel umgänglicher. Sie sagte, sie habe einen Plan. Sagte, wir sollten uns am Wochenende sehen – vielleicht könnte ich sie sonntags zum Mittagessen besuchen, ihr Dad mache sein Roastbeef. Ich versprach ihr, sie anzurufen, wenn ich am Freitag mit dem Markt fertig war.

Jetzt war ich schon ein paar Wochen mit meinem Stand zugange. Gelegentlich war ich mit Danny unterwegs gewesen, um das eine oder andere einzukaufen. Unter der Woche waren wir bei einer riesigen Antiquitätenmesse in der Nähe von Gatwick gewesen und hatten uns mit haufenweise billiger Ware eingedeckt. Danny hatte mir ein paar originelle Gestalten vorgestellt: Er kannte praktisch jeden, und alle waren gern bereit, dem Neuen einen Sonderpreis zu machen.

Ich hatte ein paar hübsche Uhren gekauft, eine davon eine große Militärfliegeruhr mit riesiger Krone. Dazu noch ein paar andere Flugzeugteile: ein Höhenmesser von einer alten Hurricane, eine Wanduhr, die aus einem Propellerstück gemacht war, und ein Regal aus einer alten, genieteten Flügelspitze. Der ganze Kram kostete mich zweihundert Pfund. Ich hatte selbst einen Narren dran gefressen – dachte, dass sich das Zeug in der Wohnung ziemlich gut machen würde. Danny bemerkte spitz, dass ich doch eher erst mal versuchen sollte, es zu verscherbeln.

Wir bauten den Stand auf wie immer. Es war meine vierte Woche in Bermondsey, aber dazwischen hatten wir auch einen Sonntagsmarkt gemacht, der letztlich ein Reinfall gewesen war. So saß ich auf einer ganzen Menge Ware. Das meiste davon war neu, aber auch Barney Lipmans Bild durfte mal wieder ran. Danny erzählte mir, dass Händler frische Ware riechen konnten. Wenn etwas neu auf den Markt kam, sagte ihnen das der Instinkt, als wäre es Frischfleisch.

Seine Theorie schien sich zu bewahrheiten. Die ersten Stunden hatten wir alle Hände voll zu tun, aber dann beruhigte es sich. Die meisten Händler fanden, dass meine neuen Stücke zu hoch angesetzt waren, als dass sie noch irgendwas dran hätten verdienen können. Das machte mir im Grunde nichts aus. Ich war froh, die Sachen noch ein bisschen um mich zu haben. Barneys Kurt Schwitters stand im Stapel vor dem Stand auf dem Boden.

Gegen neun ging ein Raunen durch die Reihen der Händler. Irgendjemand Wichtiges war aufgetaucht. Ich spähte am Imbisswagen vorbei zum Parkplatz, wo zwei große Autos vorgefahren waren: ein dunkelblauer Benz und ein Bentley in Blaumetallic.

»Achtung, stillgestanden!«, sagte Danny.

Einer der Händler von den Nachbarständen, ein alter Cockney mit eindrucksvollem Schnurrbart, gesellte sich zu uns. »Da soll uns irgendeine große Nummer einen Besuch abstatten.«

Mich überlief ein Schauer. Doch sicher nicht …

»Ron meint, es ist Tommy Kelly.« Mein Herz begann zu rasen. Was zum Teufel hatte Tommy hier zu suchen?

Danny versuchte, mich zu beruhigen, erklärte mir, es habe Tradition auf dem Markt, dass sich hier ab und an mal ein Ganove blicken ließ, besonders früher, als die alten Regeln noch galten. Es wirkte wie ein Staatsbesuch. Ich beobachtete, wie Tommy Kelly, flankiert von hünenhaften Babysittern in teuren Anzügen, durch die Standreihen strich. Die Typen sahen aus wie Schurken aus einem Gangsterfilm: ein Riese mit einem Gesicht, als wäre es durch den Wolf gedreht worden, und der andere genauso groß, mit etwas weniger verhunzter Visage, dafür mit bedrohlich ruhiger Ausstrahlung.

Im Vergleich hatte Tommy nichts von einem Bösewicht. Er trug einen langen, anthrazitgrauen Mantel, einen gestreiften Schal, eine flache Wollkappe und glänzende schwarze Stiefel. Er wirkte eher wie der Besitzer einer teuren Herrenmodekette – nichts Angeberisches, aber Qualität. Aus der Entfernung sah ich, wie er die Stände auf- und abschritt, wie die Standbesitzer dieses arschkriecherische Lächeln aufsetzten, das man für Treffen mit Filmstars oder mit der Queen reserviert. Als er sich unserem Stand näherte, wurde Danny merklich nervöser.

»Kennst du ihn, Danny?«, fragte ich.

»Nur seinen Ruf«, sagte Danny. »Los geht's. Das ist derjenige, auf den wir gewartet haben.«

Und dann steuerte Tommy Kelly auf unseren Stand zu.

»Hallo, Eddie«, sagte er. »Sophie hat mir erzählt, dass du hier unten einen Stand hast.« Seine Stimme war unbeschwert und freundlich, genau wie bei ihm zu Hause. Wenn überhaupt etwas bemerkenswert war, dann der leicht verstärkte Südlondoner Dialekt, als ob er sich dem Markt angepasst hätte. Ich zwang mich, etwas zu antworten.

»Ja, ich mach das jetzt seit einem Monat«, sagte ich. »Es läuft gut.« Die Aufpasser standen je auf einer Seite. Der brutal aussehende furchte die Stirn, der andere zeigte den

Ansatz eines Lächelns, vielleicht, weil sein Boss so freundlich auftrat. Tommy Kelly sah sich den Kram an meinem Stand an. Dann nahm er die Propelleruhr in die Hände.

»Du hast ein paar nette Sachen«, sagte er. »Qualitätsware. Was kostet die Uhr?«

Ich wusste nicht, was ich sagen sollte. Ich konnte mir einfach nicht vorstellen, ihm für irgendwas Geld abzuknöpfen.

»Ich wollte eigentlich hundertzwanzig dafür«, fing ich an. »Aber ich könnte ...«

»Und das Regal?«

»Eigentlich hundertfünfzig, aber ...«

»Ich nehm beides«, sagte er. »Ich hab was übrig für alte Flugzeuge, wie du weißt.« Sein Blick schweifte noch über den Rest des Stands, dann ging er in die Knie und sah sich den Stapel Bilder und Rahmen durch, die vorn aufgestellt waren. Ich spürte, wie die Augen aller Standbesitzer auf mir ruhten. Als wäre der Markt von Bermondsey plötzlich eingefroren und ich gefangen im kalt gleißenden Scheinwerferlicht. Tommy erhob sich wieder. In der Hand hielt er die Schwitters-Collage von Barney Lipman.

»Was ist das?«

»Soll von irgendeinem deutschen Künstler sein, aber ...«

»Ich dachte, du hättest keine Ahnung von Kunst«, sagte er.

Tommy Kelly schien die Angewohnheit zu haben, all meine Erklärungen einfach abzuwürgen.

»Hab ich auch nicht, aber ...«

»Kurt Schwitters?«, fragte er.

»Ich glaub schon.«

»Wie viel?« Er drehte das Bild um und untersuchte den Rücken.

Ich schielte zu Danny. Er war kreidebleich. Als ob er seine Fälschungen lieber jemand anderem unterjubeln wollte als ausgerechnet dem berüchtigtsten Verbrecherkönig von Südlondon.

»Wir wollten eigentlich dreihundert«, sagte ich. »Aber ehrlich, wir wissen nicht, ob's echt ist oder nicht.«

»Natürlich ist es nicht echt«, sagte er. »Nicht übel, aber sieht für mich schwer nach Barney Lipman aus. Hab ich recht?«

Ich zuckte die Achseln. Danny tat es mir nach, mit schuldbewusstem Gesichtsausdruck.

»Ich nehme das andere Zeugs, und wie wäre es mit zweihundertfünfzig für die Fälschung? Ich weiß jemanden, dem sie gefallen dürfte. Vielleicht kann ich sie ihm sogar für zwanzig Riesen andrehen.« Er lachte, zeigte seine weißen Zähne und um seine Augen erschienen Lachfältchen. Einer der Babysitter stimmte ein und der andere sah für eine Viertelsekunde etwas weniger albtraumhaft aus, bevor er wieder seine Betonfresse aufsetzte. Tommy zog eine Zigarre hervor und gab sich Feuer. »Nun?«, hakte er nach. Mir wurde bewusst, dass ich ihm gar keine Antwort gegeben hatte. Ich sah Danny an, der nervös nickte.

»Sicher«, sagte ich. »Wenn *Sie* sich sicher sind?«

»Klar bin ich das.« Er blies einen langen Strahl wohlriechenden Rauch aus und fügte dann hinzu, wie als Nachgedanke: »Hat Sophie was vom Mittagessen am Sonntag erzählt?«

»Sie hat was erwähnt.«

»Gut. Komm um halb eins auf einen Drink vorbei. Ich mach mein Roastbeef.«

»Danke.«

Tommy grinste und nickte Danny zu, während der unfreundliche Aufpasser seine Einkäufe aufsammelte.

»Zahl den Mann aus, Dave«, sagte Tommy zum anderen und drehte sich um, das Geschäft unter Dach und Fach. Der Hüne fischte eine Rolle Bargeld aus der Tasche und zählte elf Fünfzigpfundnoten ab.

»Das ist zu viel«, rief ich Tommy nach.

»Kauf dir was zum Frühstück«, rief er zurück. »Wir sehen uns Sonntag.«

Und als er so davonschritt, glotzten mich die übrigen Händler an, mauloffen, in Ehrfurcht erstarrt.

Zweiunddreißig

»Ich hab das Bild verkauft«, berichtete ich.

»Weiß ich«, sagte Tony und brachte meine Seifenblase zum Platzen. »Danny hat's mir erzählt.«

»Dann weißt du auch, wer es gekauft hat?«, fragte ich.

»Was glaubst du wohl?« Tony klang nicht im Mindesten überrascht, dass ausgerechnet Tommy Kelly die Fälschung erworben hatte. »Unglaublich, was sich die Leute für Scheiße andrehen lassen. Ich kapier zwar immer noch nicht, was das Tolle an dem Mist sein soll, aber jetzt ist's Mist mit einem Mikrochip im Rahmen, und zwar in den Händen von Tommy Kelly. Mal gespannt, wo es landet.«

»Also arbeitet Barney Lipman für uns?«, forschte ich. »Ich dachte, er wäre ein richtiger Fälscher. Du weißt schon, ein Krimineller.«

Tony schmunzelte in den Hörer. »Barney arbeitet für jeden, der ihn bezahlt. Aber nein, den Chip hat Danny eingesetzt. Hat ein kleines Loch in den Rahmen gebohrt und es danach wieder zugekittet.«

»Aha, alles klar«, sagte ich. »Hat er mir nicht erzählt.« Ich kam mir langsam etwas verarscht vor. Nach meinem Abend mit Anna und jetzt bei meinem Gespräch mit Tony – jeder schien zu wissen, was los war, nur ich nicht. Ich war derjenige, der Sophie Kelly und ihren Alten bezirzt hatte, und doch war ich derjenige, den sie aus allem raushielten. Ich fühlte mich, als sei ich für jeden nur eine Spielfigur, obwohl ich es war, der das volle Risiko einging. Langsam platzte mir der Kragen.

»Am Sonntag bin ich bei ihnen zum Mittagessen eingeladen«, sagte ich schnippisch. »Aber das ist wahrscheinlich auch nichts Neues für dich?«

»Stell dich nicht so an. Du machst das großartig.«

»Ich muss dir dann wohl hinterher auch nicht sagen, wie es gelaufen ist, weil du eh live dabei bist.« Jetzt war ich ziemlich angefressen. »Hast mir wahrscheinlich längst ein Mikro in den Arsch geschoben, als ich gerade mal nicht hingeschaut habe.«

Tony antwortete nicht.

Ich dachte an meine Nacht mit Anna und fand, dass der Gedanke gar nicht mal so abwegig war.

Am Sonntag nahm ich den Zug ab Lewisham runter Richtung Sevenoaks und stieg an der Station aus, die Sophie mir genannt hatte. Ich hatte ihr fünf Minuten zuvor gesimst, aber sie stand schon da, als ich ankam.

Ich hatte ein weißes Button-Down-Hemd mit Jeans und einer dunkelblauen Jacke angezogen, mit weißen Chucks, um nicht zu overdressed oder zu gewollt zu wirken. Die Sonne schien und ich trug meine schwarze Wayfarer. Ich fand mich ziemlich schick. Für Sophie wollte ich gut aussehen.

Ich hatte sie schon ein paar Wochen nicht getroffen und fast vergessen, wie schön sie war. Groß, blond. Jeansjacke, schmale Jeans und Stiefel.

»Ich hab dich vermisst«, sagte sie und küsste mich.

»Ich dich auch«, erwiderte ich. Ich küsste sie wieder und kletterte in den Mini. Sophie glitt in den Fahrersitz und ich roch ihr vertrautes Parfum. All meine warmen Gefühle für sie waren auf einmal wieder da. Ich lehnte mich zu ihr rüber und wir küssten uns noch einmal, bis sie sich entzog.

»Lieber schnell nach Hause. Gnade uns Gott, wenn wir zu seinem Roastbeef zu spät kommen.« Sie kurvte aus dem kleinen Bahnhof und sauste die einspurige Landstraße entlang. Ich guckte zu ihr hinüber. Sie kaute an ihrer Lippe.

»Hör zu, ich dachte, ich warn dich besser vor ...«, sagte sie. »Mein Bruder ist auch da.«

»Okay.«

»Es ist nur ... er ist manchmal etwas unbeholfen, wenn Leute dabei sind, die er nicht kennt.«

»Kein Problem«, sagte ich. »Unbeholfen« kam nicht vor auf der Liste der Dinge, die man Jason Kelly nachsagte. Nach allem, was ich gehört hatte, war er einfach nur eine unglaubliche Drecksau.

Mein erster Eindruck sollte mir recht geben.

Cheryl stürzte sich gleich mit einer Umarmung auf mich, erklärte mir, ich sei zu dünn, ganz nach Mutterart. Der Boss war noch im Arbeitszimmer, während das Essen bereits im Ofen schmorte. Jason Kelly thronte am riesigen Küchentisch, trank ein Bier, blätterte in seinem Revolverblatt herum und hob noch nicht mal den Kopf, als ich reinkam. Unverschämt. Sogar Starsky und Hutch hatten mehr Aufmerksamkeit für mich übrig.

»Jason«, sagte Sophie, »das ist Eddie.«

Jetzt blickte er auf. Vom Typ her dunkel, mit olivfarbener Haut und schwarzem Haar, und er trug einen Ohrring. Neunzehn, vielleicht zwanzig. Verkatert sah er aus und aufgeschwemmt, etwas verschwitzt, mit dunklen Ringen unter den Augen. Den Blickkontakt hielt er nur kurz. Ich machte einen Schritt auf ihn zu und streckte meine Hand aus.

»Alles klar?«, sagte er ausdruckslos und schüttelte sie. Seine Hand war groß und feucht und sein Händedruck alles andere als fest. Hinterher roch ich sein aufdringliches Aftershave an meiner Hand.

Als Tommy Kelly die Küche betrat, kam etwas Leben in Jason. Er nahm Haltung an. Tommy kam auf mich zu und klopfte mir auf den Rücken.

»Hallo, Sohn«, sagte er. »Schön, dass du kommen konntest.«

»Danke, dass Sie mich eingeladen haben«, antwortete ich.

»Kein übles Aroma, was?« Er öffnete den Ofen für einen Kontrollblick. Es roch wirklich köstlich. »Drei Rippen – völlig bio, von einem Bauernhof die Straße runter. War mit der Kuh auf Du und Du. Die haben mich noch nie enttäuscht.«

Das glaubte ich ihm gern.

»Sollen wir erst mal was trinken, Cheryl?« Er öffnete den großen Edelstahlkühlschrank. Aus dem Weinfach ragten Korken in Goldfolie.

Bis zum Mittagessen hatten wir zwei Flaschen Champagner geleert und die Stimmung war gut. Jason lachte über alles, was Tommy sagte, verstummte aber in dem Augenblick, in dem ich den Mund aufmachte. Tommy bereitete die Soße zu, während ich die heißen Schüsseln auftrug. Jason blieb regungslos sitzen und behielt mich im Auge.

Tommy war sehr stolz auf seine Yorkshire-Puddings, die beeindruckend aufgegangen waren. Ich hatte ihm geholfen, den Teig mit dem Rührbesen zu schlagen. »Zwei Eier und ein Schuss Bier«, lautete sein Geheimtipp.

»Tolle Yorkshires«, schmeichelte Sophie. »Die muss Eddie ja windelweich geschlagen haben.«

»Eddie hat's raus«, sagte Tommy und zwinkerte mir zu.

Jason schniefte und stach mit der Gabel in seinen hinein, sodass etwas Luft entwich, bevor er ihn auf dem Teller zersäbelte.

Wir schlangen das Rind nur so hinunter, völlig ausgehungert nach dem ganzen Schampus. Jason kippte noch reichlich Wein hinterher und Tommy füllte mein Glas wieder auf.

Nach dem Essen verzog sich Tommy in sein Arbeitszimmer. Jason und ich folgten ihm. Er kappte das Ende einer Zigarre und zündete sie an. Jason rauchte auch eine und machte beim Paffen schmatzende Geräusche. Er rauchte viel zu hastig und füllte das Zimmer mit dicken Schwaden.

Wahrscheinlich war es ziemlich schwer, als Tommy Kellys Sohn groß zu werden. Aber es war auch nicht zu leugnen, dass Jason ein komplettes Arschloch war.

»Ich hab Eddie ein Bild abgekauft«, begann Tommy. Sofort bekam ich das große Flattern. War das der Grund, weshalb er uns ins Allerheiligste zitiert hatte? Er wies mit der Zigarre in Richtung einer Staffelei. Mein Barney-Lipman-Schwitters war darauf ausgestellt. Neben den anderen Bildern im Raum wirkte er gar nicht mal so fehl am Platz.

Jason Kelly warf einen Blick darauf und grunzte. Es war offensichtlich, dass er ein Kunstwerk nicht von einem Stück Seife unterscheiden konnte.

»Wir wussten gar nicht, dass Mr Savage so ein Schlitzohr ist, was?«, lachte Tommy. Mir wurde immer unbehaglicher. Er schien eine Reaktion aus seinem Sohn herauskitzeln zu wollen. Und versuchte dabei gleichzeitig, mich bei irgendwas zu ertappen.

»Danny – der Typ, mit dem ich den Stand mache – hat es aufgetrieben«, protestierte ich.

»Was ist Danny für einer?«, fragte Tommy. Ich musste auf der Hut sein.

»Ein alter Kumpel meines Vaters«, sagte ich in dem unterschwellig tragischen Tonfall, den ich immer aufsetzte, wenn es um meine toten Fantasieeltern ging. »Hat mich unter seine Fittiche genommen.«

Tommy nickte. »Hab ihn noch nie gesehen. Und ich kenne die meisten da unten in Bermondsey.«

»Hat bis vor Kurzem Portobello gemacht. Wohnt da in der Nähe«, bluffte ich. »Er hat jetzt in Bermondsey angefangen, damit ich's nicht so weit hab.«

Tommy schien meine Erklärung zu schlucken. Wieder musterte er das Bild. »Ich dachte, das könnte Lexi Baschmakows Ding sein«, sagte er. »Baschi hat's gerne ein bisschen Dada. Vielleicht sag ich ihm gar nicht, dass es einen Haken hat.« Tommy grinste über seine eigene List.

Jason zuckte die Achseln. »Für mich sieht's einfach aus wie ein alter Busfahrschein, Pa.« Er sah sich das Bild genauer an. »Aber du weißt am besten, worauf die Russen stehen.«

»Mein Sohn ist kein großer Verehrer der modernen Kunst, fürchte ich«, sagte Tommy.

»Um ehrlich zu sein«, machte ich einen auf kumpelhaft, »hatte ich auch keine Ahnung, was es sein sollte, Jason.«

Jason warf mir einen bierernsten Blick zu, der mich sofort zum Verstummen brachte.

»Du bist mehr der handfeste Typ, nicht wahr, Jase?« Tommy fasste seinen Sohn ins Auge, der immer noch wild an seiner Zigarre sog. »Du solltest dich ein bisschen zurückhalten mit den fettigen Sachen und den Soßen, während du im Training bist.«

Jason drückte die Zigarre im Aschenbecher aus.

»Jason hat demnächst einen großen Kampf«, erklärte mir Tommy.

»Ich wusste nicht, dass du Boxer bist«, sagte ich. Noch ein Anlauf zu einer Unterhaltung. Jason ballte instinktiv die Faust und fing sie mit der anderen Hand ab.

»Bin ich nicht. Ich bin Geschäftsmann«, sagte er. »Ich mach nur ein bisschen Kampfsport ... Kickboxen, Jiu-Jitsu. Ist nur so ein Boxkampf für eine Wohltätigkeitssache.«

»Nicht *nur* ein Wohltätigkeits-Boxkampf«, ergänzte Tommy. »Das ist ein Riesending, nächsten Monat, oben in Woodford. Eine Benefizveranstaltung für den Sohn eines Kollegen, der im Rollstuhl sitzt.«

»Gute Sache«, sagte ich. Ich wollte lieber nicht nachfragen, wie der Kollegensohn denn im Rollstuhl gelandet war.

»Vielleicht solltest du mitkommen«, schlug Tommy vor.

»Gerne«, sagte ich.

Mein Blick fiel auf Jason. Er wirkte nicht ganz so angetan.

Dreiunddreißig

Als mir Sophie die Einladung zeigte, konnte ich es nicht fassen. Erst dachte ich, sie wäre für den Wohltätigkeits-Boxkampf, aber dann fiel mir auf, dass sie dafür zu edel war: eine steife, weiße Karte mit Goldrand.

Die Herausgeber des Magazins OK! *geben sich die Ehre, Sie zur Hochzeit von Miss Natalie Holmes und Mr Liam Baldwin einzuladen …*

Natalie Holmes ging im Moment durch alle Gazetten: Sängerin, Model, Fernsehmoderatorin. Liam Baldwin war der Torjäger von Tottenham, der gerade für eine Millionenablöse nach Barcelona gewechselt hatte. Es war eine Hochzeit wie aus dem Promibilderbuch.

»Ich hatte keine Ahnung, dass du Liam Baldwin kennst«, sagte ich zu Sophie.

»Tu ich eigentlich auch nicht.« Sie grinste über das ganze Gesicht: Offensichtlich amüsierte es sie, dass ich sie anglotzte wie vom Donner gerührt. Aber die einzige Berühmtheit, die ich jemals gesehen hatte, war ein Typ aus einer

Castingshow, der bei Charing Cross ins Taxi gestiegen war. »Ich bin mit Natalie ins Internat gegangen. Unsere alten Herren machen miteinander Geschäfte.«

Es leuchtete durchaus ein, dass sie sich kannten. Natalie war Sophie sehr ähnlich: Beide hatten den gleichen zwanglosen Charme und die dialektfreie Aussprache, die Natalie im Fernsehen so beliebt gemacht hatten. Und beide sahen unglaublich gut aus.

Ich fragte mich, in was für einer Branche Natalies Vater so unterwegs war. Isolierglas war es wohl eher nicht. »Ich kann's nicht fassen, dass du mir nie davon erzählt hast«, sagte ich.

»Du hast nie danach gefragt.« Sophie lachte. »Ich geb doch nicht an mit so was.«

Wieder betrachtete ich die steife weiße Karte. Es war das erste Mal, dass ich unsere Namen nebeneinander sah: *Miss Sophie Kelly und Mr Eddie Savage.*

Wie es so auf dem Papier stand, gefiel es mir. Ich gewöhnte mich gerade richtig an meinen neuen Namen und fühlte mich, als gehöre er zu mir.

Es gab eine Liste von Verhaltensregeln: keine Fotos, keine Telefone, kein Wort an die Konkurrenz von der Presse ...

»Ich sollte mir besser einen Anzug kaufen.«

»Wir gehen am Samstag zusammen shoppen«, sagte Sophie und küsste mich. »Ich helf dir aussuchen.«

Nachdem Sophie weg war, wollte ich es unbedingt jemandem erzählen. Seit meinem ersten Treffen mit ihren Eltern waren sechs Wochen vergangen und schon war ich in den

Schoß der Familie aufgenommen. Ich wusste, dass Tony Morris sich über meine Fortschritte freuen würde.

Ich rief ihn von einer Telefonzelle am Bahnhof Deptford an. Das Handy wollte ich nicht benutzen, damit nicht andere mithörten, wie ich meine Strebernummer abzog.

»Von wo rufst du an?« Immer seine erste Frage.

»Telefonzelle«, sagte ich. »In Deptford.«

»Bist du in Schwierigkeiten?« Er klang besorgt.

»Nein. Nein, gar nicht, Tony«, sagte ich, etwas enttäuscht über seine Ängstlichkeit. »Gute Nachrichten. Ich bin auf eine Hochzeit eingeladen, mit Sophie Kelly.«

»Wo?«, fragte Tony.

»Irgendwo in Sussex. Bei berühmten Leuten – Natalie Holmes und Liam Baldwin. Du weißt schon, der Fußballer. So eine riesige Nobelveranstaltung ... wird von dieser Zeitschrift *OK!* organisiert.«

Am anderen Ende der Leitung wurde Tony ganz still. Alles, was ich hören konnte, war der Feierabendverkehr, der hinter mir weiterpolterte.

»Bist du jetzt völlig durchgedreht?«, fragte er nach einer Weile.

»Was?« Mein Enthusiasmus verpuffte. »Ich dachte, das wäre eine gute Gelegenheit, um der Familie näherzukommen.«

»Ja, und das unter den Augen der halben verdammten Bevölkerung.« Tony wurde lauter. »Überleg doch mal, die Zeitschrift liegt in jedem Supermarkt Englands rum, mit deiner Fresse drin, wie du zwischen den Scheißpromis rumhüpfst, immer schön an der Seite des Verbrecherkönigs schlechthin.«

»Daran hatte ich nicht gedacht«, gab ich zu.

»Hast du's schon Ian erzählt?«

»Nein, ist erst eben passiert. Tut mir leid, Tony. Ich hab mich da nicht absichtlich reinmanövriert.«

»Alles klar. Entschuldige, dass ich dich angebrüllt habe, Kumpel. Aber wirklich, du musst dich da wieder rauswinden.«

Samstagmorgen fuhren wir über die Waterloo Bridge ins West End. Sophie hatte sich das BMW-Cabrio ihrer Mutter ausgeborgt und wir hatten das Verdeck unten. Es war kalt, aber sonnig, und die Skyline Londons sah im hellen Licht ganz frisch und klar aus, wie der Hintergrund in einem Filmvorspann.

Auf der Hinfahrt hatte ich nicht viel gesagt, aber der pfeifende Fahrtwind und die Mark-Ronson-Remixes machten ein Gespräch ohnehin unnötig. Sophie fuhr um die Südseite von Trafalgar Square herum, eben dort, wo Tony mich vor einigen Monaten zum Treffen mit Sandy Napier geschleppt hatte. Sie parkte an einem kleinen Platz irgendwo bei Haymarket und stellte den Motor ab. Surrend fuhr das elektrische Dach heraus und warf seinen Schatten über uns.

»Also, was ist los mit dir?«, fragte sie, ohne mich anzublicken.

»Nichts«, antwortete ich.

»Dann hör auf zu gucken, als hättest du Maikäfer gefrühstückt, und lass uns einkaufen.«

Das war ein Satz, den ich mir aus dem Mund ihrer Mutter vorstellen konnte, und ich musste lächeln. »Entschuldige«, sagte ich und drückte ihre Hand.

Die Straße, die wir entlanggingen, war gesäumt mit dem, was man wohl Herrenausstatter nannte: Hüte, Tweedsakkos, feine Hemden und Wildlederschuhe, wie Tommy Kelly sie trug. Wir blickten in ein Schaufenster, in dem Schuhe aller Farben und Formen ausgestellt waren. Ich erwischte Sophie, wie sie auf meine abgewetzten Nikes runterlinste.

»Rein mit dir.« Sie grinste. »Aus dir machen wir schon noch einen Gentleman.«

Der Verkäufer klang so vornehm wie die Queen, tat aber, als seien *wir* die Hoheiten. Zehn Minuten später kam ich mit einem Paar hochglänzender, handgenähter schwarzer Loafer heraus, jeder von ihnen mit einem hölzernen Schuhspanner ausgestopft und in seinem eigenen Baumwollbeutel.

»Dreihundert Pfund?«, ächzte ich. Ich hatte ja nicht geahnt, dass Schuhe so viel kosten konnten.

»Man kriegt, was man zahlt«, sagte Sophie.

»Aber ich kann mir das nicht leisten«, flehte ich. »Ich hab gerade mal genug für einen Anzug. Ich kann dich nicht für meine Schuhe zahlen lassen.«

»Hab ich auch nicht«, sagte Sophie. »Das ging auf Dads Rechnung. Er hat gesagt, ich soll dich ausstaffieren. Er will, dass du nach was aussiehst.«

Zwei handgeschneiderte Hemden und ein Paar Kaschmirsocken später saßen wir in einer Espressobar und tranken Milchkaffee. Ich versuchte immer noch, aus dieser Hochzeitsgeschichte rauszukommen, was mir wohl ins Gesicht geschrieben stand.

»Die Maikäfer sind wieder da«, sagte Sophie in einer Singsangstimme.

»Tut mir leid, Soph. Ich fühl mich nur irgendwie überfordert mit dieser Hochzeit und damit, teure Kleider gekauft zu kriegen und das alles. Ich glaube nicht, dass ich da hingehen sollte.«

Sophie schaute entgeistert. »Was soll das heißen?«

»Ich glaube, dass ich mich da total fehl am Platz fühlen würde«, bluffte ich. »Unter einem Haufen Promis und Leuten, die ich nicht kenne, in Klamotten, die mir nicht gehören.«

»Sei kein Trottel, Eddie.« Sophie hatte ihren Keine-Scherze-Blick aufgesetzt. »Du bist mit mir da. Sie haben dich eingeladen.«

Ich starrte auf den Schaum am Boden meines Bechers. Da zappelte ich jetzt am Haken.

»Außerdem sind Mum und Dad richtig stolz, dass du eingeladen worden bist.« Sophies Ton wurde etwas weicher. »Sie haben es satt, mich überallhin alleine mitzuschleifen, als würde ich nie einen abkriegen – nur weil jeder Typ Panik hat, mich auch nur anzusprechen. Du bist der Erste, der gewagt hat, zu mir nach Hause zu kommen. Dafür mögen sie dich. *Dad* mag dich.«

Das klang wie das Angebot, das man nicht ablehnen konnte. Ich schaute zu Sophie hoch. Sie lächelte, aber sie wusste, dass sie meinen Hals in der Schlinge hatte.

»Du willst doch nicht, dass er sich aufregt«, sagte sie. »Oder?«

»Nein«, sagte ich. »Das will ich nicht.«

»Also, dann sind wir uns ja einig.« Sophie stand auf und sammelte die Einkaufstüten ein. »Dann mal los, den Anzug kaufen.«

Tony Morris war sehr schweigsam am anderen Ende der Leitung.

»Ich geh hin«, erklärte ich ihm. »Ich komm da nicht mehr raus.«

Stille.

»Ich versprech dir, ich halt meine Visage unten, Tony. Du wolltest, dass ich nah an sie rankomme. Jetzt bin ich's.«

Tiefer Atemzug.

»Die Sache ist einfach so, ich stecke jetzt so tief drin, dass es verdächtig wirkt, wenn ich nicht hingehe. Ich werd mich sicherer fühlen, wenn ich mit ihnen dort bin, als wenn ich ihnen jetzt absage. Um die Presse kann ich einen Bogen machen.«

Endlich reagierte Tony und es klang resigniert. »Das will ich dir auch geraten haben. Oder du bist im Arsch. Dann sind wir alle im Arsch.«

»Ich verspreche es«, sagte ich. »Du wirst es nicht bereuen.«

»Wäre besser für dich. Noch was, Eddie ...«

»Ja?«

»Du bist ein sturer kleiner Mistkerl.«

»Tut mir leid, Tony.«

»Wie dein Bruder.«

Vierunddreißig

Es war eines dieser verschlafenen englischen Postkartendörfer, das an so einem warmen Frühlingsnachmittag normalerweise ruhig und träge dagelegen hätte. Aber diesen Samstag war es, als ob der Zirkus in der Stadt wäre. Ein paar alte Frauen, die gerade zum Gassigehen oder Rosenschneiden draußen waren, blickten missbilligend auf die lange Kolonne von Limousinen, die sich ihre Dorfstraße entlangschlängelte. Auf dem Bordstein vor dem Pub parkten Geländewagen, und neugierige Zecher, die vor der Tür ihre Zigarette rauchten, reckten die Hälse, ob sich hinter den getönten Fenstern nicht jemand Berühmtes verbarg.

Ich kletterte aus dem Kelly'schen Bentley, Tommys Alltagsauto, und hielt Sophie die Tür auf. Vor den paar Paparazzi, die sich hier in der Hoffnung auf einen heimlichen Schnappschuss auf die Lauer gelegt hatten, drehte ich den Kopf weg. Zu meinem Glück hatte *OK!* nicht vor, anderen ein Stück vom Kuchen zu überlassen. In dem Moment, in dem wir dem Auto entstiegen, trat auch schon ein vom Magazin bestellter Muskelmann zu uns und schützte unsere Privatsphäre mit einem schwarzen Riesenschirm.

Sämtliche Gäste wurden einen Pfad hinaufeskortiert, der zur Dorfkirche und zu dem stattlichen Anwesen dahinter führte, wo der Empfang stattfinden würde.

Wir bildeten eine Schlange, während der Sicherheitsdienst die Einladungen einzeln überprüfte und allen die Handys abnahm. Sie wurden mit einem Namensschild versehen, eingetütet und in eine Kiste gelegt. Sophie händigte ihr iPhone aus. Ich gab meines auch ab, behielt aber das kleine Notfallhandy, das in meiner Socke steckte.

Nur, falls ich meine Hotline zu Tony oder Ian Baylis brauchen sollte.

Vor uns bei Tommy und Cheryl schien es nicht weiterzugehen. Der Securitykerl am Kirchtor suchte ihren Namen auf der Liste.

»Darauf werden Sie ihn nicht finden«, sagte Tommy mit einem geduldigen Lächeln.

Der bullige Typ begann, unter seinem Anzug die Muskeln spielen zu lassen. Er hatte einen kahl rasierten Schädel und sah reichlich hohl aus. Hinter den Augen totale Leere.

»Tut mir leid, Sir«, sagte er. »Wenn Ihr Name nicht auf der Liste steht, kommen Sie hier nicht durch.« Er stierte Tommy immer noch an, seinen Gorilla-Ausdruck ins Gesicht gestanzt. Keine Ausnahmen, wollte er damit sagen. Egal, wer's ist.

Tommy schaute zu Cheryl und lächelte. »Entschuldige, Liebling«, sagte er. »Sieht so aus, als müssten wir wieder heimfahren, was?«

Das gab Ärger, ich konnte es spüren, und in meinem Bauch begann es zu brodeln. Die Leute hinter uns in der Schlange begannen, ungeduldig zu murren. Dave, Tommys

Fahrer, hatte die ganze Zeit neben uns gestanden. Jetzt trat er zu dem Sicherheitsmann.

»Das ist Mr Kelly«, sagte er leise. »Ich schlage vor, du sagst deinem Boss Bescheid.«

Der Securitytyp sah Dave an, der ihn noch um einige Zentimeter überragte. Er zog sein Walkie-Talkie raus und murmelte etwas hinein. Innerhalb von Sekunden kam ein besorgt aussehender Mann über den Rasen gerannt, stolperte über die eigenen Füße und stieß einen Schwall von Entschuldigungen aus.

»Kommen Sie bitte hier entlang, Mr Kelly«, stotterte er. »Bitte vielmals um Verzeihung für das Missverständnis ...«

Tommy hielt kurz inne, um mit dem kreidebleich gewordenen Gorilla zu sprechen. Die Aggression hatte sein Gesicht verlassen. Jetzt war nur noch der feige, fette Fiesling zu sehen, der er eigentlich war.

»Nächstes Mal wissen Sie dann, wer ich bin, nicht wahr?« Tommys Stimme war gelassen und freundlich.

»Ja, Mr Kelly. Tut mir leid.«

»Und in Zukunft würde ich es mal mit Lächeln versuchen.«

Tommy stopfte dem Mann irgendwas in die Brusttasche und führte Cheryl durch das Tor. Unsere Einladungen schaute sich der Wächter nicht einmal an und Sophie und ich folgten ihren Eltern den Pfad zur Kirche hinauf.

Als die Gäste beim Verlassen der Kirche auf den Rasen strömten, wurde erst richtig klar, wie viele Leute hier eingeladen waren. Die Grünfläche erstreckte sich bis zu einer Terrasse vor dem Haupthaus, wo weiß livrierte Kellner mit

Tabletts voll gekühltem Champagner warteten. Sophie und ich stiegen zur Terrasse hoch, wo sie mit Mädchen plauderte, die sie kannte. Jedes Mal, wenn sie mich vorstellte, bekam ich den gleichen musternden Blick ab: eine unausgesprochene Frage, wie ich mich darauf bloß hatte einlassen können. Wenn ich sah, mit welcher Ehrerbietung neunzig Prozent der Gäste Tommy Kelly behandelten, musste ich mich dasselbe fragen.

Die Terrasse war vollgestopft mit Promis der A-, B- und C-Liga. Da war ein weltberühmter Sänger im weißen, mit Medaillen behangenen Seidenanzug, an seiner Seite sein Freund ganz in Himmelblau. Moderatoren von Realityshows. Ein Schauspieler aus *EastEnders*. Dazu Vertreterinnen verschiedener aktueller Girlbands, die wirkten, als hätten ihre Plattenfirmen sie als diplomatische Abordnung geschickt. Sie sahen alle ein bisschen kleiner und besser aus als im Fernsehen. Und dann die Fußballer, haufenweise. Einige Gesichter erkannte ich, andere hatte ich noch nie gesehen. Liam Baldwin war ein beliebter Bursche.

Die ältere Generation war durch Paare von der Art Tommy und Cheryl Kellys vertreten: wohlerhaltene, mittelalte Typen mit permanenter Urlaubsbräune. Die Frauen hatten den Botox-Ausdruck im Gesicht und die Männer rauchten alle Zigarre. Die von Tommy Kelly war am längsten.

Erleichtert nahm ich zur Kenntnis, dass die Fotografen nur an den prominenten Gesichtern interessiert waren und dass diese auch alle bereitwillig posierten – ein Arbeitstag wie jeder andere. Als Sophie zu einem Gruppenfoto mit der Braut und ihrer Freundinnenclique abgeschleppt wurde, verzog ich mich in eine schattige Ecke und stibitzte mir unterwegs ein weiteres Glas Champagner vom Tablett eines Kellners.

»Immer langsam, der Herr«, sagte der. »Sie sollten klaren Kopf bewahren.«

Ich wollte etwas Witziges zurückschießen, aber dann erkannte ich den Mann hinter dem Schnurrbart. Es war Oliver, der Typ, der immer an Baylis' Seite rumgehangen und mich beobachtet hatte.

»Was?«, sagte ich.

»Nur für den Fall«, sagte er. »Beachte mich gar nicht.«

Ich tat wie geheißen, nippte am Champagner, der in meinem ausgedörrten Mund noch trockener wirkte, und machte mich auf den Weg dorthin, wo das Essen serviert wurde.

Fünfunddreißig

Das Essen war schwer zu überbieten. Als Vorspeise gab es eine kalte Suppe, die nach Tomaten und Chili schmeckte. Klingt heikel, war aber großartig. Dann gab es so was wie ganz dünne Spaghetti mit Hummer, danach Roastbeef-Scheiben mit kleinen Yorkshire-Puddings, danach einen Obstsalat, der nach Kirschschnaps schmeckte, und Profiteroles mit Schokolade. Alles zubereitet von einem Starkoch, der herauskam und sich verbeugte. Es gab Weißwein, Rotwein und noch mehr Champagner für die Ansprachen, und obwohl ich von allem nur ein paar Schlucke nahm, fühlte ich mich gegen Ende allmählich etwas angezwitschert.

Die Sonne ging langsam unter, als sich alle von ihren Tischen erhoben und in Richtung Festzelt aufmachten. Jetzt, wo es dunkel wurde, fühlte ich mich etwas entspannter. Oberhalb der Tanzfläche baute die Band ihre Anlage auf.

Ein Fernsehsprecher, der verlässlich in Männermagazinen auftauchte und sich zwischen den Reden als Moderator hervorgetan hatte, stand auf und stellte die Band vor. Der Drummer zählte an und die Gitarren setzten mit einem Riff ein, das mir sehr bekannt vorkam.

»Meine Damen und Herren«, brüllte der MC, »bitte begrüßen Sie auf der Bühne ... Mrs Liam Baldwin!«

Natalie, immer noch im Hochzeitskleid, schnappte sich das Mikro und setzte zu ihrem Song an, der letztes Jahr ein Hit gewesen war.

Alles jubelte und trampelte auf den Boden, und die Leute fingen an zu tanzen. Mitten in ihrem Song machte Natalie eine Ansage. Im Publikum wurde gejubelt und gejauchzt.

Ein großer, bärtiger Mann schritt auf die Bühne und griff sich eine Gitarre. Er schnallte sie sich um, als wäre sie ein fehlender Körperteil, und spielte ein blendendes Solo, das sich über fünf Minuten erstreckte. Das ganze Zelt drehte komplett durch. Ich konnte Tommy Kelly sehen, die Zigarre zwischen die Zähne geklemmt, wie er übers ganze Gesicht strahlte und mit dem Kopf nickte, als stimme er jeder Note persönlich zu. Sophie knuffte mich in die Seite und verdrehte die Augen.

»Sein Held«, brüllte sie mir ins Ohr. »Peinlich, oder? Nats Dad hat seinem Wohltätigkeitsprojekt fünfzig Riesen gespendet, damit der kommt und hier spielt, nur um meinen Alten zu beeindrucken.«

Da begriff ich endlich, wer der Gitarrist war. Ich erinnerte mich an sein Gesicht vom CD-Regal zu Hause. Er war auch einer der Helden meines Bruders gewesen. »Der Mann ist ein Gott«, das hatte er immer gesagt.

Wenn er mich jetzt hätte sehen können.

Nach ein paar weiteren Songs legte die Band eine Pause ein und ein DJ übernahm mit einer dieser Hochzeitsfeierhymnen, mit denen man die Tanzfläche immer vollkriegt. Wie ich sie hasste.

Ich war nicht sonderlich wild auf Tanzen, aber Sophie packte mich am Arm und zerrte mich auf die Tanzfläche. Ich wiegte mich ein bisschen hin und her, während Sophie richtig Haltung annahm und zeigte, was sie hatte. Sie tanzte mit Leidenschaft und sie war gut.

»Mach schon«, grinste sie. Offensichtlich legte ich nicht genug Begeisterung an den Tag. Ich nahm noch einen Schluck Wein von unserem Tisch und fing an zu tanzen.

»Come on, Eileen …«

Sophie schnappte sich meine Hand und wirbelte mich in ihre Richtung, und während sie das tat, fühlte ich das Winzhandy aus seinem Sockenversteck rutschen. Sah, wie es über die Tanzfläche glitt.

Ich ließ Sophie los und ging zwischen den tanzenden Beinen auf alle viere, im verzweifelten Versuch, es mir zu schnappen. Es prallte gegen ein Stuhlbein am Rand der Tanzfläche, kreiselte ein paarmal um sich selbst und blieb endlich liegen.

Direkt vor den Füßen eines lauernden Ordners.

Ich wollte gerade danach greifen, doch der Typ kam mir zuvor, bückte sich und versenkte es in seiner fleischigen Faust.

»Keine Telefone, keine Fotos«, sagte er kopfschüttelnd. »Das hätten Sie abgeben müssen. Wer weiß, was Sie damit alles angestellt haben. Fotos gemacht? Die Zeitungen angerufen?«

»Ich bin Diabetiker«, sagte ich. »Das hab ich für Notfälle.«

Er wusste, dass ich log. »Ich muss das konfiszieren. Vielleicht vernichten.«

Er würde nicht einknicken. Fotos hatte ich natürlich

keine gemacht, aber meine Anrufe bei Tony und Ian Baylis würden drauf sein, zusammen mit ihren Telefonnummern und der Hotline zu Sandy Napiers Abteilung. Mein Herz raste und ich begann, am ganzen Leib zu zittern.

Auf einmal schlug der Gesichtsausdruck des Ordners radikal um.

»Ich kümmere mich darum«, sagte eine vertraute Stimme über meine Schulter hinweg. Sie war leise, fast hoch, aber die Drohung war unverkennbar.

Ich drehte mich um und sah Tommy Kelly, wie er seine Hand nach dem Telefon ausstreckte. Der Ordner nickte und gab es ihm. Und dann, anstatt es mir zurückzugeben, ließ Tommy das Handy in seine Jackentasche gleiten.

»Bisschen dämlich, was, Eddie?«, sagte er und zwinkerte mir zu.

Damit war ich so gut wie tot.

Donnie bekam den Anruf am frühen Abend. Zu Mittag hatte er im Pub ein paar gehoben und war dann beim Fußball weggedöst, als sein Handy plötzlich klingelte.

Das Firmenhandy.

Er leerte eine Tasse schwarzen Pulverkaffee, steckte sich eine Kippe an und kletterte in den Benz. Er fuhr raus aus der Wohnanlage, wo alle fünf Minuten ein Auto aufgebrochen wurde, wenn es noch mehr als fünfzig Eier wert war. Aber Donnie Mulvaneys Wagen hatte noch keiner angerührt.

Als er sich auf der Autobahn einfädelte, gab er Gas. Unterwegs holte er noch Jason ab. Er parkte vor seiner Wohnung und rief ihn auf dem Handy an.

»Phil Lazio hier«, sagte Donnie, als Jason endlich abhob. »Phil Lazio wartet draußen.«

Schlaftrunken würdigte Jason Donnies Standardscherz und sagte, er brauche noch ein paar Minuten.

Donnie blätterte in der Zeitung, während sich der faule Sack in der Abenddämmerung aus dem Bett quälte. Eine halbe Stunde musste er warten, während der kackte, duschte, sich rasierte und in Schale schmiss. Gucci-Anzug und -Schuhe. Goldene Rolex. Haargel.

Jasons Aftershave waberte durchs Auto, als er einstieg und die Tür zuknallte.

»Alles klar, Jase?«

Jason nickte. »Bisschen hinüber«, sagte er. »Letzte Nacht war übel.« Er schloss die Augen und sank in den Sitz zurück.

Donnie schnalzte innerlich missbilligend mit der Zunge. Als er neunzehn gewesen war, hatte er trainiert, um vier Uhr morgens Dauerlauf gemacht, bei jedem Wetter, auch wenn er am Abend davor den Lohn auf den Kopf gehauen und sich hatte volllaufen lassen.

»Dir wird's gleich besser gehen, wenn du erst mal was getrunken hast«, sagte Donnie. Er reichte dem Passagier seinen Flachmann und machte sich auf Richtung M25.

Sechsunddreißig

»Alles okay mit dir?«, fragte mich Sophie. Ich war rausgeflüchtet, um etwas Luft zu schnappen und mir darüber klar zu werden, was ich jetzt anstellen sollte. Mein Herz hämmerte wie ein Dampfkolben und meine Beine waren zu Pudding geworden. »Du siehst beschissen aus, Baby«, sagte sie. Sogar im Zwielicht vor dem Zelt konnte sie erkennen, was für ein jämmerliches Bild ich abgab.

»Ich glaub, ich hab etwas zu viel erwischt«, antwortete ich. »Bin's nicht so gewöhnt.«

»Schwachtrinker.« Sie lächelte und legte ihren Arm um mich, wodurch ich mich nur noch mehr in die Enge getrieben fühlte. Instinktiv entwand ich mich. Den Blick in ihren Augen sah ich aber schon.

»Tut mir leid, Soph«, sagte ich. »Ich glaub, ich muss auf die Toilette. Bin gleich zurück.«

Ich wandte mich zum Haupthaus um, aber Sophie schnappte sich meine Hand. »Eddie«, sagte sie. »Verschweigst du mir was?«

Sie fixierte mich mit diesen blauen Augen, die normalerweise so warm und voller Lachen waren. Aber jetzt waren sie kalt und hart, suchend. Ich versuchte, ihnen standzuhalten.

»Ehrlich, Baby«, beharrte ich. »Mir ist einfach nur ein bisschen schlecht.« Ich hoffte, dass ich nicht so schuldbewusst dreinschaute, wie ich mich fühlte. »Gleich geht's mir besser.«

Sie ließ mich los und ich ging Richtung Haupthaus, spürte ihren Blick in meinem Rücken, wie sie meinen Abgang verfolgte.

Als ich ihr erzählt hatte, dass mir schlecht war, war das keine Lüge gewesen. Es war eine Untertreibung. Ich war nicht wirklich betrunken, aber mein Magen rebellierte. Die Angst, die an meinen Eingeweiden nagte, löste einen Brechreiz in mir aus. Und als ich die Toilette gefunden hatte, gab ich ihm nach.

Ich musterte mein bleiches Gesicht im Spiegel und verfluchte mich und meine Dummheit mit allem, was mir nur einfiel. Man hatte mich gewarnt, nicht herzukommen, aber ich hatte auf stur geschaltet. Und jetzt hatte Tommy Kelly mein Telefon mit all meinen Anrufen und Kontakten. Zugang zu allem, was ich wusste, zu allen, die an seinem Fall beteiligt waren. Mein Fehler konnte sie alle das Leben kosten. Und mich meines.

Und in ein paar Stunden sollte ich mit ihm nach Hause fahren, mit seiner Frau und seiner schönen Tochter.

Ich spülte mir den Mund aus und klatschte mir kaltes Wasser ins Gesicht. Dann schlug ich mir als Zugabe noch selbst in die Fresse vor lauter Selbsthass und schlich mich aus der Toilette auf den Flur. Noch ein prüfender Blick und ich machte mich auf den Weg Richtung Küche, wo die Kellner in ihren weißen Anzügen ein- und ausgingen.

In der Küche klapperte es geschäftig. Immer noch wurde Champagner auf Eis herausgeschickt, zusammen mit Tabletts voller Kaffee, Bier und noch mehr Essen. Ich suchte nach dem Kellner, den ich kannte. Hier war er nicht. Erneut ergriff mich die Panik – die Angst, er könnte schon Feierabend gemacht haben. Ich drückte mich durch einen Notausgang, der auf die Rückseite des Hauses hinausging, und fand eine Gruppe Kellner, die gerade Pause machten.

Am Rand stand mein Mann, Oliver, mit seinem Schnurrbart. Er war hellwach und hatte mitgekriegt, wie sich die Nottür geöffnet hatte. Als er mich erkannte, kippte er den Kopf zur Seite, löste sich von den anderen und spazierte Richtung Garten in die Dunkelheit.

Ich folgte ihm und traf ihn bei einem Teich. Er warf seine Kippe hinein und ich hörte ein Zischen. »Nun?«, fragte er.

»Ich hab mein Handy verloren«, gab ich zu und fühlte mich wie ein Kind.

»Welches?« Seine Sorge war nicht zu überhören.

»Die Hotline«, sagte ich.

»Du …« Er warf mir ein paar Schimpfwörter an den Kopf, zog dann sein eigenes Telefon aus der Hose und tippte eine Nummer ein.

»Schaff deinen Arsch zurück, ehe sie dich vermissen«, pfiff er mich an. »Ich muss versuchen, das Hauptquartier zu erreichen, damit sie die PIN sperren, ehe sich's irgendwer anschaut. Aber was immer du tust, kein Kontakt mehr mit mir. Kapiert?«

»Danke«, sagte ich, jämmerlich erleichtert, dass er die Sache in die Hand nahm. »Aber wie weiß ich, ob du die Sperrung rechtzeitig hingekriegt hast?«

»Wenn du morgen noch am Leben bist, hab ich's hingekriegt. Jetzt verpiss dich.«

Ich wollte mich gerade entschuldigen, aber er schien jemanden erreicht zu haben, und so drehte ich mich um und rannte durch das nasse Gras auf die Lichter des Hauses zu, obwohl mir jede Faser in meinem Körper sagte, ich solle in die andere Richtung rennen. Und niemals wieder anhalten.

Der Kies knirschte unter den Reifen des Mercedes, als er die Auffahrt hinaufschnurrte. Das ganze Haus war erleuchtet und aus dem riesigen Zelt auf dem Rasen davor wummerte die Musik. Der Nachthimmel war hell von Discolicht und Laserstrahlen.

Donnie sah, dass sein Beifahrer aufgewacht war und aus einer der kalten Wasserflaschen trank, die er immer im Minikühlschrank hinten im Auto aufbewahrte. Jason schniefte geräuschvoll und Donnie nahm das als Aufforderung zum Sprechen.

»Ich lass dich beim Zelt raus, Jase. Ich park dann oben beim Haus. Hab noch eine Verabredung. Jemand, den ich finden muss.«

»Okay«, sagte Jason. Der Wagen hielt ein paar Meter vor dem Festzelt und er stieg aus, schon wieder in Feierlaune. »Wir sehen uns dann.«

Donnie fuhr weiter und parkte vor dem Haupthaus. Ein Ordner trat heraus, um ihn aufs Parkverbot hinzuweisen, doch er besann sich rasch eines Besseren. Donnie schüttelte ihm die Hand, stellte ein paar Fragen und spazierte dann runter Richtung Zelt.

Donnie stieg über die Spannseile und kämpfte sich durch bis zur Rückseite, auf der Suche nach einer bestimmten Person. Lange würde er nicht brauchen. Brauchte er nie. Er hatte einen sechsten Sinn dafür.

Hinter dem Festzelt stand noch ein kleineres Zelt, eine Art Pavillon, wo die Jungs vom Sicherheitsdienst herumhingen und sich im Hintergrund hielten. Donnie schob die Plane beiseite und trat ein. Drei schwere Kerle standen herum, leerten Bierdosen und schwangen große Reden. Sie musterten Donnie, als er hereinkam. In seinem hellgrauen Anzug hielten sie ihn für einen Chauffeur.

»Hab 'ne Abholung um Mitternacht«, sagte er, ihre Annahme bestätigend.

Einer der Burschen sah auf seine Uhr. »Etwas früh dran, was?«

»Ein wenig«, antwortete Donnie. »Ich dachte, ich komm lieber überpünktlich, dann kann ich noch die Bräute und Prominenz abchecken und schauen, ob was zu holen ist.« Donnie zwinkerte ihnen zu und klopfte sich auf die Tasche. »Guter Abend so weit?«

Den Securitys wurde Donnie schon sympathischer: Er war einer von ihnen. Hatte nichts dagegen, ein bisschen was nebenher laufen zu lassen.

»Ja, ein echter Kracher«, sagte einer von ihnen. Klang walisisch, fand Donnie. »Knallvoll mit Promis da drinnen.« Er nickte Richtung Festzelt. »Wie bei der verdammten königlichen Weihnachtsgala.«

Donnie wandte sich an die anderen beiden. »Und was ist mit der Unterwelt?«, fragte er. »Hab gehört, da sind auch ein paar dabei.«

»Ein, zwei dicke Fische«, sagte der größere der beiden. »Kann dir nichts Genaueres sagen – Sicherheitsgründe.« Er blies sich auf vor Wichtigkeit: Er wusste Bescheid, verkehrte mit den ganz Großen, ließ nichts raus.

Donnie, anscheinend beeindruckt, stieß einen leisen Pfiff aus.

Der Gorilla schien sein Thema gefunden zu haben, wollte zeigen, was er für ein kompromissloser, knallharter Typ war. »Ja, mit einem bin ich sogar selbst ein bisschen aneinandergeraten«, sagte er. »Mit dem Oberboss persönlich. Hab's aber gleich in Ordnung gebracht. Ein richtiger Gentleman, wenn man ihn mal näher kennt.«

Donnie sah wieder mächtig beeindruckt drein, als der Riese eine Fünfzigpfundnote aus der Brusttasche zog. »Hat mir sogar ein schönes Trinkgeld gegeben, um zu zeigen, dass er nichts nachträgt.« Er verstaute den Schein wieder in der Tasche und Donnie Mulvaney wusste, dass er seinen Mann gefunden hatte.

»Hätte ziemlich guten Stoff da, wenn du die Kohle investieren willst«, erklärte ihm Donnie. »Interesse?«

Er trat aus dem Zelt und der Kerl folgte ihm.

Donnie war in den Anblick des Sternenhimmels versunken. »Wunderschöne Nacht«, kommentierte er.

»Also, was hast du?«, fragte der Mann.

»Nur die Ruhe, mein Sohn«, meinte Donnie. »Wie heißt du?«

Der Muskelprotz stutzte. Er musterte Donnie mit seinem finsteren Dauerflunsch. Sein Gesicht war schon so lange zu dieser Harter-Kerl-Miene verzogen, dass ihm ein anderer Ausdruck fast unmöglich geworden war.

»Wayne«, antwortete er misstrauisch.

»Also, Wayne«, fuhr Donnie fort. »Ich mach immer alles auf freundschaftlicher Ebene, auf Vornamenbasis und so weiter. Auf solche Kleinigkeiten achte ich einfach. Manieren kosten ja nichts – einmal kurz den Hut gezogen, hier und da ein Lächeln, nur um Respekt zu zeigen. So hab ich's zumindest noch gelernt.«

Wayne sah allmählich etwas verwirrt aus. »Was ist jetzt mit diesem Stoff?«, wollte er wissen.

»Dazu komme ich gleich«, sagte Donnie. »Aber wenn man mit den Leuten nicht auf nette, freundliche Art umgeht, dann glauben sie noch, du wärst nur so ein blöder Schläger…« Donnie schnitt eine Affenfratze und kratzte sich unter den Armen wie ein Schimpanse.

Wayne fand das gar nicht komisch. »Wird das 'ne Verarsche?«, fragte er, die Hände schon zu Fäusten geballt.

»Ganz ruhig, Junge. Nur ein kleines Gespräch.« Donnie tätschelte Wayne auf die Schulter und zog eine Packung Zigaretten aus seiner Tasche. »Fluppe?«, fragte er.

Wayne nahm eine und steckte sie sich in den Mund, während Donnie nach seinem Feuerzeug kramte. Er hielt es mit seiner linken Hand auf Brusthöhe, sodass der Kerl gezwungen war, sich nach vorn zu beugen, die Zigarette im schlaffen Kiefer. Als die Spitze die Flamme berührte, fuhr Donnie seine rechte Faust aus: ein Schlag von solcher Gewalt und Schnelligkeit, dass er den Kiefer des fetten Mannes in einer einzigen flüssigen Bewegung zerschmetterte.

Ein Überraschungsschlag.

Wayne segelte rückwärts, zwei Zähne flogen ihm noch im Fallen aus dem Mund, und bevor er wusste, wie ihm ge-

schehen war, war Donnie schon über ihm, presste ihm das Knie auf die Brust und drückte ihm die Luft ab. »Wie gesagt«, wisperte Donnie direkt in sein Ohr, »ein Lächeln kostet nichts.«

Das Rasiermesser lag schon aufgeklappt in Donnies Hand und er steckte es in Waynes Mund. Schnitt nach links und nach rechts, öffnete seine Wangen fast bis zu den Ohren. Das Blut spritzte seine Kehle hinab und über seinen Brustkorb.

Donnie stand auf, wischte die Klinge an Waynes Jacke sauber und steckte sie ein. Prüfend suchte er nach Blutspuren an seinem eigenen Anzug und trat dann dem Zusammengekrümmten in die Eier, worauf der seinen frisch erweiterten Mund zu einem roten Schrei aufreißen musste. Donnie beugte sich vor, zog den Fünfziger aus Waynes Brusttasche, rollte ihn zusammen und stopfte ihn ihm in den blutigen Mund. »Lass dich davon nähen, Sohnemann«, sagte er.

Donnie erhob sich und zupfte vorn an seinem Anzug, machte sich bereit für den Gang zum Festzelt. Zeit für einen wohlverdienten Drink. Zum Abschied noch ein letzter Tritt gegen Waynes blutigen Kopf, der wie ein Sandsack hin- und herschwang.

»Und immer dran denken …«, sagte Donnie. »Lächeln.«

IV

Jason

Siebenunddreißig

»Mach, dass du herkommst, und zwar sofort.« Tonys Stimme klang kalt und scharf. So wütend hatte ich ihn noch nie erlebt.

Montagmorgen.

Den Großteil des Sonntags hatte ich im Bett gelegen, die Decke über den Kopf gezogen, heilfroh über mein sicheres Haus, meine Zuflucht. Niemand außer Tony, Ian und Anna wusste, wo ich war.

Samstagnacht hatte ich bei den Kellys verbracht, schlaflos, auf glühenden Kohlen, überzeugt davon, gleich herausgezerrt und abgeknallt zu werden. Auf der Rückfahrt im Auto hatten alle entspannt gewirkt – bis auf mich. Alles lag nur an mir.

Ich hatte es wirklich völlig versaut.

Tommy und Cheryl hatten sich offensichtlich gut amüsiert, aber unter den Ordnern musste sich irgendwas abgespielt haben. Davon bekamen wir aber nur das Ergebnis mit, als wir gerade die Feier verließen. Einer von ihnen war in eine Messerstecherei geraten und aufgeschlitzt worden. Der Krankenwagen war schon da, und als wir gingen, lenkte

Tommy seine Frau und Tochter von der hässlichen Szene fort.

Sophie war etwas abweisend zu mir, wahrscheinlich, weil ich den ganzen Abend unausstehlich gewesen war. Ich schob es auf die Sauferei, aber das machte es in ihren Augen um nichts besser. Sie war enttäuscht von mir. Auf der Rückfahrt hatte ihr Cheryl mitleidige Blicke zugeworfen und angedeutet, dass mir die Aufregung wohl so zugesetzt habe. Tommy hatte aus dem Fenster des Bentleys gestarrt. Über mein Telefon verlor er kein Wort.

Als wir schließlich zurück gewesen waren, hatte man mir ein Gästezimmer mit frischen weißen Laken und tiefen Kissen zugewiesen, in denen ich mich bis Sonnenaufgang drehte und wälzte.

Cheryl tischte mir ein englisches Frühstück mit allen Schikanen auf, das ich kaum hinunterbekam, und gegen zehn setzte mich Sophie am Bahnhof ab. Vielleicht wurde ich schon paranoid, aber alle erschienen mir etwas gedämpft. Ich hoffte, es war nur der Kater. Mein Handy hatte ich noch immer nicht zurück und beim Heimkommen hatte es auch keiner erwähnt. Erneut entschuldigte ich mich bei Sophie; sagte, dass ich hoffte, sie irgendwann die Woche zu sehen, und verzog mich dann, so schnell es ging, in die Wohnung.

Ich erinnerte mich an Olivers letzte Worte: Wenn ich noch am Leben war, hatten sie mein Telefon nicht gehackt. Aber es kam mir so vor, als schwebte über mir das Todesurteil.

Ich traf Tony vor dem Pub nahe Trafalgar Square. Punkt zehn. Dass er vor Wut glühte, war nicht zu übersehen. Wir verschwanden im Pub und dann über den Hinterhof im Ministeriumsgebäude. Der Geruch verkochten Kohls machte meine Übelkeit nur noch schlimmer.

Sie warteten schon auf mich. Sandy Napier und Ian Baylis saßen in einem kahlen Zimmer hinter einem Tisch unter einer einsamen Neonröhre. Hamish Campbell, der Technikfreak, war auch da. Tony führte mich zu einem Stuhl und ich setzte mich ihnen gegenüber.

Sandy Napier räusperte sich. Er sah aus, als würde er gleich jemanden beißen. Wahrscheinlich mich.

»Also«, sagte er. »Bisschen in die Hose gegangen am Samstagabend, haben wir gehört.«

»Ja, Sir«, sagte ich. »Es war ein Unfall.«

»Ein Unfall, der ein paar von uns das Leben hätte kosten können«, fauchte Ian Baylis, der diesem Moment wahrscheinlich seit unserem ersten Treffen entgegengefiebert hatte. »Warst du besoffen?«

»Ich hatte ein Glas Wein getrunken, aber ich würde nicht sagen, dass ich betrunken war«, antwortete ich.

»Oliver hat gesagt, du hättest getrunken«, sagte Ian Baylis.

»Ich fürchte, dieser Vorfall gibt mir doch Anlass zu ernsthaften Zweifeln an deiner Eignung, Savage«, sagte Napier. »Wie sehen Sie die Lage, Hamish?«

»Soweit wir es überblicken können«, sagte Hamish und blätterte rasch durch einen Stapel Computerausdrucke, »wurden an dem Abend keine Anrufe von dem Handy aus getätigt. Um spätestens 23.30 Uhr ist es uns gelungen, die SIM zu deaktivieren.«

»Gut«, sagte Napier.

»Das sagt aber nichts darüber aus, ob die SIM kopiert worden ist.« Über seine Papiere hinweg sah mir Hamish ins Gesicht.

»Also«, sagte ich, »Tommy Kelly hat von Computern oder Technik nicht die geringste Ahnung.«

»Soviel du weißt«, fügte Baylis scharf hinzu.

»Nein, hat er wirklich nicht. Da bin ich mir sicher. Ist nicht sein Arbeitsstil.«

»Ich an deiner Stelle würde die Klappe halten, während wir uns überlegen, wie wir verfahren«, sagte Napier. Erste Warnung. »Kann sein, dass er an dem bewussten Abend nichts unternommen hat, aber er wird seine Leute für so was haben. Nach allem, was wir wissen, hat er das Telefon immer noch und lässt es vielleicht gerade in diesem Moment auseinandernehmen.«

Ich wusste nichts zu antworten. Ich hatte zugelassen, dass unsere Hotline in Feindeshand geraten war.

»Also ...«, sagte Baylis nach einiger Zeit, die Augen auf Tony geheftet. »Ich denke mal, damit wären meine Vorbehalte, ein Kind auf den Job anzusetzen, voll gerechtfertigt.«

Bei Tony und mir meldete sich der Zorn. Tony lief rot an. »Das ist jetzt ein bisschen heftig, Ian«, sagte er vorsichtig. »Okay, er hat einen schweren Fehler gemacht, aber er hat auch in kürzester Zeit eine Menge verdammt guter Arbeit abgeliefert. Durch ihn sind wir so nah am Herz dieser Organisation wie nie zuvor.«

»Und jetzt hat er's an die Wand gefahren.«

»Nicht zwangsläufig«, fuhr Tony fort. Sie sprachen über mich, als wäre ich gar nicht im Raum, aber ich war froh, dass Tony so für mich in die Bresche sprang – besonders, weil ich wusste, wie wahnsinnig sauer er auf mich war.

»Ich glaube, diese Diskussionen tragen nichts zur Sache bei«, sagte Napier und hob die Hand, um beide zum Schweigen zu bringen. »Dringender ist jetzt die Frage, was wir mit Savage machen. Wenn wir ihn vom Fall abziehen, müssen wir ihn verschwinden lassen.«

Mein Magen zog sich zusammen. Die Vorstellung, »verschwinden gelassen« zu werden, gefiel mir überhaupt nicht, was immer das heißen sollte.

»Das würde heißen, ihn in ein anderes sicheres Haus zu schicken«, fuhr Napier fort. »Das in Aberdeen vielleicht – schön abgelegen. Wieder eine neue Identität und so weiter.«

Langsam bekam ich Angst.

»Oder«, schlug Tony vor, »wir könnten ihn erst mal zurück in die Wohnung lassen, er hält ein paar Tage lang den Ball flach, wartet mal ab, ob was passiert, und dann treffen wir die Entscheidung?«

Sie dachten einen Moment darüber nach.

»In Ordnung, einverstanden – bis Ende der Woche«, sagte Napier. »Bis dahin wissen wir, ob es irgendwelche Folgen gegeben hat. Alles auf Alarmstufe Rot.«

Alarmstufe Rot – höher ging es nicht.

Wahrscheinlich verfluchten sie mich innerlich allesamt, aber ich stieß einen Seufzer der Erleichterung aus. Hamish Campbell schob mir ein neues kleines Handy über den Tisch zu. »Deine neue Hotline«, sagte er. »Verlier sie nicht.«

Tony fuhr mich in einem silbernen Auto mit verdunkelten Scheiben zurück. Sie gingen wirklich kein Risiko ein. Während der Fahrt sprach Tony sehr wenig. Ich war völlig überwältigt von der Enttäuschung, die er ausstrahlte, der Enttäuschung, wie ich nur einen so elementaren Fehler hatte machen können. Vor der Wohnung in Deptford ließ er mich raus.

»Bleib in Deckung«, sagte er. »Nicht das Haus verlassen, keinen Kontakt zu irgendwem außer mir und Ian. Das iPhone hast du ja noch, oder?« Ich wollte gerade witzeln, dass ich das auch verloren hatte, aber das war jetzt nicht der Augenblick. »Nur, wenn du selbst angerufen wirst, kapiert?«

Ich nickte. »Tut mir leid, Tony. Ich versuch, es wiedergutzumachen.«

Er zuckte die Schultern und stieg wieder ins Auto. »Weitere Anweisungen abwarten«, sagte er.

Lange brauchte ich nicht zu warten. Den Nachmittag verbrachte ich mit einem Kriegsfilm auf DVD: *Der Soldat James Ryan.* Oder *Der Soldat James reihert*, wie Steve immer gesagt hatte. Ein guter Film: hart, mutig und voll mit brüderlicher Liebe und Loyalität. Genau das, was mir fehlte. Ich fragte mich, was Steve von meinem Komplettversagen gehalten hätte. Und dann, gegen fünf, klingelte auf einmal mein iPhone. Es war Sophie.

Es gab tatsächlich weitere Anweisungen, aber nicht von Tony und auch nicht von Baylis.

»Dad will dich sehen«, verkündete sie. »Morgen früh.«

Ich wurde kreidebleich und zitterte wie Espenlaub. Zum Glück konnte sie mich nicht sehen. »Okay«, sagte ich schwächlich.

»Dave holt dich um neun ab.«

Achtunddreißig

»Weiß ich«, sagte Tony durchs Telefon. »Im Moment weiß ich Bescheid, wenn du auch nur einen fahren lässt.«

»Also, was soll ich machen?«, fragte ich. Ich hatte Riesenschiss, um ehrlich zu sein.

»Im Grunde genommen haben wir dieselbe Wahl wie vorher. Ich hab schon mit Napier und Ian gesprochen. Ian hat die Sache jetzt an mich abgetreten, wo du doch mein Schützling bist und so weiter. Hab ich ein Glück.«

»Bin ich froh«, sagte ich und meinte es auch.

»Entweder wir zaubern dich jetzt weg, und Sophie und ihr Alter fragen sich, warum zum Teufel du verschwunden bist. Wenn er die SIM geknackt hat, dann weiß er inzwischen, warum, und dann wird er hinter dir her sein, ganz egal, wo du dich versteckst.«

»Oder?«, fragte ich. Möglichkeit eins klang nicht sehr verlockend.

»Oder du beißt in den sauren Apfel und gehst hin.«

Ich blieb stumm. Möglichkeit zwei klang um keinen Deut besser.

»Wir können dich genau im Auge behalten, dir jemanden

hinterherschicken. Einen Scharfschützen auf dem Gelände postieren. Aber im Haus bist du mehr oder weniger auf dich allein gestellt.«

»Ich bin mir fast sicher, dass sich im Haus nichts abspielen wird«, sagte ich. »Dazu hat er sein Privatleben zu gern. Ist wirklich gemütlich dort. Seine Frau ist wunderschön, das Essen super, Sophie …«

»Ja, schon klar«, fiel mir Tony ins Wort. »Vergiss nicht, dass dein knuffiger Onkel Tommy wegen zwei Pence Leute aufschlitzt.«

»Richtig«, sagte ich. Meine Situation holte mich wieder ein. »Aber ich bin mir ziemlich sicher, dass sie mich woanders hinbringen würden, wenn sie mich …« Ich wollte gar nicht daran denken, was er alles tun konnte, wenn er mir auf die Schliche kam. Aber es drehte mir den Magen um.

»Also …«, sagte Tony.

»Also?«, fragte ich.

»Was wirst du tun?«

Ich wog noch mal alles ab. Aber ich wusste schon, wie meine Entscheidung aussah. »Ich beiß rein.«

Ich verbrachte die Nacht in der Wohnung bei der Hauptstraße, damit Tommys Fahrer wusste, wohin er kommen musste, aber gut fühlte ich mich dort nicht. Sie war schäbig und heruntergekommen, nicht neu und sicher wie die andere Wohnung ganz in der Nähe.

Ich schlief fast gar nicht und war bereits um sechs wieder wach, sobald das Licht durch die Vorhänge drang. Ich duschte, kippte eine Cola Light und versuchte, etwas Radio zu hören. Ich summte den Konservenpop mit, um mich abzulenken. *»I've had the time of my life, and I've never felt this way before …«*

Der abgedroschene Text schlug mir nur noch mehr auf den Magen und ich machte das Radio aus. An Essen war nicht zu denken. Ich fühlte mich wie ein Todeskandidat, der auf die Ankunft des Henkers wartet. Ich tigerte durch die Wohnung. Fast wünschte ich mir, ich würde rauchen. Da hätte ich was gehabt, um meine Nerven zu beruhigen und die Zeit totzuschlagen. Stattdessen kaute ich eben Nägel.

Um fünf vor neun sah ich unten auf der Straße einen großen Wagen vorfahren. Er wirkte, als käme er zu einer Beerdigung. Ich konnte nur hoffen, dass es nicht meine war. Auf der anderen Straßenseite hielt ein Motorrad und der Fahrer ging in den Zeitschriftenladen, ohne den Helm abzuziehen.

Ich erkannte den Mann wieder, der jetzt aus dem 7er-BMW stieg. Dave Slaughter, Tommys Fahrer. Er hatte uns zur Hochzeit gebracht. Von all den Typen, mit denen Tommy sich umgab, war Dave wahrscheinlich noch der netteste, relativ gesehen. Obwohl er deutlich über eins neunzig sein musste, hatte er ein sympathisches Gesicht – unversehrt, glatt und leicht gebräunt, als würde er seine Freizeit auf dem Golfplatz verbringen. Er war anscheinend der Einzige unter ihnen, dessen Nase nicht platt und schief im Gesicht hing. Seine Haare waren kurz und immer ordentlich gekämmt und sein grauer Anzug tadellos. Fast freundlich sah er aus.

Erscheinungen konnten trügen.

Dave ging durch zum Hintereingang und schon hörte ich die Klingel. Mein Herz wummerte wie ein Presslufthammer. Ich schnappte mir meine Jacke und ging die Treppe hinunter.

»Morgen«, sagte Dave. Unfreundlich klang er nicht, aber auch nicht besonders freundlich. Er machte die Tür zum Rücksitz auf. Ich kletterte hinein.

Ab ging es Richtung Greenwich und mir fiel auf, dass der Motorradfahrer, der in den Kiosk reingegangen war, jetzt hinter uns herfuhr. Dave bemerkte es auch und im Rückspiegel trafen sich unsere Blicke. Während der Fahrt sagte er kaum etwas, fluchte nur ab und an über den Verkehr oder machte eine Bemerkung über das Wetter. Immer wieder blickte er prüfend zum Motorrad hinter uns, und als wir auf die Ampeln des Ringverkehrs von Greenwich zusteuerten, gab er auf einmal Gas und fuhr bei Rot drüber.

»Hoppala«, sagte er.

Ich wagte nicht, mich umzudrehen, und Dave schoss über ein paar kleine Seitenstraßen auf und davon.

»Kleine Abkürzung.«

Eine Minute später konnte ich das Motorrad nicht mehr hören. Wenn uns jetzt nicht jemand ganz diskret folgte, war ich mit ziemlicher Sicherheit auf mich allein gestellt. Trotz meiner blank liegenden Nerven brachte ich es fertig, unter dem Beifahrersitz einen kleinen magnetischen Peilsender anzubringen, während ich mir die Schnürsenkel zuband. Ich wollte sichergehen, dass irgendwo irgendwer wusste, wo ich steckte.

Zwanzig Minuten später erreichten wir Kelly Towers. Sophie war in der Schule und Cheryl musste gerade mit den

Hunden draußen sein, denn als wir die Auffahrt hinaufknirschten, war keinerlei Gebell zu hören. Hübsch war das Haus jetzt nicht mehr. Im grauen Morgenlicht wirkte es einfach nur kalt und unheilvoll.

Mir war übel.

Dave machte mir die Tür auf und führte mich hinein.

Neununddreißig

Tommy Kelly saß in seinem Arbeitszimmer, wie gewöhnlich. Mir stieg der Zigarrenrauch schon in die Nase, als ich den Flur betrat. Was sonst so gut nach Weihnachten und anderen Feierlichkeiten roch, drang jetzt roh und aggressiv in meine Lunge ein. Überwältigte mich.

»Komm rein, Eddie.« Seine Stimme klang nicht bedrohlicher als sonst. Gar nicht bedrohlich. Ich trat ins Zimmer, Dave hinterher. »Alles okay, Dave. Ich werde mich ein bisschen mit Eddie unterhalten und ruf dich dann rein, wenn ich fertig bin.«

Dave nickte und verließ das Zimmer wieder. Tommy saß auf dem Sofa und betrachtete ein neues Kunstwerk, das auf der Staffelei stand. Es war das Bild eines Männerkopfs vor einem schlichten, stumpfen roten Hintergrund. Der Kopf war riesig und übertrieben. Er sah aus, als hätte man ihn durch den Fleischwolf gedreht, als hätte man ihm die Haut abgezogen und das Fleisch darunter freigelegt. Man konnte alle Zähne sehen. Unscharf war es auch. Über dem Kopf baumelte eine nackte Glühbirne.

»Schau dir das mal an«, sagte Tommy. Es war dem Bild,

das ich in Barney Lipmans Schuppen gesehen hatte, ziemlich ähnlich. »Als ob man in seine Seele blicken könnte. Alles sehen, was er fühlt. Seinen Schmerz. Verdammtes Genie.«

Ich zermarterte mir das Hirn nach dem Namen, den ich von Danny gehört hatte.

»Was meinst du?«, fragte Tommy.

Da fiel mir der Name ein. »Bacon?«

Überrascht sah Tommy mich an. »Bei dir hat sich ganz schön was getan«, sagte er. »Ja, ich denke, ein Francis Bacon ist genau das, womit wir's hier zu tun haben. Selbstporträt.« Er erhob sich vom Sofa und winkte mich rüber zu seinem Schreibtisch, wo er sich hinter einem Stapel Kunstbildbände und aufgeschlagener Kataloge niederließ. »Es fühlt sich richtig an, richtig riechen tut es auch, aber in der Literatur ist nichts drüber zu finden.«

»Könnten Sie es nicht jemandem zeigen?« Ich war erleichtert, mich über Bilder unterhalten zu dürfen. Wo er es herhatte, fragte ich lieber nicht.

»Ich will nicht, dass irgendein gescheiterter Immobilienmakler bei Sotheby's sich aufbläst und das Bild wertlos macht, nur weil's lange nicht auf dem Markt war. Ich muss irgendwas zur Provenienz finden. Du weißt schon, wer es gekauft hat, wo es ausgestellt war, wo es sich die letzten dreißig Jahre versteckt hat und so weiter.« Er lachte. »Oder mir was ausdenken.«

Ich nickte. Was ich dazu beitragen sollte, war mir schleierhaft.

»Setz dich«, sagte er. Ich widersprach nicht. »Hör mal, ich hab nachgedacht. Du bist raus aus der Schule. Du machst deine Flohmarktgeschäfte, um dich über Wasser zu halten.

Das ist okay – gute Methode, das Handwerk zu lernen. Aber reich wird dich das nicht machen, oder?«

»Nein.«

»Weißt du, du erinnerst mich ein bisschen an mich selbst, als ich in deinem Alter war. Versuchst, was auf die Beine zu stellen. Ich war Packer – hab in Billingsgate drüben die Fischkisten gestapelt. Wenn ich abends nach Hause gekommen bin, hab ich gestunken wie eine Heringsbuxe. Viele Weiber hab ich damals nicht gerade abgekriegt.« Er zog an seiner Zigarre, lächelte in sich rein und genoss es, einen auf gönnerhafter Herr Papa zu machen.

Ich schiss mich immer noch an vor Unsicherheit, worauf das alles hinauslaufen sollte.

»Also hab ich Folgendes getan: Ich hab mehr Händlern meine Dienste angeboten, als ich überhaupt bewältigen konnte, sodass ich fünf oder sechs Jobs gleichzeitig am Laufen hatte. Dann hab ich ein paar Jungs aus der Nachbarschaft zusammengetrommelt, hab die den Fisch stapeln lassen, das Geld eingesammelt, sie ausbezahlt und mir selbst meinen Anteil genommen.« Er sah mich an. »Verstehst du?«

Ich nickte.

»Also hatte ich Geld und hab trotzdem nicht mehr nach Fisch gestunken.« Ich schätzte mal, damit endete das Evangelium nach Pastor Kelly. »Was hältst du davon?«, fragte er.

»Gute Idee«, sagte ich und versuchte, es so klingen zu lassen, als sei er ein Genie. Ich spürte das dringende Bedürfnis, ihm zu schmeicheln. »Schlau.«

»Genau. Also, du bist ziemlich schnell von Begriff und stellst keine blöden Fragen.«

»Danke.« Ich nahm das mal als Kompliment.

»Ich hab mich also gefragt, ob du vielleicht ein wenig für mich arbeiten würdest?«

Ich kippte fast vom Stuhl. »Ich, äh ...«

»Geh mir ein bisschen zur Hand«, sagte er. »Du hast Geschäftssinn, bist erfinderisch. Ich glaube, du hast ein Auge für Bilder. Du hast Ahnung von Computern – du könntest auch ein bisschen recherchieren, oder?«

»Aber Ihr Sohn – Jason –, arbeitet der nicht für Sie?«

»Ja, das tut er. Aber Jason ist eine Geschichte für sich. Bilder sind nicht wirklich sein Ding. Er hat mehr mit den handfesteren Seiten des Geschäfts zu tun. Die meisten Leute, die für mich arbeiten, sind eher Zupacker. Dadurch kann ich loslassen, meine Hände draußen halten.«

Die Frage, worin genau diese »Geschäfte« bestanden, hing schwer in der Luft. Ich spürte, wie ich in tiefes, schlammiges Wasser abrutschte. Ich sah zu Boden. »Ich bin mir nicht sicher, was ich für Sie tun könnte«, sagte ich ehrlich.

»In meiner Firma gibt es genug zu tun«, sagte er. »Ich führe ein kleines, engmaschiges Familienunternehmen. Da gibt es alle Arten von Jobs. Ich sag dir, wie's ist ...«

Und los geht's, dachte ich.

»Einige meiner Geschäfte bewegen sich auf dünnem Eis, wenn du verstehst, was ich meine. Wir operieren ein bisschen in einer rechtlichen Grauzone. Machen Deals aller Art.« Er war wirklich der Meister der Untertreibung. »Aber schau dir die City an, den ganzen Finanzsektor: Die Hedgefonds-Manager, der Terminmarkt, die Börsenmakler, die Versicherer. Wer von denen bedient keine Westentaschendiktatoren? Wer unterstützt keine Drogenkartelle? Wer von denen nimmt keine alten Schachteln aus, um sich deren Ersparnisse selbst einzunähen?« Er schüttelte den Kopf ob dieser schreienden Ungerechtigkeit allüberall. Wahrscheinlich war da sogar noch was dran.

Er war noch nicht fertig. »Nur machen die das unter dem Deckmantel der Finanzwelt, der alteingesessenen Seilschaften. Es geht alles nur um Deals, darum, die Leute miteinander in Kontakt zu bringen. Ich mache das Gleiche, nur dass ich nach meinen eigenen Regeln spiele.«

Er sah mich an, wartete auf meine Antwort.

Abgesehen von der Erklärung, dass ich schon für die andere Seite arbeitete, hatte ich keine.

»Nun?«, fragte er.

»Ich kenn mich nicht gut genug aus mit Bildern«, sagte ich lahm. Er schmunzelte.

»Die Bilder sind mein Hobby, das Sahnehäubchen obendrauf. So eine Art Werbegeschenk, das ich als Eisbrecher benutze, um interessierte Parteien miteinander in Kontakt zu bringen. Ich bin ein Vermittler, ein Berater. Wenn jemand aus Russland etwas möchte und ich kenne in Amerika jemanden, der es hat, dann bringe ich sie zusammen. Ob das jetzt ein Gemälde ist, ein Boot oder irgendwas Technisches. Ich stelle sie einander vor und kassiere dann eine Gebühr. Ein bisschen Ware haben wir auch selbst auf Lager. Man muss breit aufgestellt sein, weil sich die Märkte ja ständig bewegen und verändern. Die meisten meiner Kunden lieben das schöne Leben und die Gemälde sind ein Mittel, ihnen Honig ums Maul zu schmieren. Das schmeichelt ihrer Eitelkeit. Sie glauben dann, sie hätten Geschmack. Für die meisten meiner Kollegen ist Kunst das neue Statussymbol. Bringt sie in Kauflaune. Diamanten und Uhren und Helikopter stehen ihnen bis hier. Erst durch Kunstbesitz wirst du zum Tycoon.« Er hielt einen Moment inne. »Und die meisten haben keinen blassen Schimmer, was zum Teufel sie da eigentlich vor sich haben.« Er lachte schallend und so lächelte ich rasch.

Damit hatte er mir wohl eine reichlich geschönte Version davon geliefert, was eigentlich ablief. Was es mit der »Ware« auf sich hatte, war mir nicht klar, aber um Hemden und Strickwaren handelte es sich vermutlich nicht.

»Du kannst sofort anfangen«, erklärte er mir. Ein Panikschwall schwappte über mich. »Wenn dir nicht gefällt, was du siehst, können wir uns noch mal unterhalten.« Er drängte mich zusehends in die Ecke. »Cheryl mag dich«, sagte er. »Sie sagt, ich kann dir trauen, und das genügt mir.«

Ich wollte gerade protestieren, als er seine Schreibtischschublade aufzog. Er nahm mein Handy heraus und schob es mir über den Tisch zu.

»Das hast du neulich vergessen.« Er fixierte mich mit einem langen, kalten, grauen Blick. Denselben Ausdruck hatte ich schon in Sophies Augen gesehen. »Pass nächstes Mal besser auf«, sagte er.

Und ich wusste, mir blieb keine Wahl.

Vierzig

Solche Montage waren für Donnie wirklich das Letzte. Er hatte so einen Schädel. Als er gestern Abend vom Pub heimgekommen war, hatte er noch eine halbe Flasche Whisky geleert, was ihn nach den sechs oder sieben großen Bier zwar mit der nötigen Bettschwere versehen, ihm aber gleichzeitig diesen Whiskykater beschert hatte. Der machte ihn immer aggressiv. Noch aggressiver.

Unterwegs hatte er von einer Handvoll Clubs und einigen Händlern ein paar Riesen eingesammelt. Zum Teil war es Schutzgeld, zum Teil Warenzahlungen. Alle waren brav damit rausgerückt – ein bisschen enttäuschend, weil ihm gerade sehr danach war, irgendwem eine reinzuhauen. Dann kam Daves Anruf, und sein Drang, jemanden zu vermöbeln, wurde noch größer.

»Don, schaff dich zurück in die Zentrale«, hatte Dave gesagt. »Der große Boss will dem Kleinen zeigen, was Sache ist. Die Basics.«

Donnie kochte innerlich und schimpfte die ganze Südumfahrung vor sich hin. Wo sollte das alles nur hinführen, fragte er sich.

Donnie hatte den allergrößten Respekt vor Tommy Kelly. Seit über zehn Jahren hatte er sich aus den schmuddeligeren Seiten des Gewerbes völlig raushalten können. Durch die diversen Geschäftszweige seiner Firma hatte er genug Vermögen angehäuft, um sich jetzt einfach zurücklehnen und alles von seinem Schreibtisch aus kontrollieren zu können. Er musste sich die Hände nicht schmutzig machen – dafür bezahlte er andere. Seine genialste Masche, da waren sich Donnie und Dave einig, war es gewesen, den Namen Kelly an andere Firmen zu konzessionieren. Wollte eine kleine Gang einen größeren Coup durchziehen, als sie eigentlich stemmen konnte – etwa einen bewaffneten Raubüberfall als Einmalaktion oder einen Betrug, der schnell über die Bühne gehen musste –, Tommy stellte ihnen ein paar knallharte Burschen oder die notwendige administrative Verstärkung zur Verfügung. Dann konnten sie sagen, dass sie für die Kelly-Gruppe arbeiteten, und so die ganze Unterwelt das Fürchten lehren.

»Special K«, nannten sie es. Ein echtes Markenprodukt des Verbrechens.

Alles, was die kleinen Firmen dafür tun mussten, war bezahlen: Tommy nahm entweder eine Fünfzehn-Prozent-Kommission ihrer Beute oder ein Minimum von 250 000 Pfund für die Verwendung des Familiennamens. Im Grunde wie wenn ein multinationales Unternehmen in Start-up-Unternehmen investierte. Genial.

Und wenn sie nicht bezahlten, war Donnie zur Stelle.

Tommy persönlich musste nicht unangenehm werden, denn dafür hatte er seine Angestellten. Donnie, Dave Slaughter und ihre Kollegen: Typen wie Johnny Reggae und Stav

Georgiou, Engin Kurtoglu und Paul Dolan. Harte Männer, Vollstrecker. Von Anfang an hatte sich Tommy um Bündnisse mit den jamaikanischen Banden von Brixton und mit den Griechen- und Türkengangs in Nordlondon bemüht. Sogar bei der IRA hatte er einen Fuß in der Tür. Wenn er sich mit denen unterhielt, hängte er selbst immer die irische Labertasche raus, als ob er dazugehörte. Den Harp Club in New Cross hatte er nur gekauft, um mit den Paddys in Verbindung zu bleiben.

Tommy hatte ihnen gezeigt, dass der Weg zum geschäftlichen Erfolg in Zusammenarbeit bestand. Er hatte sie ermuntert, die tödlichen Rivalitäten der Vergangenheit zu begraben und mit Solidaritätssinn und Teamgeist nach vorn zu blicken. Nicht die anderen, das Gesetz war ihr gemeinsamer Gegner.

Aber im letzten Jahr hatte Donnie eine Veränderung am Boss bemerkt. Als ob er versuchte, sauber zu werden, redlicher rüberzukommen, wie ein seriöser Geschäftsmann, ein Kunsthändler oder so was. Keine leichte Aufgabe, wenn man bedachte, dass seine gesamte Ware entweder geklaut oder gefälscht war. Vielleicht war es das Alter, dachte sich Donnie. Tommy musste jetzt Mitte fünfzig sein. Oder Cheryl steckte dahinter, und das Mädchen.

Aber was auch immer ihn da reiten mochte – Tommy hatte die diskrete Organisation, die sie alle im Geschäft hielt, noch gut im Griff. Auch wenn Donnie jetzt gelegentlich die Urteilskraft des Chefs etwas in Zweifel zog.

Donnie und Dave waren sich einig, dass der Junior mittlerweile völlig abdrehte. Er hatte rein gar nichts von seinem Alten und steuerte das Unternehmen nicht in die

Richtung, die sein Vater sich wünschte. Wenn er überhaupt jemandem ähnelte, dann Tommys durchgeknalltem Bruder Patsy, der sich in Fuengirola verkrochen hatte und dort zu Tode soff. Jason musste irgendein irisches Zigeunergen abbekommen haben: Er klaute alles, was nicht niet- und nagelfest war, und er war ein passabler Geschäftsmann, solange der Deal mit Pornos, einer Prügelei und Stripperinnen zu tun hatte – und dabei genug Stoff durch seinen Riechkolben ging, um ein Pferd zu betäuben. Auch wenn Donnie kein großer Fan von Jason Kelly war, wenigstens kapierte er, worauf es letztlich ankam.

Und als wäre es nicht schon genug, Jason verstärkt ins Geschäft einzubinden, begrüßte der Boss jetzt auch noch den Kleinen, der mit Prinzessin Sophie abhing, mit offenen Armen. Bescheuert.

Donnie hatte den Jungen ein-, zweimal gesehen, aber irgendwas an ihm schmeckte ihm nicht. Er schien ziemlich reif, gut gebaut, aber zu glatt. Wahrscheinlich gut aussehend, wenn man auf so was achtete. Aber wirklich kennen tat ihn niemand. Donnie hatte gelernt, dass dieses ganze Gewerbe darauf beruhte, genau zu wissen, mit wem man es zu tun hatte – mit dem Bruder von jemandem, oder dem Sohn. Jemand mit Stammbaum und Stallgeruch. Einer aus der Sippe.

Fremde von draußen reinzuholen hatte Donnies Erfahrung nach noch nie geklappt, und gelegentlich hatte er da wieder Ordnung schaffen müssen. Der hier kam aus dem Nichts und aus irgendwelchen Gründen, die nur ihm selbst bekannt waren, hatte Tommy einen Narren an ihm gefressen. Riskant, dachte Donnie. Aber Befehl war Befehl. Niemand stellte Tommy Kelly infrage.

Donnie nahm einen kleinen Schniefer aus der winzigen Dose in seinem Handschuhfach und lenkte den Wagen die A20 hinunter.

Dave begleitete mich nach vorne zur Haustür. Ein schnittiger, dunkelblauer Benz war draußen vorgefahren und ich erkannte ihn von damals, als ich zum ersten Mal gesehen hatte, wie Sophie vor der Schule abgesetzt worden war. Ganz vage erkannte ich auch den Furcht einflößenden Typen hinterm Steuer.

»Eddie, Donnie«, sagte Dave, als der Grizzlybär aus dem Auto stieg. »Donnie, Eddie.«

Donnie grunzte mir zu und nickte mit dem Kopf. »Wohin geht's?«, fragte er Dave. Es klang nicht so, als wolle er irgendwohin.

»Erith«, sagte Dave. »In deinem Wagen.« Sie stiegen vorn ein, ich hinten, und wir fuhren Richtung M25 – in einem Auto, das ich nicht verwanzt hatte.

Sie wechselten kaum ein Wort, aber was es an Gespräch gab, drehte sich ums »Geschäft«.

»Mr Kelly möchte, dass wir dir einen Teil des Unternehmens zeigen«, sagte Dave. »Wir haben mehrere Firmen um ganz London verteilt, und ein paar im Ausland. Die meisten haben ihre eigenen Manager. Donnie und ich haben ein Auge auf die im Südosten, und in den anderen Teilen Londons und international haben wir Kollegen.« Aus seinem Mund klang es, als wären sie Vertriebsleiter.

Die riesigen Stützpfeiler von Dartford Crossing kamen in Sicht und wir fuhren ab von der M25 auf eine Ausfallstraße.

Beim Anblick der Brücke schüttelte es mich immer, weil ich an Steve denken musste. Aber dann rief ich mir in Erinnerung, wieso ich überhaupt hier gelandet war, entschlossen, es für Steve durchzuziehen. Wir fuhren runter zum Fluss und mein schweißnasses Hemd klebte am Ledersitz. Ich war mir immer noch nicht sicher, was es mit diesem Ausflug auf sich hatte.

Ein Schild an einem Kreisverkehr wies uns nach Erith und Long Reach. Die Gegend war grau und kahl, am Straßenrand hielten sich Flecken von störrischem, vertrocknetem Gras, wo Autowracks, Zigeunerponys und Müll verteilt waren. Wir bogen in ein Industriegebiet und parkten vor einem Gebäude ganz hinten. Der Zaun rundherum war mit Stacheldraht besetzt.

Draußen zeigte ein Schild an, wem das Firmengelände gehörte:

LONG REACH SPEZIALFARBEN UND -LACKE GMBH

Das Schild war verblichen und abgeblättert – allzu prickelnd schienen die Geschäfte nicht zu laufen. Dave drückte auf die Gegensprechanlage.

»Paulchen Posaune und sein Vetter Dick Karsch«, verkündete er. Donnie lachte grunzend. Die Tür schwang auf und wir traten ein.

Vor uns stand eine Verkaufstheke mit einem alten, braunen Computer. Dahinter stapelten sich Metalleimer und Plastikkübel mit Farbe vom Boden bis zur Decke. Ein nervös wirkender Typ mit Rattengesicht und Ohrring stand hinter dem Empfang. Aus seinem T-Shirt-Kragen krochen Tattoos den Hals hinauf. Er trug einen weißen Kittel.

»Spezialfarben«, erklärte mir Dave mit einem trockenen Lächeln. »Unsichtbare Farbe, Schottenkarofarbe, gepunktete Farbe, gestreifte Farbe für jeden Geschmack. Was immer du willst.«

Der Typ hinter dem Tisch grinste mich schwächlich an. Offensichtlich hörte er Daves Witze nicht zum ersten Mal, aber ich hätte gewettet, dass er jedes Mal dazu lächelte. Er lüpfte die Tresenklappe und winkte mich durch. Dave und Donnie kamen hinterher und schlugen die Klappe hinter sich zu.

»Gut«, sagte Dave. »Bring den jungen Mann runter und wir zeigen ihm mal, worum sich's bei uns dreht.«

Und das ohne Peilsender. Ich konnte nur hoffen, dass irgendwer wusste, wo ich gelandet war.

Einundvierzig

Der Mann im weißen Kittel zog scheinbar wahllos den Deckel von einer Farbdose und versenkte die Hand darin. Er schien einen verborgenen Knopf gedrückt zu haben, denn ich hörte ein mechanisches Schnappen, wie von einem Schloss. Der Mann fasste einen der Regalträger hinter sich und das ganze Ding schwang weg von der Wand, samt Farbkübeln und allem. Hinter dem Regal führte eine nackte Betontreppe nach unten. Der Mann stieg hinab und ich folgte ihm. Dave und Donnie bildeten den Abschluss und zogen die Tür hinter sich zu.

Die Treppe und der Raum, zu dem sie hinabführte, waren von grellen Halogenlampen erleuchtet. Alles war weiß gestrichen und der Geruch nach Feuchtigkeit und Lösungsmitteln hing in der Luft. Vier Personen arbeiteten hier unten, alle in weißen Kitteln. Die Fläche war riesig, viel größer, als das verlotterte Farbengeschäft oben hätte vermuten lassen. Die Ausstattung erinnerte an das Chemielabor aus der Schule: Waagen, Zentrifugen, Reagenzgläser und Bunsenbrenner. Dave stellte mich dem Typen vor, der hier offenbar das Sagen hatte. Sean hieß er, glaube ich, und er hatte einen starken nordirischen Akzent. Er zeigte mir, was sie hier herstellten. Überwiegend MDMA, erklärte er: Ecstasy. Der Markt ging immer noch gut, obwohl die Nachfrage nach dem anderen Zeug, das sie hier produzierten, auch ziemlich groß war: Speed, Valium, LSD und Steroide. Aufputschmittel, Tranquilizer, Halluzinogene und was für den Sportler, erklärte er. Alle Bereiche abgedeckt. Genauer kannte ich mich bei fast keinem der Mittel hier aus, aber die Namen sagten mir etwas – und ich wusste, dass sie alle illegal waren, und lukrativ. Er gab mir eine Farbdose, die Proben verschiedener Pillen enthielt, damit ich sie mir genauer ansehen konnte. Das Ecstasy war eine hellblaue Tablette, in die ein irisches Kleeblatt eingestanzt war. Die diversen Amphetamine – Speed – waren allesamt weißliche Pulver.

»Schluck nicht alles auf einmal«, sagte Dave. »Wenn du halbwegs bei Verstand bist, lass überhaupt die Finger davon. Das ist was für Trottel.«

Ich nickte. Ich hatte nicht die Absicht, irgendetwas davon zu nehmen. Ich hatte mir schon fast mein Grab geschaufelt, indem ich zu viel getrunken hatte und unvorsichtig geworden war. Und jetzt, eingeschlossen in einer Drogenfabrik, umzingelt von Kelly-Schlägern, war ich alles andere als aus dem Schneider. Sollte ich hier lebend rauskommen, so schwor ich mir, würde ich von nun an nichts Stärkeres anrühren als Cola Light.

»Wenn du geschickt wirst, um hier was abzuholen, geb ich dir ein Passwort und eine Lieferadresse. Du sprichst mit niemand und holst die Ware in Farbdosen ab. Das hier unten wirst du dir nicht wieder anschauen müssen.«

Irgendwas daran leuchtete mir noch immer nicht ein. »Warum zeigt mir Mr Kelly das alles?«, fragte ich.

»Weil es kein Zurück gibt, wenn du unsere Arbeit mal gesehen hast«, erklärte Dave. »Jetzt, wo du ein bisschen Einblick hast, was wir machen, muss Mr Kelly dir gegenüber kein Wort mehr darüber verlieren. Aber du weißt Bescheid, wenn du den Boten machen sollst, klar?«

Mir schien, zu Tommy Kelly zu gehen und ihm zu sagen, dass ich keine Lust drauf hätte, war jetzt keine Option mehr. Ich war drinnen in der Firma, weil sie mir das Geheimnis verraten hatten.

Ich war drinnen und die Tür ins Freie fest verriegelt.

Ein paar Kilometer entfernt setzten sie mich ab, bei Bluewater, dem großen Einkaufszentrum an der Autobahn. Dort war ich anscheinend mit Tommy zum verspäteten Mittagessen verabredet. Mir schwirrte der Kopf von all den neuen Informationen, als ich das Restaurant betrat. Es gehörte zu einer edel aufgemachten Italo-Kette: groß und luftig, mit glänzenden Stahltresen und Tischen. Alle Kellner sahen gut aus und waren sehr aufmerksam und ein nettes italienisches Mädchen führte mich zum Tisch. Tommy Kelly saß mit dem Rücken zu einem Fenster, das auf die Terrasse hinausging.

Zu meiner Überraschung saß Sophie neben ihm. Beide sahen fantastisch aus. Ein gut betuchter, urlaubsgebräunter Vater, der seine hinreißende blonde Tochter zum Mittagessen ausführt. Beide in hellen Kaschmirtönen, beide mit umwerfendem Lächeln. Sophie stand auf und küsste mich auf die Wange, bevor ich mich zu ihnen setzte. Die Leute an den umliegenden Tischen starrten.

»Wie bist du zurechtgekommen, Eddie?«, erkundigte sich Tommy.

»Gut.« Mehr fiel mir einfach nicht ein.

»Dad sagt, dass du ein bisschen für ihn arbeiten wirst«, sagte Sophie. »Ist das nicht toll?«

»Ja.« Ich quälte mir ein Lächeln ab, innerlich völlig betäubt.

»Wonach steht dir der Sinn?«, fragte Tommy und reichte mir die Karte. Mir stand der Sinn nach gar nichts. Mir war immer noch ziemlich schlecht von der aufwendigen morgendlichen Aufnahmeprozedur in die Firma Kelly. Ich wählte eine Minestrone und Sophie und ihr Vater bestellten beide den Oktopussalat. Tommy bot mir ein Glas Rotwein an, aber ich legte schützend die Hand über mein Glas und bat um Mineralwasser.

Als Sophie sich die Hände waschen ging, ergriff Tommy die Gelegenheit, ein paar Worte zu wechseln.

»Alles klar?«, fragte er. »Das Wesen des Gewerbes erfasst?« Ich nickte. »Wir werden dich in der Sparte nicht allzu oft einsetzen, aber du musst Bescheid wissen. Du kannst für mich arbeiten, indem du Bilder am Computer recherchierst und die ganzen Sachen machst, die ich nicht kann.« Er sah Sophie zurückkommen und legte einen Finger an die Lippen. »Kein Wort zu Ihrer Ladyschaft.«

»Klar.«

»Schlechte Nachrichten heute Morgen«, sagte Tommy und wechselte das Thema, als Sophie sich niederließ. »Jasons Gegner ist raus aus dem Charity-Boxkampf.«

»Ach.« Mir schien, dass Sophie das ziemlich egal war, aber vor ihrem Alten ließ sie sich das nicht anmerken.

»Hat sich beim Training den Daumen gebrochen.«

»Wann soll's denn stattfinden?«, erkundigte ich mich.

»Nächsten Monat. Das wird schwer, in so kurzer Zeit Ersatz aufzutreiben.«

»Ist er gut?« Keine Ahnung, wieso ich das fragte. Vielleicht, um einfach etwas zu sagen.

»Jason hat eine sehr schnelle Rechte«, erklärte Tommy. »An seiner Defensive muss er noch arbeiten, aber er schlägt gut zu. Elegant ist er nicht gerade, dafür lässt er sich aber nicht unterkriegen. Wenn er nicht so sehr in seinen Freizeitaktivitäten aufginge, könnte er richtig gut sein.«

Ich nickte beeindruckt.

»Samstagmorgen nimmt er in Brands Hatch beim Indy-Superbike-Rennen teil, wenn ihr kommen möchtet?«, fragte Tommy.

»Natürlich kommen wir«, antwortete Sophie für mich. Ich hörte zum ersten Mal davon, aber es sah so aus, als wäre ich dabei.

Tommy verabschiedete sich nach dem Essen und wir verbrachten den Rest des Nachmittags mit Shopping. Sophie schien gut gelaunt, als wäre jetzt, wo ihr Vater mich rekrutiert hatte, alles wieder in Ordnung zwischen uns. Um ehrlich zu sein, *war* es auch in Ordnung zwischen uns. Ich stand immer noch auf sie, und sie schien auch ziemlich scharf auf mich zu sein, so wie sie sich an mich lehnte, mir die Hand drückte und mich immer wieder küsste, während wir Aufzug fuhren.

»Ich hab dir ja gesagt, dass es klappen würde, oder?«, sagte sie. Ich konnte mich nicht daran erinnern, je irgendwas dieser Art von ihr gehört zu haben, aber dieser Job war eindeutig auch auf ihrem Mist gewachsen.

Offensichtlich hatte sie ihre Pläne mit mir. Sie schien nur keinen Schimmer davon zu haben, in was für eine Scheiße sie mich da hineinritt.

Zweiundvierzig

»Ich sag's ganz ehrlich. Wir haben dich verloren.« Ian Baylis' Stimme am anderen Ende der Leitung klang leicht schuldbewusst. Aber eine Entschuldigung kam nicht.

»Das Motorrad war ein bisschen arg auffällig«, sagte ich. »Der Fahrer von Kelly hat gleich gemerkt, dass es hinter uns her ist.«

»Das Motorrad war nicht von uns«, sagte Baylis. »Wir hatten einen weißen Kleinbus, der dir die ganze Strecke bis runter zur Brücke bei Dartford gefolgt ist. Den hast du nicht gesehen, was?«

»Nein«, gab ich zu.

»Das Auto, in das ihr umgestiegen seid, ist in allerletzter Sekunde in eine Seitenstraße abgebogen und unser Fahrzeug saß in der Spur zur Tunneleinfahrt fest. Wenden unmöglich.«

»Mit anderen Worten, ich war ganz allein mit den beiden Kelly-Henkern in einer unterirdischen Drogenfabrik, ohne jede Rückendeckung?«

»So kann man's sagen«, meinte Baylis. »Obwohl wir den Sender verloren haben, konnten wir dich so ungefähr über dein Handy orten – aber das wird alles eher unzuverlässig, sobald's unter die Erde geht. Daran musst du dich einfach gewöhnen.«

Ich hatte ihm die Einzelheiten zum Farbenlager geliefert und zu allem, was dort hergestellt wurde. Er notierte jedes Wort, sogar das Zeug über Tommy Kellys Gemälde, aber was ein Feedback anging, war wieder mal Fehlanzeige.

»Also, was machst du nun?«, fragte ich. »Das Ding hochnehmen, jetzt wo ich rausgekriegt hab, wo es liegt?«

»So leicht ist das nicht«, antwortete Baylis. »Wir behalten es gut im Auge, aber wir wissen, dass das nicht Kellys einzige Einnahmequelle ist. Wenn wir die hier hochgehen lassen, macht er einfach irgendwo anders eine neue Fabrik auf, und dann stehen wir wieder bei null. Wir müssen rausfinden, wie das Netzwerk funktioniert. Wer das Rohmaterial liefert und wie es von dort aus weitergeht. Wir brauchen das größere Ganze, die Zusammenhänge – und genau dabei kannst du uns helfen.«

»Aber Tommy Kelly hat da eine Drogenfabrik am Laufen«, warf ich ein. »Kannst du nicht einfach hingehen und ihn verhaften? Er ist die Drehscheibe. Zieh ihn aus dem Verkehr und schon ist Schluss damit.«

Baylis lachte beinahe. »Tommy Kelly ist schlau. Es gibt keinerlei Beweise, die ihn mit irgendwas in Verbindung bringen. Von allem, was da abgeht, hält er sich fern. Da gibt es Firmen und Unterfirmen, und er selbst bleibt schön auf Distanz zum Tagesgeschäft. Wir reden hier nicht nur von Drogen. Die bringen nur das schnelle Geld. Wir glauben, dass er größere Pläne hat. Beim organisierten Verbrechen dreht es sich selten um nur ein Gebiet. Neben dem Rauschgift geht's auch um Geldwäsche, Waffen ... alles, womit sich richtig Umsatz machen lässt. Und mit der richtig fetten Kohle kommt auch Macht. Wenn du in diesen Dimensionen Geld zur Verfügung hast, kannst du dir deine Leute kaufen: Polizei, Zoll, Organisationen. Und das ist dann unser Stichwort.«

»Aber das Einzige, wofür er sich zu interessieren scheint, sind seine Bilder«, sagte ich. »Was anderes erwähnt er nie.«

»Denk dran, die gefälschten und gestohlenen Bilder sind für ihn nur Nebenbeschäftigung«, sagte Baylis. »Anscheinend gefällt er sich darin, ein Mann von Geschmack zu sein oder so ein Kack. Am Ende geht's nur um eins: Sollte man ihm mal wegen Kunstfälschung an den Kragen gehen, muss er mit drei bis fünf Jahren rechnen, schlimmstenfalls, und das weiß er. Und einem Fälscher nimmt keiner was wirklich übel. Die gelten fast als Nobelverbrecher. Damit würde er im Knast leben wie ein König. Aber vergiss nicht, Tommy Kelly ist kein Nobelverbrecher. Hier geht's um etwa dreiundzwanzig Morde, die wir ihm nachweisen wollen. Das ist Massenmord.«

Wenn ich mich nicht schon vorher so überfordert gefühlt hätte, wäre ich es jetzt bestimmt gewesen. Ich hatte kaum einen Schimmer, wovon Baylis hier sprach. »Was erwartest du von mir?« Er machte mir Angst.

»Alles, was du tun musst, ist tiefer einzutauchen«, sagte er. »Jetzt, wo du drinnen bist, wirst du dein Leben nach Tommy Kellys Regeln leben. Krieg raus, was du kannst, wir erledigen den Rest.« Bei ihm klang es wie ein Kinderspiel. »Wir können nicht riskieren, dir die ganze Zeit Aufpasser hinterherzuschicken, aber du wirst weiterhin Sender anbringen, wann immer sich die Möglichkeit auftut. In ihrem Schlafzimmer wär's besonders gut.«

Vor meinem inneren Auge erschien ein Bild, das ich lieber nicht sehen wollte.

»Wir werden natürlich auch noch Berichte brauchen, aber nicht mehr so regelmäßig. Mach dir verschlüsselte Notizen in deinen Büchern, damit du dich bei unseren Treffen an den Kram erinnerst«, fuhr Baylis fort. »Und die halten wir lieber persönlich hier im Büro ab, statt dieser amüsanten Abendschwätzchen am Telefon. Und denk dran: Wir müssen irgendwas finden, was ihn direkt mit den großen Dingern in Verbindung bringt.«

»Okay«, sagte ich. Jetzt wurde die Sache wirklich gefährlich. Sie übergaben mich Tommy Kellys erfahrenen Händen und zogen gleichzeitig meine Verstärkung ab. Das ergab für mich keinen Sinn.

»Du wirst auch weniger Kontakt mit Tony und Anna haben«, fügte er hinzu. »Deine erste Anlaufstelle bin jetzt ich, unter allen Umständen.«

»Du kappst mir meine Rettungsleinen«, protestierte ich.

»*Ich* bin deine Rettungsleine«, sagte er. »Jetzt, wo dich die Firma Kelly aufgenommen hat, ist jeder Kontakt nach draußen eine potenzielle Gefahr. Je mehr Kontakte du hast, desto größer das Risiko, dass wir auffliegen. Du ziehst jetzt komplett in die Wohnung in der Hauptstraße – das sichere Haus ist nur noch für Notfälle. Außerdem nennst du mich von jetzt an nur noch Nimrod.«

»Was?«, fragte ich. *»Nimrod?«*

»Aus Elgars ›Enigma‹-Variationen. All unsere Codes für diesen Fall werden sich darauf beziehen.«

Ich stierte stumm vor mich hin. Ich hatte ungefähr so viel Ahnung von Elgar wie von Beethovens Arsch.

»Vielleicht solltest du deinen Mr Kelly mal danach fragen«, sagte Baylis. Er kicherte hässlich. Mehr Lachen war bei ihm einfach nicht drin. »Der ist doch ein Freund der klassischen Musik, nicht?«

»Keine Ahnung.« Ich fühlte mich wie ein eingeschnappter Teenager. War ich wahrscheinlich auch.

»Mach's weiter so gut, Eddie.«

Und das war es dann. Ich war auf mich allein gestellt.

Natürlich rief ich Tony an, um mich auszuheulen. Er war etwas einfühlsamer, meinte, aus ihrer Sicht würde ich mich hervorragend schlagen. Endlich hätten sie einen Mann in den inneren Zirkel eingeschleust, was vorher noch nie der Fall gewesen sei. Er sagte mir, ich solle mich ordentlich anstrengen und alles tun, was von mir verlangt werde, so illegal es auch sein mochte. Es würde ihnen nur helfen.

Nichts würde gegen mich verwendet werden.

Er sagte, er würde heute Abend mal in der Wohnung vorbeischauen, vielleicht auf ein Bier. Ich antwortete, ich tränke nicht. Schon das bisschen bei der Hochzeit hatte mich völlig unvorsichtig gemacht und seitdem hatte ich keinen Alkohol mehr angerührt. Ich wollte nicht mehr so eiskalt erwischt werden. Tony sagte, ich würde fantastische Arbeit leisten, und legte auf.

Mir persönlich kam es vor, als würde mir jemand die Eier in mindestens drei verschiedene Richtungen rupfen.

Gegen sieben kam Tony vorbei. Ich hing gerade vor dem Fernseher und genoss meine verbleibenden Stunden in der

Wohnung, als er leise die Tür aufschloss. Tony hatte es wirklich raus, einfach so aus dem Nichts aufzutauchen.

Ich holte ihm ein Bier aus dem Kühlschrank und mir selbst eine Cola Light. Zuerst sagten wir nicht viel. Er sah mich nur unverwandt an. War wohl gekommen, um mir einen Motivationsvortrag zu halten.

»Hör mal«, sagte er. »Ich wollte dir nur noch mal persönlich sagen, wie stolz ich auf dich bin. Du hast ziemlich Mist gebaut letzte Woche, aber dann hast du den Mut gehabt, dafür einzustehen und es zu deinem eigenen Vorteil auszuspielen. Das Risiko hat sich ausgezahlt und das hat uns weit vorangebracht.«

Ich musste daran denken, wie Tommy Kelly mir das Telefon zurückgegeben hatte und mich gewarnt hatte, besser aufzupassen. Langsam fragte ich mich, ob er sich vielleicht mehr um mich sorgte als Tony und seine Leute.

»Ich finde nicht, dass es mutig war«, sagte ich. »Ich glaube, ich hatte einfach keine Wahl – genau wie bei allem anderen, was seit Steves Tod passiert ist. Ich bin manipuliert worden.«

»Tut mir leid, dass du das so siehst, Kumpel«, sagte Tony. Er nahm einen Schluck von seinem San Miguel. »Bei diesem Spiel müssen wir … Situationen entstehen lassen. Wir müssen Sachen so arrangieren, dass die Wahrscheinlichkeit, an Informationen zu gelangen, möglichst groß ist.«

»Also Leute wie Marionetten bewegen?«

»Das hast du jetzt gesagt.«

»Okay. Dann sag mir bitte, dass ihr nichts mit Anna arrangiert habt, dass sie sich an mich ranmacht.«

»Tja …« Er kratzte sich am Kinn. »Das hat vielleicht mit

reingespielt. Wir wollten, dass sie sich um dich kümmert. Dich bei Laune hält.«

»Mich bei Laune hält?« Ich lachte. »Die Bezeichnung kannte ich dafür noch gar nicht.«

Sein Blick nagelte mich fest. »Du wirst dich jetzt nicht ernsthaft beschweren, oder?«

Ich dachte kurz zurück und wurde rot. »Nicht wirklich«, gab ich zu. »Ich fühl mich nur wie ein Idiot, weil ich mir tatsächlich vorgemacht habe, sie könnte einen siebzehnjährigen Typen auch nur ansatzweise interessant finden.«

»Achtzehn, nächste Woche«, erinnerte mich Tony. Das hatte ich fast vergessen. Im Vergleich zu dem, was hier so ablief, war mein Geburtstag reichlich unbedeutend.

Mein achtzehnter.

»Ich hab mit deiner Mum gesprochen«, sagte Tony. »Sie macht sich natürlich Sorgen um dich. Ich hab ihr gesagt, sie soll damit aufhören.« Er zog einen Umschlag aus seiner Tasche. »Das hier schickt sie dir.«

Ich nahm den Umschlag und legte ihn auf den Glastisch. »Soll ich sie anrufen?«, fragte ich.

Tony zuckte mit den Schultern. »Könntest du machen«, sagte er mit zweifelndem Unterton. »Aber es wäre wahrscheinlich im Moment nicht sehr hilfreich. Für keinen von euch. Du weißt schon, der Rockzipfel ...«

Ich wusste, was er sagen wollte. Ihre besorgte Stimme zu hören, hätte mich wahrscheinlich fertiggemacht. Ich wusste, sie würde heulen, wenn ich anrief. Ich griff nach dem Umschlag. »Den heb ich mir für meinen Geburtstag auf.«

Tony fuhr noch eine halbe Stunde lang fort, mich seelisch aufzubauen. Erklärte mir, dass sie schon seit fast zehn

Jahren versuchten, Tommy Kelly dranzukriegen, aber der Typ sei wie Teflon. Tommy Teflon: Nichts, was sie ihm anhängen wollten, blieb haften; jede Ermittlung endete in der Sackgasse. Jedes Mal, wenn sie einen seiner Handlanger verknacken wollten, weigerte der sich, auszusagen oder Beweise zu liefern. Tony und die anderen waren sich sicher, dass Kelly bei der Zollbehörde seine Leute sitzen hatte, und auch bei der Polizei ... einfach überall. Wann immer sie ihn einbestellten, gab es nichts, was direkt gegen ihn verwendet werden konnte. Andererseits fiel der Name Tommy Kelly regelmäßig, bei jedem Fitzelchen Information zum organisierten Verbrechen, das ins Haus wehte, aus irgendeinem Mund. Tony ermahnte mich, keine Wellen zu schlagen, alles zu tun, was Tommy mir auftrug, und Baylis auf dem Laufenden zu halten. Dann sagte er, dass wir uns eine Weile nicht sehen würden.

Ich hörte, wie ihm die Stimme brach, als er mich umarmte und sich verabschiedete.

Als Tony fort war, öffnete ich den Umschlag von meiner Mutter. Es war eine Geburtstagskarte mit einer Achtzehn vorne drauf und einem Rennauto. Sie sah echt kindisch aus. Ich musste lachen. Innen stand ein rührseliger Text, bei dem mir fast die Tränen kamen. Sie schrieb, wie stolz sie auf mich sei und dass ich auf mich achtgeben solle. Ich spürte, wie sehr sie mir fehlte, und beschloss, mehr Zeit mit ihr zu verbringen, wenn dieser Job erst mal abgeschlossen war.

Sie hatte eine Fünfzig-Pfund-Note beigelegt, die ich ihr zurückgeben wollte. Sie konnte sich das nicht leisten. Ich schon. Seitdem ich hier eingestiegen war, hatte ich mir ums Geld keine Gedanken mehr machen müssen. Es gab ein anonymes Konto und von Baylis einen braunen Umschlag mit dreihundert Pfund in bar, der mir einmal die Woche geliefert wurde. Mum hatte noch einen Zettel und einen goldenen Siegelring geschickt. Die Initialen E. S. waren darin eingraviert.

Auf dem Zettel erklärte sie mir, dass der Ring ihrem Dad gehört habe, meinem Großvater, dem eigentlichen Edward Savage. Er war gestorben, bevor ich auf die Welt kam. Aber ich wusste, dass er auf dem Fluss gearbeitet hatte und später zur Marine gegangen war. Dass er im Krieg gewesen war und überlebt hatte, als sein Boot torpediert wurde und unterging. Was er durchgemacht hatte, war schlimmer als alles, was mir bis jetzt passiert war, dachte ich.

Ich war beinahe achtzehn. Ich beschloss, mit dem Rumjammern aufzuhören, Haltung anzunehmen und Männer wie meinen Bruder und meinen Großvater stolz auf mich zu machen.

Edward Savage hatte ich nie kennengelernt, aber ich war froh, seinen Ring zu haben. Ich hängte ihn mir an einer Schnur um den Hals. Als Glücksbringer.

Dreiundvierzig

Das Röhren der Motorräder hing schon lange in der Luft, bevor wir überhaupt in Brands Hatch ankamen. Als Sophie bei der Rennstrecke parkte, war das hohe Kreischen der Maschinen geradezu ohrenbetäubend. Es ging mir durch Mark und Bein und machte mich noch nervöser, als ich ohnehin schon war. Auf Sophie hatte es genau die gegenteilige Wirkung: Sie fand den Lärm aufregend. Als wir aus dem Auto gestiegen waren, fasste sie mich um die Hüfte und küsste mich.

Für unseren Ausflug hatte sie sich in eine Art Biker-Outfit geworfen, worüber ich lachen musste, wo sie doch nicht mal in die Nähe eines Motorrads kommen würde. Sie trug eine enge weiße Lederjacke, weiße Jeans und Bikerboots. Ihr Haar hatte sie streng zurückgebunden und ihre rote Sonnenbrille war ultracool. Ein paar Hostessen, die gerade nichts zu tun hatten und neben dem Eingang rauchten, starrten sie an. Die Rennkommissare und die Streckenposten starrten sie an. Eigentlich starrte jeder sie an, weil sie so heiß aussah. Ich war stolz, sie an meiner Seite zu haben. Das hellte meine Stimmung auf.

Wir sahen uns ein paar Rennen vom Zaun aus an: wie die Typen mit 150 km/h über die Piste rasten, wie ihre Knie am Boden entlangschabten, wenn sie sich in die Kurve legten. Sophie zeigte mir Jasons Bike. Er fuhr wie eine gesengte Sau, überholte die anderen Motorräder in Schlangenlinien. Die Sonne schien und die Luft war erfüllt vom Geruch nach verbranntem Benzin und Gummi. Wir waren umringt von Pin-up-Girls in T-Shirts der Sponsoren, die Nummern hochhielten, und Typen mit zerklüfteten Gesichtern, die mit Flaggen wedelten und Reifen wechselten. Ich musste zugeben, die Atmosphäre war so cool, sexy und aufregend wie in einem Actionfilm.

»Los, gehen wir was trinken«, sagte Sophie. Wir spazierten vom Ring hoch zu den Buden. Verstand sich von selbst, dass Tommy Kelly sein eigenes überdachtes Areal hatte, von dem aus er die Strecke überblicken konnte. Drinnen hatte man Ruhe vor dem Röhren der Bikes, dafür hallte es wider von lautem Gelächter und Stimmengewirr. Es gab eine Privatbar und ein Buffet. Mittendrin stand der Chef höchstpersönlich und nippte an einem Gin Tonic, umrahmt von Männern, die an seinen Lippen hingen. Es war Wochenende, also nirgends Anzüge, aber alle waren sie in diese sportlich-eleganten Freizeitklamotten gehüllt, die man auf dem Golfplatz sah: Hosen mit scharfen Bügelfalten, italienische Schuhe und ekelhafte Pullis in schreienden Farben. In der Luft hing ein schwerer Geruch nach Rasierwasser, der mich im Hals kratzte. Als Sophie eintrat, flogen alle Köpfe in ihre Richtung. Tommys Kumpane mit ihren gebrochenen Nasen und überkronten Gebissen lächelten sie liebreizend an, als wir zur Bar gingen. Ob sie mich auch anschauten oder nicht, konnte ich nicht sagen. Ich sah stur geradeaus. Sophie holte uns eine Cola und ich schnappte mir ein paar Wurstbrötchen vom Buffet. Ein verspätetes Frühstück.

Tommy rief uns zu sich. »Sophie kennst du ja …«, sagte er zu dem Mann, mit dem er sich gerade unterhielt. »Und das ist Eddie, von dem ich dir erzählt habe. Eddie wird mich bei den Bildern unterstützen.« Der Mann streckte seine Hand aus. Sein Gesicht war gebräunt, die Gesichtszüge scharf.

»Saul Wynter.«

»Saul ist mein Buchhalter«, erklärte Tommy. »Echtes Finanzgenie, hält meine Geschäftsbücher in Ordnung.«

Der Mann lachte und schien sich eine Antwort gerade eben noch zu verkneifen. Ich zermarterte mir das Hirn, worüber ich mich mit dem Mann, der Tommy Kellys Bücher frisierte, wohl unterhalten konnte, ohne ins Fettnäpfchen zu treten. Da wurde ich von Jason erlöst, der frisch von der Rennstrecke kam. Im Raum erhob sich vereinzelt Applaus.

»Gut gemacht, mein Sohn«, sagte Tommy. Jasons Gesicht war rußverschmiert und die Leute klopften ihm auf den Lederrücken, als er durch den Raum auf seinen Vater zusteuerte. Tommy legte ihm die Hand auf die Schulter, mit der er nicht den Gin hielt.

»Hast du gewonnen?«, fragte Sophie.

»Hast du nicht zugeschaut?« Jason sah erst seine Schwester an, dann mich.

»Haben wir«, protestierte Sophie, »aber ich kapier nicht, wer wann gewinnt. Da gibt's so viele Zahlen.«

»Persönliche Bestzeit«, sagte Jason. Er ratterte ein paar Zahlen runter, die weder Sophie noch mir etwas sagten.

»Glückwunsch«, sagte ich. Er ignorierte mich. Irgendwer reichte ihm ein kaltes Bier, während andere sich um ihn drängten. Nach allem, was ich gehört hatte, hielt sich Jasons Beliebtheit schwer in Grenzen, aber hier wanzte sich jeder an ihn ran, um nicht beim Vater in Ungnade zu fallen.

»Was ist jetzt mit dem Kampf, Jase?«, fragte ein alter Schläger mit weißem Stoppelhaar und Kartoffelpüreenase.

»Noch auf der Suche. Bisher keinen geeigneten Gegner aufgetan«, sagte Jason und reckte die Fäuste wie ein Preisboxer.

»Keine einfache Sache«, stieg Tommy Kelly ins Gespräch ein. »Alle guten Amateure haben schon ihre Gegner. Und wir wollen ihn nicht gegen irgendeinen alten Esel antreten lassen. Oder jemanden, der zu gut ist.«

»Besten Dank, Dad«, sagte Jason.

»Nein, so mein ich das nicht, Kleiner.« Wieder schlang Tommy den Arm um seinen Sohn. »Es wäre dumm, dich gegen einen Profi aufzustellen. Gefährlich. Wir brauchen einfach einen guten Boxer in deinem Alter und deiner Gewichtsklasse, damit der Kampf auch was fürs Auge bietet.«

Jasons Blick fiel auf mich. »Wie alt bist du?«

»Achtzehn.« Sophie setzte an, um zu widersprechen. »Nächste Woche.«

»Kämpfer?«

»Jason, ich denke nicht …«, begann Tommy.

»Schon okay«, sagte ich und spürte, wie sich mir die Nackenhaare aufstellten. Er ging mir einfach nur auf den Sack.

»Warum trete ich dann nicht gegen ihn an?«, fragte Jason. Er baute sich vor mir auf. Kräftiger als ich war er, aber an Körpergröße hatte ich ihm ein paar Zentimeter voraus.

Die Stimmen um uns herum verschwammen im Hintergrund: Sophie erklärte ihrem Bruder, er solle mich da raushalten. Tommy sagte, es sei keine gute Idee. Ein oder zwei andere meinten vorsichtig, der Gedanke sei vielleicht gar nicht so schlecht – dass ich so aussehe, als könnte ich es bringen. Es war eine dieser Entscheidungen, die man nur selbst fällen kann.

Mann oder Memme?

Entweder ich hob den Fehdehandschuh auf oder ich floh wie ein Hase – aber vor diesen Leuten hier musste ich mich beweisen.

»Ich kämpf mit dir«, sagte ich.

Vierundvierzig

Am nächsten Morgen begann ich mit dem Training.

Den Abend davor hatte ich ziemlichen Zoff mit Sophie gehabt. Sie war total dagegen, dass ich gegen ihren Bruder kämpfte. Sagte, das würde sie in einen Solidaritätskonflikt bringen, in eine unmögliche Position. Ich hielt ihr entgegen, dass Jason *mich* in eine unmögliche Position gebracht hatte. Hätte ich gekniffen, wäre ich vor allen als komplettes Weichei dagestanden. Ich brauchte ihren Respekt.

Tommy schien sich am Abend bereits an den Gedanken gewöhnt zu haben, meinte, es sei eine gute Gelegenheit, uns zusammenzuschweißen. Im Ring würden die Leute einander respektieren lernen, sagte er. Und solange keiner von uns dem anderen die Birne zu Brei schlug, würde es wohl auch ein guter Schaukampf werden. Er ging sogar so weit, mich für ein paar Trainingseinheiten in einem Boxclub in Canning Town anzumelden. Jason hatte schon eine ganze Weile oben in Elephant and Castle trainiert und Tommy wollte vermeiden, dass einer von uns zu sehr im Vorteil war.

Am Montag stand ich um sechs Uhr auf und begann zu

joggen, runter zum Ufer und dann Richtung Greenwich. Es war kalt und vom Fluss her stieg Nebel herauf. Ich lief über das nasse Kopfsteinpflaster auf der alten Themseseite, am ausgebrannten Wrack der *Cutty Sark* vorbei, dann hoch Richtung Park. Als ich oben bei der Statue angekommen war, wummerte mein Herz, und mein Hals und meine Lunge brannten in der feuchten Luft. So fit, wie ich geglaubt hatte, war ich nicht. Ich stützte meine Hände auf die Knie, keuchte und blickte über den Fluss zum Millennium Dome und noch darüber hinaus. Ich musste daran denken, wie viel passiert war, seitdem ich genau hier meine erste Verabredung mit Sophie gehabt hatte.

Ein weiter Weg.

Um zehn kaufte ich mir einen Fahrschein und stieg bei Deptford in die Hochbahn. Der Zug tauchte unter dem Fluss durch, bei den Wolkenkratzern wieder auf, die ich noch vor ein paar Stunden von der anderen Seite aus gesehen hatte, und fuhr weiter in Richtung der üblen Viertel bei den alten Docks. Die Anzugträger fuhren nur bis Heron Quays oder Canary Wharf, und als ich bei Canning Town ausstieg, bestand meine Gesellschaft nur noch aus Inderinnen mit Kindern und rattengesichtigen Typen mit Kampfhunden.

Der Sportclub war in einer Nebenstraße. Davor stand eine kleine Bronzestatue von einem Boxer: ein achtzehnjähriger Junge, der, so die Plakette darunter, im Ring an einer Hirnblutung gestorben war. Darüber wollte ich lieber nicht nachdenken. Die Statue war ohnehin total beschissen.

»Mr Kelly hat für mich reserviert«, sagte ich dem Mädchen am Empfang. »Ich trainiere mit Gary Cribb.«

Der Name Kelly sicherte mir Aufmerksamkeit. Innerhalb von Sekunden stand ein energiegeladener Typ mit kurzen grauen Haaren und einem Lonsdale-Sweatshirt draußen, um mich zu begrüßen.

»Eddie?«, fragte er. »Gary.« Er schüttelte mir die Hand und drückte mir die Schulter. Er war schlank, seine Hände wie aus Stahl und sein Dialekt East End in Reinkultur. »Prima, dass du hier bist. Hast du vorher schon viel geboxt?«

Ich erzählte ihm, dass ich eine Zeit lang an der Schule geboxt hatte ... dass ich mit vierzehn einen Wettkampf gewonnen und auch einen braunen Gürtel im Judo hatte. Darüber musste er lachen.

»Also kein völliger Frischling?« Er zwinkerte mir zu und täuschte einen Schlag an, den ich instinktiv abwehrte. Ich erzählte ihm nicht, dass ich auch noch einen fünftägigen Crashkurs im Töten bei einem walisischen Sadisten hinter mir hatte.

Er führte mich zu einem Umkleideraum und warf mir ein Paar Handschuhe zu. »Wir machen ein paar Runden, damit ich sehe, wo du stehst.«

Ich zog mir ein Unterhemd, Trainingshosen und Boxstiefel an, bevor ich mir die großen, elastischen Sparringhandschuhe überzog und raus in die Halle ging.

Es gab vier Boxringe und in einem davon kämpften zwei Typen: Ein Hüne von einem Schwarzen walzte sich langsam voran, indem er wummernde Jabs gegen die Pratzen seines Trainers knallte.

Anderswo prügelten Boxer auf Speedbälle ein. Von den Wänden hallte der Lärm wider. Andere arbeiteten sich an schweren Sandsäcken ab, die von der Decke herunterbaumelten. Ich kam an einem verschwitzten, muskelbepackten Typen vorbei, der dem Sack mit seinen üblen Haken schwer zusetzte. Jeder Hieb klang wie ein Cricketschläger, der auf ein Ledersofa niedersauste, und ich war heilfroh, dass es nicht meine Rippen waren, die das auffangen durften.

Gary Cribb wartete schon auf mich, obenrum bis aufs Unterhemd entblößt. Er musste an die fünfzig sein, aber er war wirklich gut in Form. Muskulös und hart. Er half mir in den Ring.

»Machst du das schon lange?«, fragte ich.

»Trainieren?«, fragte er. »Ungefähr zwanzig Jahre. Lang genug. Vorher war ich Profi, Mittelgewicht, und davor bei den Marines.«

Das klang nach einem ziemlich guten Herkunftszeugnis für einen richtig harten Saukerl. »Warum hast du mit dem Boxen aufgehört?«, wollte ich wissen.

»Hat zu sehr wehgetan.« Er presste einen Finger gegen seine gebrochene Nase, drückte sie gegen die Oberlippe und lachte. »Also, legen wir mal los.«

Ich jagte ihn durch den Ring und versuchte, die Pratzen zu erwischen, die er immer auf Gesichtshöhe hielt. Er brüllte mich ermutigend an, rief, ich solle auf seine Augen achten und nicht auf die Schlagkissen. Man konnte die Bewegungen des Gegners weitaus besser vorhersagen, wenn man ihm in die Augen sah statt auf die Fäuste, erklärte er. Wenn man auf seine Fäuste guckte, war es meist schon zu spät. Man hatte das Ding im Gesicht und es brach einem die Nase.

Wir boxten eine Runde und er meinte, ich sei ziemlich

schnell und treffsicher, aber ich müsse mehr Kraft in meine Führhand legen und auf dem hinteren Fuß schneller werden. Die Wucht hinter meiner Schlaghand müsse direkt von hinten aus der Ferse kommen.

Wir absolvierten eine weitere Runde, in der Gary ebenfalls Handschuhe trug. Er ging auf mich los, jabbte durch meine Abwehr, zeigte mir meine Schwachstellen. Ich stieg ein mit einer guten Linken, die ihn kurz aus der Bahn warf, aber dann ließ ich vor lauter Selbstzufriedenheit die Rechte sinken. Gary zögerte keine Sekunde. Sein linker Haken fand die Lücke und sank seitlich in meinen Schädel. Wir trugen nur dicke, dreihundert Gramm schwere Sparringhandschuhe, aber der Schlag betäubte mich und ich wankte zurück. Von diesem Kerl wollte ich mich im Leben nicht ernsthaft erwischen lassen.

»Alles in Ordnung?«, erkundigte er sich. »Du hast deine Deckung völlig aufgegeben. Tödlicher Fehler.«

Wir legten eine Pause ein und Gary fragte mich, was ich über meinen Gegner wusste. Außer dass er kein großer Stilist war und einen guten Schlag hatte, konnte ich ihm wenig sagen. Gary nickte. Er sagte, er habe Jason Kelly vor ein paar Jahren im Repton Boy's Club in Bethnal Green kämpfen sehen. Ich müsse versuchen, das Zentrum des Rings zu beherrschen, ihn mit steifen Jabs in Schach halten und beim Voranpreschen ablenken, wie ein Stierkämpfer.

Gary zeigte mir, wie er sich Jasons Taktik vorstellte, hetzte mich mit Kombinationen und einstürmenden Schwingern. Er zeigte mir, wie man in der Ecke des Rings und in den Seilen zurechtkam, wie ich mich verteidigen konnte, während mein Gegner sich nur auspowerte beim Versuch, mich fertigzumachen. »Rope-a-Dope« nannte er das. Zur Perfektion getrieben von Muhammad Ali beim »Rumble in the Jungle« gegen George Foreman, anno 1974.

Wir boxten acht Sparringsrunden, dann ließ mich Gary am schweren Sack arbeiten, um Wucht und Schnelligkeit hinter meine Haken zu bringen, bevor wir schließlich zum Speedball und zum Ende kamen.

Danach setzte er sich mit mir in den Cafeteriabereich und erstellte eine Liste, während ich einen Eiweißdrink herunterstürzte. Ich war komplett alle, aber in mir surrte es vor Energie. Gary notierte meinen Trainingsplan, der Laufen, Sparring und Gewichtheben enthielt. Er meinte, ich sei ziemlich gut. Dass ich in sechs Wochen bereit sein würde.

Ich sagte, ich hätte nur vier.

»Hat schon jemand mit dir über Leistungssteigerung gesprochen?«, fragte er mit leiser Stimme.

Einen Moment lang schaltete ich nicht. »Du meinst Stero...« Er legte den Finger auf die Lippen und nickte. »Nein«, sagte ich.

»Ist deine Entscheidung«, sagte er. »Ich werd dir nichts vormachen. Verbandsboxen ist normalerweise blitzsauber, sorgfältig überwacht. Aber hier steht genug von dem Zeug zur Verfügung. Der Laden hier finanziert sich damit und ich denke, du weißt auch, wo's herkommt.«

Ich begann, eins und eins zusammenzuzählen. »Nein, so was möchte ich nicht.«

»Guter Mann«, sagte er. »Aber denk dran, das ist ein Benefizkampf. Für Gauner. Da sind die Regeln nicht ganz so streng. Das ist außerhalb aller Aufsichtsbehörden und dein Gegner wird wahrscheinlich damit vollgepumpt sein bis zum Anschlag.«

»Danke für den Hinweis«, sagte ich.

Fünfundvierzig

Am Abend meines achtzehnten Geburtstags führte Sophie mich aus. Wir wollten hoch ins West End und Sophie saß am Steuer. Die Stadt sah ganz unwirklich aus, als wir die Tower Bridge überquerten. Die Türme waren hell beleuchtet und die modernen Gebäude dahinter glühten im Neonlicht. Weiter flussabwärts gab es ein Feuerwerk und so leuchtete selbst der Nachthimmel rot auf. Zur Linken zeichnete sich der Tower ab, und es war, als führen wir direkt in ein Märchen hinein.

Eines ohne Garantie auf ein Happy End.

Wir tranken etwas in einer Kellerbar gleich nördlich von Covent Garden, voller superdünner Kunststudenten und Modeleute. Unter all den Kunstfuzzis fühlte ich mich etwas fehl am Platz. Alle trugen verrückte Frisuren, Vintage-Röhrenjeans und spitze Schuhe. Die Hälfte von ihnen hockte auf der Treppe und qualmte Selbstgedrehte. Sophie schien sich darum nicht zu scheren. Sie wurde ohnehin von jedem angestarrt.

Sie überreichte mir ihr Geschenk. Es war eine klassische Omega-Armbanduhr, klotzig und aus Edelstahl. »Speedmaster Pro. Die erste Uhr auf dem Mond«, erklärte sie mir. »Dad hat gemeint, Neil Armstrong hatte eine an.« Sie hatte ein schwarzes Zifferblatt mit Druckknöpfen und Stahlarmband.

Ich freute mich unheimlich darüber. Das war eine Wahnsinnsuhr, für die sie einiges hingeblättert haben musste. Sie bedeutete etwas. Sie schenkte mir das, weil sie mich mochte. Und sie war glücklich, dass ich so glücklich darüber war.

Von der Bar zogen wir ein paar Ecken weiter zum The Ivy. Jemand musste für uns reserviert haben, sonst hätten die mich sicher niemals reingelassen. Der Service war unglaublich – wir wurden behandelt wie Filmstars. Tatsächlich saß zwei Tische weiter eine amerikanische Schauspielerin der A-Liga, die hier im West End bei einem Theaterstück mitmachte. Sophie ermahnte mich, nicht hinzustarren, und ich versuchte es wirklich, aber sie sah einfach aus, als käme sie aus einer ganz anderen Welt. Und so war es wahrscheinlich auch.

Ich aß einen Shepherd's Pie, was lahm klingt, aber fantastisch war. Das Püree oben drauf war ganz knusprig gegrillt und die Fleischfüllung zerging einem auf der Zunge und schmeckte unglaublich gut. Sophie aß gegrillte Dover-Seezunge und uns wurde Champagner eingeschenkt. Ich brach meinen Schwur und griff zu. Schließlich war es mein achtzehnter Geburtstag. Sophie wollte danach noch unbedingt in einen Club, aber ich winkte ab. Ich war um halb sechs zum Joggen aufgestanden und morgen stand mir das Gleiche bevor. Gary hatte mir einmal Ausschlafen gestattet, aber nur bis halb sieben. Nicht wirklich üppig.

Mit geschlossenem Verdeck fuhren wir über die Waterloo

Bridge zurück. Der Abend war kalt, aber trocken, und aus dieser Perspektive sah die Stadt immer noch beeindruckend aus: Das London-Eye-Riesenrad glänzte mit seinen Streben weiß wie ein Spinnennetz. Big Ben leuchtete gelb auf und schlug zwölf.

Ich dankte Sophie für den großartigen Abend und fragte sie, ob sie bei mir übernachten wolle. Sie küsste mich vor der Wohnung im Auto, sagte aber, dass sie zu Hause erwartet würde, und ob ich nicht sowieso in aller Herrgottsfrühe wieder rausmüsste? Ich bejahte und sie tippte mir auf die Nase und sagte, meine Geburtstagsüberraschung könne auch noch warten. Als sie davonbrauste, spürte ich deutlich, wie mir etwas fehlte. Ich hatte mir gewünscht, dass sie bei mir blieb.

Seitdem ich weniger Kontakt zu Tony hatte, seit mir von dieser Seite die Geborgenheit abhandengekommen war, hatte ich mich innerlich mehr an Sophie gehängt. Ich rief sie häufiger an, schrieb ihr mehr SMS und sie schien sich darüber zu freuen – als ob es ihr gefiele, dass ich ein wenig abhängiger von ihr wurde. Und wie hätte es anders sein können? Sie war wunderschön.

Und ich war im freien Fall ...

Ich kam kaum zur Ruhe, aber um halb sieben war ich schon wieder draußen. Die Strecke zum oberen Ende von Greenwich Park fiel mir schon leichter und ein paar der frühmorgendlichen Gassigeher begrüßten mich jetzt mit einem Kopfnicken. Da gab es einen Alten mit einem Mops, der genauso aussah wie er selbst. Er fragte mich, wofür ich trainierte, und ich erzählte es ihm. Er sagte, ich solle mich auf den Körper konzentrieren: immer auf die Rippen und den Solarplexus, bis der Kopf nach vorne kippt, und dann voll auf die Nuss.

Jeder hatte einen Ratschlag für mich parat, nur der Rat, den ich gebraucht hätte, kam nicht – von den Leuten nämlich, die sich eigentlich um mich kümmern sollten.

Ich hatte Ian Baylis die nackten Daten der Kampfvereinbarungen geschickt, aber keine Antwort bekommen. Mein einziger Verbündeter war mein Trainer.

Glücklicherweise war Gary eine große Unterstützung. Obwohl ich nach dem Feiern mit Sophie hundemüde war, freute er sich über meine Fortschritte. Meine Kombinationsschläge wurden immer schneller, meine Beinarbeit war gut und meine Angriffe kamen jetzt aus dem hinteren Fuß, was meine Geraden und Jabs doppelt so wirkungsvoll machte. Ein steifer Jab, der dem Gegner fest und regelmäßig ins Gesicht geballert wurde, war eine sehr wirkungsvolle Waffe, um den anderen zu zermürben, riet mir Gary.

Er arbeitete auch an meiner Fähigkeit, Schläge einzustecken, indem er auf meine Rippen eindrosch und Medizinbälle auf meinen Bauch fallen ließ. Dazu machte ich Sit-ups, Crunches und Liegestütze im Hunderterbereich. Ich konnte so schnell seilspringen, vorwärts und rückwärts, dass man das Seil nicht mehr sah, sondern nur hörte: sein peitschendes Kreiseln und das leise Klacken, mit dem es auf dem Boden aufschlug.

In der dritten Woche stellte mich Gary mit Sparringspartnern in den Ring. Einer von ihnen war ein schwarzer Typ, Gilbert, der ein gutes Stück größer war als ich und einen viel größeren Schlagradius hatte. Er hielt mich mit einem langen, schweren Jab auf Distanz und rammte langsame Haken gegen meinen Körper. Ich sollte die Jabs abwehren und probieren, seine Abwehr zu durchbrechen. Und auch versuchen, seinen Schlägen auszuweichen, mich rückwärtszubewegen, damit sie mich nicht mit voller Wucht trafen.

Der andere Typ, Billy Cable, hatte ein Gesicht wie aus Stein gemeißelt. Er war so schnell, dass man seine Hände kaum noch sah, und er erwischte mich mit regelrechten Faustwirbeln, die von allen Seiten auf einmal zu kommen schienen und mich völlig verwirrten. Er schlug mir die Lippe blutig und haute mir eine Beule übers rechte Auge.

»Und dabei ist der noch nicht mal ins Schwitzen gekommen«, lachte Gary. »Aber keine Angst, gegen jemanden von Billys Kaliber wirst du nicht antreten.«

»Großartig«, sagte ich mit geschwollener Lippe.

Auf der anderen Seite des Rings tänzelte Billy auf Zehenspitzen. Er grinste durch seinen Mundschutz, zwinkerte mir zu und tippte sich mit seinen roten Handschuhen an den Kopf, bevor er mich durch eine weitere mörderische Sparringsrunde prügelte.

Am Ende meiner vierten Woche mit Gary Cribb und seinen Jungs fühlte ich mich bereit, es mit allem aufzunehmen. Oder mit jedem.

Sechsundvierzig

Der Wettkampf fand oben Richtung Woodford statt, noch nördlich des East End, in einem großen Hotel abseits der Hauptstraße. Es war ein massives Ziegelgebäude, in dem meist nur Konferenzen und Empfänge für Wirtschaftsleute stattfanden.

Der Parkplatz war gerammelt voll mit Jaguars, S-Klassen und Angeberautos von jeder Luxusmarke, die einem nur einfiel. Ich kam mit Gary Cribb in seinem verbeulten Ford Mondeo. Das Trainerdasein warf offensichtlich nicht ganz so viel ab wie ein paar andere Berufe in seinem Umfeld.

Sophie war mit Tommy und Cheryl gekommen. Sie hatten sich bemüht, nicht allzu offensichtlich auf Jasons Seite zu stehen, was ich ihnen hoch anrechnete. Zwischen den Zeilen las ich heraus, dass es ihnen leicht peinlich war, dass er mich herausgefordert hatte. Mit dem Underdog fühlten alle ein bisschen mit. Im Grunde genommen wussten sie wohl einfach, dass er Kleinholz aus mir machen würde.

Es wurde schon richtig voll, als wir eintrafen: Männer in schwarzen oder kamelhaarfarbenen Mänteln, Frauen im Pelz, die Abendluft geschwängert vom Duft ihrer Rasierwässer und Parfums. Offensichtlich war das hier eine Gelegenheit, sich sehen zu lassen. An die Rückseite des Hotels war eine Halle angebaut, wo man den Ring aufgestellt hatte. Alle Deckenscheinwerfer waren direkt darauf gerichtet, und als wir daran vorbeigingen, fühlte ich ein Flattern im Magen. Um den Ring herum standen reihenweise Stühle und Tische. Die Halle war ziemlich riesig, mindestens fünfhundert Zuschauer würden hier Platz finden.

Ich konnte mir schon vorstellen, wie sie bald alle nach meinem Blut heulen würden. Ohne mich zu kennen, ohne jede Verbindung.

Auf dem Programm waren zwölf Kämpfe angekündigt, aber in Sachen Umkleideraum war das Angebot mager. Deshalb bekamen Gary und ich eine Ecke in der Damendusche, die zum Fitnessbereich des Hotels gehörte. Unsere Gegner waren bei den Männern. Ich versuchte, es nicht persönlich zu nehmen, dass man mich in die Frauen-Nasszellen abgeschoben hatte. Außer mir gab es noch fünf weitere Kämpfer, mit denen ich mir den Platz teilen musste, und jeder versuchte, sich etwas privaten Raum zu erobern, um sich innerlich vorzubereiten.

Es stank nach Füßen, Pisse und Schweiß.

Der Wettkampf sollte mit ein paar Junioren beginnen, eben mal sechzehn Jahre alt, und sich dann zu den erfahrenen Schwergewichtlern hocharbeiten, der eigentlichen Attraktion des Abends. Mein Kampf war etwa zur Halbzeit angesetzt, weshalb ich erst mal eine Weile schmoren durfte.

Ich hörte, wie die Menschenmenge in der Halle größer und immer lauter wurde. Ich hörte das Grölen angespannter

Erwartung, als der Ringsprecher ans Mikrofon trat und etwas über die gute Sache salbaderte, für die dieser Abend ins Leben gerufen worden war.

Mir ging das am Arsch vorbei. Für mich war die Sache rein persönlich.

Der erste Junge ging raus. Callum Furey. Sechzehn Jahre und im grünen Trikot des Repton-Clubs. Sein Gesicht war eingefroren und er blickte starr nach vorn, als er die Halle betrat.

Wieder das Gebrüll.

»Beliebter Bursche«, sagte Gary. »Und sehr brauchbarer Boxer. Der wird mal gut. Sein Bruder hat sich allerdings auch nicht blöd angestellt. Aber der ist jetzt der Fürsorgefall im Rollstuhl.«

»Was ist passiert?«, fragte ich. »Autounfall?«

Gary lachte. »Ja, so könnte man's auch nennen. Einer von diesen Autounfällen, wo man die Knie zerschossen und den Schädel mit dem Baseballschläger eingehauen bekommt. Lächeln und winken kann er noch, aber abgesehen davon ist der Junge menschliches Gemüse.«

»Wer war das?«, fragte ich.

»Nicht gerade der beste Ort, um drüber zu reden«, sagte Gary. »Die Leute hier machen gern eine Asiaten-Gang von der Commercial Road dafür verantwortlich. Aber die Fureys sind eine der großen Familien in der Gegend hier. Die machen sich gern ein bisschen wichtig.«

»Und?«

Gary senkte seine Stimme zu einem Flüstern. »Also denken eine Menge Leute, der Angriff auf den Jungen sollte eine Warnung sein, den Ball flach zu halten.«

»Von wem?«, fragte ich. Langsam setzte sich alles zusammen.

»Da sind verschiedene Namen auf dem Markt. Inklusive dem deines Chefs, auch wenn sich niemand trauen würde, das laut zu sagen. Hier ist natürlich alles Rückenklopferei und Küsschen, aber unterschwellig ist die Spannung noch da.«

Aus der Halle hörten wir Applaus. Die Durchsage, dass Callum Furey vor Ablauf der dritten Runde gesiegt hatte. Eine populäre Entscheidung.

Alle Boxer, die jetzt noch warteten, trugen weder Kopfschutz noch Trikots – die Verbandsregeln hatten hier nichts zu melden. Der nächste Kerl machte sich tänzelnd zum Hinausgehen bereit. Er patschte sich leichte Schläge ins Gesicht, um seinen Körper auf die Dresche vorzubereiten, die er gleich einstecken würde. Ich klopfte ihm auf den Rücken und spürte, dass er schon schweißgebadet war. Aus der Halle ertönte eine Fanfare und ich hörte die Jubelrufe, als er hinaustrat. Inzwischen pumpte mein Herz wie wild und meine Eingeweide schienen sich verflüssigt zu haben. Und dabei lagen noch drei Kämpfe zwischen mir und meiner Tracht Prügel.

Gary begann, mir die Hände abzutapen, bis sie steinhart waren, zog mir dann meine Handschuhe über und schnürte sie zu. Klassische Acht-Unzer aus kirschrotem Leder, mit Schnürbändern statt Klettverschluss. Sie waren mit Rosshaar ausgestopft und fühlten sich hart an. Wie Nägel. Mein Gegner würde die gleichen tragen.

Ich streckte mich auf der Bank aus und Gary massierte mir Schultern und Beine, um den Blutkreislauf anzuregen.

Er bearbeitete meinen Rücken mit den Handkanten und ich spürte, wie mein Körper zu vibrieren begann, wie jeder Muskel, jede Sehne anfing zu singen.

Auf dem Rücken liegend und in Handtücher gewickelt, entspannte ich mich und schloss die Augen, während der Lärm in den Hintergrund rückte. Fast war ich schon an einen angenehmeren Ort weggenickt, als ich lautes Grölen hörte und Gary Cribbs stählerne Finger meine Schulter schüttelten.

»Du bist dran, mein Sohn. Und los geht's.«

Siebenundvierzig

Der Scheinwerfer fand mich, sobald ich die Halle betrat. Das Gebrüll brach los und die Titelmusik von *Rocky* schallte aus der Anlage. Ich musste fast lächeln, weil es so pseudo- und fernsehmäßig war, aber mein Adrenalinspiegel jagte noch mehr in die Höhe.

Ich joggte auf den Ring zu, der hell und strahlend in der Mitte der Halle stand, und konzentrierte mich auf Garys Schultern vor meiner Nase.

Gary sprang hinauf und zerrte die Seile auseinander, während ich mich hindurchduckte. Der Ringsprecher stand in der Mitte und kommentierte meine Ankunft: »In der blauen Ecke, aus New Cross, South London, mit einem Kampfgewicht von siebenundsechzig Kilogramm, Ed...diiiiie Savage!«

Gary zog mir schnell das Handtuch vom Hals und ich reckte meine Hände in die Luft. Nicht aus Siegessicherheit, sondern damit sie sehen konnten, wer ich war. Eine Mischung aus spärlichem Applaus und Buhrufen erhob sich. Ich sah auf die Menschenmenge, aber die Lichter blendeten derart, dass alles jenseits der ersten drei Reihen nur eine schwarze Masse war. Ich entdeckte den Jungen, für den das alles hier veranstaltet wurde. Er saß in einem Rollstuhl an der Seite des Rings, eine Baseballkappe über den zerstörten Kopf gezogen. Er klatschte mit ruckartigen, spastischen Bewegungen.

Ich erhaschte einen Blick auf Sophie, die mit ihrer Mum und ihrem Dad in der zweiten Reihe saß und mir eine Kusshand zuwarf. Bevor ich darauf reagieren konnte, dröhnte die Stimme des Ringsprechers wieder durch die Halle und ein gewaltiger Jubel brandete auf. Die Musik aus *Rocky* war durch einen alten Hip-Hop-Track ersetzt worden, und jedes einzelne Wummern der Bässe, das sich durch den Beifall sprengte, fühlte sich an wie ein Schlag in die Magengrube. Jason hatte sich die Begleitmusik für seinen Einmarsch selbst ausgesucht und sie verfehlte nicht ihre Wirkung:

»Pack it up, pack it in,
Let me begin,
I came to win.
Battle me that's a sin,
I won't tear the sack up,
Punk you'd better back up ...«

Der Name der Band fiel mir ein: House of Pain. Sicherer Griff, das musste man ihm lassen.

Der Jubel toste weiter, während Jason in den Ring stieg. »Ladies und Gentlemen ... in der roten Ecke, aus Bexley, mit einem Kampfgewicht von fünfundsiebzig Kilogramm ... Ja...son Kelleeeey!«

Entweder war er wahnsinnig beliebt oder die Zuschauer

krochen seinem Alten samt und sonders in den Arsch. Er trug einen Bademantel aus weißer Seide, auf dessen Rücken »Kelly« und der grüne Umriss eines irischen Kleeblatts eingestickt waren. Donnie ließ ihm den Mantel von den Schultern gleiten und Jason winkte der Menge zu. Sein Körper war dunkel und glatt, nicht übermäßig muskulös und mit japanischen und keltischen Tattoos übersät. Gary hatte mir erzählt, dass zu viel Muskelmasse beim Boxen hinderlich war; machte einen unbeweglich. Jason zog einen geschmeidigen Schattenboxkampf ab, schlug in die Luft und joggte umher, während Dave in der Ecke stand und ihn hochpushte. Donnie kam rüber in unsere Ecke.

»Alles klar, Cribby?«, sagte er zu Gary. »Alles klar, Söhnchen?«

Ich nickte. Während Gary mir den Hals rubbelte und den Mundschutz einsetzte, beugte sich Donnie an mein Ohr. Seine riesige Pranke tätschelte mir die Wange, als ob er mir Glück wünschte. »Versuch, nicht zu gewinnen«, knurrte er. »Wenn du weißt, was gut für dich ist.« Er klopfte mir wieder auf die Wange, diesmal fester, klatschte Gary Cribb auf den Rücken und kehrte in Jasons Ecke zurück.

Der Schiedsrichter rief uns in die Mitte des Rings. Seine Stimme klang wie unter Wasser, während er an die Regeln erinnerte. Jason fixierte mich mit seinen schwarzen, ausdruckslosen Augen. Wir standen so dicht beieinander, dass sich unsere Nasen fast berührten und ich seinen Atem spüren konnte.

Wir tippten die Handschuhe aneinander, der Gong ertönte und schon war Jason auf mich losgegangen. Bevor ich auch nur daran gedacht hatte, mich in Position zu bringen, schwang er seine Rechte aus der Hüfte empor und erwischte mich hart an der Seite des Kopfs, mit der geschnürten Innenseite seines Handschuhs.

Das Publikum stöhnte auf.

Tommy hatte nicht gelogen. Jasons Rechte war schnell und hart, aber ohne Technik. Er benutzte sie eher wie einen Baseballschläger, und während ich noch versuchte, mich von seinem ersten Hieb zu erholen, ballerte er mir seine Linke mit voller Wucht ins Gesicht, schwang dann wieder die Rechte, erwischte mich am Kiefer und verdrehte mir den Hals. Eine Art Stromstoß fuhr mir den Rücken hinab und meine Beine gaben nach.

Wieder brüllte die Menge auf, vereint zu einem riesigen, hungrigen Tier, das Blut gerochen hat. Der Kampf hatte kaum begonnen und schon war ihr Liebling drauf und dran, sie mit einem Massaker zu beglücken.

Meine Taktik war voll nach hinten losgegangen. Ich hatte mir ausgemalt, wie ich beim Gongschlag mit zur Abwehr erhobenen Handschuhen herauskommen, ihn mir dann mit ein paar Jabs vom Leibe halten und einen schönen Boxkampf abliefern würde. Falsch, ganz falsch.

Hier ging es hart auf hart, und jetzt, nach kaum fünfzehn Sekunden, pfiff ich schon aus dem letzten Loch. Mein linkes Knie sank auf den Boden.

Der Ringrichter schritt ein und hinderte Jason daran, mich mit einem Sturzbach aus Hieben endgültig niederzuknüppeln, um den Eindringling in allen Ehren zur Hölle fahren zu lassen. Damit ich in Gegenwart seiner Eltern oder seiner Schwester nie wieder mein Haupt erheben konnte, im Leben nicht.

Er wollte mich vernichten und das durfte ich nicht zulassen.

Ich wurde bis acht angezählt. Als mein verschwommener Blick wieder klarer wurde, konnte ich in meiner Ecke Gary Cribb mit besorgtem Gesicht erkennen, wie er mich anschrie. »Verteidige dich!«, brüllte er. »Geh zurück in die Seile, denk dran! Erhol dich und dann mach auf…« Entsetzen stand in sein Gesicht geschrieben, als würde ihm gerade klar, dass all seine Arbeit umsonst gewesen war.

Noch ein Mensch, den ich im Stich ließ.

Bei sieben stand ich auf und der Schiri musste Jason in Schach halten, während ich mir die Handschuhe abwischte, um weiterzumachen. Ich hielt meine Fäuste hoch, damit sie das Schlimmste von Jasons Schwingern abfingen. Als er wieder auf mich einstürzte, tat ich wie geheißen und ließ mich in die Seile drängen, meiner Ecke entgegen. Ich spürte das Brennen quer über meinem Rücken, als ich umherrutschte und Jasons Hieben auswich, hielt die Fäuste eng an meinen Kopf und die Ellbogen an den Körper gepresst, während er auf mich eindrosch und versuchte, mich kleinzukriegen. Nach und nach spürte ich, wie die Kraft in meine Beine wiederkehrte, und nachdem er mir noch zehn- oder zwölfmal seine Fäuste heftig in die Seiten gerammt hatte, schien der Druck hinter seinen Schlägen nachzulassen. Ich hörte, wie Gary Cribb schrie: »Fünfzehn Sekunden!«

Ich schubste Jason mit beiden Armen von mir und versuchte, ihm in die Augen zu schauen. Sie waren noch immer ganz glasig vor Mordlust. Ich wich einer Linken aus und parierte dann mit einer Rechten, und zum ersten Mal gelang es mir, einen Treffer zu landen. Es war ein guter

Cross von rechts, der ihn am Kinn erwischte, ihn völlig überraschte und leicht ins Taumeln brachte.

Das war meine Gelegenheit, mich aus den Seilen zu lösen und auf ihn loszugehen. Ich rückte auf, schleuderte noch eine Rechte, die ihn ins Schlingern brachte, und schwang dann einen kurzen linken Haken gegen die andere Seite seines Kopfs. Er wirkte wie betäubt, als sei er fest davon ausgegangen, die drei Runden unberührt zu überstehen. Sein Gesichtsausdruck gab mir Selbstvertrauen und ich tänzelte und schleuderte schnelle Jabs und Haken, attackierte ihn, bis die Glocke das Ende der ersten Runde verkündete.

Die Runde ging an ihn. Kein Einspruch.

Mit vor Erschöpfung brennenden Armen ließ ich mich vom tosenden Applaus zurück in meine Ecke leiten.

Achtundvierzig

Die ersten drei Minuten hatten sich angefühlt wie ein ganzes Leben. Dafür verging die Zeit bis zum Gong zur zweiten Runde wie nichts.

Gary hatte sich im Eiltempo an mir zu schaffen gemacht. Er hatte mir Vaseline um die Augen geschmiert, die schon anzuschwellen begannen. Drei Runden waren nicht viel für einen Boxkampf, aber das bedeutete auch, dass die ganze Aggression und Spannung in weniger als fünfzehn Minuten komprimiert werden mussten. Und Jason war fest entschlossen, das hier mit vollem Karacho in der vorgegebenen Zeit zu Ende zu bringen.

Er eröffnete die zweite Runde wie die erste, schoss wie ein Stier aus seiner Ecke und schwang wilde Hiebe gegen meinen Kopf. Einer davon streifte mich, aber diesmal war ich besser vorbereitet, wich den Schlägen aus und zog mich zurück. Als er mir folgte, erwischte ich ihn mit einem kraftvollen Jab genau auf der Nase, und ich schwöre, man konnte es unter meiner Faust knirschen hören. Prompt begann ihm das Blut über die Lippen und den Mundschutz zu fließen. Das schien Jason noch rasender zu machen und eine volle Minute lang hingen wir Zehenspitze an Zehenspitze aneinander. Er schwang schwere Haken nach mir und ich konterte mit Blocks und kurzen Haken auf seinen Kopf. Ich versuchte, seine Nase mit meinen Jabs weiterzubearbeiten, und schmierte ihm sein Blut übers ganze Gesicht und über die Brusttätowierungen.

Wie wir so aufeinander einprügelten, spürte ich sein Blut nass und klebrig auf meinen Handschuhen. Mein Training meldete sich wieder: Ich durchbrach seine Abwehr und eroberte mir die innere Position, damit ich an seinen Körper rankam. Meine Schlaghand hämmerte auf seine Rippen und seinen Bauch ein, aber ihm schien das nicht viel auszumachen. Seine Fäuste sanken in meinen Nierenbereich und droschen mir auf den Hinterkopf. Mit einem Schlag unter die Nase wurde ich ihn los. Dann verlagerte ich mein Gewicht nach hinten und landete einen Aufwärtshaken voll auf seinem Solarplexus. Er grunzte vor Schmerz und ich wusste, jetzt hatte ich ihm wehgetan.

Seine Augen schienen auf einmal zu fokussieren und er wurde bleich im Gesicht. Er fluchte in meine Richtung, schrie mir Beleidigungen ins Ohr, während wir uns aneinanderklammerten. Unsere Ellbogen verhakten sich. Der Schiri eilte herbei, um uns zu trennen, aber Jason rang mich in die neutrale Ecke, außerhalb des Gesichtsfelds des Schiedsrichters, und knallte mir seinen Schädel mit Wucht auf die Augenbraue. Es fühlte sich an wie ein Hammerschlag.

Als der Schiedsrichter uns auseinanderzerrte, konnte ich erkennen, dass Jasons Brust und seine weißen Shorts blutgetränkt waren. Ich blickte an mir herab und merkte, dass ich ebenfalls mit Blut bedeckt war.

Meinem eigenen.

Die Meute lechzte nach mehr, als der Gong das Ende der zweiten Runde anzeigte. Ich sah mich um, aber wo vorher Sophie und Cheryl gesessen hatten, waren jetzt leere Stühle. Tommy redete erregt auf einen Exchampion ein und würdigte weder Jason noch mich eines Blicks.

Meine Braue war aufgeplatzt wie ein reifer Pfirsich und Gary gab alles, um den Blutfluss zu stillen. Er vereiste die Wunde und betupfte sie mit einem adrenalingetränkten Wattebausch. Dann rieb er sie mit Vaseline ein, und als er mich schließlich mit einem Schwamm gesäubert hatte, sah ich bestimmt nur noch halb tot aus. In Jasons Ecke hatte ich keinen rechten Einblick, aber sie hingen alle auf ihm drauf, brüllten Ratschläge auf ihn ein und klebten ihm die geplatzte Nase wieder zusammen.

Erneut ging der Gong und mit Garys Rat im Ohr, dass ich mich nur weiter verteidigen solle, trat ich hinaus in die letzte Runde.

Kein freundschaftlicher Handschuhgruß diesmal. Jason stürmte wieder direkt auf mich los. Ich versuchte, seitlich auszuweichen und das Zentrum des Rings einzunehmen, aber jedes Mal schnitt er mir den Weg ab, feuerte mächtige, ausladende Schwinger auf mich ab, die mich ins Jenseits prügeln sollten. Er erwischte mich mit seinen Rückhandschlägen, versuchte, mir mit den Schnürbändern auf der Handschuhinnenseite noch mehr Schnittwunden zuzufügen. Jeden meiner Versuche, ihm mit Technik beizukommen, durchkreuzte er. Er grabschte sich meine Arme und umklammerte mich, um dann seine schmutzigen Tricks ausspielen zu können: mich gegen den Eckpfosten zu rammen und seinen Kopf gegen die Wunde über meinem Auge zu raspeln.

Er traktierte mich, sein Körper stinkig und glitschig vor lauter Schweiß. Er schabte mit dem Absatz an meinem Schienbein herunter, was mich vor Schmerz laut aufheulen ließ, während er auf meine Rippen eintrommelte und mich auspowerte, dann mit seinem Körper den Blick verstellte und unter die Gürtellinie zielte.

Ich schmeckte Blut und Niederlage in meinem Mund und in meinen malträtierten Eiern. Ich schob ihn von mir, blinzelte mir Wundsaft und Schweiß aus den Augen und schickte ein paar schwächliche Jabs auf den Weg, um ihn von mir fernzuhalten. Aber immer noch drängte er vorwärts. Mit der Rechten schickte er einen Querschlag, aber durch mein geschwollenes Lid sah ich ihn nicht kommen, und mit Gewalt rammte sich sein rechter Daumen in mein unversehrtes Auge. Der Schmerz war unerträglich. Einen Moment lang war ich blind, und ungebremst drosch er weiter auf meinen Schädel ein.

Der Lärm aus dem Publikum versank im Hintergrund, genau wie die Schreie von Gary Cribb, der mich beschwor, in Deckung zu gehen und die verbleibenden sechzig Sekunden einfach nur zu überleben. Ich hielt mich, so gut ich konnte, schirmte meinen Kopf mit meinen Handschuhen ab, lehnte mich an den Eckpfosten, während er meinen Schädel als Zielscheibe benutzte. Entkräftet glitt ich in einer Blutpfütze aus und hing auf einmal zwischen den Seilen.

Der Schiedsrichter begann anzuzählen, erkannte dann aber, dass es nur ein Ausrutscher gewesen war, und wartete, bis ich wieder auf die Füße kam. Ich konnte die Besorgnis in seinen Augen lesen, als er mein geschundenes, blutiges Gesicht untersuchte und mir Finger zum Zählen vor die Nase hielt. Ich sah nur drei. Irgendwo in der Ferne hörte ich seine Stimme, die mich fragte, ob ich fähig sei, weiterzumachen. Rein animalischer Instinkt ließ mich nicken. Ich war entschlossen, nicht zu fallen. Entschlossen, lieber auf den Füßen zu sterben, als auf den Knien zu überleben, hier, vor all diesen Leuten.

Ich war bereit zu verlieren, aber stolz genug, es wenigstens im Stehen zu tun.

Der Schiedsrichter winkte, wir sollten weitermachen. Jason drang wieder auf mich ein, stocherte mit seiner Linken herum, ließ die Rechte schweben, darauf lauernd, mir den Todesstoß zu versetzen. Meine Arme zitterten vor Erschöpfung, aber ich hielt die Fäuste hoch, um wenigstens den Anschein von Abwehr aufrechtzuerhalten. Wir kreisten umeinander, während er nach einer Schwachstelle suchte. In einer Ecke sah ich Gary Cribb, bereit, einzuspringen und das Handtuch zu werfen, um meiner Folter ein Ende zu setzen. Neben ihm bemerkte ich eine tränenüberströmte Sophie, wie sie mir etwas zurief.

»Los, Eddie!«

Sie war außerhalb von Jasons Gesichtsfeld, aber als er sah, wie ich kurz Richtung Ecke schielte, deutete er das als Fluchtwunsch und trat ganz nah an mich heran.

»Hast du genug?«, rotzte er durch seinen Mundschutz. Er keuchte heftig, nicht weniger am Ende als ich. Die Hände baumelten auf Hüfthöhe. »Du kämpfst wie ein Mädchen.« Dann fuhr er seine Linke aus, schwächlich und langsam vor Erschöpfung, und traf daneben.

Und plötzlich, aus dem Nirgendwo, fand meine eigene linke Hand direkt ins Ziel. Eine Welle des Zorns durchflutete mich wie eine Energiespritze und rammte meine linke Faust hoch in Jason Kellys schlaffen Kiefer. Eine Millisekunde lang stand ihm der Schock ins Gesicht geschrieben: eine Millisekunde, in der ich zurücktrat und eine Rechte folgen ließ, die von ganz unten her kam. Jason plumpste schwer auf den Boden. Seine Beine hatten versagt.

Ich stand über ihm, während der Schiedsrichter anzählte. Jasons Betreuer warteten schon im Ring, genau wie meiner. Dann, bei acht, markierte der Gong das Ende der letzten Runde. Das Gebrüll in der Halle war ohrenbetäubend und im Ring war auf einmal die Hölle los. Der Favorit war besiegt, aber durch den Gong gerettet worden.

Während Gary Cribb meinen Arm in die Luft reckte, wurde der Wettkampf – der sich außerhalb des üblichen Regelwerks abspielte, wo die »Gerettet-vom-Gong-Regel« schon vor Jahren verschrottet worden war – für unentschieden erklärt.

Wäre der Kampf im Fernsehen übertragen worden, hätte es jetzt einen Aufschrei gegeben, aber hier herrschten die Regeln der Unterwelt und ein paar Scheinchen in den entsprechenden Hosentaschen konnten so mancher Entscheidung auf die Sprünge helfen. Donnie behielt mich im Auge, während Gary mir aus dem Ring half. Die Ehre – wenn man das so nennen durfte – der Familie Kelly war gewahrt, aber ich um meinen Sieg betrogen.

Wieder lag ich im Gästezimmer von Kelly Towers, im Finstern, auf weiche Federkissen gebettet. Es war fast zwei Uhr morgens und ich konnte nicht einschlafen – wegen der

Schmerzen und des Adrenalinrauschs, der sich in meinem Körper nur zögerlich abbaute.

Aus Gründen, die nur sie selbst kannte, hatte Sophie darauf bestanden, dass ich mit hierherkam. Ich wollte nicht, aber nachdem sie mich aus der Notaufnahme geschleift hatte, mit sechs Stichen in der Augenbraue, einem geborstenen Blutgefäß im anderen Auge, einer gebrochenen Rippe und zahlreichen anderen Schnittwunden und Blutergüssen, war ich einfach zu schwach, um noch zu diskutieren.

»Sie hätten den anderen Kerl sehen sollen«, hatte ich lahm gewitzelt, als mich die Schwester zusammenflickte. Doch die hatte zu viele Nächte in Hackney damit zugebracht, Messerwunden zu versorgen, um mich noch komisch zu finden.

Jason hatte eine ganze Weile gebraucht, um zu Bewusstsein zu kommen, und war völlig dehydriert. Wahrscheinlich, weil er so mit Speed vollgepumpt war, hatte Gary gemeint. Er war weggebracht worden, um die Nacht zur Beobachtung in einer Privatklinik in Blackheath zu verbringen.

Von Tommy oder Cheryl hatte ich seit dem Kampf nichts gesehen. Bei Sophie hatte ich rausgehört, dass Cheryl ziemlich unglücklich über das Ganze gewesen und vor dem Ende rausgegangen war, und dass Tommy über das Ergebnis beschämt gewesen und abgehauen war, ohne mit irgendwem ein Wort zu wechseln.

Seinen Sohn inbegriffen.

Ihre Schlafzimmertür am anderen Ende des Flurs war fest verschlossen und alles war ruhig. Bis meine Tür aufging.

»Bist du wach?« Es war Sophie. Im Halbdunkel konnte ich gerade eben ihr Haar erkennen. Sie beugte sich herunter und der dünne Stoff ihres Nachthemds strich über meine überreizte Haut. Sie küsste mich sacht und ich konnte die salzigen Tränen auf ihrer Wange schmecken. »Es tut mir leid, Eddie«, flüsterte sie.

»Schon okay.« Meine Stimme klang klein, schwach und unsicher.

Ich fühlte ihr Gewicht, als sie sich langsam neben mir auf der Matratze niederließ. Nicht einmal mein jämmerlicher Zustand ließ mich die Furcht vor ihrem alten Herrn vergessen, der nur wenige Türen weiter schlief.

Sanft küsste sie mein ramponiertes Gesicht von oben bis unten, und dann spürte ich, wie ihre Finger unter der Decke meinen Bauch entlangglitten und am Bund meiner Boxershorts zupften. Aus meinem Hals drang ein leises Seufzen. Sie musste geglaubt haben, dass sie mir wehgetan hatte. Hatte sie aber nicht.

»Entschuldige«, wisperte sie noch einmal.

Ich erbebte, als sie ihre Arme hob und das Nachthemd über den Kopf zog. Mir fiel wieder etwas von einer Geburtstagsüberraschung ein. Ihre Finger fanden den Knopf an meinen Shorts und machten ihn auf.

Und als sie sich zu mir ins Bett legte, lösten sich meine Schmerzen in Luft auf.

V

Elgar

Neunundvierzig

Ich lag an Deck, blickte in den blauen Himmel über den Bergen und dachte mir, dass es noch weitaus schlechtere Existenzen gab.

Kroatien war viel hübscher, als ich es mir vorgestellt hatte. Ich hatte geglaubt, hier gebe es nur graues Gemäuer und nichts zu essen als Gurken mit Knoblauchsoße, und doch waren wir eben erst angekommen und hatten schon ein erstklassiges Mittagessen vor einem rosafarbenen Restaurant mit Meerblick verzehrt. Nudelsuppe, Krebsrisotto und etwas kühlen Weißwein.

Okay, ich hatte meinen Eid gebrochen, aber das süße Leben auf einer riesigen Jacht in der Sommersonne hatte Widerstand zwecklos gemacht. Um ehrlich zu sein, ich war schon ein paarmal schwach geworden, seit meine neue Position in der Firma mir langsam in Fleisch und Blut überging.

Jetzt stand ich schon einige Monate in Tommy Kellys Diensten und er hatte Wort gehalten. Ich arbeitete überwiegend an den Gemälden: erstellte Listen, googelte Bilder im Internet. Ich recherchierte Auktionsergebnisse für Werke und erfand Provenienzgeschichten für Bilder, die »verschwunden« gewesen waren oder die es nie gegeben hatte, bis sie »entdeckt« wurden – von Barney Lipman oder einem anderen Künstler aus Tommys Netzwerk.

Oft saß er neben mir und sah mir zu, immer noch mit der Behauptung, er könne mit einem Computer nicht umgehen. Dass er es wirklich nicht konnte, bezweifelte ich – er wollte eher nicht. Er wollte seine Fingerabdrücke nicht ins Cyberspace hinausschicken, nicht auf irgendwelchen Festplatten oder Servern Beweismittel im Logfile hinterlassen – nichts, was auf ihn zurückfallen und ihm irgendwann eine Schlinge um den Hals legen konnte. Nicht mal Telefone rührte Tommy an: Er sprach mit Dave Slaughter und Dave machte den Anruf. Ein Küchenschneebesen war der verfänglichste Gegenstand, den Tommy jemals in Händen hielt.

Durch die Installation meiner Software hatte ich gleich zu Beginn sichergestellt, dass der komplette Datenverkehr auf Tommys Computer unter Überwachung stand. Wäre ich eine dieser Gestalten gewesen, die da oben in Beaconsfield Baylis und Tony auf dem Laufenden halten mussten, hätten mich die Ergebnisse schwer enttäuscht. Nur Google-Suchen und heruntergeladene Auktionskataloge. Alle E-Mails waren geschäftsmäßig: Fragen und Antworten, verschickt und beantwortet von mir selbst auf savagearts.co.uk. Die Website hatte ich persönlich eingerichtet.

Und nie eine E-Mail von Tommy, mit einem Haufen Gangster im cc, in der stand, *Überfall steigt um 23.15 h, Bank of England, Threadneedle Street, EC1. Pünktlich oder gar nicht … TK.* Selten so gelacht.

Natürlich hatte ich mittlerweile nicht nur den Computer,

sondern so ziemlich jedes Zimmer im Hause Kelly verwanzt und mich inzwischen daran gewöhnt, dass praktisch alles, was ich selbst sagte oder tat, von jemandem mitgehört wurde. Seltsam, wie sehr man sich an so etwas gewöhnen konnte. Ich hatte freie Hand bei allem, was Tommy mir auftrug, aber für den Zuhörer musste es nervtötend sein. Nie sagte Tommy etwas Kompromittierendes. Klar, er unterhielt sich mit mir über die Bilder, seine Leidenschaft, aber abgesehen davon redete er nie über irgendwas anderes als Essen, Autos, die Hunde und die Familie. Mit Ausnahme von Jason.

Über den Kampf hatte Tommy mir gegenüber nie ein Wort verloren. Jason hatte er überhaupt nicht mehr erwähnt. Tatsächlich schien sich Jason Kelly in den letzten Monaten ziemlich rargemacht zu haben. Ich hatte keine Ahnung, was er trieb, und nachfragen wollte ich lieber nicht.

Ab und zu wachte ich nachts auf, schweißnass vor Verfolgungswahn und voller Panik, dass Tommy einen der Peilsender entdeckt oder Cheryl die Wanze in ihrem Staubsauger gefunden haben könnte, aber bis jetzt war noch nichts dergleichen passiert. Bis zu einem gewissen Grad glaubte ich, dass Tommy sich über solche Dinge auch keine großen Gedanken machte. Er war zu Hause unendlich diskret. Nie fiel ein Wort, mit dem man ihn hätte festnageln können.

Er schien wirklich unantastbar zu sein.

Tommy war schon vor mir nach Kroatien aufgebrochen: Er war mit British Airways nach Dubrovnik geflogen. Er wollte noch das Boot abholen und ein paar Kontakte knüpfen, hatte er erklärt.

Ich war ein paar Tage später nachgekommen, mit EasyJet

nach Split. Der Frühmorgenflug war praktisch eine reine Charterveranstaltung für Touristen und ich sollte als Kunststudent unterwegs sein, weshalb ich mich in zerschlissene Röhrenjeans und abgelatschte Turnschuhe geworfen hatte. Ich trug ein ausgewaschenes Holzfällerhemd und fühlte mich wie ein Penner. Auf den Kurt-Cobain-Look stand ich nicht im Mindesten. Ich hatte mich an deutlich schickere Klamotten gewöhnt. Unter dem Arm trug ich eine Mappe mit Aktzeichnungen und Bildern auf Leinwand. Für das ungeübte Auge sah das Zeug aus wie ein Haufen Scheiße. In einer Papprolle hatte ich einen Francis Bacon, eingerollt in ein anderes, abstraktes Gemälde: noch ein Haufen Scheiße für das ungeübte Auge. Als ich zum Schalter ging, würdigte niemand die Bilder eines zweiten Blicks. Ich gab alles auf, zusammen mit meiner Reisetasche.

In Split hatte ich einen kurzen Panikanfall, als nur meine Tasche aus der Gepäckausgabe kam, aber die Mappe und die Rolle tauchten kurz darauf auf dem Förderband auf. Wenig später spazierte ich direkt durch die Zollabfertigung, ohne dass auch nur irgendwer mit der Wimper gezuckt hätte. Vor dem Flughafen wurde ich von einem wartenden Minivan aufgelesen, der mich die paar Kilometer bis zum Hafen von Trogir brachte.

Die Stadt selbst sah aus wie aus einem Disneyfilm. Überall gab es Burgen und Gebäude mit Fahnen, die von kleinen Türmchen flatterten. Der Hafen lag jenseits einer Kopfsteinpflasterbrücke und auf einer Insel, die das Zentrum von Trogir bildete. Er war gerammelt voll mit Charterjachten und Motorkreuzern, deren Crews sich schon auf die Sommersaison vorbereiteten.

Tommys Boot zu finden war kein Kunststück. Eine Sunseeker Predator 92, ein fast dreißig Meter langer Pfeil aus weißer Glasfaser, Stahl und Teakholz. Eine echte Wahnsinnsmaschine, die an ihrer eigenen Liegestelle vertäut am Ende des Pontons ankerte. Ich entdeckte ein paar Mann der kroatischen Besatzung, die Taue in Ordnung brachten und die Edelstahlteile auf Deck polierten.

»Ist Mr Kelly da?«, fragte ich. »Ich bin Eddie Savage.«

Sie halfen mir an Bord. Die Jacht hatte ein Achterdeck mit Laufplanke und ein eigenes Beiboot. Ich fand Tommy Kelly beim Sonnenbad auf dem Oberdeck, Zigarre im Mund und Gin in der Hand, fern dem Blickfeld der Schaulustigen, die über die Pontons flanierten und Boote angafften. In diesem Hafen lag das dicke Geld vor Anker.

Tommy begrüßte mich an Bord und stellte mich der kroatischen Crew vor. Es gab Platz für vier Mann Besatzung und acht Gäste, erklärte er. Saul Wynter war mit von der Partie. Er hielt gerade unten ein Nickerchen. Tommy hatte sich auch ein paar harte Burschen als Babysitter mitgebracht: Er wies aufs Vorderdeck, wo sie sich in der Sonne fläzten. Einer war schwarz und trug weite Surfershorts mit Hawaiimuster, der andere hatte olivfarbene Haut und eine knappe Badehose an und war rundum dicht und dunkel behaart.

»Johnny und Stav werden auf uns aufpassen«, erklärte er mir.

»Kein Dave, kein Donnie?«, fragte ich.

»Dave kommt nach. Donnie ist kein großer Seemann.« Er lachte. »Drink gefällig?«

Fünfzig

Nach dem Mittagessen stachen wir in See und schipperten nördlich von Trogir die Küste hoch. Die Mannschaft hatte es drauf: Kaum waren wir weit genug draußen, drehten sie den Motor auf und die *Predator* streckte die Schnauze in die Luft. Wir pflügten durchs kristallklare Meer und hinterließen eine Furche weiß schäumenden Kielwassers. Ich saß an Deck, hinter dem Steuerrad. Darko, der Skipper, hatte mich auch mal rangelassen, und ich kam mir vor wie Krösus. Der musste man wahrscheinlich auch sein, um sich die Tankladung leisten zu können, die das Monster zum Laufen brauchte.

So auf See zu sein hatte mich an diesen einen und einzigen Familienurlaub auf der Isle of Wight erinnert und mir wurde bewusst, wie fern mir das alles geworden war. Wie blödsinnig aufgeregt ich gewesen war damals, als ich mit einem Schlauchboot mit Außenbordmotor vor Ventnor herumgetuckert war. Die Farben waren in meiner Erinnerung verblasst, genau wie meine Erinnerungen an Steve. Ich wollte nicht an ihn denken, nicht jetzt. Das hätte mir klargemacht, warum ich tatsächlich auf Tommy

Kellys Jacht war, und gerade jetzt gefiel es mir hier so richtig gut.

Es war ein Erlebnis, die dalmatinische Küste Kilometer für Kilometer an uns vorbeischießen zu sehen, während wir Segelboote und Fischkutter überholten, die an der Küste herumgondelten. Noch einige Meilen, dann übernahm wieder Darko das Steuerrad, und wir bogen Richtung Küste ab, in eine Flussmündung hinein, die uns ins Landesinnere führte.

Als wir langsamer wurden und den Fluss hinaufschipperten, gesellten sich Tommy und Saul wieder zu uns an Deck, erfrischt von ihrem Schläfchen. Tommy stellte mir die Gorillas vor: Der haarige war Stavros Georgiou und den schwarzen Typen nannten alle Johnny Reggae. Im Doppelpack waren sie wirklich zum Fürchten, wie sie so mit ihren entblößten Oberkörpern dasaßen, eine Dose Export nach der anderen kippten und Kette rauchten, aber zu mir waren sie durchaus freundlich. Das Schoßhündchen vom Boss.

Johnny kramte seinen iPod hervor und stöpselte ihn in die Stereoanlage des Boots. Bald wurde klar, woher er seinen Namen hatte. Er spielte eine Ska-Version der Titelmusik von *Die Kanonen von Navarone*, die weit übers Wasser wummerte. Johnny tanzte auf dem Deck herum, fabrizierte mit dem Mund einen *Tschumm-tschicka-bumm-tschicka-tschicka-tschumm-tschicka*-Beat und grinste übers ganze Gesicht.

Sogar Tommy fuhr der Rhythmus in die Beine. Er wippte mit den bloßen Füßen und lachte mit Saul und der Besatzung. Er schlang seinen Arm um mich, wie ein kumpelhafter Vater, der leicht angesäuselt ist. Und zum ersten Mal legte ich meinen Arm um seinen. Wir schwenkten die Füße in einem bescheuerten Tanz und alle klatschten. Tommy lachte lauthals, und als das Lied zu Ende war, wuschelte er mir durchs Haar und rang hustend nach Atem.

»Schade, dass Sophie das nicht sehen kann, was?«, sagte er. Ich nickte grinsend. »Allerdings können die Mädels einem manchmal auch den Spaß versauen.« Er machte mit wackelnden Fingern vor dem Mund eine Art Trinkgeste, was Stavros zum Anlass nahm, Tommy eine Dose zu knacken und in die Hand zu drücken. Es war wie ein fröhlicher Saufsommerurlaub mit den Kumpels.

Tommy deutete auf ein paar Höhlen, die zu beiden Seiten auf Wasserhöhe in die Felsen gehauen waren. »U-Boot-Vorposten«, erklärte er. Das Wasser sei hier tief, fuhr er fort, und der Fluss war im Zweiten Weltkrieg ein wichtiges Rückzugsgebiet für die deutsche Kriegsmarine gewesen. Die tiefen dunklen Höhlen im Gestein wirkten in der Nachmittagssonne auf einmal viel finsterer. »Verrückt, wenn man bedenkt, dass sich hier die Leute vor fünfzehn Jahren noch gegenseitig in Stücke gerissen haben. Das war hier schon immer Kriegsgebiet.«

Tommy wusste gern Bescheid, welche Geschichte die Orte um ihn herum hatten, und wahrscheinlich auch, welche Rolle ihm darin zukam. Mir war nicht klar gewesen, dass die Kroaten erst vor so kurzer Zeit mit ihren Nachbarn, den Serben, im Krieg gelegen hatten, und auf einmal fühlte ich mich sehr fern von zu Hause, getrennt von allem und jedem und völlig unerreichbar.

An einem Ort, wo alles passieren konnte.

Wir überquerten einen riesigen Binnensee und tuckerten

ein paar Stunden später in den Hafen von Skradin ein. Der Ort mit seinen auf den Berghang geklebten Häusern sah aus wie die perfekte Postkartenidylle, ähnlich dem, wo wir losgefahren waren. Nur der Hafen, in dem ungefähr ein Dutzend Segelboote festgemacht waren, war hier kleiner.

In der Bucht lag eine monströse silberne Motorjacht mit getönten Scheiben vor Anker. Sie war noch ein gutes Drittel länger als unsere, sicher fast vierzig Meter.

»Sieht nach Baschis Wanne aus«, sagte Tommy, der sie durch ein Fernglas betrachtete. »Zumindest sind wir da, wo wir hinwollten.«

Wir duschten, während die Crew das kleine Motorboot zu Wasser ließ, und dann fuhren wir – Tommy, Saul und ich – an Land. Saul machte einen Anruf mit seinem Blackberry und wir zogen los zu einer Bar an der Hafenpromenade. Der Laden war voll, überwiegend mit Italienern und Russen. Sie waren leicht zu unterscheiden, und zwar nicht nur an der Sprache. Die Italiener schwebten betont elegant umher, ganz entspannt mit ihren teuren Sonnenbrillen und Gucci-Schuhen. Obwohl die Russen offensichtlich Geld hatten, wirkten sie, als hätten sie alles erst gestern gekauft und die Kleiderbügel in ihren Klamotten vergessen.

Die Gruppe, die wir suchten, war nicht schwer zu finden: ein Tisch voll ernst dreinblickender Männer, die literweise Bier in sich reinschütteten und lautstark in ihre Handys schwafelten. Als wir uns dem Tisch näherten, sprang der Mann in der Mitte auf und grinste mit goldüberkrontem Gebiss.

»Tomassowitsch!«, rief er und zog Tommy an seine Brust, um ihm auf jede Wange einen Kuss zu drücken. Größer als

Tommy war er nicht, aber breit, mit einem riesigen, kahl rasierten Schädel. Ich fand, dass er aussah wie eine Ofenkartoffel: braun, mit Pockennarben und etwas schwammig. Tommy schien sekundenlang etwas aus der Fassung gebracht, aber dann stellte er Saul und mich vor.

»Saul, Eddie«, sagte er. »Alexei Baschmakow.«

»Eddie? Dein Sohn?« Die Kartoffel schüttelte mir die Hand und klopfte mir auf die Schulter.

»Mein Assistent«, verbesserte Tommy. »Jason kümmert sich zu Hause ums Geschäft, während ich im Ausland bin.«

Mein Blick traf den von Saul Wynter und er sah schnell weg.

Wir tranken ein paar Biere, Karlovačko. Die Russen bestanden auf Tuborg. Während Tommy und Baschmakow sich über dies und jenes unterhielten, nickten Saul und ich freundlich, lächelten und stießen mit seinen Kumpeln an. Die telefonierten ohnehin die meiste Zeit und steckten sich Marlboros an.

»Alexei hat uns freundlicherweise auf ein Glas Champagner auf seine Jacht eingeladen«, sagte Tommy nach einer Weile. »Eddie, du müsstest für mich zurück an Bord gehen und die Bilder holen. Und nicht in die Brühe fallen lassen.« Er lachte und die Russen stimmten ein.

Ich ging den Hafen entlang zu der Stelle, wo das Beiboot vertäut lag, vorbei an einigen hübschen Lädchen, die gestreifte Segelpullis und Flip-Flops verkauften. Noch eine weitere russische Jacht war am Anlegeplatz festgemacht. Betrunkene Bikinimädchen kicherten auf Deck und am Kai glotzten fette Männer und wünschten sich unter die Gäste.

Dem Boot gegenüber, jenseits eines breiten Kopfsteinpflasterstreifens, lag noch ein Café. Draußen saßen Leute an Tischen, genossen die Aussicht und das vorbeiziehende Leben. An einem Tisch saß ganz allein ein dunkelhaariges sexy Mädchen bei einer Tasse Kaffee und einer Zigarette. Sie trug eine große schwarze Sonnenbrille und eine weiße Bluse über ultrakurzen Shorts. Ich hätte schwören können, dass sie hinter den dunklen Gläsern meinen Blick suchte. Einen Moment lang sah ich noch hin, dann war ich mir sicher. Anna.

Ich setzte einen Schritt nach vorn, aber sie schüttelte den Kopf. Ich hielt inne. Sie drückte ihre Zigarette aus und hinterließ Kleingeld auf dem Tisch. Ich tat, als interessiere ich mich wie die anderen Männer für die Jacht, während sie aufstand und das Café verließ. Sie bog in die nächste Straße voller Geschenkläden und Bars ein und mit ein paar Sekunden Abstand folgte ich ihr. Ich sah, wie sie vor einer Zeitschriftenhandlung stehen blieb. Davor war ein Ständer mit Postkarten aufgebaut, und ein Gestell mit europäischen Zeitungen. Sie ging die Postkarten durch. Ich trat zu ihr und betrachtete die Zeitungen, um eine auf Englisch zu finden.

»Was machst du hier?«, fragte ich leise.

»Dasselbe wie du«, antwortete sie. »Ich arbeite.« Ich hörte einen Anflug von Ironie heraus. »Wir müssen reden. Triff mich morgen früh hier, wenn du wegkommst. Vor zwölf.«

»Ich hab keine Ahnung, wie der Plan für morgen aussieht«, sagte ich.

»Wenn du's nicht schaffst, lass ich hier auf dem Ständer eine Karte für dich da.« Sie schaute mich nicht an, aber aus dem Augenwinkel sah ich, wie sie auf die dritte Reihe von unten deutete, in der Mitte des Ständers. »Erfinde irgendeine Ausrede. Ein Geschenk für Sophie, irgendwas.«

Sie zog eine Karte heraus, mit einem Wasserfall-Motiv, und ging hinein, um zu zahlen. Ich wartete auf sie, aber als sie herauskam, würdigte sie mich keines Blickes. Sie spazierte einfach weiter die Straße entlang. Einen Moment lang starrte ich ihren langen, braunen Beinen hinterher und bemerkte dann, dass der Zeitungsverkäufer genau dasselbe tat.

Ich machte auf dem Absatz kehrt und ging in die Gegenrichtung, zurück zum Boot, völlig durch den Wind.

Einundfünfzig

Als Darko mich schließlich wieder in der Motorjolle übersetzte, floss auf Baschmakows Jacht bereits der Champagner in Strömen. Ihre Lichter leuchteten auf dem ruhigen Wasser und es glitzerte, nicht wie ein Weihnachtsbaum, sondern eher wie ein schwimmender Nachtclub.

Es gab drei Decks, und ein Steward in Uniform, der kein Wort Englisch sprach, führte mich durchs Boot.

Das Unterdeck war dunkel, vollgestopft mit Mädchen und fies aussehenden Russen, die sich entweder auf Bänken herumfläzten oder zu Eurodiscoklängen wiegten. Alle tranken und keiner interessierte sich für mich. Der Steward führte mich eine glänzende Stahltreppe hinauf in den oberen Salon.

Dort oben war die Atmosphäre etwas exklusiver. Alles war beeindruckend geräumig und ich fragte mich, wie man solch eine riesige Fläche ins Innere eines Schiffs bekam. Hätte ich es nicht besser gewusst, ich hätte das hier für eine noble Bar in irgendeinem internationalen Hotel gehalten. Der Boden und die Einbauschränke waren aus poliertem Holz, alles Übrige aus glänzendem Chrom oder cremefarbenem Leder.

Obwohl auch hier gelacht wurde und die schönsten Mädchen überhaupt herumhingen, waren Tommy, Saul und Baschi, wie sie ihn nannten, in eine geschäftliche Unterhaltung verwickelt. Als wäre es eine Cocktailparty.

Saul entdeckte mich und rief mich hinüber.

»Und hier ist er auch schon«, sagte Tommy und küsste mich auf die Wange. Er hatte jetzt schon ein paar intus. »Zeig dem Fuchs den Gänsebraten.« Baschi lachte und wir gingen rüber zum großen Kartentisch in der Mitte des Salons.

Ich hievte die Mappe auf den Tisch und zog den Reißverschluss auf. Tommy blätterte die Klarsichthüllen durch und zog meinen Schwitters heraus.

»Hier geht's los«, sagte er. »Mein Geschenk an dich. Kurt Schwitters. Englische Periode. Dürfte dir gefallen, oder?« Er reichte es Baschmakow, der es sofort umdrehte und die Rückseite untersuchte. Er setzte seine Brille auf, um die Schrift zu entziffern, sah sich dann die Vorderseite an, betrachtete die Ecken des Rahmens und schließlich die Collage selbst.

»Ist es richtig?«, fragte er.

Tommy reckte die Hände wie ein Händler aus dem East End. »Was heißt? Ist von mir höchstpersönlich geklaut!«

Darüber schütteten sie sich alle aus vor Lachen und Tommys Dreistigkeit schien zu reichen, um Baschmakow von der Echtheit zu überzeugen. Vielleicht war es ihm auch einfach wurscht.

Tommy zog die anderen Gemälde und Zeichnungen aus den Hüllen: Zeug, das ich online auf Auktionen gekauft hatte, auf seine Anweisung. Die Bilder waren ziemlich gewöhnlich und erst jetzt kapierte ich, dass sie nur da waren, um die Sammlung etwas aufzufetten.

»Schrott ... Schrott«, sagte Tommy und drehte eines nach dem anderen um, bis er zu einem weiteren Bild auf kräftigem Aquarellpapier kam. Mir war es völlig neu. »Ah, jetzt kommt's.«

Es war eine Bleistiftzeichnung von einem Zigeunermädchen, mit hohen Wangenknochen und blitzenden Augen. Langsam verstand ich ein bisschen was davon. Mir gefiel es selbst ganz gut. Es war mit '07 datiert, was wohl für 1907 stand, aber es sah richtig modern aus. Vielleicht war es das auch.

»Augustus John«, erklärte Tommy. »Klassisches Stück, 1907.«

Baschi nickte anerkennend. »Von ihm ich habe schon zwei Porträts in Öl. Dieses gefällt mir.«

»Guter Geschmack, Herr Baschmakow«, lobte Tommy. »Zeig ihm unser Kabinettstückchen, Eddie.«

Ich entfernte den Deckel von der Rolle und ließ die Leinwand hinausgleiten. Tommy schälte das billige Gemälde ab, das das richtige schützen sollte, und breitete den Bacon auf dem Kartentisch aus. Er sah dem, den ich vor Monaten in Barney Lipmans Studio gesehen hatte, ziemlich ähnlich, aber das behielt ich lieber für mich.

»Als das letzte von denen auf den offiziellen Markt kam, hat es fünfundzwanzig Millionen gebracht«, sagte Tommy. »Das ist eine Studie für die *Figuren am Fuße der Kreuzigung*, was in der Tate Gallery in London hängt.«

Erst schenkte er Baschmakow noch ein Glas Champagner ein, dann sich selbst. Mit dem Verkauf schien er es nicht eilig zu haben, wenn er überhaupt darauf aus war. Eher schien er mit etwas aus seiner privaten Sammlung zu prahlen. Ich schätze, genau das war der Trick. Baschmakow nahm den Bacon minutiös unter die Lupe, untersuchte die Ränder der Leinwand. Wo sie früher auf den Holzrahmen gespannt gewesen war, hatte sie jetzt kleine Nagellöcher.

»1944«, fuhr Tommy fort. »Alle Experten sind sich einig, dass Bacons Karriere damit losging. Fast alles, was er vorher gemacht hat, hat er vernichtet. Drum haben die Leute angenommen, das wäre auch mit dem hier passiert. Selten wie Schaukelpferdkacke.«

Baschmakow nippte an seinem Champagner und steckte sich eine Kippe an. So langsam sah er ziemlich ernst aus, als würden ihn Tommys Worte beeindrucken – und ich muss zugeben, sie klangen ziemlich überzeugend.

»Also, woher kommt es?«, fragte Baschmakow.

»Ist schon seit den Sechzigern verschwunden«, erklärte Tommy. »Alle sind davon ausgegangen, dass es im Müll gelandet ist. Aber durch einen unserer Mittelsmänner haben wir es bei einer alten Schwuchtel in Bayswater in der Wohnung gefunden. Einer von Bacons Liebhabern. Hat das Bild mitgehen lassen, als Schluss war.«

Für meine Ohren klang die Geschichte richtig gut. Ich glaubte dran und ich hatte sie immerhin selbst erfunden. Hatte ein bisschen rumrecherchiert. Francis Bacon war dafür bekannt, dass er mit irgendwelchen Ganoven in Soho abgehangen hatte. Einer seiner Freunde war Einbrecher gewesen, hatte Tommy mir erzählt. Damals hatte Schwulsein genauso als Verbrechen gegolten wie bewaffneter Raubüberfall. Da konnte man schon für das Einführen von Latten verknackt werden, hatte Tommy gewitzelt.

»Also ist es geklaut?« Baschi klang nicht sonderlich besorgt.

Tommy zuckte die Achseln. »Anscheinend hat Bacon selbst nicht mal gemerkt, dass es weg war. Der alte Hinterlader war die meiste Zeit so besoffen, dass er eh keinen Überblick mehr hatte, was er vernichtet hatte und was nicht. Aber wenn man's genau nimmt, ist es unredlich erworben und kann nicht auf den freien Markt.«

»Wie viel?«, fragte Baschmakow. Er hatte genug gehört und Tommys Geschichte ergab Sinn.

»Wie gesagt, Damien Hirst hat für eins wie das hier fünfundzwanzig bezahlt. Damit hättest du ein Bild, für das würden sich die meisten Museen Europas die Eier abschneiden lassen.«

»Sag es mir einfach.« Baschmakow lachte und legte seinen Arm um Tommys Schultern. »Raus damit, ohne die blumigen Worte. Ich bin kein Mädchen.« Er drückte Tommy an sich und machte ein Kussgeräusch.

»Wie du willst«, sagte Tommy. »Fünf.«

Baschmakow schürzte die Lippen. »Euro? Du verarschst mich doch nicht, oder, Kelly?«

»Hand aufs Herz«, sagte Tommy.

»Drei.«

»Viereinhalb, und wir sind im Geschäft.«

Baschmakow grinste und sie schüttelten sich die Hände. Viereinhalb Millionen Euro. Eben mal so.

Einer von Baschmakows Handlangern kam in den Salon und sagte etwas auf Russisch.

»Klingt, als wär der Rest des Zeugs angekommen, Tommy«, meinte Baschmakow.

Wir spähten aus dem Fenster. In der Dunkelheit legte eine Jacht neben uns an. Ich folgte Tommy und Baschmakow rauf aufs Deck und sah drüben vier Mann Besatzung, unter anderem Dave Slaughter.

»Alles klar, Dave?«, rief Tommy hinunter. Dave grüßte seemännisch. Sie vertäuten die Jacht neben der von Baschmakow, und einige von Baschis Crew kletterten hinüber, um Kisten aus den Gepäckfächern zu laden. Sie sahen aus wie Champagnerkisten, mit Plastikfolie umwickelt, um sie vor der Feuchtigkeit zu schützen.

Dave sprang an Bord. Er schien seine eigene Champagnerflasche zur Party mitgebracht zu haben. Er reichte sie direkt an Baschmakow weiter, der einen Blick aufs Etikett warf und anerkennend nickte. Dann zog er ein Klappmesser aus seiner Tasche und schnitt säuberlich durch den Flaschenhals, als wäre es Butter. Die Flasche war aus Wachs.

Dann klopfte er die abgetrennte Spitze über seiner Hand aus und einige Brösel klumpigen weißen Puders fielen heraus. Baschmakow leerte die Klümpchen auf den weißen Glasfaserbug und zerdrückte sie mit der flachen Klinge zu einem Pulver, das er zu einer Linie formte, etwa halb so lang wie ein Bleistift. Einer seiner Leute reichte ihm einen eingerollten Geldschein und Baschmakow beugte sich vor und zog sich das Pulver tief in die Nase. Danach wischte er mit dem Finger den übrig gebliebenen Staub ab, legte ihn prüfend auf die Zunge und rieb ihn sich übers Zahnfleisch.

»Gut«, sagte er nach einigen Sekunden. »Sauber. Dieses hier heben wir für uns selbst auf.« Er reichte seinem Handlanger die Flasche und signalisierte dem Boot gegenüber seine Zustimmung. »Wir machen eine Party.«

Keine Frage, sie stellten den besten Wodka der Welt her und konnten sich auch ihre eigenen Pillen drehen, aber für die neureichen Russen war das kolumbianische Nasengold die Droge der Wahl. Und es musste von weither gebracht werden. Von Leuten mit den richtigen Verbindungen.

In der Ferne kündigte ein Surren ein weiteres Motorboot an, einen Außenborder, der von der anderen Seite des Sees kam. Mir brach der Schweiß aus, als Baschmakows Männer anfingen, einander zuzumurmeln, und versuchten, es mit ihren Nachtsichtferngläsern auszumachen. Ein Seufzer der Erleichterung machte die Runde, als vom sich nähernden Boot ein Lichtsignal aufblitzte. Es war das erwartete.

Das kleinere Boot kam in Sichtweite und wurde neben der Jacht vertäut, mit der Dave gekommen war. Die Männer wuchteten die Kisten von einem Boot zum nächsten, wo sie unter Deck verstaut wurden, und innerhalb weniger Minuten war der Außenborder beladen und auch schon verschwunden.

Stav Georgiou übernahm Daves Platz auf dem anderen Boot und fuhr kurz darauf los. Baschmakow und Tommy beobachteten den Aufbruch und gratulierten einander per Handschlag zu diesem glatten, reibungslosen Geschäft. Tommys Trick war es anscheinend, die Lieferung zu garantieren. Den Handel abzuschließen, aber nie an Bord des Schiffs mit der Ware zu sein. Hatte er alles abgewickelt, hieß es Tschüssikowski. Und waren wir erst mal zurück auf unserer Jacht, würde es da nichts zu sehen geben als ein paar Flaschen Gin aus dem Duty-free.

Ich schlenderte übers Hinterdeck, wo Tommy gerade mit Dave Nachbesprechung hielt, während sie auf unsere Jolle warteten. Er wollte los. Meine Bootsschuhe machten auf dem Teakholz kein Geräusch und mir wurde klar, dass die beiden mich nicht bemerkt hatten. Der Schatten des Oberdecks verbarg mich. Noch ein Schritt nach vorn hätte nach Anschleichen ausgesehen, umzudrehen jedoch, als würde ich mich heimlich davonmachen. Ich drückte mich gegen das Schott, in einer unmöglichen Situation gefangen.

»Ganze Arbeit, Dave«, hörte ich Tommy sagen. »Gute Reise von Brindisi her?« Er war in Topform. Das Geschäft mit dem Bild war über die Bühne, das Kokain sicher abgeliefert.

»Ja, nicht übel.« Dave klang, als würde er nicht mit allem rausrücken.

»Was gibt's?«, fragte Tommy.

»Bisschen Stress zu Hause«, sagte Dave. »Nichts, worüber man sich aufregen müsste.«

»Lass das mal mich beurteilen.«

Daves Stimme senkte sich zu einem Flüstern und ich hörte ihn etwas murmeln, entschuldigend, als wolle er den Boss nicht aufregen.

Tommy stieß einen Schwall von Schimpfworten aus, die mir das Wasser in die Augen trieben. Seine Stimme klang rau und grob.

»Geh nach Hause zu Donnie. Sag ihm, er soll ihn kaputt machen. Ihn aufmachen wie eine Tüte Chips.«

Mich schüttelte es bei dem Bild, das der Spruch heraufbeschwor. Da näherte sich unsere Jolle. Ihr Scheinwerfer warf einen Lichtstrahl über das Deck, und als Tommy sich umdrehte, fiel sein Blick auf mich. Ich tat einen Schritt vor, als ob ich einen Spaziergang auf Deck gemacht hätte.

»Eddie?«, sagte er. »Was gibt das hier?«

Zweiundfünfzig

Über Nacht war Tommys Stimmung völlig umgeschlagen.

Ich hatte mir fast in die Hose gemacht und keinen Schlaf gefunden. Ich hatte es mir hier in meiner Rolle viel zu gemütlich eingerichtet, das war mir jetzt klar, und war in Gefahr aufzufliegen. Tommys Worte von letzter Nacht hatten mich schmerzhaft daran erinnert, wer er eigentlich war und womit er seinen Lebensunterhalt bestritt.

Am nächsten Morgen war er nicht unangenehm zu mir, nur kühl und zurückhaltend. Dann schloss er sich mit Saul und Dave in der Vorderkajüte ein. Ich hörte, wie er herumbrüllte.

Nie zuvor hatte ich gehört, wie Tommy Kelly auch nur die Stimme erhob.

Als sie wieder herauskamen, erklärte er mir, sie müssten noch ein Geschäft mit Baschmakow zu Ende bringen und das werde ein paar Stunden dauern. Es war offensichtlich, dass ich dazu nicht eingeladen war. Saul zwinkerte mir zu, als brauche ich mir darüber nicht den Kopf zu zerbrechen. Ich war erleichtert. Immer, wenn in Tommys Umfeld etwas schiefging, fühlte ich mich sofort schuldig, als hätte ihn etwas, das ich an Baylis weitergegeben hatte, eingeholt.

Und mich als Nächstes.

»Wär's okay, wenn ich ein bisschen an Land gehe?«, fragte ich.

»Warum nicht?« Tommys Stimmung schien sich aufzuhellen. »Kauf vielleicht ein paar Geschenke für die Mädels.«

»Ja, daran hab ich auch gedacht«, sagte ich.

Zum ersten Mal an diesem Morgen lächelte Tommy und tippte sich an die Nase. »Der Mann hat ein Hirn im Kopf.« Als wäre der Kauf von Mitbringseln für Cheryl und Sophie wichtiger als seine Geschäfte. »Wir lassen dich am Hafen raus, wenn wir auf Baschis Jacht übersetzen.«

Es war ein heller, sonniger Tag. Ich schlenderte mit meiner Ray-Ban auf der Nase um die Cafés und Bars an der Promenade und suchte alles nach Anna ab.

Einen Moment lang war mir einfach nur nach Davonlaufen, auch wenn ich keine Ahnung hatte, wohin. Meine Gefühle waren gemischt. Wie Tommy plötzlich Zähne gezeigt hatte, das war mir in die Glieder gefahren, aber irgendwie fühlte ich mich doch sicherer bei dem Gedanken, in seinen Schoß zurückzukehren, als das Risiko einzugehen und irgendwohin in die große weite Welt zu flüchten.

Die Welt der Kellys war voll zweifelhafter Geschäfte und Unsicherheit, aber sie enthielt auch Cheryl und Sophie, die mir in vieler Hinsicht wie eine Familie geworden waren. Natürlich hatte ich im Verlauf der letzten Monate Geld eingesammelt und Abholungen gemacht, wenn Dave mir das aufgetragen hatte. Ich hatte auch mitangesehen, wie ein, zwei arme Trottel durch mehr als nur ein paar Schläge zum Abliefern ermutigt werden mussten. Aber ich fand nicht, dass ich über *alles* einen Bericht erstatten musste. Denn daneben gab es eben auch Mittagessen im Kreise der Familie, Wochenendtrips, die besten Tische in Restaurants und Shows im West End. Es war ein süßes Leben, solange Tommy nur glücklich war.

Im Gegensatz dazu erschien mir die rechtlich einwandfreie Welt von Tony Morris, Baylis und Anna kalt und hart: manipulativ und, ehrlich gesagt, ohne jedes echte Interesse an meinen Lebensumständen und meinem Wohlergehen. Ich wusste nicht, wohin ich mich wenden sollte.

Ich hatte Shorts und ein schwarzes Lacoste-Polohemd übergezogen, um nicht aufzufallen wie ein Schinkenbrötchen bei einer Bar-Mizwa. Als ich sie schließlich entdeckte, sah ich, dass sie das Gleiche getan hatte: schwarzes Top und Jeansrock. Wegen der Farbe ihrer Kleidung hatte ich sie zunächst nicht bemerkt, aber ihre Attraktivität war dann doch nicht zu übersehen, und ich steuerte rasch auf sie zu – genau wie ein halbes Dutzend anderer Kerle, die verstohlen in der Nähe herumlungerten. Sie stand wieder vor demselben Laden und las in einer Zeitung.

Sobald sie mich bemerkt hatte, ging ich weiter geradeaus, eine kopfsteingepflasterte Seitengasse hoch in Richtung eines kleinen Platzes vor einer Kirche. In der Mitte stand ein Brunnen, also ließ ich mich auf seinem Steinsockel nieder. Es waren auch ein paar Nonnen da und einige dieser völlig in Schwarz gekleideten Greisinnen, die in fremden Ländern immer vor den Kirchen herumhingen. Alte schwarze

Witwen. Anna und ich schienen ihre Kleiderordnung einzuhalten.

Bis auf die Frauen war der Platz verlassen. Als Anna ankam, ignorierte sie mich geflissentlich. Ihr Blick glitt empor zur gemeißelten Steinfassade der Kirche. Die Glocke im Kirchturm schlug zur halben Stunde, als ob jemand mit einem Löffel auf einen Kochtopf hämmerte. Anna zog ein Tuch aus der Tasche und schlang es sich um die Schultern, bevor sie die Kirche betrat.

Einen Moment lang wartete ich ab und sah mich um, bevor ich ihr folgte.

Im Inneren war die Luft kühl und feucht, mit diesem typischen Räucherstäbchengeruch alter Kirchen. Ich ging den Mittelgang hinunter, direkt auf ein grauenhaft aussehendes, lebensgroßes Kruzifix zu. Es war aus Holz gearbeitet und bemalt worden: Die Nägel in den Händen Christi sahen völlig echt aus und das Loch in seiner Seite wirkte wie eine frische Stichwunde, aus der noch das Blut herausquoll. Seine glasigen Augen waren nach oben gerollt und sogar die geschnitzte Zunge hing ihm aus dem Mund. Die Szene glich eher einer Tatortrekonstruktion als einem religiösen Kunstwerk.

Seitlich gab es eine kleine Kapelle mit einem Fliesenboden im Schachbrettmuster. Auf einem Metallgestell am Eingang brannten halb heruntergeschmolzene Kerzen vor sich hin und innen drin stand ein mit alter Spitze bedeckter Altar. Statt sich hinzuknien, hatte sich Anna lieber auf die Bank vor den Altar gesetzt. Beten passte auch nicht wirklich zu ihr.

Ich schlüpfte in die Bank hinter ihr. »Hi«, flüsterte ich.

»Was bist du so spät?«

»So leicht ist es jetzt auch nicht, von einer Jacht draußen im Meer runterzukommen. Ich kann sie ja nicht einfach an der Promenade parken.«

»Schon klar, alter Playboy«, sagte sie. »Hab sie gesehen. Höchst eindrucksvoll.«

Sie klang angenervt, als würde ich ihr etwas vormachen, was ich ziemlich unangebracht fand.

»Hör mal«, sagte ich. »Ich weiß, dass du drauf angesetzt warst, mich bei Laune zu halten.«

»Sei nicht naiv, Eddie.« Sie warf einen Blick über ihre Schulter. »Ich mag dich. Das weißt du. Aber jetzt werd mal erwachsen, das ist Teil des Jobs.«

»Wo steigst du ab?«

»Besser, wenn du's nicht weißt«, erklärte sie. »Hör zu. Nimrod wird langsam nervös. Er findet, dass du zu selten Bericht erstattest.«

»Deshalb bist du hier?«, fragte ich. »Um für Baylis ein Auge auf mich zu haben?« Seinen blödsinnigen Tarnnamen hatte ich schon fast vergessen. Anna zuckte zusammen, als ich vergaß, ihn zu verwenden.

»Pssst! Ja, klar bin ich deshalb hier. Um die Lage zu peilen.«

»Ich bin voll undercover«, sagte ich. »Ich sollte keine Meldung machen, bis nicht irgendwas passiert.«

»Und, ist nichts passiert?«, fragte sie. »Warum bist du denn hier?«

»Gemälde«, antwortete ich.

»Und?«

Im Laufe der letzten Monate hatte ich mich so daran gewöhnt, dass irgendwelche Päckchen von hier nach dort verschoben wurden, dass ich die kokaingefüllten Champagnerflaschen beinahe vergessen hatte. Dass hier Drogen verschifft wurden, war ja nicht weiter überraschend. Vielleicht wollte irgendwas in mir auch lieber nicht so genau hinsehen und womöglich am eigenen Ast sägen.

»Keine Ahnung«, sagte ich. »Sie sind jetzt da draußen und bereden irgendwas. Ich werd längst nicht in alles eingeweiht, wie du siehst. Ich bin hier.«

Anna musterte mich unter gesenkten Lidern, als würde sie mir das nicht abnehmen. »Und Gewehre, Waffen wurden nicht erwähnt?«, fragte sie. »Nimrod meint, dass sie was Größeres planen.«

»Hab nichts dergleichen gehört«, sagte ich. Das stimmte auch, hatte ich nicht.

»Du scheinst dich ja prächtig zu amüsieren, Eddie.« Sie hob ihre Augenbrauen. »Sind dir das ganze Geld und der Glamour zu Kopf gestiegen?«

Ich schüttelte den Kopf, obwohl mir die Röte ins Gesicht stieg. Vielleicht war es tatsächlich so.

»Nimrod fragt sich, ob du dich nicht ein bisschen zu gut anpasst«, sagte sie. »Ich hoffe, du weißt noch, wohin dein moralischer Kompass zeigt, Eddie.«

»Und das von dir«, sagte ich. Auf einmal fühlte ich mich wie ein schmollender Schuljunge. Mein Mut verließ mich und all meine Panik brach durch die Oberfläche. »Anna, ich scheiß mich an vor Angst. Da draußen ist es wirklich zum Fürchten. Ich frag mich langsam, ob er mich verdächtigt. Wenn ich rauswollte, wie stehen meine Chancen abzuspringen?«

»Null«, sagte Anna. »Halt durch, komm zurück nach Hause und erstatte Bericht. Versuch dich zu erinnern, auf welcher Seite du stehst.«

Kein Herumgetue, das war klar. In dem Moment wollte ich nichts dringender, als mich mit ihr in ein Taxi setzen und zum nächsten Flughafen flüchten.

»Hör mal, wir sitzen hier schon lang genug. Ich muss los«, sagte sie. »Denk dran, die Postkarte mitzunehmen. Ich hab sie dagelassen, falls du nicht kommst.«

Wir verließen die Kirche. Als wir hinaustraten, wirkte das Tageslicht übernatürlich hell. Mühsam gewöhnten sich meine Augen daran, während wir auf den Platz hinausspazierten. Ich sah das verschwommene Bild eines Mannes, der auf Anna und mich zukam, und als ich blinzelte, wurde es schärfer, und mein Mund trocknete aus.

»Eddie.« Es war Saul Wynter. Er trug einen Aktenkoffer.

»Hey«, sagte ich verlegen, immer noch mit dem Helligkeitswechsel kämpfend, während ich mit meiner Sonnenbrille herumhantierte.

Anna entfernte sich. *»Merci«*, sagte sie. »*Sank* you.« Ihr französischer Akzent klang einwandfrei.

Saul sah ihr nach, wie sie über den Platz wegstolzierte. »Meine Fresse«, sagte er. »Fünf Minuten lässt man dich allein und schon reißt du ausländische Bräute in der Kirche auf. Katholikinnen sind immer die schlimmsten.« Er zwinkerte mir zu.

»Sie wusste nicht, wohin«, sagte ich. »Französin.« Mir zitterten die Knie.

»Na klar«, sagte Saul. »Und du hast ihr gezeigt, wo's langgeht?« Wir lachten beide.

»Das bleibt natürlich unter uns«, sagte Saul, während ihre langen, braunen Beine über den Platz hinwegschritten und verschwanden. »Aber du musst den ganzen Weg zurück nett zu mir sein, sonst petz ich bei Sophie.«

Oder bei Tommy, dachte ich. Saul sah mich länger an, als mir lieb war. Und ich wand mich innerlich ohnehin schon genug. Mir war so unbehaglich, wie es einem überhaupt nur sein kann, ohne dass man Angelhaken in den Augen stecken hat. Er boxte mich in den Arm, als wolle er mir unter Männern zu verstehen geben, mein kleines Geheimnis sei bei ihm gut aufgehoben. Ich war mir nicht sicher, ob ich damit durchgekommen war. Wirklich überhaupt nicht sicher.

»Wir fahren«, berichtete er mir. »Ich bin gekommen, um dich abzuholen.«

Wir machten uns auf den Weg, an den Lädchen vorbei.

»Ich kauf nur schnell ein paar Geschenke für Sophie«, sagte ich.

»Was hast du denn die ganze Zeit getrieben?«, fragte Saul. Ich zuckte die Schultern.

»Ich muss kurz zur Bank«, sagte Saul und klopfte auf seine Aktentasche. Vor der Credit Kuna, oder wie sie auch immer hieß, hielt er an und sah wieder die Straße hinunter. »Süße Schnecke«, sagte er. »Sicher, dass du sie nicht kanntest?«

»Nein!«, protestierte ich. Es sah ganz schlecht aus, das war mir klar.

»Hör mal zu, Eddie.« Saul blickte weiter die Straße hinab. »Sollte dir irgendwas ... Ungewöhnliches auffallen, sagst du mir das doch, oder?«

»Klar«, sagte ich. »Was zum Beispiel?«

»Keine Ahnung. Sachen, die du Tommy lieber nicht erzählen würdest. Dinge, die dir irgendwie spanisch vorkommen. Leute, die irgendwie herumstochern, Zeug, das Jason vielleicht vorhaben könnte ... Wir können uns gegenseitig helfen.«

Langsam begriff ich, worauf er hinauswollte. Jedenfalls glaubte ich das.

»Kein Wort darüber«, sagte er. Er drückte mir den Arm. »Wir treffen uns unten an der Eckbar auf ein schnelles Bierchen, bevor wir zurückfahren.«

Saul ging zur Bank und ich in die Läden, völlig verwirrt. Was das eben gesollt hatte, war mir nicht ganz klar. Ich kaufte ein Oberteil mit Matrosenstreifen für Sophie und ein paar Seifen und Krimskrams für ihre Mutter. Etwas für meine eigene zu kaufen, kam mir noch nicht mal in den Sinn. Aber die Ironie, dass direkt da draußen auf dem Wasser Gott weiß was für Sachen vertickt und schmutzige Euro auf der Bank gewaschen wurden, während ich hier rumstand und Seife kaufte, war mir nicht entgangen. Ich spazierte am Zeitschriftenhändler vorbei und suchte auf dem Postkartenständer nach Annas Karte.

Sie war nicht da.

Ich ging jede einzelne Postkartenreihe auf dem Ständer durch. Fehlanzeige. Mir wurde ganz flau. Hoffentlich war Anna so schlau gewesen, kehrtzumachen und sie einzusammeln, als sie gesehen hatte, mit wem ich unterwegs war.

Ich ging runter zum Café, wo Saul eben den Rest seines

Bieres leerte. Meins wartete schon auf dem Tisch. Ich setzte mich hin und nahm einen großen Schluck.

»Alles bekommen?«, erkundigte sich Saul.

»Denk schon«, sagte ich. »Kleinkram.« Ich hob die Einkaufstasche, um es ihm vorzuführen.

»Der Gedanke zählt.« Er zog eine Rolle Banknoten aus der Tasche und reichte sie mir. Euro, alles zusammen sicher ein Tausender. »Denk dran, was ich gesagt habe.«

Ich lehnte das Geld ab, aber er legte den Arm um meine Schulter wie ein großzügiger Onkel und schob mir die Scheine in die Tasche. »Das mit den Bildern hast du gut gemacht«, sagte er.

»So gut nun auch wieder nicht«, meinte ich und versuchte, das Geld in seine Hemdtasche zurückzubugsieren.

»Nicht der Rede wert.« Er gab es mir wieder. »Man muss alle bei Laune halten.«

Dreiundfünfzig

Donnie schwitzte wie ein Schweinebraten. In den letzten Wochen hatte er nur eine einzige Aufgabe gehabt: ständig hinter Jason herzuputzen und das Chaos zu beseitigen, das er anrichtete. Zum Kotzen. Und jetzt war Donnie schon wieder unterwegs, Punkt Mitternacht, um die Scheiße wegzuräumen, die Jason hinterlassen hatte.

Der Bursche war komplett durchgedreht. Am Tag nach dem Kampf hatte es einen Mordsfamilienkrach mit Tommy und Cheryl gegeben. Die beiden hatten einen Tobsuchtsanfall hingelegt, weil er sie so blamiert hatte. Das Schauspiel, das er geliefert habe, hätte sie alles andere als stolz gemacht. Tommy war sogar so weit gegangen zu sagen, Jason sei nicht mehr sein Sohn. Donnie und Dave hatten sich unbehaglich im Hintergrund rumgedrückt. Dass die Familie vor ihren Augen Schmutzwäsche wusch, war noch selten vorgekommen. Für Donnie ein eindeutiges Zeichen, dass der Alte nicht mehr alles im Griff hatte. Der Boss schien kurz davor hinzuschmeißen.

Nie zuvor hatten sie erlebt, dass Tommy Kelly sich mit Problemen dieser Art herumärgern musste, aber vorher hatte er eben auch noch keinen zwanzigjährigen Sohn gehabt, der an seinem Thron wackelte. Sein eigen Fleisch und Blut, das auf einmal die Muskeln spielen ließ. Bis eben noch war Jason der Kleine gewesen, aber seit letztem Jahr versuchte er ständig, in der Firma Fuß zu fassen. Und dem Alten gefiel das gar nicht. Jason schien zu glauben, dass er das Unternehmen erben würde, Tommy sah das nicht so.

Genauso wenig wie Cheryl, oder anscheinend überhaupt irgendwer. Donnie wusste, dass sie ihre Kinder am liebsten gar nicht mit dem Geschäft in Berührung kommen lassen wollte. Das war auch nicht notwendig. Tommy hatte genug beiseitegeschafft, um es ihnen bis ans Ende ihrer Tage gemütlich zu machen. Alles investiert, in Stiftungen angelegt und sorgfältig gewaschen von Saul Wynter.

Donnie leugnete keineswegs, dass sie inzwischen alle etwas zu alt für das Spiel wurden. Tommy war in den Mittfünfzigern, Saul Ende vierzig. Dave und er wurden langsam etwas morsch in den Knochen und lebten in der Hoffnung, dass ihr Pensionsplan ein paar Hunderttausend Pfund cash und eine Bar in Palma Nova vorsah. Solange vorher keiner Scheiße baute.

Donnies Gedanken schweiften ab zu jenem Sommer auf Malle, damals, nachdem sie sich um Tommys Bruder Patsy Kelly gekümmert hatten, in Südspanien. Dort unten hatte Donnie damals seine Ersparnisse auf die hohe Kante gelegt, sorgfältig durch verschiedene Kanäle gefiltert, die Saul eingerichtet hatte. In Sachen Geld war der Typ ein echtes Genie, da waren sich Dave und Donnie einig. Normalerweise hätte Donnie sich die Scheine einfach in die Matratze gestopft. Er träumte sich an den Strand mit einem großen, kalten San

Miguel und einem Teller Calamadingsda, Wellenrauschen, einer dieser netten, spanischen Schnitten ...

Das Platschen der Regentropfen auf den schmierigen Südlondoner Straßen riss Donnie unsanft vom Strand zurück. Bis es so weit war, gab es noch ordentlich zu tun. Irgendein Dreck zum Auffegen. Tommy hatte gemeint, es sei an der Zeit, den Laden auf Vordermann zu bringen. Donnie stieg in die Bremse, als die Radarfalle bei Lee Green näher kam. Strafzettel wegen Geschwindigkeitsübertretungen und Fotos aus Radarfallen waren bei Tommy echte Todsünden. Er machte einen Schlenker über den Kreisverkehr bei Lewisham, runter Richtung New Cross, um Paulie Dolan vom Harp Club abzuholen, bevor es an die Arbeit ging.

Tommy hatte mir gesagt, ich solle mir nach unserer Reise ein paar Tage freinehmen. Ich spürte, dass irgendwas Geschäftliches im Busch war. Etwas, das mich nichts anging.

Wieder auf heimischem Boden war ich zunächst nur erleichtert, dass ich es lebend zurückgeschafft hatte, ohne aufzufliegen, doch dann wurde mir klar, dass ich es beinahe genossen hatte. Es war eine Art Urlaub gewesen. Einfach einer, zu dem gefälschte Gemälde, Kokainschmuggel und Verbrecher aus aller Welt gehörten. Mir fiel ein, was Anna über meinen moralischen Kompass gesagt hatte, aber um ehrlich zu sein, fühlte ich mich nicht allzu schuldig. Keiner war zu Schaden gekommen, es war schön gewesen in der Sonne und auf diesen Wahnsinnsbooten und wir hatten sogar öfter mal gelacht. Was sprach dagegen?

Trotzdem war Annas Botschaft bei mir eingesickert. Deshalb ging ich am Nachmittag ins sichere Haus und rief Baylis an.

»Hallo, Nimrod. Hier Elgar.« Elgar war mein Codename – Edward Elgar: Eddie. Über solches Zeugs machten die sich wirklich Gedanken. Ich persönlich fand es ein bisschen arg plump, wie einem Pfadfinderhirn entsprungen. Wenn das alles war, was sie zu bieten hatten, war es kein Wunder, dass die Verbrecher ständig Lunte rochen.

Das rieb ich Baylis natürlich nicht unter die Nase.

»Hallo, Elgar«, sagte Baylis in seiner näselnden Stimme. Er klang immer so, als würde er einen verarschen. »Besser spät als nie.«

Ich erzählte ihm, dass ich in Skradin mit Ysobel – Anna – in Kontakt getreten war. Das war ihm nicht neu. »Wo ist sie jetzt?«, fragte er.

Ich wusste es nicht. Erklärte, ich hätte sie zuletzt in Skradin gesehen.

»Und der tote Briefkasten?« Ich berichtete, da sei nichts gewesen. Einen Moment lang war er still. »Und ansonsten?«

Ich erzählte ihm von den Bildern. Im Schwitters steckte der Mikrochip, den Augustus John hielt ich für koscher. Aber der Francis Bacon ...? Obwohl die Provenienz auf meinem Mist gewachsen war, hatte Tommy mir nie ausdrücklich gesagt, ob der echt war oder etwas von Barney Lipman Zusammengeschustertes.

»Hast du's markiert?«, fragt Baylis. Hatte ich nicht. Mir hatte einfach die Gelegenheit gefehlt. »Wir halten es für gut.«

»Gut?«

»Wir glauben, dass es echt sein könnte.«

»Also wisst ihr Bescheid?«, fragte ich. Ich wäre nie auf den Gedanken gekommen, dass sie schon etwas darüber wussten.

»Wie viel hat er dafür gekriegt?«, wollte Baylis wissen.

Ich sagte es ihm, und auch, dass ein Teil des Geldes wahrscheinlich vor Ort in Skradin zur Bank getragen worden war. In einem Städtchen dieser Größe konnte es nicht mehr als eine Handvoll Banken geben. Ich erzählte, dass ich glaubte, es sei auch mit etwas Kokain gehandelt worden, in Champagnerflaschen versteckt.

»Das hättest du gleich erwähnen können«, sagte er. »Hast du vorher schon davon gewusst?«

»Nein«, sagte ich wahrheitsgemäß.

»Wenn, hätten wir ihn damit drangekriegt«, sagte Baylis. »Wir hätten da sein können.«

»Ich hatte keine Ahnung davon«, versicherte ich. »Über solches Zeug reden sie nicht vor mir. Und wir waren mitten auf dem Meer, irgendwo in Osteuropa.« Mir wurde klar, dass ich Kroatien nicht mal auf der Landkarte finden würde. Idiotisch.

»Jetzt hör mal zu«, sagte Baylis in seinem ernsthaftesten Ton. »Seit zehn Jahren stapeln sich bei uns die Indizien gegen Kelly. Geschäfte, Transaktionen, Morde und alles mit seinem Namen drauf. Leider kann man ihm nichts davon unmittelbar anhängen.«

»Verstehe«, sagte ich und versuchte, genauso ernsthaft zu klingen.

»Jetzt haben wir anständige Überwachung und Aufnahmen, was teilweise dir zu verdanken ist … wenn du dich nicht grade aufführst wie komplett geistig behindert.«

Aus dem Mund von Baylis war das fast ein Kompliment.

»Alles, was wir jetzt noch brauchen, ist ein Patzer. Irgendeine Direktbeteiligung. *Irgendwas* mit seinen Fingerabdrücken drauf. Meinetwegen Ladendiebstahl bei Sainsbury's, völlig wurscht, solange wir ihn mit dem Sechserpack Batterien in der Hand erwischen. Bring ihn dazu, eine alte Oma zu überfallen. Irgendwas, und der Rest kommt von selbst.«

»Ich versteh, worauf du rauswillst«, sagte ich. »Aber Kelly kommt nie selbst mit den Geschäften in Berührung. Er macht sich rar. Eher kannst du einen Furz an die Wand nageln. Der entzieht sich einfach.«

»Ähnlich wie du.« Und damit hatte er nicht ganz unrecht. »Meld dich«, sagte Baylis. »Mehr.« Er legte auf, ohne sich bei mir zu bedanken.

Ich hatte mich von Jason Kelly zusammenschlagen lassen, nur für ihn. Ich hatte mich aufs offene Meer hinausgewagt, mit Leuten, die mich jederzeit den Haien zum Fraß hätten vorwerfen können. Und von dem Mann kam kein ermunterndes Wort.

Ich fand, er war einfach nur ein Wichser.

Ich spazierte zurück zur Wohnung. Sophie wollte am frühen Abend vorbeikommen, um mich willkommen zu heißen.

Um acht war sie da. Ich hatte uns etwas vom Inder kommen lassen und warm gestellt. Wir leerten ein paar Bier vor der Glotze und aßen Saag Aloo und Krabben in Mandelsoße. Sie quetschte mich über die Reise aus, fragte, ob ihr Vater irgendwas darüber gesagt habe, was los war. Ich sagte, dass ich wirklich keine Ahnung hatte, nur, dass er vor unserer Rückreise ziemlich gestresst gewirkt habe. Ich versuchte, mehr aus ihr rauszulocken. Sie meinte, es müsse etwas mit Jason zu tun haben, aber mehr wollte sie nicht ausspucken. Sie schien wirklich erfreut über das Oberteil, das ich ihr gekauft hatte.

Nachdem wir gegessen hatten, küssten wir uns auf dem Sofa. Ich nahm sie bei der Hand und zog sie ins Schlafzimmer. Ich freute mich wirklich, sie wiederzusehen, und sie schien auch ziemlich glücklich, mich wiederzuhaben. Wir machten eine Weile auf dem Bett rum und gegen elf schaute sie auf ihre Uhr und sagte, sie müsse los.

Ich brachte sie runter und auf die Straße, wo ihr Mini parkte. Es regnete und wir hasteten zum Wagen. Gerade wollte ich ihr einen Gutenachtkuss geben, als ein Besoffener aus dem Dunkeln auf uns zutorkelte.

»Sohnemann«, lallte er. »Spendier deinem Alten ein Tässchen.«

Wir blickten auf die tropfnasse Gestalt, die im Lichtkegel der Straßenlaterne vor uns herumtaumelte. Sophie wandte sich verwirrt zu mir um.

»Willst du mich nicht vorstellen?«, fragte er. Er winkte mit seinem versifften Finger in ihre Richtung. Ich fasste sie um die Hüfte, öffnete die Autotür und schob sie sanft hinein.

»Fahr schon los«, sagte ich ihr. Ich half ihr in den Fahrersitz. »Ich komm zurecht.«

»Das ist mein Sohn«, brüllte er. »Erinnerst du dich nicht an mich?«

Langsam packte mich die Panik. Ich ging zu ihm rüber, zog einen Zwanziger aus der hinteren Hosentasche und stopfte ihn in seine Pranke. »Verpiss dich und kauf dir was zu trinken«, zischte ich ihm ins Ohr und schubste ihn fort.

Langsam registrierte er den Schein in der Hand und stakste rückwärts. Ich ging zurück zu Sophies Scheibe.

»Ein Irrer aus der Nachbarschaft«, sagte ich. »Der hängt sich ständig an mich dran.« Ich klopfte auf das Dach, als sie das Fenster hochdrehte. »Nacht, Süße.«

Sophie winkte mir durch das geschlossene Fenster zu und fuhr los. Ich beobachtete, wie der Mini verschwand, und drehte mich dann um zu meinem sternhagelvollen Erzeuger, der in Schlangenlinien über den nassen Gehweg abzog.

Wenn der auftauchte, hatte das noch nie etwas Gutes verheißen.

Vierundfünfzig

Paul Dolan wartete vor dem Harp Club auf Donnie. Paul war nass geworden und Donnie spürte seine Laune, sobald er in den Benz stieg. Um Irish Paul surrte es vor unbeherrschter Energie, als stünde er ständig unter Strom. Gefährlich, aber jemand, den man gern an seiner Seite hatte, wenn's richtig zur Sache ging. Was schon häufiger der Fall gewesen war.

»Also, was gibt's?«, fragte Dolan. Er führte ein Feuerzeug an seine Zigarette und bot Donnie eine an. Der griff zu.

»Wir stecken ganz schön in der Scheiße«, sagte Donnie. Der Wagen wurde vom Verkehr aufgesogen. »Der junge Herr Kelly versucht, seinen eigenen Standort aufzuziehen. Er hat das Chilli Peppa übernommen, als wär's sein Privateigentum. Und dieser Tyrone Brown oder wie er heißt – das Arschgesicht, das mal den Laden geführt hat –, jetzt, wo er sich dran gewöhnt hat, dass Jason dauernd bei ihm abhängt, glaubt er, dass er schon zur Firma gehört.«

»Tut er nicht, oder?«, fragte Dolan.

»Nicht ums Verrecken«, sagte Donnie. »Der rafft einfach nicht, dass er nur deshalb noch atmet, weil wir's ihm erlau-

ben. Der ist doch nur der Trottel, der für uns den Laden schmeißt. Und der's abkriegt, wenn's mal Ärger gibt.«

»Wo ist also das Problem?«

»Jason lenkt Aufmerksamkeit auf den Betrieb. Da hat's Prügeleien gegeben ... und der Laden schwimmt vor Koks. Letzte Woche allein ein halbes Dutzend Hausbesuche von der Bullerei. Die fangen an, sich ein bisschen zu sehr für die Geschäfte dort zu interessieren.«

»Macht den Laden einfach dicht«, sagte Dolan.

»Machen wir auch«, erklärte ihm Donnie. »Aber dieser Scheißer Brown, der Manager, macht sich überall von Peckham bis Brixton wichtig damit, dass er Special K ist. Wie er unsere Deals macht und unter unserem Schutz steht.«

»Ganz schön dreist.« Dolan schüttelte den Kopf.

»Aber hallo. Der macht einen auf dicke Hose, labert nur von Kelly hier und Tommy da, als wären sie alte Kumpel, und die ganze Zeit über vertickt er Gras und Trips – und unsere Es – und zwackt sich selbst was vom Profit ab. Aufs Dach kriegt er nie was.«

Dolan schnalzte missbilligend mit der Zunge.

»Nur eine Frage der Zeit, bis der Laden hochgenommen wird oder sie Brown am Wickel haben«, sagte Donnie. Er bog nach links ab, über Telegraph Hill. »Und wenn's so weit ist, wird er singen wie ein Vögelchen.«

»Also muss jemand dafür sorgen, dass er die Klappe hält«, sagte Dolan.

Donnie nickte. »Aber der Boss möchte nicht, dass Jason in der Nachbarschaft ist, wenn's passiert.«

»Einmal Kniescheiben?«, erkundigte sich Nolan, als läse er von einer Einkaufsliste ab. Donnie wusste, dass Irish Paul

einem die Kniescheiben auf unterschiedlichste Art demolieren konnte, je nach gewünschtem Zerstörungsgrad. Es war sein Spezialgebiet.

»Seine Warnung hat er schon gekriegt«, sagte Donnie. »Ich glaube, jetzt ist was Stärkeres fällig.« Donnie dachte an das Samuraischwert, das er vorhin in den Kofferraum gelegt hatte, und fuhr quer durch Hilly Fields, runter nach Catford und zum Chilli Peppa.

Beim Club hielten sie an. Jasons Audi TT stand auf dem Parkplatz, wie praktisch jede Nacht während der vergangenen Wochen. Direkt neben Hyrone Browns schwarzem Geländewagen. Ein paar Gäste zogen schon ab. Es war ein ruhiger Abend unter der Woche, normalerweise war der Laden da um eins leer. Donnie sah auf die Uhr: fünf vor. Er wies Dolan an reinzugehen, sicherzustellen, dass alle Schnapsleichen draußen waren, und dann Jason vom Gelände zu schaffen und zu seiner Wohnung zu bringen. Paul schien etwas enttäuscht, dass er die Hauptattraktion des Abends verpassen würde.

Donnie wartete, während Dolan reinging und die letzten Kunden Leine zogen. Er nahm einen üppigen Schniefer aus der Dose im Handschuhfach, schaltete die Scheibenwischer ein und sah zu, wie Dolan mit Jason Kelly herauskam. Jason hatte glasige Augen und torkelte. Völlig neben der Kappe. Er würde es nicht weiter komisch finden, dass ihn ein Kelly-Fahrer abholte. Passierte regelmäßig. Dolan nahm Jason die Schlüssel ab. Die Fernbedienung des Audi fiepte und die Warnleuchten blinkten auf. Von Jason unbemerkt nickte Paul Donnie zu, ehe er in den Audi stieg und Jason abtransportierte.

Donnie zückte sein Handy und wählte über Kurzwahltaste ein Taxiunternehmen an. Er bestellte für die nächste Stunde einen Wagen von Deptford nach Catford. »Schnapp dir den Kleinen«, hatte Dave gesagt. »Tommy will, dass er auch dabei ist.« Donnie stieg aus dem Benz und öffnete den Kofferraum. Er hielt das Schwert nah am Bein, als er sich dem Club näherte. Das verlieh seinem Schritt auf dem nassen Kies etwas Steifes. Ein paar von den Barkeepern hingen vor der Tür rum.

»Verpisst euch«, sagte Donnie. Ein Blick genügte.

Hyrone Brown war in seinem Büro, wie üblich. Er saß vor seinem Flachbildfernseher, glotzte einen Musiksender und hatte die Füße auf den Tisch gelegt, einen Joint in der einen und einen Drink in der anderen Hand. Donnie stand in der Tür und sah, wie Browns wässrige Augen bei seinem Anblick ganz weit wurden und die verstümmelten Finger das Glas fest umklammerten.

»'n Abend«, sagte Donnie.

Hyrone schwang die Beine vom Schreibtisch und erhob sich. »Jason ist weg«, stammelte er. »Jemand anderes hat ihn schon abgeholt.«

»Weiß ich.« Donnie lächelte. »Hab ich selbst für gesorgt. Ich bin wegen dir hier. Dein alter Freund Mr Kelly hat mich gebeten, mal bei dir reinzuschneien. Scheint, dass du mit seinem Namen hausieren gehst. Ich dachte, dir wären die Regeln klar und deutlich erklärt worden?« Donnie blickte auf die versehrte Hand.

»Nein, nein, nein ...« Hyrone Brown schüttelte den Kopf.

»Ach, und dann das Verkaufen unserer Ware ohne Erlaubnis von irgendwem.«

»Das kann ich erklären. Jason hat gesagt…« Ihm gingen die Worte aus.

»Du arbeitest nicht für Jason.«

»Trink doch was.« Brown schubste die Wodkaflasche über den Tisch Richtung Donnie. »Wir können über alles reden.«

»Nein, danke«, lehnte Donnie höflich ab. »Ich muss im Dienst klaren Kopf bewahren. Muss ja schließlich noch fahren, nicht wahr?«

»Wo fahren wir hin?« Hyrone Browns Stimme bebte.

»Nirgendwohin«, sagte Donnie. »Jedenfalls jetzt noch nicht.«

Hyrone nahm einen Schluck aus der Wodkaflasche und schleuderte sie dann fest gegen Donnies Schädel. Sie verfehlte ihr Ziel und er sprintete zur Tür. Donnie verstellte ihm mit seinem massigen Körper den Weg und verpasste ihm einen in den Magen, dass Brown in die Knie ging.

»Aufmachen wie eine Tüte Chips«, hatte die Anweisung gelautet. Donnie trat die Tür hinter sich zu und zog das lange, gebogene Schwert aus der Scheide. Dann tat er wie befohlen.

Mein Handy klingelte um zwei Uhr früh. Ich knipste das Licht an und checkte die Nummer. Unterdrückt. Ich hob ab. Erst zögerliches Schweigen. Zunächst erkannte ich das tiefe Gegrummel gar nicht.

»Eddie? Donnie Mulvaney. Ich hab hier ein bisschen Arbeit am Laufen. Der Boss hat gemeint, du würdest mir zur Hand gehen, wenn ich dich brauche.«

Ich zermarterte mir das Hirn. Ich konnte mich nicht daran erinnern, von Tommy irgendwas über Aushelfen bei Donnie gehört zu haben, aber ich konnte ihn schlecht um zwei Uhr morgens anrufen und nachfragen.

»Klar«, sagte ich verschlafen. »Was steht morgen an?«

»Nicht morgen«, brummte Donnie. »Jetzt. Draußen steht ein Taxi. Steig ein und komm runter nach Catford. Es setzt dich am Ende der Honley Road ab. Geh die Straße hoch und triff mich beim Chilli Peppa Club. Und trödel nicht rum.« Dann legte er auf.

Ich sprang aus dem Bett und zog den Vorhang zurück. Ein Privattaxi wartete unten bei laufendem Motor. Scheiße. Ich schlüpfte in Jeans und Turnschuhe, schnappte mir einen Kapuzenpulli und sprintete die Treppe hinab.

Langsam ging alles den Bach runter, das spürte ich in den Knochen. Erst der Auftritt von meinem Alten und jetzt dieser Anruf. Und außerdem machte ich mir wegen dieser Reise immer noch in die Hose, weil mir nicht klar war, was Tommy Kelly mitgekriegt hatte und was nicht. Ich war mir sicher, dass ich hier in eine Falle tappte. Aber Nein sagen war einfach nicht drin.

Fünfundfünfzig

Das Taxi setzte mich in der Lewisham High Street ab. Die Straße war nass und leer. Es war fast halb drei. Ein Polizeiwagen raste unter Sirenengeheul vorbei. Ich ertappte mich beim Wunsch, dass er wegen mir hier wäre. Mir wäre ein Stein vom Herzen gefallen.

Ich bog in die Honley Road ein, genau wie befohlen. Der Laden lag direkt hinter der Kreuzung. Er sah aus wie ein heruntergekommener Bingoclub. Auf der einen Seite war ein Stacheldrahtzaun und auf dem Parkplatz entdeckte ich Donnies Mercedes. Daneben stand noch ein anderer Wagen, ein schwarzer Mazda oder so was, ein SUV. Der Eingang zum Club war verschlossen, das Chilli-Peppa-Neonschild ausgeschaltet. Um die Ecke brannte Licht, also trat ich durch die Seitentür ein. Drinnen war es immer noch warm und es roch nach Schweiß und Alkohol. Oberhalb der Bühne glühte ein einsamer violetter UV-Lichtkegel und schuf auf der Tanzfläche ein schauriges Glimmen. Dahinter entdeckte ich den Lichtspalt einer angelehnten Tür.

»Donnie?«, rief ich leise. Ich ging auf die Tür zu und stieß sie auf. Es war das Büro.

Zunächst hielt ich es für einen Jux, als wäre hier jemand rein und hätte im ganzen Raum rote Farbe verspritzt. Dann sah ich die Leiche auf dem Fußboden, im weißen, blutgetränkten Hemd. Darüber stand Donnie, die Ärmel hochgerollt, als würde er sich gerade im Haushalt nützlich machen.

»Steh nicht einfach rum«, sagte er. »Wir müssen ihn hier wegschaffen. Such ein paar Müllbeutel oder irgendwas.«

Ich konnte mich nicht rühren, nicht sprechen. Doch dann, als würde mein Autopilot übernehmen, meldete sich eine Art praktischer Instinkt. Ich ging zurück in den Saal und begann, an den roten Samtvorhängen hinter der Bühne zu zerren. Der erste löste sich und ich zog ihn zurück ins Büro.

Unter Grunzen und Keuchen rollte ihn Donnie auf dem Boden aus. »Los, pack mal mit an«, sagte er.

Ich fasste den Toten beim Arm. Er war noch warm und ich roch seinen Körper, genauso wie den ekelerregenden Gestank nach Blut und Tod. Blut und Pisse hatten seine schwarze Hose noch schwärzer gemacht. Als ich versuchte, ihn auf die Seite zu rollen, rutschte meine Hand in die tiefe Schnittwunde, die durch sein Hemd gegangen war, unter seine Rippen und quer durch seinen Bauch. Er war praktisch entzweigesäbelt worden. Knochen spürte ich und dann rohes Fleisch, heiß und saftig von hellem Blut. Rasch zog ich meine Hand heraus, völlig darin gebadet. Aus dem Loch in seiner Seite drängten verdrehte Muskeln und Gedärme, lila und angeschwollen. Ich übergab mich.

»Benimm dich«, sagte Donnie. Er legte ein blutbeflecktes Samuraischwert oben auf die Leiche und schleuderte den Rest des Samtstoffs darüber. Ich sah, wie die Augen des

Toten mich glasig anstarrten, während Donnie den Stoff um seinen Kopf feststeckte. Sah die groben roten Messerschnitte in der dunklen Haut seiner Stirn, durch die das rosa Fleisch blitzte. Es sah aus wie der Buchstabe K. »Hol noch den anderen her«, befahl Donnie.

Wie in Trance ging ich hinüber und zerrte den zweiten Samtvorhang runter. Zehn Minuten später lag etwas vor uns, das wie ein eingerollter roter Teppich aussah. Donnie griff sich irgendwelche Schlüssel vom Schreibtisch und ging nach draußen. Zitternd stand ich da und starrte auf den eingewickelten Leichnam, während Donnie mit dem Mazda rückwärts an die Hintertür fuhr. Ich übernahm das Fußende, während Donnie die Leiche ins Auto hievte und dann die Kofferraumtür zuknallte. Wie im Traum wusch ich mir die Hände in einer schlammigen Pfütze und sah zu, wie er im blutverschmierten Büro einen Benzinkanister ausleerte.

Er warf mir den Zündschlüssel des Mazdas zu. »Du fährst«, sagte er. »Hinter mir her. Nicht anhalten. Niemanden ansehen. Immer genau fünfzig.« Ich musste ihn völlig hohl angeschaut haben. »Fahren kannst du doch, oder?«

Ich nickte. Das hier war wohl nicht der Zeitpunkt, um ihm zu sagen, dass ich kaum Übung hatte. Donnie schüttelte den Kopf und fluchte eine Runde.

»Dann mal los.«

Ich tat wie geheißen und startete den Motor, während Donnie in aller Seelenruhe in seine Jacke schlüpfte und einen benzingetränkten Lappen anzündete. Die Flamme leuchtete grell orange, als er sie durch die Tür warf. Dann schlenderte er zum Benz, ließ ihn an und wir fuhren über die Lewisham High Street durch Catford zurück. Ich folgte seinen Hecklichtern und meine Hände bebten am Lenkrad. Endlich erreichten wir den Kreisverkehr vor der Schnellstraße.

Um mich abzulenken, stellte ich das Radio an. Ein Spätsender spielte Dudelrock für Lastwagenfahrer. Ein beschissener Moderator mit Schlafzimmerstimme verkündete: »Es ist drei Uhr morgens. Für alle Fahrer da draußen ... Mr Chris Rea.«

»She said, ›Son, this is the road to hell ...‹«

Ich hasste Chris Rea. Er klang immer, als würde er auf dem Scheißhaus singen und beim Drücken laut rumgrunzen. Mein Bruder hatte das Album. Ich schaltete das Radio aus.

Ich hielt mich streng an die Geschwindigkeitsbegrenzung und ließ ungefähr drei Autolängen zwischen mir und dem Mercedes. Bis kurz nach Eltham war die Straße ziemlich leer, als plötzlich aus einer Nebenstraße ein Streifenwagen hervorschoss und sich mir an die Stoßstange heftete. Ich starrte stur geradeaus und versuchte, nicht in Panik auszubrechen. Eine Sekunde lang fragte ich mich, was wohl passieren würde, wenn ich sie ranwinkte und mich stellte. Es war nicht schwer auszumalen: Donnie würde abhauen wie ein geölter Blitz und ich säße da mit einem Samuraischwert und einer halbierten Leiche. Und Spuren des Bluts an meinen Händen.

Jetzt wurde mir auch klar, warum ich den Fahrer spielen durfte. Wenn jemand über die Klinge springen musste, dann wäre ich das.

Das Polizeiauto zog neben mir auf die Spur. Das idiotische Vanitykennzeichen des Mazdas hatte sie wahrscheinlich misstrauisch gemacht. Es waren zwei Bullen. Aus dem Augenwinkel warf ich ihnen einen Blick zu. Der, der mir am nächsten saß, sah direkt zu mir herüber: ein Achtzehnjähriger, um drei Uhr früh mit einer teuren Geländelimousine unterwegs.

Andererseits war ich nüchtern und fuhr, als ob ich gerade die Fahrprüfung ablegte.

Er überlegte wahrscheinlich, weshalb sie mich anhalten könnten. Mir lief der Schweiß aus allen Poren. Ich konnte kaum meinen Fuß auf dem Gaspedal spüren. Das Blaulicht leuchtete auf und ich machte mich schon bereit, seitlich ranzufahren, als plötzlich das Polizeiauto losbrauste, auf hundertdreißig beschleunigte, Donnie in seinem Benz überholte und innerhalb von Sekunden verschwunden war.

Irgendein Anruf, irgendetwas Dringenderes. Eine Klopperei in einer Kebabbude oder ein besoffenes Mädchen im Rinnstein.

Wenn die nur wüssten.

Zwanzig Minuten später verließ Donnie blinkend die Hauptstraße und bog nach Dartford ab. Ich folgte ihm, als er auf das Industriegebiet bei der Brücke zusteuerte. Viel konnte ich im Dunkeln nicht erkennen, aber ich schätzte, dass wir irgendwo in der Nähe der »Farbenfabrik« waren.

Wir fuhren eine neu gebaute Straße entlang, hell vom orangefarbenen Licht der Straßenlaternen. Zu beiden Seiten standen vereinzelt Lagerhallen und Fabrikgebäude auf den Feldern. An einem Kreisverkehr nahm Donnie die mickrigste Abfahrt. Sah nach Sackgasse aus. Wir fuhren vorbei an einem verrammelten Imbissanhänger, übersät mit Werbeschildern für Tee und Snacks, und bogen dann in einen kleinen, ungeteerten Weg voller Schlaglöcher ein. Im Licht der Autoscheinwerfer konnte ich einen heruntergekommenen Bauernhof ausmachen, mit Strohballen und rostigen Erntemaschinen vor dem Gebäude. Was auch immer da im Schwemmland angebaut wurde, groß konnte die Ausbeute nicht sein. Der Boden sah hart und unfruchtbar aus.

Wir fuhren noch zwei Kilometer durch das schwarze Sumpfgebiet, vorbei an Strommasten, die sich über Straße und Felder spannten. In der Ferne konnte ich den Fluss ausmachen, aber nur durch die Lichter eines untermotorisierten Boots, das sich im Schneckentempo auf London zubewegte. Donnie hielt an, stieg aus und öffnete im Scheinwerferlicht eine Stahltür, hinter der ein weiterer Pfad lag. Er kletterte zurück in den Wagen und erneut folgten wir dem geschwungenen Weg hinab, flusswärts.

Als wir den Damm erreichten, stoppte Donnie wieder und signalisierte mir, auch anzuhalten. Er öffnete meine Fahrertür und schob mich auf den Beifahrersitz, während er die Scheinwerfer ausschaltete. Er ließ den Mazda wieder an und fuhr ihn über die steile Grasfläche den Damm hinauf. Oben angekommen, öffnete er die Kofferraumtür und zerrte die Leiche heraus. Wieder musste ich die Füße übernehmen. Aus dem Ende der Rolle ragte ein Paar protzige Nikes hervor. Um dem Toten ein letztes Stück Würde zu lassen, wickelte ich den Samtvorhang darum, bevor ich mein Ende ergriff.

Der Regen hatte aufgehört, aber von der Themse her wehte ein kühler Wind. Ich hörte in einiger Entfernung die Wellen schwappen und spürte, wie der Schweiß auf meiner nassen Stirn in der Nachtluft trocknete. Wir schleppten die

Leiche zum Ufer, über den Kies und die angespülten Wasserflaschen, und schleuderten sie hinaus in den Schlamm, wo sie mit nassem Klatschen aufschlug.

»Die Flut trägt ihn später den Fluss runter«, erklärte Donnie.

»Dann wird man ihn finden.« Ich hatte mir ausgemalt, Donnie würde die Leiche vergraben oder irgendwo in einem Zementbottich »verschwinden« lassen.

»Klar«, sagte Donnie. »Als Warnung.«

Ich betrachtete die Vorhangrolle, deren Samt im Matsch ganz dunkel geworden war. Einer der Turnschuhe war immer noch zu sehen und ein Arm ragte aus dem Stoffbündel hervor. Seine Finger krallten sich in die Luft.

Aber ich sah nur meinen Bruder, Steve.

Sechsundfünfzig

Ich versuchte zu schlafen, aber es gelang mir nicht. Meine Hände wollten nicht aufhören zu zittern. Die Bilder, die Geräusche hatten sich mir ins Hirn eingebrannt.

Ich fühlte mich verwundbar, paranoid, als ob jeden Augenblick jemand an die Tür klopfen würde und mich fortschleifen. Die Polizei, oder einer von den Kelly-Jungs. Der schwarze Mann. Was weiß ich.

Ich wusste gar nichts. Außer, dass der schwarze Mann echt war.

Eine Warnung, hatte Donnie gesagt. Eine Warnung an wen? An andere, die den Kellys das Geschäft streitig machten? Ich fragte mich, warum Tommy darauf bestanden hatte, dass ich Donnie half. War ich es, den er warnen wollte? Oder wollte er mich so tief reinziehen, dass ich sowieso nicht mehr umkehren konnte? Mich in einen Mord verwickeln? Immer wieder blickte ich hinter geschlossenen Vorhängen auf die Straße runter und kaute meine Fingernägel bis aufs Blut ab. Ich beschloss, dass ich mich im sicheren Haus wohler fühlen würde, also verließ ich die Wohnung und schlich mich durch die Nebenstraßen zum Fluss.

Aber als ich in der Wohnung war, ging es mir auch nicht viel besser. Ich saß nur rum und starrte aus dem Fenster, über die Themse, dorthin, wo Leute ihr ganz normales Leben lebten, in anständigen Berufen in ganz gewöhnlichen Büros. Einer von ihnen sein, das wollte ich, mir ehrlich meine Brötchen verdienen, ein schönes normales Leben führen, bei dem man nachts schlafen konnte. Wenn ich hier rauskäme, wäre ich wahrscheinlich arm und ohne Freundin, aber zumindest wäre ich wieder Teil der normalen Gesellschaft, *ehrlich*, arm und ohne Freundin. Würde normales Zeug machen, das Typen in meinem Alter eben so taten.

Aber jetzt war dieser Zug für mich endgültig abgefahren.

Ich erwog, Tony anzurufen, vielleicht sogar Baylis, aber in meinem Schockzustand konnte ich mir nicht vorstellen, wie ich ihnen die Lage auch nur ansatzweise hätte erklären sollen. Die Ereignisse der letzten Nacht hatten mich derart gezeichnet, dass ihre Hilfe, ihr Verständnis einfach nichts mehr genützt hätten.

Ich holte mir mein Notizbuch, in der Hoffnung, dass meine Nerven sich beruhigen würden, wenn ich etwas davon niederschrieb. Dass ich mir damit irgendwie würde klarmachen können, wie es dazu gekommen war: eine weitere Leiche, entsorgt bei Long Reach, diesmal mit meiner Beteiligung.

Als die Sonne aufging, knackte ich endlich weg. Ich schlief den ganzen Tag und den größten Teil der folgenden Nacht, Kopf und Körper völlig ausgelaugt von der traumatischen Erfahrung. Als ich um vier Uhr morgens aufwachte, schoss mir der Horror wieder in die Glieder, und ich wurde hibbelig. In meiner Eile, hierher zu kommen, hatte ich das

Notebook in der anderen Wohnung gelassen. Gefährlich. Ich wollte nicht raus, aber ich brauchte den Computer. Als es hell wurde, schlüpfte ich in Jogginghosen, zog eine Kappe über den Kopf und joggte zur Deptford High Street hoch.

Der Markt erwachte gerade, das Leben ging genauso weiter wie vorher, aber mir kam es so vor, als könne mich jede Sekunde etwas anspringen. Ich entriegelte die Schlösser und schob die Wohnungstür auf. Sie stieß gegen einen großen, braunen Umschlag, was ungewöhnlich war. Ich bekam nie Post. Ich hob ihn auf, stopfte ihn samt meinem Notebook in die Tasche und trabte gleich zurück in die andere Wohnung.

Nach der körperlichen Anstrengung ging es mir ein bisschen besser und ich machte mir einen Tee und öffnete den Umschlag. Und bekam einen Schreck. Drinnen steckte eine Postkarte aus Kroatien, genau wie diejenige, die ich hätte finden sollen. Ich drehte sie um. Auf der Rückseite stand:

Prüf deinen Kompass. Wärst du lieber noch hier? Rasch spulte ich alle Möglichkeiten durch. Anna, von ihr musste der Umschlag sein.

Ich zog die restlichen Blätter heraus. Sie waren in der Mitte gefalzt und sahen amtlich aus. Ich faltete sie auseinander und fing an zu lesen.

Obduktionsbericht
Leichenhalle Greenwich

Name: Palmer, Stephen Christopher
Alter: 30 Jahre

Ich ließ mich aufs Sofa fallen.

Äußere Leichenschau: Guter Ernährungs- und Allgemeinzustand, Körpergröße 180 cm

Ich überflog die Spalten, in denen jedes kleinste Detail über den Körper meines Bruders aufgeführt war.

Innere Leichenschau:
Schädel: Kompressionsfraktur des Schädeldachs, gut vereinbar mit Sturz oder Schlag durch stumpfen Gegenstand. Schädelbruch am Hinterhaupt, Frakturen an den Halswirbeln Atlas und Axis sowie dem 3. Halswirbel

Gehirn: Kontusion des verlängerten Rückenmarks, intrazerebrale Blutung

Für mich klang das, als habe sich Steve den Hals gebrochen, was dann eine Hirnblutung verursacht hatte. Ich las weiter.

Magen: Nachweis einer curryhaltigen Mahlzeit, halb verdaut

Nicht weiter ungewöhnlich.

Herzbeutel, Herz, Blutgefäße: Nahrungsbestandteile auf molekularer Ebene im Blutgefäßsystem nachweisbar. Geruch nach Alkohol, hoher Blutalkoholspiegel. Nachweis diverser Rauschmittel: Kokain, Cannabis, MDMA

Mich traf der Schlag. Steve war bei seinem Tod mit Drogen vollgepumpt gewesen bis zum Anschlag.

> **Todesursache:** Verletzungen des Schädels und Zentralnervensystems, gut vereinbar mit Sturz oder Einwirkung stumpfer Gewalt durch einen Gegenstand, zusätzlich gefördert durch Nachweis hoher Mengen von Rauschmitteln im Blut

Also war er gar nicht ertrunken. Er war besoffen und völlig zugedröhnt gewesen und dann hatte er sich den Kopf eingeschlagen. Oder jemand hatte ihm den Kopf eingeschlagen. So fest, dass sein Schädel zersprungen war.

Und dann fand ich das Detail, das alle offenen Fragen beantwortete:

> **Bemerkungen:** Schnittwunden der Haut an der Stirn, möglicherweise infolge scharfer Gewalt durch ein Messer, Gestalt »I<« oder Buchstabe »K«

Jetzt war klar, wie er gestorben war und wer ihn umgebracht hatte.

Siebenundfünfzig

Annas Schreibtisch war leer. Ich marschierte schnurstracks zu Tony Morris ins Büro. Ich hatte ihn schon einige Monate nicht mehr getroffen und er war überrascht, mich zu sehen.

»Hallo, Fremder«, sagte er.

»Warum hast du's mir nicht gesagt?«

Er wusste genau, wovon ich sprach. »Du bist schon groß, Eddie. Schau, wie weit du's gebracht hast in diesem einen Jahr. Ich brauch dich nicht mehr mit dem Löffel zu füttern wie ein Baby.«

»Du hättest es mir erzählen müssen«, spuckte ich ihm ins Gesicht.

»Du hast nie gefragt«, entgegnete er. Diesen Tag hatte er kommen sehen. Er kratzte sich am Kopf und ließ sich in den Sessel fallen. Müde sah er aus.

»Du hast mir gesagt, er wäre gesprungen«, sagte ich. »Ich weiß – du weißt –, dass er umgebracht wurde.«

»Das war die offizielle Sprachregelung«, sagte er. »Es sollte sich nicht rumsprechen, dass wir wussten, dass es Mord war. Das hätte es für dich und deine Mutter nur noch schwerer gemacht. Und sie hätten das Gefühl gekriegt, sie hätten ihre Botschaft rübergebracht. Sie haben ihn da liegen gelassen, damit wir ihn finden.«

»Süchtig war er auch, oder?« Mir fiel wieder ein, wie Steve manchmal zu Mum heimgekommen war und den ganzen Tag geschlafen hatte, Entschuldigungen nuschelnd von einer Nachtschicht als Security in irgendwelchen Tanzbars. Der Geruch nach Kippen und Schnaps fiel mir ein, den er beim Heimkommen verströmte, und die Reste des Take-away-Currys, die er mir zum Aufessen rüberreichte. Manche Leute erinnerten sich an den Sonntagsbraten ihrer Mutter oder den Geruch des Lagerfeuers, das ihr Vater zu veranstalten pflegte. Curry zum Mitnehmen erinnerte mich immer an Steve und ich liebte ihn dafür.

Tony riss mich in die Wirklichkeit zurück. »Rauschgift war Teil des Problems. Steve hat sich mit Drogen schon immer ausgekannt«, gab er zu. »Darum war er auch so nützlich. Er wusste, wie man sie macht, wer sie verkauft und an wen. Solche Informationen kriegst du nicht für Geld. Aber er stand unter irrsinnigem Druck, und ich glaube, am Schluss ist er drunter zusammengebrochen.«

So fühlte ich mich selbst gerade. »Und du hast gedacht, jetzt wäre der Moment gekommen, mir seinen Obduktionsbericht zu schicken, damit ich endlich zwei und zwei zusammenzähle?«

Tonys Blick war ausdruckslos. »Ich hab dir nichts geschickt«, sagte er rundheraus. »Aber ich wüsste gern, wer's war. Ich geh dem mal nach.«

Die Postkarte aus Kroatien fiel mir ein und plötzlich wusste ich, wer da versuchte, mir die Augen zu öffnen. Wer mich wieder auf die richtige Spur zurücklenken wollte.

»Ich hab gedacht, mittlerweile hättest du durchgeblickt, Kumpel«, sagte Tony. »Ich dachte, du hättest zwei und zwei schon längst zusammengezählt.«

Das hatte ich nicht. Wahrscheinlich, weil ich nicht gewollt hatte.

»Wie ist er überhaupt an Special K geraten?«, fragte ich.

»Die irische Connection hat ihn über den Harp Club an Kelly weitergereicht«, erklärte Tony. »Der Harp Club gehört Tommy Kelly. Er benutzt ihn zum Geldwaschen und ein Teil der Kohle fließt in die alte Heimat zurück. An die Real IRA und all diese Mörder, mit denen er sich für verwandt hält. Mit Katholiken und Protestanten hat das nichts mehr zu tun, das ist einfach Teil eines größeren Spiels von organisiertem Verbrechen. Wie schon gesagt, es hängt alles zusammen.«

»Was hat er für sie gemacht?«

»Steve hat ihnen in Dartford ihre erste eigene Ecstasyfabrik aufgezogen«, sagte Tony.

»Und das habt ihr ihm erlaubt?«

»Wir wollten den Daumen draufhaben, den Stoff verfolgen können. Den Dingern das Kleeblatt reinzustanzen war Steves Idee.« Tony rieb sich das Gesicht. »Und wir wollten, dass Tommy Kelly drüberstolpert und sich der Länge nach auf die Fresse legt.«

»Und was ist passiert?«, fragte ich.

»Die Wahrheit? Wie wir's auch anstellten, Kelly hat uns jedes Mal an der Nase rumgeführt. Den laufenden Betrieb hat er Steve und den Iren überlassen. Verteilt wurde das Zeug über Fitnessstudios, Kurierfirmen und Subunternehmen, profimäßig. Wir sind einfach nicht hinterhergekommen und Kelly war uns immer fünf Schritte voraus. Aber Steve wurde langsam unzuverlässig. Er hat angefangen, Fehler zu machen, und wir konnten nichts für ihn tun. Eine Panne zu viel und sie sind ihm draufgekommen.«

»Wer?«, wollte ich wissen. »Wer war's? Ich bring ihn um.« Ich war eigentlich ziemlich sicher, wer es war. Und um ihn fertigzumachen, würde ich eine Atombombe brauchen.

Tony schüttelte den Kopf. »Wer es war, ist gleichgültig«, sagte er. »Es war nichts Persönliches. Sobald Tommy Kelly kapiert hatte, dass er einen Kuckuck im Nest sitzen hat, war das Spiel für Steve aus.«

Tony stieß mich mit der Nase auf das Detail, das ich am liebsten verleugnen wollte. Dass der Mann, der das letzte Jahr über mein zweiter Mentor gewesen war, der mir das süße Leben gezeigt und mir seine Tochter anvertraut hatte, sein kostbarstes Gut, dass dieser Mann meinen Bruder getötet hatte.

Und noch eine unbequeme Wahrheit: Mein Bruder, mein Held aus Kindheitstagen, hatte auch nur auf einem wackligen Sockel gestanden. Er hatte versagt. Ich spürte, wie die Gefühle in meiner Brust hochstiegen.

»Da ist noch etwas«, sprudelte es aus mir heraus. »Noch eine Leiche. Ich war dabei. Ich hab *mitgeholfen.*« Plötzlich war es ungeheuer erleichternd, es rauszulassen. Jemandem erzählen zu können, was ich gesehen hatte.

»Hyrone Brown«, sagte Tony. »Clubbesitzer. Über den wissen wir Bescheid. Vielleicht ist das der Grund, warum man dir den Bericht geschickt hat.«

Unwillkürlich sprangen mir die Tränen in die Augen und mein Körper schüttelte sich vor Schluchzern. Tony stand auf und strich mir unbeholfen über den Rücken. Er zog eine Flasche Whisky vom Regal und goss einen Schluck in eine seiner widerlichen Tassen. Dankbar kippte ich ihn runter und ließ die Ereignisse der letzten beiden Nächte aus mir herausströmen. Tony stand hinter mir und massierte mir die Schultern.

»Ich weiß, mein Sohn«, sagte er. »Ich weiß.«

Er nahm das Telefon und trat damit ans Fenster. Was er sagte, war für mich nicht zu verstehen. Darin war er gut. Er legte auf.

»Wollen wir die Sache in Ordnung bringen?«, fragte er.

Zwanzig Minuten später hatten wir einen von Tonys üblichen Zickzackparcours durch die Schleichwege von Soho hinter uns. Wir überquerten die Oxford Street, wo sich der Verkehr staute, schlängelten uns durch zwischen Touristen und den allgegenwärtigen Typen mit ihren Werbetafeln für Golfzubehör-Schlussverkäufe. Als wir uns schließlich hinter einen Bus gehängt, ein paar Taxis umkurvt und uns durch den Hinterausgang eines Klamottenladens gedrückt hatten, war ich wieder annähernd ich selbst.

Schließlich landeten wir in der Charlotte Street. Ian Baylis saß schon an einem Tisch beim Griechen. »Schön, dich wieder an Bord zu haben«, sagte er, als ich mich setzte. »Du *bist* doch wieder an Bord?« Er sah mich an und hob fragend eine Augenbraue.

Ich nickte. Die letzten Tage hatten mich ganz schön fertiggemacht.

Tony tätschelte mir den Rücken. »Wir dachten, wir hätten dich verloren«, sagte er.

Sie stopften Hummus, Lammeintopf und gefüllte Weinblätter in sich rein, während ich meine Oliven mit Pittabrot und Taramosalata nicht recht runterbekam. Die Unterhaltung drehte sich um Autos und Baylis' Lieblingswein. Nichts Offizielles – wir befanden uns schließlich in der Öffentlichkeit –, aber etwas nagte doch an mir.

»Wo ist Anna?«, fragte ich. »'tschuldigung, Ysobel.«

Tony und Baylis wechselten einen Blick. »Noch nichts gehört«, sagte Baylis.

Thema beendet. Dass ich glaubte, Kontakt gehabt zu haben, erwähnte ich nicht.

Gerade als der Kaffee gebracht wurde, bekam ich eine SMS. Sophie.

Bist du i d Stadt? x

Ich simste zurück:

Ja. Du? x

Sie antwortete:

Treffen i d Tate Modern 3. Stock halb 5?

Ich zeigte Tony und Baylis die Nachrichten.

»Geh hin«, sagte Tony.

Ich antwortete sofort:

Bin da xx

Als ich zum Gehen aufstand, schüttelte ich beiden die Hand. Ian Baylis lächelte mich doch tatsächlich an.

»Viel Glück«, sagte Tony.

Ich nahm die U-Bahn bis London Bridge und ging am Fluss hinauf zur Tate. Der Wind war eisig und die Leute hatten sich Schals ums Gesicht gewickelt, sodass man nur die Augen sehen konnte.

Ich betrat die Turbinenhalle am Eingang des Museums. Über mir lauerte eine Skulptur aus Stahl, die aussah wie eine riesige schwarze Spinne, ständig bereit zuzubeißen. Ich durchquerte die Halle und nahm die Rolltreppe zum dritten Stock. Sophie saß oben auf einem der Sofas. Sie war mit ihrer Mutter hier.

Und mit ihrem alten Herrn.

Sophie und Cheryl küssten mich. Sie wirkten froh, mich zu sehen, aber zugleich angespannt und nervös. Tommy gab mir die Hand und umarmte mich, entspannt wie eh und je. Er trug einen weichen schwarzen Mantel und dazu einen grauen Schal. Er hätte ein irischer Priester mit gutem Geschmack sein können.

»Warum geht ihr Mädels nicht kurz auf einen Kaffee«, sagte er. »Ich will Eddie nur ein paar Bilder zeigen.«

Sophie drückte mir den Arm. »Ich bring dir einen Milchkaffee mit«, sagte sie. »Bis gleich.«

Sie gingen rauf ins Café und Tommy führte mich durch die Säle. Alte Gemälde hingen neben modernen. Zum Vergleich, vermutete ich. Eine Schneelandschaft, Deutschland, 19. Jahrhundert, hing neben einem Peter Doig, auf dem winzige Gestalten auf einem riesigen zugefrorenen See Schlittschuh fuhren. Auf dem Schneebild sah man eine Gruppe

Nadelbäume, in der Mitte einen Mann in Schwarz, den Kopf abgewandt, in den Schnee starrend. Hätte Tommy Kelly sein können.

»Caspar David Friedrich«, las Tommy vom Schildchen ab. »Seiner Zeit voraus.«

Wir gingen zum nächsten Saal. Ich erkannte die Bilder sofort. Riesige abstrakte Gemälde in Weinrot und Schwarz, genau wie das bei Tommy im Arbeitszimmer. Bis auf uns war keiner im Raum.

»Rothko«, sagte ich.

»Der Meister«, bestätigte Tommy. »Hier komme ich immer her, wenn ich nachdenken möchte.«

Wir gingen in entgegengesetzte Richtungen und drehten schweigend eine Runde. Als ich versuchte, mich auf die Bilder zu konzentrieren, begannen die Farben, sich gegenseitig anzuziehen und abzustoßen, und in mir regte sich eine Art Schwirren. Die Bilder pulsierten vor tiefer Verzweiflung.

»Weißt du, ich schau sie mir immer wieder an«, sagte Tommy. Er stellte sich neben mich. »Aber je länger ich sie ansehe, desto weniger verstehe ich sie. Ich schaue und schaue, aber sie bleiben mir ein Rätsel.«

Ich nickte. »Sie sind traurig«, war das Einzige, was ich dazu sagen konnte.

»Das muss Rothko auch so empfunden haben«, stimmte Tommy zu. »Nach denen hier hat er sich umgebracht.«

Irgendwie nachvollziehbar.

»Was ist das?«, fragte Tommy plötzlich. Den Blick immer noch auf die Bilder gerichtet, zog er die Hand aus seinem Mantel und hielt etwas in der geöffneten Hand.

Eine meiner Magnetwanzen. Ich starrte sie verständnislos an.

»Weiß ich nicht«, sagte ich.

»Die Putzfrau hat das unter meinem Schreibtisch gefunden.«

»Sieht aus wie ein Mikrofon«, sagte ich auf gut Glück. Er blickte kurz darauf und nickte.

»Irgendwer«, sagte er. »Irgendwer versucht, mich abzuhören. Ich möchte, dass du das hier an dich nimmst und mal ganz scharf darüber nachdenkst, wer in meiner Firma das sein könnte. Irgendein Verdacht, irgendwas, was du aufgeschnappt haben könntest. Manchmal braucht es den Blick von außen, um solche Dinge zu bemerken. Kümmer dich drum. Ich brauch Ergebnisse, und zwar schnell.«

Er drückte mir die Wanze in die Hand. Sah mir in die Augen.

»Gehen wir einen Kaffee trinken.«

Ich folgte ihm aus dem Saal, die Wanze in meiner schwitzigen Hand. Er hatte recht. Ich musste handeln, und zwar schnell.

Achtundfünfzig

Die Erfahrung der letzten Monate hatte gezeigt, dass es neben mir noch einen Menschen gab, der es unter Garantie schaffte, maximale Scheiße zu bauen: Jason Kelly.

Es dauerte nicht lange, bis er wieder sein hässliches Haupt erhob.

Sophie war bei mir. Es war der Freitagabend, nachdem Tommy die Wanze entdeckt hatte. Wochenende, aber ich war noch schreckhafter und paranoider als sonst. Die Liste derer, die die Wanze installiert haben konnten, war nicht lang. Jetzt musste bald etwas passieren, bevor nur noch ein Einziger übrig war. Ich.

»Was ist denn los, Eddie?«, fragte Sophie.

»Nichts. Bisschen angespannt.« Ich wusste, dass sie zu Hause selbst genug Stress haben musste. Die Entdeckung der Wanze dürfte Tommys Bedürfnis, in der Firma gründlich auszumisten, ziemlich befeuert haben. Dave und die anderen hatten Überstunden geleistet, Hyrone Browns Kontaktleute davon zu »überzeugen«, dass es ihnen ohne Verbindung zu Special K letztlich besser gehen würde. Wofür Mr Brown selbst das beste Beispiel abgab.

Sophie strich mir übers Haar. »Du hast dich verändert, Baby.«

Sie hatte recht. Im letzten halben Jahr hatte ich mich wirklich ziemlich verändert, aber seit der letzten Woche hatte sich meine ganze Einstellung zu ihr noch einmal verschoben. Sie war so schön wie eh und je, aber wenn sie mich so ansah, starrten mir Tommy Kellys Augen ins Gesicht, und ich musste mich abwenden. Der Romantik war das wenig zuträglich und es wurde mir klar, dass nicht mehr viele Dates dieser Art stattfinden würden. Die Sache ging zu Ende.

Wir waren eigentlich mit ein paar von Sophies Schulfreundinnen in einem Club in Bromley verabredet, aber es wurde immer später, und weder sie noch ich hatten wirklich Lust drauf. Die Stimmung war im Keller. Bis halb zwölf wälzten wir den Gedanken hin und her, dann beschlossen wir, auf eine Stunde hinzugehen. Ich holte mir gerade ein frisches Hemd, als Sophies Telefon klingelte.

»Naz«, bedeutete sie mir mit stummer Mundbewegung. Dann änderte sich ihr Gesichtsausdruck. »Oh Gott«, sagte sie. »Oh. Mein. Gott.« Sie ließ sich aufs Sofa fallen. Ich konnte die Stimme ihrer Freundin hören. Sie schrie fast am anderen Ende der Leitung.

Sophie war kreidebleich geworden und kaute an ihrer Lippe. »Wann?«, fragte sie. »Wie? Wo?«

Irgendwann legte Naz auf.

»Was ist los?« Ich wollte endlich wissen, was passiert war.

»Erinnerst du dich noch an Benjy French, aus der Schule?« Ihr Gesicht war immer noch weiß. »Er hat ein Messer abgekriegt.«

»Scheiße«, sagte ich. »Ist er okay?«

»Wissen sie nicht. Der Krankenwagen ist noch da.« Sophie griff sich ein Taschentuch und wischte sich die Tränen ab, die ihr in die Augen geschossen waren. »Naz hat von dort angerufen. Anscheinend waren sie alle zusammen im Auto, zur Fete unterwegs nach Bromley. So eine Ausraster-im-Straßenverkehr-Geschichte. Benjy ist ausgestiegen und hat ein Messer in die Brust bekommen.«

Das konnte ich mir vorstellen, wie Benjy French mit ein paar Cider in der Krone in eine Klopperei mit anderen Autofahrern geriet.

Sophie umklammerte das Taschentuch und nagte an ihrem Daumenknöchel. Dann sah sie zu mir auf.

»Was?«, fragte ich. Irgendwas verschwieg sie mir. Ich hatte ein mieses Gefühl.

»Naz hat gesagt, es war Jason.« Sie brach in Tränen aus. »Jason hat auf ihn eingestochen.« Ausdruckslos starrte sie eine Minute lang die Wand an und raffte dann ihr Zeug zusammen. »Ich muss nach Hause.« Ich versuchte nicht, sie aufzuhalten. Wenn das, was sie sagte, wirklich so passiert war, würde hier bald kein Stein mehr auf dem anderen bleiben, und da wollte ich lieber in Deckung sein. Jetzt war Baylis gefragt, und zwar dringend.

Dann klingelte ihr Telefon. Am Ende der Leitung brabbelte jetzt eine andere Stimme. »Ich bin bei Eddie«, sagte sie. Sie schniefte und ihre Stimme klang schon beinahe hysterisch. »Mach keinen Mist, Jason. Das kannst du nicht.«

Jasons Stimme geiferte wild. Sein Gebrüll schallte durch das Handy.

»Beruhig dich, Jason.« Sophie legte die Hand über das

Mundstück. »Kann er herkommen?«, fragte sie. Ich dachte einen Augenblick nach und nickte.

»Okay«, sagte sie zu ihm und legte auf. »In fünf Minuten ist er hier. Ich hab keine Ahnung, was ich machen soll, Eddie.« Sie fing wieder an zu weinen.

»Uns fällt schon was ein«, sagte ich. »Setz mal Wasser auf.«

Öfter mal was Neues, dachte ich. Jason auf Besuch bei mir. Während Sophie in der Küche war, ging ich zum Schreibtisch und klappte mein Notebook auf. Ich schaltete die Webcam ein, klickte auf Aufzeichnen und machte dann den Bildschirmschoner an. Ein Foto von Sophie erschien.

Da ging schon die Klingel. Sophie machte die Tür auf.

Jason sah sich noch einmal um, bevor er reintorkelte. Er war verschwitzt, feucht vom Regen und stand schwer unter Strom. Die Augen quollen ihm fast aus dem Gesicht und er konnte kaum reden, so trocken war sein Mund. »Hör zu«, sagte er und tigerte im Zimmer umher. »Tut mir leid. Ich weiß, wir sind nicht die allerdicksten Kumpel, aber das hier ist echt der Super-GAU. Ich hatte keine Ahnung, wohin.«

»Ich bring dich nach Hause«, erklärte ihm Sophie. »Dad weiß schon, was zu tun ist.«

»Auf keinen Fall. Der killt mich.«

Und erspart einem anderen die Mühe, dachte ich. »Hör mal, Soph«, sagte ich. »Hier kannst du nicht bleiben. Das ist zu riskant. Du fährst nach Hause und ich regle das hier. Ich versuch, Dave aufzutreiben.«

Sophie schien erleichtert, sich abseilen zu können. Sie umarmte mich und suchte zum zweiten Mal ihren Kram zusammen. »Ruf mich an«, sagte sie und trat raus in die Nacht.

Ich schloss die Tür hinter ihr und wandte mich wieder Jason zu, der panisch seine Taschen durchwühlte. Schließlich fand er das kleine Briefchen, das er gesucht hatte.

»Ist schon okay, Jason«, sagte ich. »Komm runter und red mit mir. Wir finden schon einen Weg.«

»Hast du ein Bier?«, fragte er. »Meine Kehle ist wie durchgeschnitten.«

Ich ging zum Kühlschrank und holte zwei Bier. Er fing an, sich mit einer Kreditkarte eine Line Kokain zu legen, die er durch einen vorgerollten Geldschein zog. Vermutlich nicht die erste dieses Abends. Ich kam mit den Bieren zurück. Er hatte zwei Lines gelegt und wedelte vor der verbliebenen einladend mit der Hand herum. Ich schüttelte den Kopf und so kümmerte er sich selbst darum, bevor er das Bier runterstürzte und sich eine Kippe ansteckte.

»Also, was ist los?«, fragte ich.

»Ich hab Scheiße gebaut, das ist los«, sagte er. »Die totale Scheiße.«

»Erzähl's mir«, sagte ich. Er setzte sich auf das Sofa, das Gesicht direkt zum Schreibtisch gerichtet.

»Aber kein Wort zu meinem Alten, okay?« Fast flehend sah er mich an.

»Ich werd Dave anrufen«, sagte ich.

»Nein. Nicht Dave. Der verpfeift mich sofort, wenn er erfährt, was passiert ist.«

»Was *ist* denn passiert?«

»Ich bin unten bei Lee Green, okay? Und da fädelt sich so ein Stück Scheiße direkt vor mir ein, so ein klappriger Honda oder so, schafft höchstens dreißig. Ich also Lichthupe und ihm hinterher zur High Road.«

Ich hatte es richtig vor Augen, wie der zugekokste Jason dem anderen Auto an der Stoßstange klebte, rumhupte, aufblendete und hinter der Windschutzscheibe rumbrüllte.

»Die geben also Gas und ich folg ihnen bis zur Ampel, aber dann merk ich nicht, wie's rot wird, und knall ihnen direkt hinten rein und zermörser mir die Scheinwerfer vom Audi. Reg mich total auf.«

»Und dann?«, fragte ich.

»Ich versuch, im Rückwärtsgang rauszukommen und einen U-Turn hinzulegen, aber da steigt dieser Typ vom Fahrersitz, mit einem Döner in der Hand, und pfeffert mir den direkt auf die Windschutzscheibe. Reg mich noch mehr auf. Ich steig also aus, um's abzuwischen und ihm die Fresse zu polieren, und der kommt her und will meine Versicherungsdaten und so weiter. Macht einen auf Oberchecker. Ich sag also Ja, okay, ich hol sie aus dem Auto. Und dann geh ich hin und hol mir das Messer, das ich für Notfälle unterm Sitz hab, und schieb es mir in den Ärmel.«

»Hat er das gesehen?«

»Nein. Ich also zurück und sag ihm, dass ich das Zeug nicht dabeihab, aber wenn er mir seine Handynummer gibt und so weiter, dann ruf ich ihn an und klär mit ihm die Details. Da wird er pampig und sagt, er weiß eh, wer ich bin, und die Polizei ist bestimmt dran interessiert, das zu klären. Also will ich ihn verscheuchen und er packt mich am Arm.«

Ich konnte mir im Leben nicht vorstellen, wie Benjy French sich auf einen Streit mit diesem zugedröhnten irren Arschloch eingelassen haben sollte, das da auf meinem Sofa hockte. Ich tat mein Bestes, um meine Stimme mitfühlend zu halten.

»Oh Mann, Jase. Was ist dann passiert?«

»Der Honda ist voller Weiber und alle kreischen rum, er soll zurück ins Auto. Ich versuch wegzukommen, aber er hat sich meinen Ärmel gekrallt und lässt einfach nicht los. Also schubs ich ihn weg und dabei erwischt ihn das Messer.«

»Wohin?«, fragte ich.

»In die Brust.«

Ein Messer rutscht einem nicht einfach so in die Brust, dachte ich.

»Ich mein, das ist Notwehr, oder? Ich hatte einfach keinen Schimmer, wohin.« Er zog sich seine Zigarettenschachtel aus der Hosentasche. Die Packung war leer. »Hast du noch Kippen?«, fragte er. Hatte ich nicht.

»Hör mal zu«, sagte ich. »Du kannst gern eine Weile hierbleiben, während wir uns überlegen, was wir machen. Du kannst heute Nacht auf dem Sofa schlafen. Ich geh nur kurz raus zu dem Laden an der Ecke und hol ein paar Bier und dir noch mehr Kippen, wenn du willst?«

Jasons Kiefer war völlig verkrampft von dem ganzen Kokain und all dem anderen Zeug, das er sich eingeworfen haben musste. Der würde noch eine ganze Weile wach sein.

»Guter Mann. Gute Idee. Bring ’ne Flasche Wodka mit, ja?« Er zog ein paar verknitterte Scheine aus der Tasche, die ich ablehnte. »Beeil dich.«

»Keine Sorge.«

Er saß da, mit zitternden Füßen und wackelnden Knien. Aus aufgerissenen Augen stierte er mich an. »Ich hab dich unterschätzt, Eddie«, sagte er. »Kumpel.«

Neunundfünfzig

Ich trat in den Regen hinaus und drückte die Kurzwahltaste mit Ian Baylis' Nummer. Endlich hatte ich etwas, worüber er sich vielleicht freuen würde.

»Nimrod? Elgar«, bemühte ich mich, das Protokoll einzuhalten.

»Was?«, blaffte Baylis.

»Ich habe JK in meiner Wohnung. Er hat jemanden in die Brust gestochen. Beweismaterial hab ich genug, glaub ich. Er ist völlig zugedröhnt und supernervös.«

»Lass ihn nicht weg. Falls nötig, schließ die Tür ab. Sperr dich selbst ein, wenn's hart auf hart kommt. Du kriegst eine Nachricht auf dieses Handy, wenn wir bereit sind zum Zugriff. Bleib in Deckung. Könnte eklig werden. Und los.« Schon aufgelegt. Er verschwendete keine Zeit.

Ich schlüpfte in den kleinen Laden und bezahlte mit zittrigen Fingern Marlboros, Wodka und Bier. Mit leeren Händen konnte ich schlecht zurück.

Zu Hause nahm ich zwei Stufen auf einmal und versuchte dabei, die Flaschen nicht zu laut gegeneinanderklirren zu lassen. Die Tür stand schon offen.

Ich ging rein. »Jason?«, rief ich.

Nichts. Ich ging ins Wohnzimmer. Keiner da, nur der Geruch nach Zigarettenrauch. Ich schaute im Schlafzimmer nach. Dann holte ich mein Telefon raus und simste Ian Baylis:

Er ist weg. Sorry.

Ich schämte mich. Was für ein blöder Fehler, ihn allein zu lassen.

Eine Stunde später saß ich mit Baylis und Tony Morris in der Wohnung und die beiden leerten die übrig gebliebenen Biere. Sie hatten vier Polizisten in schwarzen Schutzanzügen mitgebracht, starrend vor Automatikwaffen. Sie durchsuchten die Wohnung von oben bis unten, auch oben auf dem Dach und hinter dem Haus, aber ohne Erfolg.

Ein Typ von der Spurensicherung fragte mich, was von dem Zeug mir gehörte. Er leerte Jasons Kippen aus dem Aschenbecher. Dann betrachtete er die Glasplatte des Tischs und fand verschmierte Abdrücke, winzige Körnchen und die Reste eines Kokainbriefchens. »Von Ihnen?«

Ich schüttelte den Kopf. Der Forensiker sammelte den verbliebenen Staub mit einem Streifen Tesa auf und steckte ihn zusammen mit dem Briefchen in einen Plastikbeutel.

Wir gingen die Webcam-Aufzeichnungen durch. Sie waren ziemlich gut. Der Ton war etwas dumpf und Jason redete wie ein Wasserfall, aber es war alles drauf. Und was dem Notebook-Mikro entgangen war, würden die ganzen restlichen Geräte erwischt haben, mit denen die Wohnung hier verkabelt war.

»Erstklassiges Material«, sagte Tony. Dass Jason weg war, schien ihn wenig zu kümmern. Er war sich sicher, dass man ihn finden würde. »Der führt uns noch irgendwo anders hin. Wenn wir ihn heute Nacht eingelocht hätten, wär die Spur kalt geworden. Jetzt können wir nur abwarten und ein Auge drauf haben.«

Baylis telefonierte gerade mit der Polizei und versuchte, die Aufzeichnungen der Ampel-Überwachungskameras auf der Lee Green High Road aufzutreiben. Aufnahmen, die vielleicht zeigten, wie versehentlich der Stich in die Brust von Benjy French wirklich gewesen war. Tony exte den Rest seines Biers. Aber etwas anderes ließ mir noch keine Ruhe.

»Tony?« Ich hielt meine Stimme gedämpft, während Baylis noch am Hörer war. Tony hier in Deptford zu sehen hatte meinem Gedächtnis auf die Sprünge geholfen.

»Ja, mein Sohn?«

»Mein Alter ist ein-, zweimal aufgetaucht«, sagte ich. »Sophie hat ihn gesehen.«

Tony furchte die Stirn. »Was hast du gesagt, wer er ist?«

»Nur ein besoffener Spinner.«

»Das kommt ungefähr hin«, kommentierte Tony böse grinsend.

Ich war erleichtert, dass er das nicht als schreckliches Sicherheitsdebakel betrachtete. Er sah mir direkt in die Augen. »Dieser Arschkratzer ist für uns keine Bedrohung. Er steht in überhaupt keiner Verbindung zu dir. Ist nie dein Vater gewesen.«

»Ein wahres Wort«, sagte ich.

Tony befahl mir, mich ins sichere Haus zurückzuziehen. Alle mussten hier raus für den Fall, dass irgendwer heute

Nacht aufkreuzte und nach mir suchte. Es musste so aussehen, als wäre Jason einfach erfolgreich entwischt.

Als wir schon auf dem Sprung waren, zog der Forensiker etwas unter dem Sofa hervor. Es war ein Jagdmesser. Etwa die ersten zehn Zentimeter seiner gekrümmten Klinge waren blutbedeckt.

»Hat Ihnen ein Geschenk dagelassen, scheint's.«

Als sie endlich auf der Autobahn waren, gab Donnie Gas und entspannte sich etwas. Das eben hatte ihm überhaupt nicht geschmeckt. Einer von diesen Jobs, bei denen einfach gar nichts stimmte.

Um diese Zeit watete man in Deptford immer knietief durch Bullenscheiße, gerade am Freitagabend. Das ganze Gebiet von Lewisham bis Peckham wimmelte nur so vor Polypen, besonders, wenn es gerade ein paar »Vorfälle« gegeben hatte und sie nach Spuren suchten. Wie eifrige kleine Pfadfinder in ihren kugelsicheren Westen.

Was ihm aber wirklich Bauchschmerzen bereitet hatte, war die Tatsache, dass die Blaulichter schon die Deptford Church Street raufgekommen waren, als er gerade von der Wohnung des Burschen wegfuhr.

Bei Gravesend fuhr er hundertdreißig. Sein Fahrgast lag in eine Decke gewickelt auf dem Rücksitz und zitterte trotz der heißen Luft, die aus der Klimaanlage blies.

Donnie war nicht lang genug geblieben, um das Ziel der blauen Lichter herauszufinden. Aber sollte es dieselbe Adresse gewesen sein, von der er seine Fuhre abgeholt hatte – wie konnten die das gewusst haben? Das ließ ihn einfach nicht los. In einer Stunde etwa würde er sich locker machen können. Sich in die kühle Nachtluft raussetzen, mit einer Pulle Scotch, einer Schachtel Kippen, und die Sache mal in aller Ruhe zu Ende denken …

Es wurde schon hell, als ich im sicheren Haus eintraf. Es roch sauber und frisch. Frisch nach all dem Zigarettenrauch und dem Imbissgeruch meines Lochs in der Deptford High Street. Nie wieder wollte ich dorthin zurück. Ich duschte heiß, legte mich aufs Bett und holte tief Luft. Mir wummerte der Schädel. An Schlaf war natürlich nicht zu denken. Das wurde langsam zur Gewohnheit.

Ich starrte hoch zur Decke und dachte an Benjy French. Er war der Einzige, der überhaupt versucht hatte, nett zu mir zu sein, als ich damals an die Schule gekommen war. Eine komische Type war er schon gewesen, klar, aber auch schlau und lustig. Wäre jetzt wahrscheinlich reif für die Uni gewesen und dafür, sich in sein Leben zu stürzen. Ich dachte an das Jagdmesser, bedeckt mit seinem Blut. Dachte an seine netten, gutbürgerlichen Eltern da oben in Blackheath und wie man sie mit der Nachricht geweckt hatte, dass jemand ihrem Sohn ein Messer in die Brust gerammt hatte.

Mir wurde klar, dass vor lauter nächtlich-dramatischen Ereignissen keiner auch nur einen Gedanken an Benjy French verschwendet hatte.

Ich sah auf die Uhr. Halb sieben. Ich stand auf, holte mein Handy und rief die Auskunft an, um die Notaufnahme des Krankenhauses in Lewisham zu erreichen.

»Ich wollte mich nach Benjamin French erkundigen«, sagte ich. »Er ist doch heute Nacht nach einem Unfall eingeliefert worden?«

Die Stimme bat mich, einen Moment zu warten, und dann hörte ich, wie am anderen Ende der Leitung gemurmelt und geflüstert wurde. Die Stille auf einer Krankenstation am frühen Samstagmorgen.

»Sind Sie ein Angehöriger?«, erkundigte sich die Stimme.

»Ich bin ein Schulfreund.«

Noch mehr Geflüster und dann meldete sich eine andere Stimme in der Leitung. »Es tut mir leid. Mr French ist heute Morgen um vier verstorben.«

Mir drehte sich der Magen um. Der arme Benjy French hatte seinen letzten Atemzug getan, während ich vor ein paar Stunden mit Tony Morris Bier getrunken hatte.

Und seinen Mörder auf meiner Webcam gesehen hatte.

»Brauchen Sie professionelle Hilfe?«, fragte die Stimme.

»Ja, brauch ich«, sagte ich und legte auf.

Ich verließ die Wohnung, ging am Fluss entlang und versuchte, einen klaren Kopf zu kriegen. Mir war ganz schwindelig vor Schlafmangel, aber mein Hirn raste. Ich ging Richtung Hauptstraße. In einem Café auf dem Markt holte ich mir einen Tee und ein Schinkenbrot. Nicht dass ich Lust darauf gehabt hätte, aber irgendetwas essen musste ich. Ich hielt an, um mir eine Zeitung zu kaufen. Vielleicht konnte ich mich ablenken, wenn ich las, was sich sonst so in der Welt ereignete. Hungersnot, Dürre, Flutkatastrophen, Krieg, Klimawandel – solche lustigen Sachen. Ich trat aus dem Zeitschriftenladen und trottete nach Hause.

Dave Slaughters BMW wartete schon vor der Wohnung. Er machte die Tür auf und stieg aus. Auf dem Beifahrersitz konnte ich Johnny Reggae erkennen.

»Wo warst du, verf…?« Dave stieß eine Kette von Flüchen aus und warf mir noch ein paar Schmähungen an den Kopf, während er mich ausquetschte, wo ich gesteckt hatte. Glücklich war er nicht. »Wir suchen dich schon seit Stunden, du …« Noch eine Runde Schimpfwörter und Beleidigungen.

»Joggen«, sagte ich, auch wenn mein Aufzug die Behauptung nicht gerade untermauerte. Ich schaute Johnny Reggae an. Bisher hatte ich nur sein dickes Grinsen und kumpeliges Händegeschüttel gekannt. Jetzt sah er aus wie der Schnitter persönlich.

»Einsteigen«, sagte Dave.

Kein Fluchtweg, kein Versteck. Ich stieg ein.

Sechzig

Donnie schloss leise die Wohnwagentür hinter sich und trat hinaus in den Nebel, der vom Meer emporstieg. Heute war in mancher Hinsicht ein besserer Tag. Zumindest regnete es nicht mehr. In anderer Hinsicht war der Tag schlechter. Sein wummernder Whiskykaterschädel fiel ihm da als Erstes ein.

Er nahm einen Schluck Tee aus dem Plastikbecher und zündete sich eine Kippe an. Drinnen schlief Jason endlich seinen Rausch aus, und so konnte er sich selbst ein paar Stunden Ruhe gönnen, ehe der Wahnsinn weiterging. Gar nicht schlecht, so ein bisschen Zeit totzuschlagen, dachte er sich.

Der Wohnwagen stand am Rand eines Zeltplatzes an der Küste von Thanet, ein Stück hinter dem schicken Ort Whitstable, aber noch deutlich entfernt vom Proleten-Sammelbecken Margate. Das Loch zog nur Illegale und Junkies an und hielt die Bullen auf Trab. Hierher kam nie wer, schon gar nicht außerhalb der Saison. Der Firma diente das Lager jetzt bereits ein paar Jahre als Schlupfwinkel – Donnie selbst hatte sich schon mal ab und an hierher abgeseilt, wenn es nötig geworden war.

Er saß auf einer Bank und blickte hinaus auf die Flussmündung. Ein paar träge Tanker und Lastkähne schwammen den Raffinerien und Docks auf der Isle of Grain entgegen.

Er hätte Jason umbringen können.

Das war nur so eine Redewendung, aber im Moment schien es ihm gar keine schlechte Idee, die kleine Kackstelze einfach zu beseitigen. Saul zumindest wäre begeistert. Als reine Denkübung spielte Donnie im Geist alle Möglichkeiten durch, den Einfall in die Tat umzusetzen. Ihn in einem der vielen Kanäle zu versenken würde schon ausreichen. Ansonsten kannte Donnie genug Bauunternehmer, die in schöner Regelmäßigkeit tonnenweise Flüssigzement in Autobahnpfeiler kippten. Die Vorstellung, wie Jasons Leiche eine neue Autobahnbrücke stemmte, hatte etwas ziemlich Reizvolles. Donnie lächelte in sich hinein.

Und dann war da noch der andere. Jason hätte einfach nicht zu ihm rennen dürfen. Seitdem der aufgekreuzt war, war nichts mehr glattgelaufen. Was sollte das bloß mit all diesen kleinen Jungs, die einen auf wichtig machten? Zu seiner Zeit war das Geschäft von Männern geschmissen worden, die kein Wort zu viel verloren. Von Männern, die anderen Männern die Pfoten auf den Tisch nagelten. Von Männern, die das Tageslicht außerhalb ihrer privaten Zechrunden nur selten zu sehen bekamen – es sei denn, sie trugen eine Strumpfmaske über dem Schädel.

Der Gedanke, wie die beiden kleinen Scheißer gemeinsam die Autobahnbrücke abstützten, wirkte sogar noch reizvoller. Jedem sein eigener Pfeiler. Donnie amüsierte sich darüber, während er auf den Anruf wartete.

Alles, was Rang und üblen Namen hatte, war nach Kelly Towers zitiert worden.

Ich war fast erleichtert, als ich sah, dass auf dem Kies schon vier oder fünf andere Autos parkten. Natürlich nur, wenn sie nicht mein persönliches Femegericht stellten.

Cheryl werkelte mit der Putzfrau in der Küche herum und kochte kannenweise Kaffee. Sie schloss mich in die Arme und lächelte mich traurig an, als wäre direkt vor meiner Ankunft die Katze überfahren worden. Das war Cheryls Stärke: Was auch immer sich um sie herum abspielen mochte, sie wahrte immer die Rolle der wohlhabenden Bauunternehmersgattin, deren Mann nichts Ärgeres zu tun hat, als ein paar lose Dachziegel zu befestigen. Sie sei auf dem Sprung nach Bluewater, sagte sie, um Sophie zu treffen. Shoppen. Ich wünschte mir, ich wäre mit von der Partie.

Ich ging ins Esszimmer, wo sich alle versammelt hatten. Das Zimmer hatte noble Vorhänge, die mit seidenen Kordeln zusammengebunden waren, und einen riesigen Esstisch, der von der Familie eher selten genutzt wurde. Es hätte eine Trauerfeier unter Verwandten sein können oder die Jahreshauptversammlung eines Golfclubs, hätte nicht die Hälfte der anwesenden Herren den Körperbau von Profiboxern gehabt.

Ein paar von ihnen kannte ich: Johnny Reggae, Stav und Engin Kurtoglu, der Türke, der das Kasino in Bromley leitete. Er stellte mir einen ruhigen, verbissen wirkenden Iren mit schwarzem Stoppelhaar und Dreitagebart vor.

»Paul Dolan«, sagte er. Der Mann zerquetschte mir die Hand und blickte mir mit seinen wütenden Augen direkt ins Gesicht. Der Name sagte mir irgendwas, aber ich kam nicht drauf. Donnie war nirgends zu sehen.

Alle standen unbehaglich herum und nippten aus zierlichen Tässchen an ihrem Kaffee. Ein paar qualmten draußen auf der Terrasse hinter der Glastür. Wann immer ich mich bewegte, hatte ich den Eindruck, als ob einer von ihnen mich beobachtete. Endlich kam Tommy aus seinem Zimmer und setzte sich ans Kopfende der Tafel. Er sah frisch geschrubbt aus und war ganz in Nadelstreifen gewandet, wie ein Firmenboss aus der Industrie. Schnell wurden die Kippen unter den Schuhen in Größe 48 ausgetreten und alles setzte sich hin.

»Wir haben ein Problem«, verkündete Tommy. Fast jeder senkte den Blick zur Tischdecke. Tommy wartete ab, bis ihm vereinzelte Anwesende wieder ins Gesicht schauten. »Wie einige von euch bereits wissen, ist Jason in einen Zwischenfall verwickelt worden. Wir müssen ihn da rauskriegen, sonst hagelt es bald miese Presse von allen Seiten.«

Das klang, als wäre jemand aus der Regierung mit runtergelassenen Hosen erwischt worden und hätte keine Lust auf umfassende Zeitungsberichterstattung. Wahrscheinlich würden in dem Umfeld jetzt die ganzen Abnicker mit Ideen ankommen, wie man die schlechten Nachrichten möglichst wirksam begraben konnte. Hier wollte niemand etwas beitragen. Der Mangel an Unterstützung für Jason Kelly war mehr als offensichtlich.

»Hat keiner was zu sagen?« Tommy blickte vom einen zum anderen. Es gab einiges Gehüstel und verlegene Seitenblicke. Einige fanden auf einmal das Muster an der Decke sehr interessant. »Saul?«, fragte er. »Wie steht's mit dir?«

Saul Wynter zwirbelte einen Kuli zwischen den Fingern hin und her, um seine Hände zu beschäftigen. Tommys Starren zwang schließlich eine Reaktion aus ihm heraus.

»Es gibt keine Verbindung zu Jasons … misslicher Lage«, sagte er schließlich.

»Keine Verbindung? Was bitte?«, sagte Tommy.

»Ich meine«, fuhr Saul vorsichtig fort, »diese Sache mit Jason hat mit unserem Geschäft nichts zu tun. Es gibt keine Verbindung.«

Es raschelte in den steifen Anzügen, die bestätigend auf ihren Stühlen hin- und herwackelten. Tommys wütender Blick setzte dem ein Ende.

»Und du willst damit sagen?«

Saul holte tief Luft. Ohne es zu wollen, war er zum Sprecher der ganzen Gruppe ernannt worden. »Ich meine, dass Jason bei einer Verurteilung vielleicht fünf Jahre wegen Totschlag bekommt. Du weißt, dass wir das mit den Zeugenaussagen, Beweisen und so weiter deichseln können, bei unseren Connections. Drei davon sitzt er ab und ist draußen, noch ehe er vierundzwanzig ist. Dann machen wir weiter. Alles wie immer.«

»Also lass ich meinen Sohn in den Bau wandern?«

»Wenn wir ihn jetzt außer Landes schaffen und dabei geschnappt werden, ist das Beihilfe«, sagte Saul. Seine Zunge fuhr über die ausgedörrten Lippen. »Wenn Jason sich selber stellt, gibt es keine Verbindung zur Firma.«

»*Keine Verbindung?* Das hast du dir ja schön ausgedacht. Wir sprechen hier von meinem Sohn!« Tommy knallte die flache Hand auf den Tisch.

»Wenn die Firma in so eine Sache verwickelt wird«,

erklärte Saul, »setzen wir die ganze Organisation aufs Spiel.«

»Verzeihung, ich hab wohl vergessen, dass ich es hier mit einer risikofreien Wohlfahrtsgesellschaft für Sesselpupser zu tun habe«, sagte Tommy scharf. »Hier steht ständig alles auf dem Spiel. Und jetzt reden wir darüber, *wie* wir's machen und nicht *ob*.«

Paul Dolan meldete sich zu Wort. Er schien sich einschleimen zu wollen. »Wenn wir ihn runter bis Portsmouth kriegen, kann ich das Boot holen und ihn über die Isle of Wight oder die Kanalinseln rausbringen. Dann kann er's in Irland oder in Nordspanien aussitzen, bis wir eine Lösung gefunden haben. Ich hab an beiden Orten Leute.«

»Danke, Paul«, sagte Tommy. »Jetzt wird das langsam was.«

»Sie werden die Häfen überwachen«, kommentierte Saul. »Am Boot schnüffeln sie jetzt schon herum.« Mit seiner Rolle als Kassandra schien er sich abgefunden zu haben.

»Wie kommt's, dass du so genau weißt, was jeder tun und denken wird?« Tommy sah Saul an. »Und was ist das hier?« Er zog etwas aus seiner Tasche und rollte es über den Tisch, Saul vor die Nase.

Es war noch eine Wanze. Mein Magen schaltete sich durch mehrere Gänge, bis ich ihn wieder in den Leerlauf zwang. Saul starrte darauf und seine Augen wurden ganz groß.

»Ein Abhörgerät. Hab ich in meinem Büro gefunden«, sagte Tommy. »Wir haben sie im ganzen Laden, überall, wie Holzwürmer. Jemand hat sie dort verteilt. Wer?« Er ließ seinen Blick über die Anwesenden gleiten. Saul schüttelte ungläubig den Kopf. Keiner sah den anderen an. Ich hielt meine Augen fest auf den Tisch gerichtet. Die Liste derjenigen, die sie deponiert haben konnten, verkürzte sich zusehends.

Und ich war auf der Überholspur an die Spitze.

»Ich schlage vor, wir machen eine Rauchpause und kehren dann mit ein paar konstruktiveren Vorschlägen zurück.« Er hob die Wanze auf. Saul sah drein, als hätte man ihn auf frischer Tat ertappt.

Tommy stand auf und verließ das Zimmer.

Einundsechzig

Die Hälfte der Leute am Tisch ging hinaus und zückte Feuerzeuge.

Saul Wynter blieb sitzen und sah aus, als hätte man ihm gerade eine gescheuert. Paul Dolan starrte ihn an. Keiner wollte etwas sagen. Keiner wollte Partei ergreifen, vor Angst, irgendwie reingezogen zu werden.

Tommy rief Dave zu sich ins Arbeitszimmer. Fünf Minuten später kam Dave wieder raus und rief Paul Dolan rein. Kurz darauf war Dolan wieder da und sagte mir, dass Tommy mich sehen wollte. Mir drehte sich der Magen um, aber ich fühlte mich wahrscheinlich immer noch besser als Saul Wynter. Dem schien sekündlich unbehaglicher zu werden, weil er nicht ins Allerheiligste geladen wurde.

Tommy rauchte eine Zigarre und betrachtete gedankenverloren den Rothko an seiner Wand. »Was meinst du, Ed?«

Ich wusste nicht, was ich sagen sollte. »Ich glaube, sie sind nervös«, sagte ich ins Blaue hinein.

»Natürlich sind sie nervös, verdammt nervös«, blaffte er mich an. »Die haben Angst, dass ihre Rente wackelt. Aber wenn die glauben, dass ich Jason den Löwen zum Fraß vorwerfe, haben sie sich geschnitten. Die müssen erst mal wieder draufkommen, wer hier ihre Löhne zahlt. Ohne mich wären die nichts weiter als ein Haufen Straßenhändler und miese Halunken. Gar nichts. Die tun, was ich ihnen sage. Ich dulde hier keine verdammte Meuterei. Das lass ich nicht zu.« Er zog an seiner Zigarre und öffnete dann den Mund, als wolle er noch etwas hinzufügen, aber es kam nichts. Er schaute um sich, als hätten die Wände Ohren. Ob das noch der Fall war, wusste ich leider nicht mehr.

»Was hältst du von Solly Wynter?«, fragte er leise. »Meinst du, der würde mich über die Klinge springen lassen?«

Ich zögerte einen Moment lang. Dachte daran, wie Saul mich in Kroatien zur Seite genommen hatte. Ich zögerte zu lang. Irgendetwas las er aus meinem Blick.

»Danke, Eddie«, sagte er. »Dein Schweigen spricht Bände.«

»Also. Wo waren wir stehen geblieben?«, fragte Tommy.

Alle waren zurück am Tisch. Sie hatten draußen beratschlagt und jetzt herrschte eine neue Stimmung. Eine gefährliche.

Als ich aus Tommys Arbeitszimmer getreten war, waren alle Blicke auf mich geheftet gewesen. Plötzlich hatte ich mich mit ihren Augen gesehen. Der Frischling mit direktem Draht zum Boss. Ein Emporkömmling, der sich irgendwie durch Tommys Abwehr geschmuggelt hatte und als Dreingabe auch noch die schöne Tochter des Hauses vögeln durfte. Und das gefiel ihnen nicht.

»Ich habe einen Plan«, sagte Tommy. »Aber zuerst müssen wir diese Angelegenheit klären.« Er legte die Wanze vor sich auf den Tisch, als ob sie ihr Geheimnis enthüllen würde, wenn man sie nur lange genug anstarrte. Es war, als steckte er mitten in einer Pokerpartie und hoffte, irgendjemand werde schließlich einknicken und sein Blatt offenlegen, weil er die Spannung nicht mehr ertrug.

Es war Johnny Reggae, der einknickte. »Was ist mit dem?«, fragte er und deutete mit einem schwarzen Wurstfinger quer über den Tisch auf mich. Die Tatsache, dass endlich jemand den Mund aufgemacht hatte, löste die Spannung. Rund um den Tisch erhob sich auf einmal zustimmendes Gemurmel.

Ich spürte, wie meine Knie weich wurden und das Blut aus meinem Gesicht verschwand.

»Seit der hier an Bord ist, ist alles nur noch schiefgelaufen«, sagte Johnny. »Dauernd ist er dabei, er kommt und geht in unsere Büros und Clubs, wie's ihm passt, und führt sich auf, als wär er unser Boss, nicht? Auf dem Boot hat er nur rumgelungert, hat dich beobachtet und überall seinen Rüssel reingehängt.«

Ich warf einen kurzen Blick in die Runde. Von Solidarität mit mir war wenig zu spüren.

»Eddie?«, fragte Tommy.

Ich merkte deutlich, dass die Wut des Pöbels am Überkochen war. Sie brauchten einen Sündenbock und der war ich. Und sie lagen ja sogar richtig damit.

Mir blieben nur Sekunden, bis ich gelyncht wurde, das spürte ich. Etwas Radikales musste her. Nur eine Waffe war mir geblieben, also ergriff ich sie. Ich sprang auf und stürzte mich auf Saul Wynter, zerrte ihn am Hemdkragen von seinem Stuhl und hielt ihn so, dass es ihm fast die Luft abschnürte. »Ihr wollt eine Ratte?«, rief ich, am ganzen Leib zitternd. »Da habt ihr eure Ratte!«

Tommys gelassener Blick ruhte noch immer auf mir, während ich diese Worte ausspuckte. Ich kam mir vor, als spielte ich eine riesige Szene, die ich nur mit der Kraft des Premierenfiebers über die Bühne bringen konnte. Saul wehrte sich gegen meinen Griff, japste und lief rot an. Er war kein großer Mann – ich war zu stark und er konnte nicht mal sprechen. Ich fühlte mich wie ein Schulschläger.

»Wenn ich auf dem Boot rumgeschnüffelt habe, dann nur, um rauszufinden, was *er* vorhatte. Dann hat er mich beiseitegenommen und mir für Informationen Geld angeboten.« Ich drehte mich zu Tommy. »Infos über Jason, Sachen, von denen du nichts erfahren solltest.«

Tommy zuckte die Achseln und nickte. Ich ließ Saul in seinen Stuhl fallen. Das war ein ziemlicher Schuss in den Nebel gewesen, aber mehr hatte ich einfach nicht zu bieten.

»Ich hab nur versucht …«, fing Saul an. Er versuchte, seinen Kragen zu lockern, bekam aber kein Wort heraus.

Paul Dolan ersparte ihm die Mühe. Bis jetzt hatte er geschwiegen, aber aus irgendeinem Grund unterstützte er mich. »Ich wollte das eigentlich nicht erwähnen«, sagte er. Er zog ein Bündel Papiere aus der Jacke. »Aber Saul hat meinen Jungs in Belfast auch Geld angeboten. Damit Infos direkt an ihn gehen, an dir vorbei, Tommy.«

»Du glaubst wohl, ich hab's nicht mehr drauf, Saul?«, fragte Tommy leise.

»Ich versuche zu verhindern, dass Jason die Firma in die Luft jagt«, krächzte Saul. »Es hat fünfzehn Jahre gedauert, um den Laden wasserdicht zu machen. Ich hab uns reich gemacht und ich will nicht, dass Jason alles an die Wand fährt. Er ist eine tickende Zeitbombe. Bitte schön, jetzt hab ich's gesagt.« Er hob seine Hände, wie um sich zu ergeben.

Ich wusste, dass es an diesem Tisch noch einige gab, die der gleichen Meinung waren. Aber das würden sie niemals laut sagen.

»Okay, Saul«, sagte Tommy ruhig. »Schon in Ordnung. Botschaft angekommen. Ich glaube, du und ich, wir müssen das mal unter vier Augen besprechen. Schauen, ob wir da eine Lösung finden.« Tommy stand auf und fegte Zigarrenasche von seinem Anzug. Er wirkte hundeelend. »Danke schön, meine Herren«, sagte er. »Anweisungen folgen im Laufe des Tages. Morgen geht's los. Saul?«

Saul stand auf, rieb sich den Hals und folgte Tommy Richtung Arbeitszimmer, ohne mich anzusehen. Dave ging ihnen nach.

Die anderen schlurften schweigend vom Tisch. Sie waren im Aufbruch, auf dem Weg zu ihren Autos. Johnny Reggae legte mir seine Pranke schwer auf den Rücken.

»'tschuldige, Junge«, sagte er. Er schlug seine Faust gegen meine zitternde und verließ das Zimmer.

Paul Dolan kam zu mir herüber. »Das wollte ich eigentlich nicht aufs Tapet bringen«, sagte er. »Saul hat nicht ganz unrecht.«

Er ging, und ich blieb alleine zurück. Ich fühlte mich wie ein kleines, verängstigtes Kind. Meine Beine zitterten und ich brauchte Luft.

Ich schob mich durch die Glastüren hinaus in den Garten. Dort atmete ich tief durch und sah zu, wie Tommy, Saul und Dave den Garten durchquerten, dem Ententeich entgegen. Offensichtlich hatten sie immer noch Geschäftliches zu bereden. Ich fühlte mich schuldig. Saul hatte ich da nicht reinreiten wollen. Eigentlich war er ein ziemlich netter Kerl – er hatte mir nichts getan und hasste Jason genauso wie wir alle. Ich hatte ihn benutzt, um meine eigene Haut zu retten, um die Aufmerksamkeit von mir abzulenken und etwas Zeit zu gewinnen.

Es war eine friedliche Szene. Wie drei Geschäftsmänner sahen sie aus, wie sie so in ihren Anzügen und schicken Schuhen durch das nasse Gras schritten. Hoffentlich, dachte ich mir, würden sie die Angelegenheit irgendwie klären, wie alte Freunde.

Aber irgendein Instinkt hieß mich dranbleiben. Ich zog mein iPhone raus und stellte die Videokamera an.

Dann klärten sie die Angelegenheit.

Saul wehrte sich nicht. Er kniete sich ins nasse Gras und Dave griff seine Hände von hinten, zog ihm die Arme zurück und setzte ihm den Fuß mitten auf den Rücken, um seinen Kopf nach vorn zu kippen.

Dann zog Tommy Kelly eine Pistole und schoss ihm in den Kopf.

Ich taumelte rückwärts in den Efeu, der am Haus emporrankte, während meine Kamera immer noch lief. Ich sah, wie das Blut aus Sauls Schädel spritzte, als er vornübersank, in Daves Griff erschlafft. Sah, wie die aufgescheuchten Enten aufstoben und quakten, während Saul starb.

Ich übergab mich in einen der Blumenkübel: Kaffee, Kekse … meinen Ekel.

Für Tommy war es diesmal etwas Persönliches gewesen, ganz klar. Aber ich, ich hatte Saul Wynter umgebracht, so sicher, als hätte ich selbst die Pistole gehalten.

Zweiundsechzig

Am frühen Nachmittag war ich wieder in Deptford.

Ich war völlig betäubt vom Schock, vom Horror der Ereignisse der letzten vierundzwanzig Stunden. Wie ein Zombie wankte ich durch die Gegend, den Kopf voller Watte, bis mir klar wurde, dass ich tierisch Kohldampf hatte. Wann hatte ich zuletzt etwas gegessen? Ich wusste es nicht mehr. Ich ging in ein Café, nur um auf dem Absatz wieder kehrtzumachen. Der Lärm und das Gelache der Arbeiter mit ihren behaarten Ärschen waren mir unerträglich, genau wie die gigantischen Eierportionen, die sie anscheinend rund um die Uhr in sich reinschlingen konnten. Ich irrte umher, den Blick auf dem Gehweg, um niemandem in die Augen schauen zu müssen. Traumatisiert, vermutlich. Ich kaufte mir ein Brathähnchen bei einem Schnellimbiss und aß es auf einer Bank am Fluss.

Ich schmeckte rein gar nichts. Tankte mich nur auf, sah zu, wie die Themse vorüberzog, kalt und metallisch, genau wie der Geschmack in meinem Mund. Grau und neblig, wie das Gefühl in meinem Kopf. Ich kehrte zurück ins sichere Haus und schlief ein paar Stunden.

Gegen halb fünf klingelte mein Telefon. Es war Paul Dolan. Mir war überhaupt nicht nach einem Plausch mit ihm.

»Bist du okay?«, fragte er.

»Ja«, sagte ich.

»Mach dir keine Vorwürfe. Er hat's sich selbst eingebrockt.«

Er gab mir meine Befehle. Morgen Nachmittag sollte ich zum Haus kommen. Ich würde mit Tommy fahren. Paul weihte mich ein in die Einzelheiten des Transports, der am Flughafen von Biggin Hill enden sollte, dem kleinen Rollfeld, von dem die Piloten in der Luftschlacht um England gestartet waren. Er fragte mich noch mal, ob ich okay sei. Sagte, ich würde erledigt klingen.

»Ich hab grad noch gepennt«, sagte ich. »Bin total kaputt.«

Er ließ mich die Details noch mal wiederholen. »Wir können uns keine weiteren Fehler leisten«, sagte er.

Ich ließ das Handy sinken und fiel wieder aufs Bett, völlig am Ende. Eine Stunde später klingelte es schon wieder. Es war Sophie. Sie klang angespannt. Sagte, sie müsse mich sehen. Ich sagte, ich sei zu fertig, um heute Abend noch irgendwas zu machen. Wir verabredeten uns für den nächsten Vormittag im Greenwich Park. Sie wollte die Hunde ausführen.

Ich schleppte mich in die Küche und kochte mir einen starken, schwarzen Kaffee. Ich wollte nur noch raus hier, aber zuerst musste ich mich an die Arbeit machen. Eine Stunde lang saß ich vor dem Computer, dann rief ich Baylis an.

»Nimrod, Elgar«, sagte ich. »Treffpunkt ist morgen, 20 Uhr, bei der A233, Jewels Wood, bei Biggin Hill. TK trifft JK mit mindestens zwei Partnern: DS, DM und PD; unbestätigt.«

Ich hatte mir das Gebiet, in dem wir uns laut Tommy treffen sollten, auf Google Maps genau angesehen und mir schon im Voraus aufgeschrieben, was ich Baylis sagen würde, möglichst präzise, um ja keine Fehler zu machen. Ich bemühte mich sehr, alles richtig hinzukriegen. Hatte aufgehört, mir über die beteiligten Personen Gedanken zu machen, und versuchte nun, klar, kühl und professionell den morgigen Zeitplan durchzudenken. Als wären sie alle bloß Schachfiguren. Noch einmal spuren und dann raus. Schnell.

»Gute Arbeit, Elgar«, sagte Baylis. »Wirst du anwesend sein?«

»Ja.« Tommy wollte mich bei sich haben.

»Einsatzplan?«, verlangte Baylis.

»JK wird vom Treffpunkt nach Biggin Hill gebracht, von dort per Leichtflugzeug o. Ä. zum Flughafen Bembridge, Isle of Wight.«

»Alles klar, Elgar. Noch was?« Ich hatte das Gefühl, dass Baylis sich fühlte wie der Fisch im Wasser. In seinem Element.

»Zweiter Treffpunkt: Fischerboot im Hafen von Bembridge, dann Umsteigen in zweites Boot beim Leuchtturm Nab Tower in der Solent-Meerenge, anschließend Überfahrt Richtung Bretagne. Dann über See- oder Landweg nach Santiago de Compostela, Spanien.«

Meine Trumpfkarte hatte ich mir bis zuletzt aufgespart.

»Tommy Kelly hat sich die Hände schmutzig gemacht«, sagte ich.

»Was?«

»Er hat Saul Wynter umgebracht.« Ich verbesserte mich. »TK hat SW umgebracht. Beweismaterial auf Video.«

Am anderen Ende der Leitung hörte ich Ian Baylis fluchen. »Du machst Witze.« Vor lauter Schreck vergaß er sogar seinen professionellen Ton. »Mail es mir.« Ich hörte, wie er den Hörer abdeckte und irgendwem irgendwas sagte, bevor er sich wieder gefangen hatte. »Irgendwelche Hinweise, dass TK mitreist?«

»Nein«, sagte ich. »Aber ich bezweifle es. Er wird versuchen, sich rauszuhalten. Er wird bei mir sein.«

»Wir decken alles ab, Elgar«, sagte Baylis. »Ich nehme an, wir müssen das Eisen schmieden, solange es heiß ist. Bei Biggin Hill. Tu um Himmels willen überrascht, wenn sie dich mit verhaften, Elgar.«

Darüber hatte ich noch nicht nachgedacht. Natürlich würde ich verdammt überrascht sein. »Da werde ich nicht groß so tun müssen, Nimrod.«

»Viel Glück, Elgar.«

Sophie war pünktlich. Ich traf sie beim Café im Park und wir tranken noch einen Milchkaffee, ehe wir die Hunde von der Leine ließen. Starsky und Hutch kannten mich inzwischen, sprangen an mir hoch und leckten mich ab, wenn ich ankam. Sie waren sich meiner Loyalität gewiss: Teil der Familie.

Ich konnte Sophies gedrückte Stimmung spüren und wir redeten nicht viel. Jasons Verbrechen hing wie ein Mühlstein zwischen uns, unausgesprochen. Keiner von uns wagte, das Thema anzuschneiden. Die Wunde war noch zu frisch, um daran zu rühren.

Sie sagte, sie und ihre Mum würden wegfahren, für eine Woche oder so. Gleich heute Nachmittag. Eine kurze Auszeit, sagte sie, irgendwohin, wo die Sonne schien.

Ich musste nicht fragen, warum sie so kurzfristig abreisten. Sie sagte, wir würden uns wiedersehen, sobald sie zurück sei. Wir spazierten quer durch den Park und die Hunde rannten voraus, fegten über das Gras. Ich sah, dass Sophie den Tränen nahe war, und legte ihr meinen Arm um die Schultern. Sie kuschelte sich an mich.

»Eddie«, sagte sie, »war das neulich Abend wirklich dein Vater?«

»Nein, Soph. Das war ein Irrer. Meinen Dad gibt's schon lange nicht mehr.«

Sie sah mir direkt ins Gesicht und in ihre Augen trat dieser kalte, blaue Tommy-Kelly-Blick, den ich so hasste. Sie wusste, dass ich log.

»Ich bin so durcheinander. Manchmal glaube ich, ich kenn dich überhaupt nicht«, sagte sie.

Ich zog sie an mich, um ihren Augen zu entkommen. Durcheinander war ich auch. Ich mochte sie wahnsinnig gern und wollte mit ihr zusammen sein, aber es stieß mich ab, dass sie bei all den Dingen, von denen sie nichts wissen wollte, einfach wegschaute. Drogenhandel im großen Stil und Mord, nur so zum Beispiel. Damit sie auch ja ein angenehmes Leben führen konnte, egal welchen Preis ein anderer dafür zahlte. Genau wie Mummy.

Ich küsste sie aufs Haar, das so gut roch wie immer, und

sie drehte den Kopf, um mich auch zu küssen. Wir umarmten uns fest und sie legte ihren Mund an mein Ohr. »Ich liebe dich«, sagte sie.

»Ich liebe dich auch.« Ich glaubte, das meinte ich ernst.

Aber in Wirklichkeit wusste ich kaum noch, was ich empfand.

Dreiundsechzig

Der Anruf ging fast einen ganzen Tag später als erwartet bei Donnie ein. Ihm war es lieber, wenn diese Dinge schnell liefen, wenn man dem Apparat immer einen Schritt voraus war, bevor der seine Kommissare aus den Pubs zurück in die Amtsstube zitierte. In vierundzwanzig Stunden konnte allerhand passieren. Er wusste, dass die Stimmung in der Firma nicht gerade rosig war, und das machte ihn nervös.

Er hatte die Angelruten vorgekramt und sie hatten in den schlammigen Kanälen gefischt, die den Campingplatz umgaben. Zeit totgeschlagen. Der fette Speck, den sie als Köder benutzt hatten, hatte einen einzigen dünnen Aal aus dem brackigen Wasser gelockt. Er hatte sich in glitschigen Schlingen um die Leine geknotet und sie bekamen ihn nicht vom Haken. Donnie hatte ihn schließlich mit einer Schaufel erschlagen, damit er aufhörte, sich zu winden. Keiner hatte vor, ihn zu essen.

»Bedrohte Tierart, Aale«, hatte Jason gesagt.

»Der hier bestimmt«, bemerkte Donnie und schleuderte den schlaffen, schleimigen Körper zurück ins Wasser, als Warnung an die anderen.

Später waren sie in den Benz gestiegen und hatten sich von der Küste weggewagt, immerhin bis zu einem ranzigen Pub, wo sie Export tranken und auf Sky Plus Wer wird Millionär *schauten. Der Nokia-Klingelton ging los, von Donnies Hosentasche gedämpft, und er zog das Handy hervor.*

»Christian Steifen«, meldete er sich. Dave Slaughter war dran, dem gerade gar nicht nach lustigen Namen war. Dave gab ihm seine Anweisungen und legte auf.

Donnie schloss den Wohnwagen ab, ließ Jason ins Auto einsteigen und fuhr hoch nach Chatham, wo sie den Benz gegen einen unauffälligen silbernen Rover eintauschten und sich zur Autobahn aufmachten.

Es wurde schon dunkel, als ich in Kelly Towers eintraf. Paul Dolan stand neben einem anonym aussehenden Volvo und wartete auf mich. Dave Slaughter saß in einem anderen Wagen, einem BMW, einen jungen Typen neben sich auf dem Beifahrersitz. Er sah aus wie Jason Kelly, war es aber nicht. Ein Ablenkungsmanöver.

Keines der Autos hatte ich je zuvor gesehen. Sie waren beide frisch gemietet und, noch wichtiger, in keinem war ein Peilsender versteckt.

Tommy kam aus dem Haus und schmiss die Tür hinter sich zu. In seinem langen, dunklen Mantel und dem grauen Schal sah er richtig feierlich aus. Drinnen brannte kein Licht mehr und auch sonst schien niemand zu Hause. Cheryl und Sophie waren schon fort und es gab auch kein Gebell – die Hunde mussten im Zwinger gelandet sein. Das Haus sah trübselig und düster aus. Traurig und tot.

Tommy nickte mir zu und wir stiegen in den Volvo. Ich setzte mich in den Fond und Paul fuhr die Landstraße hinunter. Dave folgte uns im BMW. Keiner sprach ein Wort.

Wir fuhren Richtung Biggin Hill. Ich konnte schon die Lichter des Flughafens und den Wald sehen, wo das Treffen stattfinden sollte. Ich kannte Jewels Wood. Dort hatte ich die Hunde ausgeführt, mit Sophie. Aber jetzt fuhren wir geradewegs dran vorbei.

Mir sank das Herz in die Hose. Plötzlich hatten sich die Pläne geändert und ich hatte keine Ahnung, was passierte.

Wir fuhren auf den kleinen Landstraßen weiter und nahmen dann eine Gabelung nach links. Noch mehr Waldgebiet erwartete uns und wir verschwanden zwischen den Bäumen, einen schlammigen Pfad entlang. Es war stockfinster und wir waren jetzt weit abseits der ausgetretenen Pfade. Paul schaltete Motor und Scheinwerfer ab, und da saßen wir, eingehüllt in Dunkelheit und Schweigen. Fünf Minuten später hielt hinter uns noch ein weiterer Wagen und der Fahrer löschte die Scheinwerfer.

»Donnie«, sagte Paul.

Alle stiegen aus und versammelten sich im Schein einer Taschenlampe. Jason tauchte aus Donnies Wagen auf, in eine Decke gewickelt. Im schwachen Lichtkegel sah er verlegen aus.

»Jason, rein in den Volvo«, sagte Tommy. Diskussionen, Umarmungen oder Küsschen waren hier nicht zu erwarten, das war offensichtlich. Paul öffnete die Heckklappe und Jasons Schattengestalt zögerte. »In den Kofferraum«, sagte Tommy. »Wir können nicht riskieren, dass man dich sieht. Da sind ein paar Kissen drin. Halt den Kopf unten.« Jason gehorchte und Paul senkte über ihm vorsichtig die Heckklappe. Schloss ihn ein.

»Du hast's im Griff, Don?«, fragte Dave.

»Alles im Griff«, gab Donnie zurück. Er ging rüber zum silbernen Wagen und öffnete den Kofferraum. Tommy und Dave machten einen Schritt vorwärts und Dave leuchtete mit der Taschenlampe hinein. Ich reckte den Hals, um auch etwas zu erkennen. Im Kofferraum zusammengekrümmt lag Saul Wynter. Oder vielmehr der verdrehte Leichnam von Saul Wynter, in eine durchsichtige Plastikfolie gewickelt. Ich erkannte ihn an dem Anzug, in dem er gestern vor meinen Augen umgebracht worden war.

»Gut«, sagte Tommy. Er sah auf die Uhr. Ich blickte prüfend auf meine: 19.30 Uhr. »Du gehst und kümmerst dich um Saul, Donnie, und wir machen uns auf.«

Donnie stieg wieder ins Auto und fuhr durch die Bäume davon, um Saul Wynter zu seiner letzten Ruhestätte zu geleiten. Irgendwo ganz unten im feuchten Zement, nahm ich an, mit Donnie als Priester und einzigem Trauergast.

»Gib uns etwa eine halbe Stunde, Dave«, befahl Tommy. »Warte hier und fahr dann zum Flughafen von Biggin Hill. Wir kommen nicht mit.«

Vierundsechzig

»Du fährst bei uns mit, Eddie«, sagte Tommy. Paul Dolan machte mir die Tür auf und ich stieg wieder in den Volvo. Tommy und Paul stiegen vorn ein und ließen den Motor an. Jason im Kofferraum verhielt sich ruhig.

Jetzt wurde ich langsam wirklich panisch. Wenn Tommy bereit war, Saul zu opfern, seinen ältesten und engsten Berater, war hier keiner mehr sicher.

Aufgrund meiner Informationen würde Ian Baylis' Team bereits auf der Lauer liegen, und zwar in Jewels Wood und in Biggin Hill.

Und jetzt fuhren wir in die komplette Gegenrichtung.

Wir fuhren ohne ein Wort, im Hintergrund spielte leise das Klassikradio. Ich hatte keinen Schimmer, wo wir waren, und ich konnte schlecht fragen, weshalb wir uns nicht am verabredeten Ort getroffen hatten, wo man uns so bequem in einen Hinterhalt locken konnte. Wir konnten nach Dover unterwegs sein ... oder sonst wohin.

Zehn Minuten später bogen wir von der A20 ab und sausten über ein paar Kreuzungen auf der M25, bevor wir in Dartford abfuhren. Plötzlich war mir die Landschaft wieder vertraut. Wir fuhren Richtung Fluss, quer durchs Industriegebiet, und auf einmal wusste ich, wo es hinging.

Ich schmuggelte mein Notruf-Handy aus der Innentasche meines Daunenanoraks und versuchte, es im Dunklen zu ertasten. Ich schickte ein Stoßgebet gen Himmel, dass ich die Tastentöne auf »aus« gestellt hatte. Das hatte ich, aber sobald ich auf irgendwas draufdrückte, würde der Bildschirm aufleuchten.

Also musste es ein Blindschuss werden.

Ich hielt das Telefon gegen mein Bein, den Blick aus dem Fenster gerichtet. Meine Fingerkuppe fand die 5 anhand ihres Braille-Punktes und ich drückte die Shortcut-Taste zum SMS-Menü. Ich schloss die Augen und versuchte, mir das Ziffernfeld vorzustellen, versuchte, irgendwie meine Botschaft hinzubekommen, indem ich abzählte, wie oft ich jede Taste drücken musste. Ich drückte die 8: t. Dann dreimal die 7: r. Und so weiter, bis ich schließlich meinte, *Treffp neu long reach* getippt zu haben.

Es war völlig ins Blaue hinein, aber ich wusste, heute Abend würde alles, was von mir einging, genauer unter die Lupe genommen werden. Ich drückte auf »Senden« und hoffte auf ein Wunder.

»Ist das dein Telefon, Paul?«, fragte Tommy. Die Übertragung meiner Nachricht hatte ein störendes Knacken über das Klassikradio gelegt. Paul wurschtelte sein Handy aus seiner Hosentasche. »Nein, ich bin's nicht«, sagte er.

Rasch fischte ich mein iPhone heraus und wedelte damit Tommy und Paul vor der Nase herum. »Ich auch nicht«, sagte ich und glücklicherweise ließ er das Thema fallen.

Wir fuhren in den Gewerbepark und hielten vor der Spezialfarben und -lacke GmbH. Paul Dolan schloss die Kette am Gitterzaun auf und fuhr aufs Gelände. Auf einem Anhänger, gleich auf dem Vorplatz, lag ein Schlauchboot, fast fünf Meter lang, mit riesigem Außenbordmotor.

»Fass mal mit an«, sagte Paul zu mir. Ich stieg aus und wir befestigten den Anhänger hinten am Volvo. »Alles klar da drinnen, Jason?«, fragte er. Jason grunzte irgendwas Gedämpftes zur Antwort. Wir kletterten wieder ins Auto und ruckelten den holprigen Weg hinab, den ich schon einmal gefahren war, immer weiter dem Fluss entgegen.

Keinen Kilometer weiter hielten wir an, vor einem Holzsteg. Alle stiegen aus und Paul reichte mir die Schlüssel, damit ich Jason aus dem Kofferraum befreien konnte. Jason fluchte vor sich hin, schüttelte seine Gliedmaßen und stampfte auf, um den Blutkreislauf wieder in Gang zu bekommen.

»Zieh dein Ölzeug an«, befahl Tommy. Es war, als sagte er dem fünfjährigen Jason, er solle den Mantel anziehen und rausgehen zum Spielen. Jason gehorchte. Paul und ich machten das Schlauchboot hinten vom Wagen los und schwenkten den Anhänger an den Rand des Wassers. »Gut. Nicht rumtrödeln«, sagte Tommy. »Der Holländer legt bei Flut ab, also bleibt euch etwa eine halbe Stunde, um nach Denton Wharf zu den Docks runterzufahren und ihn zu finden. Die *MS Annette Danielsen*, ein Frachter aus Rotterdam. Die warten auf euch.«

Tommy stand da in seinem langen, schwarzen Mantel und blickte auf den trägen, teergrauen Fluss hinaus wie eine Figur in einem Gemälde. Dann zeigte er zum ersten Mal seit Tagen wieder eine Gefühlsregung. Er umarmte seinen Sohn, tätschelte ihm den Rücken und küsste ihn auf die Wange, während sich Paul umständlich in seine Segelkluft kämpfte.

»Tut mir leid, Dad«, sagte Jason.

»Wir sehen uns später«, sagte Tommy. »Wenn Gras über die Sache gewachsen ist.«

Paul Dolan und Jason kletterten ins Schlauchboot und ich half, den Anhänger tiefer ins Wasser zu schieben, um das Boot vom Stapel zu lassen, sobald es tief genug war. Ich trug keine Gummistiefel. Meine Füße rutschten im schweren, schwarzen Schlick umher und in meine Schuhe suppte das eisig kalte Wasser. Die Nacht war sternenklar. Auf dem Fluss war niemand unterwegs, nur in der Ferne sah man das gleichmäßige rote und weiße Blinken der Autos, die einer Perlenkette gleich die Brücke bei Dartford überquerten. Paul drehte den Kraftstoffhahn am Außenbordmotor auf.

Dann klingelte sein Telefon.

Fünfundsechzig

Paul kämpfte mit dem Reißverschluss seiner Regenjacke, um an das Handy zu kommen, und zog es schließlich heraus. Er ging ran und sah ernst aus.

»Dave Slaughter haben sie bei Biggin Hill hopsgenommen«, sagte er. »Da wimmelt's nur so vor bewaffneten Bullen.« Tommy sah erst mich an, dann wieder das Boot. »Fahrt los«, sagte er. »Jetzt.«

Paul zog am Anlasserkabel. Der Motor stotterte in der feuchten Luft und soff wieder ab. Er zog noch einmal, und dann noch einmal.

»Mach schon!«, brüllte Tommy. Paul keuchte vor Anstrengung. Jason machte einen Schritt nach vorne, um sich auch dran zu versuchen, und brachte damit das Boot schwer ins Schwanken.

Die Flut spülte das Boot zurück ans Ufer und in den Schlamm.

»Hilf mir, los!«, schnauzte Tommy mich an. Mit tauben Fingern drückte ich mich gegen den nassen Rumpf und glitschte durch den Matsch.

Eine Welle bekam das Boot zu fassen und wir stießen es

zurück ins flache Wasser. Wieder riss Paul scharf am Kabel und endlich brüllte der Motor auf.

»Los, los, los!«, schrie Tommy, fast bis zu den Knien im Flussschlick, und schob das Schlauchboot tiefer ins Wasser. Paul kurbelte den Gashebel auf und der Außenborder spie Rauch und schwefeliges grünes Wasser aus, bevor sie über den Fluss davonschlitterten.

Tommy drehte sich um und sah mich an. Wir steckten beide im Schlamm, keuchten schwer von der Anstrengung. Ohne all seine Leute um ihn herum sah er schwach und schutzlos aus. Wie eine Schildkröte ohne Panzer.

»Du bist es«, brüllte er. »*Du* bist es, Eddie.«

Er sah aus, als würde er gleich weinen. Ich hatte nichts zu sagen.

»Du bist der Einzige, der ihnen Biggin Hill verraten konnte. Du bist der Einzige, dem wir's erzählt haben. Du hast uns verpfiffen.«

Das hatte ich.

»Tut mir leid«, sagte ich. Warum, wusste ich nicht. Aber einem Teil von mir *tat* es leid.

»Es heißt, halte dir deine Freunde nah, aber deine Feinde noch näher«, knurrte er. »Anscheinend hab ich dich zu nah rangelassen. Hab die eigene Flanke weit aufgemacht, weil ich dich gern hatte. Ich war dabei, dich auszubilden, und du hast alles einfach weggeschmissen.«

Trotz allem, was sich gerade abspielte, tat er so, als gäbe es nichts Schlimmeres als meinen Verrat.

»Ich hab nichts weggeschmissen«, sagte ich. »Das warst du selbst. Saul hat dich nicht beschissen, er hat versucht, dich zu beschützen.«

Seine Miene versteinerte. Dass der Fehler bei ihm liegen könnte, war ihm gar nicht recht.

»Du hast sein Todesurteil unterschrieben, du Mistkerl«, spie er aus. »Wie einen Sohn hab ich dich behandelt. Jetzt, wo Jason aus dem Verkehr ist, hättest du ...«

Sein Arm wies mit weiter Geste auf den Fluss hinaus und unwillkürlich verfolgten wir beide die schwerfällige Flucht des Gefährts, während Tommys Worte verhallten. Das Schlauchboot stotterte mühsam gegen die Flut an, bis der Motor noch einmal aufhustete und schließlich ganz versagte. In der Ferne sah ich Pauls Silhouette, wie er am Heck stand und vergeblich am Starterkabel zerrte. Die Gezeitenströmung zog das Boot wieder flussaufwärts, dem Ufer zu.

»Scheiße«, schnaubte Tommy und versuchte, seine Füße aus dem Matsch zu reißen. Sie lösten sich mit einem klebrigen Schmatzen und er griff nach meinem Arm, um das Gleichgewicht zu halten. Ich zog meine eigenen Füße aus der Pampe und machte mich mit ihm auf zum Ufer, während er meinen Arm so fest umklammerte, dass es wehtat. Ich spielte kurz mit dem Gedanken, ihn in den Schlamm zu stoßen und die Beine in die Hand zu nehmen.

Wenn Paul Dolan wieder ans Ufer käme, wäre ich Fischfutter.

Tommy hatte eindeutig den gleichen Gedanken. Er benutzte mich als Hebel, um sich selbst voranzuziehen. Dann sah ich, wie sein Gesicht einen Moment lang in Licht getaucht wurde, als ein Scheinwerferstrahl übers Wasser glitt. Er hielt meinen Arm mit eisernem Griff und blickte suchend über den Fluss. »Scheiße«, brüllte er wieder.

Von der anderen Seite der Themse her steuerte eine Polizeibarkasse direkt auf das Schlauchboot in der Flussmitte zu. Ihr Suchscheinwerfer fegte über die Wasseroberfläche und aus einem Megafon schallte in einer harschen, metallischen Stimme der Befehl, sofort anzuhalten.

Jetzt wusste Tommy, dass es hier nicht mehr nur darum ging, dass Jason davonkam.

Er stieß sich von mir ab und bekam den festen Uferkies unter die Füße, während ich rückwärts in den Schlick schlitterte. Er rannte Richtung Auto. Mir fiel ein, dass ich noch den Schlüssel hatte, fummelte in meiner Tasche herum und fand ihn, nur Sekunden bevor er die Autotür erreichte. Ich drückte die Fernbedienung. Der Warnblinker leuchtete auf und mit lautem Piepsen verkündete das Auto seine Totalverriegelung. Tommy fluchte und schaute wild um sich, bevor er über die Marschen flüchtete. Rutschend und auf allen vieren arbeitete ich mich durch den Schlamm, bis ich endlich wieder auf beiden Beinen stand.

Durch das borstige Gras sah ich Tommy verschwinden. In seinem schwarzen Mantel war er kaum noch zu erkennen. Ich hastete ihm nach und hatte ihn bald wieder im Visier, ein schwarzer Schatten vor dem dunklen Nachthimmel. Meine Kehle begann vor Anstrengung zu brennen, aber ich holte auf, und bald war ich ihm so nahe, dass ich ihn keuchen hörte. Er rutschte aus und ich warf mich auf ihn wie ein Rugbyspieler. Wir landeten auf einem Haufen Schutt und verrostetem Stacheldraht. Er war völlig am Ende, lag auf dem Rücken und atmete schwer. All seine Kampflust schien ihn verlassen zu haben. Es war entsetzlich nah. Ich lag auf ihm, mein Gesicht auf seinem, und klammerte mich an seinem Mantel fest. Ich spürte die Wärme seines Körpers und roch seinen schnellen Atem. Als liebten wir uns.

Vom Fluss her hörten wir Schüsse.

»Ich war immer gut zu dir, oder, Eddie?«, sagte er. Seine Stimme klang jetzt bettelnd, freundschaftlich. »Gib mir die Schlüssel und lass mich hier abhauen.«

»Das kann ich nicht«, sagte ich. »Du hast meinen Bruder umgebracht.«

Tommys Unterkiefer klappte nach unten. Er war aufrichtig fassungslos. »Deinen *Bruder*?«, japste er. »Wer zum Henker ist dein Bruder?«

Ihn aufzuklären wäre mir eine Genugtuung gewesen, aber mein Zögern war seine Chance. Er knallte seinen Schädel fest gegen meine Nase und rammte mir sein Knie in die Eier.

Vor lauter Schmerz lockerte sich mein Griff und das gab ihm Zeit. Genug, um mich hart ins Ohr zu beißen, es einzureißen und mir den Autoschlüssel aus der Tasche zu winden.

Ein schmerzvoller Nachgeschmack des Straßenschlägers, der Tommy Kelly einst gewesen sein musste. Der Mann, der seinem besten Kumpel in den Kopf schoss.

Er wälzte mich zurück in den Stacheldraht, der mir übers Gesicht schabte und sich in meiner Jacke verfing, sodass ich hilflos war. Den Schwung nutzte er, um sich von mir abzustoßen. Mühsam richtete er sich auf und hetzte Richtung Auto.

Ich rupfte mich aus dem Draht frei und zwang mich wieder auf die Beine, ihm hinterher. Ich sah die Warnblinker aufleuchten, als er den Volvo aus zehn Meter Entfernung entriegelte. Sah seinen rennenden Schattenriss vor den orangefarbenen Lichtgarben. Fast hatte ich ihn.

Er machte einen Endspurt zum Wagen, riss die Fahrertür auf und grabschte sich etwas aus dem Ablagefach. Schon hatte ich ihn eingeholt und schleuderte mich gegen die Tür, um ihn am Einsteigen zu hindern. Dann sah ich das Blitzen von Metall, als er den Arm herumwarf. Die gebogene Klinge, eben aus der Autotür gezogen, zersäbelte den Ärmel meiner Daunenjacke, dass die Federn umherstoben. Ich griff mir seinen Arm und kickte ihm mit einem gezielten Tritt die Beine weg. Er plumpste in den Schlamm und ich versuchte, ihn von der Autotür wegzudrängen. In seinem dicken, weichen Mantel war er kaum zu fassen, und während ich mich noch abmühte, bekam er einen Arm frei und rammte mir seine Finger in die Augen. Sein anderer Arm peitschte wild mit der Klinge um sich und ich spürte, wie sie durch meine Jeans fuhr und mir das Bein zerfleischte.

Jetzt ging es ums nackte Überleben. Wir wälzten uns neben dem Auto in Schotter und Matsch. Ich war wie blind, aber in meiner Nase hing Tommys Geruch, gemischt mit dem öligen Schlamm. Mit dem linken Arm nahm ich ihn in den Schwitzkasten, mit dem rechten langte ich in meine Jackentasche. Fand einen Kugelschreiber.

Ich packte ihn mit der Faust und stieß ihn Tommy in den Hals. Er schrie auf, ließ die Klinge los und fuhr sich mit den Armen an die Gurgel. Während er sich im Schlick wand, packte ich ihn am Mantelkragen und schlug ihm ins Gesicht, dass die teuren Zähne nur so splitterten. Ich zog ihn am nassen Kragen hoch und rammte seinen Schädel mit aller Gewalt gegen den Radkasten. Das Geräusch war einfach nur ekelhaft. Ich tat es wieder und wieder, und dann trampelte ich ihm mit der Ferse im Gesicht herum, bis er schlaff dalag. Ich wuchtete ihn hoch und öffnete den Volvo-Kofferraum, wo eben noch Jason gelegen hatte.

Er stöhnte, während ich mich mit ihm abquälte und den Deckel über ihm zuschlug. Beim ersten Versuch knallte die Klappe auf sein mageres bleiches Schienbein, riss die Haut auf, zermalmte Knochen. Ich stieß das unbeschuhte Bein in den Kofferraum und schlug die Klappe noch einmal zu.

Dann schnappte ich mir den Schlüssel, schaltete den Warnblinker ein und verriegelte den Wagen.

Draußen auf dem Fluss schleppte die Wasserpolizei das Schlauchboot zurück zum Steg. Ein weiterer Suchscheinwerfer schwebte über das nasse Ufer von Long Reach, stach mir in die Augen und hielt sich dann an einem einzelnen Maßschuh von Tommy Kelly fest, halb im Schlamm versunken.

Ich blickte auf mein Handy, auf die SMS, die ich vom Autorücksitz aus geschickt hatte. Sie lautete: *Trdf3p wndu logrnjou.* Sie ergab überhaupt keinen Sinn. Entweder hatte ein Gedankenleser sie entgegengenommen oder die hatten mich gepeilt.

Oder noch ein anderer hatte ihnen den Tipp gegeben.

Polizisten des Spezialkommandos schleiften Jason Kelly und Paul Dolan aus dem Schlauchboot, legten ihnen Handschellen an und führten sie in unterschiedliche Richtungen ab. Paul wurde im Polizeigriff den Strand hochgebracht, und wie er so auf mich zukam, sein Gesicht rhythmisch erhellt von den orangefarbenen Warnblinkern des Volvos, hätte ich schwören können, dass er mir zuzwinkerte.

Ich setzte mich ins feuchte Gras, umklammerte meine gebrochenen Fingerknöchel und fing an zu weinen.

Epilog

Es war fast drei Uhr morgens, als ich nach Deptford zurückkam. Ich wollte nicht zurück in die Wohnung, aber ich brauchte meinen Laptop und noch einigen anderen Kram. Ich wünschte mich in die sichere Wohnung, mehr als alles andere, um dort zu schlafen, eine Woche lang.

Mir war, als wäre etwas vorbei, aber das brachte mir keine Befriedigung, kein Gefühl der Erleichterung. Auf seltsame Art tat es mir leid wegen Tommy Kelly. Ich hatte ihm nicht wehtun wollen. In meinem Kopf waren die väterliche Gestalt, die mich aufgenommen hatte, und der mörderische Straßenkämpfer, der mir das halbe Ohr abgebissen hatte, zwei verschiedene Menschen.

Ich schloss die Tür auf und steuerte direkt den Kühlschrank an, um mir ein Bier zu holen. Damit ging ich ins Wohnzimmer und knipste die Schreibtischlampe an. Es gab einen lauten Knall, und mein erster Gedanke war, dass die Glühbirne durchgebrannt sein und einen Kurzschluss ausgelöst haben musste. Aber die Wucht, die mich in den Rücken traf und mich herumschleuderte, war gewaltiger als das.

Es war eine Kugel.

Als ich zu Boden ging, sah ich, dass Donnie Mulvaney sie abgefeuert hatte. Ich ging in die Knie und legte die Hände auf meinen Bauch. Zwischen meinen Fingern pumpte das Blut hervor. Wieder feuerte er und ich spürte einen Hammerschlag gegen meine Brust, der mich rückwärts umhaute, flach auf den Boden. Ich hörte, wie eine Tür zuschlug.

Dann war ich weg.

Ich merkte, wie ich bewegt wurde, ganz vorsichtig. Meine Lider flatterten kurz und ich hörte eine Stimme, wie ganz aus der Ferne. »Eddie. Bleib bei mir, Eddie, wir versuchen, dich wegzubringen.«

Ich spürte eine Hand auf meinem Gesicht. Roch etwas Vertrautes. Ich versuchte, mich zu konzentrieren.

Anna.

»Bleib bei mir. Ich kümmere mich um dich«, sagte sie. »Hör mir zu. Bleib bei mir, Eddie.«

Ich versuchte es, aber ihre Stimme wurde schwächer und ihr Gesicht löste sich im Nichts auf.

Wurde schwarz.

Ich schlug die Augen auf. Weiße Zimmerdecke. Kacheln. Ich blinzelte und blickte um mich. Ein Krankenhauszimmer. Eine Pflegerin beugte sich über mich, um nach mir zu sehen.

»Sie sind wach«, kommentierte sie das Offensichtliche. Ich versuchte, es ihr zu bestätigen, aber es kamen keine Worte raus. Jede Bewegung schmerzte. Und weg war sie.

Eine Weile später ging die Zimmertür auf und herein kam Tony Morris. Er wirkte angespannt, aber als er mich wach sah, lächelte er. »Hallo, mein Sohn. Wie fühlst du dich?«

Wieder versuchte ich zu sprechen, wieder vergeblich. Ich hob die Hand und tastete nach meinem Hals. Ein Schlauch half mir beim Atmen. Ich hielt mir die Hand vors Gesicht und sah, dass eine Menge Kanülen in ihr steckten.

»Keine Sorge, Eddie«, sagte Tony. »Der Schlauch kommt bald raus. Mit dir geht's aufwärts.« Ich musste verwirrt dreingeblickt haben, denn er zog einen Infusionsständer näher an mein Bett. Daran baumelte eine durchsichtige Plastikflasche, halb gefüllt mit einer schaumigen roten Flüssigkeit.

»Das ist eine Lungendrainage«, erklärte Tony. »Man hat dir in den Magen und die Lunge geschossen. Ein paar Rippen sind gebrochen, aber du wirst wieder.«

Ich sank zurück und schloss die Augen. Als ich ein paar Stunden später wieder aufwachte, war Tony noch immer da. Und Ian Baylis. Er beugte sich über mein Bett und ich betrachtete sein schmales Gesicht von der Seite.

»Gut gemacht, Eddie«, sagte er. »Du hast es ordentlich hinbekommen und die tolle Nachricht lautet: Du überlebst. Wir werden noch genug Zeit haben, alles durchzusprechen, wenn du wieder auf den Beinen bist, aber da gibt's was, das du schon jetzt wissen solltest, glaub ich. Wir haben versucht, dich ... tja, dich noch ein bisschen besser zu schützen. Deshalb haben wir durchsickern lassen, dass sie erfolgreich waren. Es war nötig, dich aus der Schusslinie zu räumen, aus Angst vor Racheakten.«

Ich schloss die Augen und versuchte, seine Worte in mein drogenumnebeltes Hirn einsickern zu lassen. Erfolgreich? Racheakte? Ich war *immer* noch nicht in Sicherheit? Wie verwirrend.

Ich schlug die Augen auf und sah ihn wieder an. Es war wie in einem seltsamen Traum, der durch mein morphiumgeschwängertes Blut noch viel seltsamer wurde. Ich wollte mich aufrichten, aber der Schmerz ließ es nicht zu. Ich wollte etwas sagen, aber ich konnte nicht. Baylis tätschelte mir die Schulter, beugte sich noch weiter zu mir herunter.

»Du hast nicht verstanden, oder?«, flüsterte er. »Eddie Savage ist tot.«

Danksagung

Ewig dankbar bin ich meiner Super-Agentin Sarah Lutyens für ihre klaren Worte, trittsicheren Ratschläge und den Stoß in die richtige Richtung.

Ebenso Mark Billingham, für seine langjährige Partnerschaft beim Schreiben, für seinen Fleiß, seine Inspiration, Unterstützung und Ermunterung – und dafür, dass er all die Jahre meine endlosen Beschreibungen des Schuhwerks anderer Leute ertragen hat.

Tommy Roberts und Justin de Villeneuve danke ich für ihr Wissen um und ihren Unterricht in Sprache und Methoden der Londoner Händler, Tandler und Schieber. Zu den Füßen dieser Meister habe ich viel gelernt.

Ich danke Gill Evans für ihr Vertrauen, ihre Begeisterung und ihr geschmackssicheres Lektorat bei diesem und anderen Projekten – und auch Emma Lidbury, die meinem Text mehr Klasse verliehen hat, als ich eigentlich habe.

Und Davina, dafür, dass sie mich überhaupt erträgt …